Vater tötet den Sohn oder die Tochter.
Bruder liebt und tötet die Schwester,
Vater tötet ihn. Vater liebt die Braut des Sohns.
Bruder tötet den Bräutigam der Schwester.
Sohn verrät oder tötet den Vater.

FRIEDRICH SCHILLER, *Entwurf für das Drama
»Die Braut in Trauer« (2. Teil der »Räuber«)*

I

OSSMANNSTEDT

»Sackerment!«, rief Goethe, als ihm hinterrücks eine verkorkte Flasche Burgunders so heftig über dem Schädel zerschmettert wurde, dass ihm der Schlag in alle Glieder ging. Er hatte nicht einmal mehr die Zeit gehabt, seinen Daumen aus dem Mund der Frau zu nehmen. Benommen lehnte er sich an den Tisch, um nicht in die Knie zu gehen, aber schon hatte der andere ihn am Kragen gepackt und herumgewirbelt, bereit, ihn mit einem Fausthieb niederzustrecken. Schiller hatte indes das Geweih samt Schädel und Trophäenbrett gegriffen und ließ es nun auf dem Rücken des Angreifers niedersausen. Als der Mann ohnmächtig zu Boden ging, knirschten die Scherben unter seinem Leib. Während Schiller das Geweih nicht aus der einen Hand gab, stützte er mit der anderen seinen Freund, bis der seine fünf Sinne wieder zurechtgesetzt hatte.

Abzüglich des Mannes, den Schillers Hieb überwältigt hatte, sahen sie sich vier ausgewachsenen Männern gegenüber, die nun vom reglosen Körper ihres Kameraden aufblickten – kräftigen Landmännern, die, würde es zu einem Faustkampf kommen, weder abgeneigt noch ungeübt schienen. Die Frau verließ den Platz auf der Bank, um das Gefecht aus sicherer Entfernung zu verfolgen, derweil der Wirt der Schenke hastig Krüge und Flaschen einsammelte, um ihnen das Schicksal des Burgunders zu ersparen.

Goethe hob beschwichtigend die Hände. »Messieurs, keine Hast und kein böses Blut. Ich bin durchaus willens, für die Unannehmlichkeiten aufzukommen.«

»Das werden Sie, Sie vermaledeiter Leichenfledderer«, sagte einer der Bauern und legte seine lederne Schürze ab. »Das bezahlen Sie teuer. Und zwar in ganz besondrer Münze.«

Die beiden Dichter traten gleichzeitig einen Schritt zurück, doch hinter ihnen war nur die Wand, und die Tür nach draußen befand sich hinter den vier Männern, die sich ihnen jetzt näherten. Schiller sah zu Goethe. Der zuckte mit den Achseln.

»Dem Manne kann geholfen werden«, sagte Schiller, schwang das Geweih über dem Kopf, traf den mutigsten ihrer Angreifer am Kiefer und holte ihn von den Beinen. Die drei anderen traten vor und entrissen Schiller den Tierschädel, um dann einen Hagel von Faustschlägen auf ihm niedergehen zu lassen. Ein Hieb ins Gesicht spaltete seine Lippe, einer in den Magen raubte ihm den Atem. Nun stürzte sich Goethe mit einem Sprung auf die Bauern und riss einen von ihnen mit sich zu Boden, wo sie kämpfend bald in die eine, bald in die andere Richtung rollten.

Schiller war indes wieder zu Luft gekommen und rannte, den Kopf eines Bauern in seine Armbeuge gezwungen, gegen einen Holzbalken, an dem sein Opfer schlafend niedersank. Dann eilte er zu Goethe – der, auf den Dielen liegend, von seinem Obermann schmerzhafte Knüffe einstecken musste –, und mit einem Fußtritt trennte er die beiden Kämpfer. Schließlich stürzte er einen Tisch, Platte voran, gegen die Männer, sodass Goethe und ihm genügend Zeit blieb, die rettende Tür zu erreichen und aus dem Wirtshaus zu fliehen – wobei sie alle Stühle in ihrem Weg umwarfen, um die Jagd der Verfolger zu behindern.

Kaum dass sie die Tür hinter sich zugeschlagen hatten, griff Goethe nach dem Spaten, mit dem der Wirt den Schnee vor dem Eingang beseitigt hatte, und steckte ihn so zwischen Türknauf und Rahmen, dass die rasenden Bauern sie von innen nicht zu öffnen vermochten. Nur ihre Flüche fanden dumpf den Weg nach draußen.

Schiller stützte sich mit den Händen auf seinen eigenen Knien ab und wartete, bis sich sein Atem wieder beruhigt hatte. Goethe hatte sich mit dem Rücken gegen die Wand gelehnt. Blut, Schweiß und Wein auf seinem Kopf dampften in der stillen Winterluft. »Ich fühle mir das innerste Gebein zerschmettert«, keuchte er, »und lebe, um es zu fühlen.« Er legte eine Hand auf seinen Scheitel und schmeckte danach von den Fingern. »Meinen Kopf hätte ich wohl geopfert, aber um den guten Wein ist es mir schade.«

Schiller richtete sich auf, und mit spitzen Fingern entfernte er zwei blutige Scherben aus Goethes Haar. »Wir haben unsre Mäntel in der Stube vergessen.«

»In der Tat. Und da wir gerade von der Stube sprechen: Warum ist es eigentlich so still da drinnen geworden?«

Es war deshalb in der Stube so still geworden, weil die drei Bauern den hinteren Ausgang genommen und das Wirtshaus nun umrundet hatten. Als ihre wütenden Fratzen hinter der Ecke erschienen, brachen die beiden Weimarer ihre Atempause ab und gaben erneut Fersengeld. Der Weg zur Straße war von den Bauern versperrt, also mussten sie das Dorf anders verlassen, zwischen den Häusern hindurch und über die Stoppelfelder. Der Schnee war schwer und tief, sodass Jäger wie Gejagte nur langsam vorankamen, wie auf einem Bogen Vogelleim, und in der mondlosen Dunkelheit mehr als einmal stürzten. Das Feld fiel bald ab, hörte schließlich ganz auf, Feld zu sein, und wurde Flussufer. Die beiden liefen hinunter bis zum Fluss, aber Schiller setzte keinen Fuß aufs Eis.

»Tod und Verdammnis!«, schimpfte er. »Die Ilm.«

»Wohlan, überqueren wir sie.«

»Von Herzen Dank, aber ich übergebe mich lieber dem Lumpenpack als den Fischen.«

»Es ist Februar. Gehen Sie nur, das Eis wird uns tragen.«

»Ihr Wort darauf?«

»Gehen Sie nur, ich gebe Ihnen mein Wort«, erwiderte Goethe.

»Der Himmel bewahre mich vor Ihrer Narrheit. – Alter vor Schönheit.«

Ohne zu zögern, setzte Goethe seinen Stiefel aufs Eis, und wiewohl es hohl unter seiner Sohle knackte, hielt die verschneite Eisfläche seinem Gewicht stand. Schiller säumte bis zuletzt, aber als ihre Jäger auf keine zehn Schritt herangekommen waren, folgte er Goethe. Auch die drei Bauern schickten sich an, den Ilmfluss zu überqueren. Sie sprangen erst dann wieder zurück ans sichere Ufer, als Schiller auf dem letzten Meter mit beiden Beinen einbrach und bis zu den Oberschenkeln in der Ilm versank. Er zeterte wie ein Besenbinder, bis ihn Goethe vom Eise befreit hatte.

»Sie gaben mir Ihr Ehrenwort, dass ich nicht einbreche!«

»Ich habe mich offensichtlich geirrt. Aber wir sind in Sicherheit.«

Als Schiller wieder auftrat, quoll eisiges Wasser aus seinen Stiefeln. Seufzend setzte er sich auf seinen Hosenboden in den Schnee, um die Stiefel ganz zu leeren.

Ein Schneeball landete zwischen den beiden. Der jüngste der Bauern am anderen Ufer hatte keinen Stein zum Werfen gefunden und sich sein Geschoss daher selbst aus Schnee geformt.

»Daneben!«, rief Goethe, die Hände als Trichter um den Mund geformt.

»Wir wissen, wo Sie wohnen, Herr Geheimrat!«, rief der Wortführer mit erhobener Faust über den Fluss zurück. »Frohlocken Sie nicht zu früh! Wir werden Ihnen einen Besuch in Weimar abstatten, den Sie so bald nicht vergessen werden!«

»Ich freue mich jetzt schon. Sie werden wohl empfangen sein, meine Herren«, erwiderte Goethe lächelnd. »Bis dahin: Leben Sie Kohl!«

Der Bauer zog seinen jungen Genossen, der bereits Schnee für einen zweiten Ball presste, am Kragen hoch, und gemeinsam stapften die drei zurück nach Oßmannstedt, die Schultern gegen die Kälte hoch an den Kopf gezogen.

»Mich friert«, klagte Schiller, nachdem ihm Goethe wieder auf die Beine geholfen hatte. »Kalt, kalt und feucht!«

»Wollen wir zu Wieland und uns dort aufwärmen?«

»Ich will nicht zu Wieland, ich will heim.« Schiller rieb sich die Arme mit den Händen warm und sah sich im Schein der Sterne nach der Straße um. »Das alles wäre sicherlich nicht passiert, wenn wir stattdessen über die Urpflanze diskutiert hätten.«

Sie hatten am Mittag Weimar in Richtung Apolda verlassen und beim Wandern entlang der Ilm über Gott und die Welt geplaudert – erst über Napoleon Bonapartes prunkvolle Krönung zum Kaiser der Franzosen zu Notre-Dame de Paris, dann über Napoleons Pläne für Europa und schließlich über das Volk der Franzosen als solches und warum deren Revolution so außerordentlich missglücken musste. Darüber hatten sie die Zeit und die Welt um sich herum so sehr vergessen, dass sie sich beim Einbruch der Nacht in Oßmannstedt wiederfanden, wo sie ihre Unterredung in der ersten und einzigen Schenke bei einer Linsensuppe mit geräuchertem Speck, viel Brot und noch mehr Wein fortsetzten.

Durch das Geweih eines Damhirsches, welches über einem der Fenster hing, auf das Thema gebracht, war Goethe auf den *Zwischenkieferknochen* zu sprechen gekommen, und sie hatten von der Politik auf die Wissenschaft umgesattelt. Mit Erlaubnis des Wirts nahmen sie den Achtender vom Nagel, und Goethe legte anhand des Tierschädels dar, wo genau der besagte Knochen mit der Kinnlade verwachsen war und dass seine Existenz beim Menschen bislang nur deshalb verworfen wurde, weil das Zwischenkieferbein bereits vor der Geburt nahtlos mit dem Kiefer verwachse. Dieser unscheinbare Knochen, der Schlussstein im menschlichen Gesicht, sei somit nicht mehr und nicht weniger als ein Beweis dafür, dass bei aller Verschiedenheit der lebendigen Erdwesen überall *eine* Hauptform zu herrschen scheine; *ein* Bauplan, nach dem Mensch und Tier gleichermaßen erschaffen waren.

Nun wurden auch die anderen Gäste der Wirtsstube auf Goethes Referat aufmerksam, und als Antwort auf die neugierigen Blicke wiederholte der Geheimrat, was er vorher Schiller veranschaulicht hatte, sosehr ihn auch Letzterer daran zu hindern suchte – als ahne er bereits, in welcher Katastrophe die anatomische Vorlesung enden würde. Denn die Oßmannstedter hörten Goethe anfangs aufmerksam zu, schienen aber am Ende gar nicht damit einverstanden, so mit allen anderen Kreaturen Gottes großer Schöpfung in einen Topf geworfen zu werden. Als sie gar hörten, dass Goethe seine lästerlichen Erkenntnisse im Leichenturm zu Jena zutage gefördert hatte, wurde ihr Protest laut. Nicht einmal jetzt wollte Goethe auf seinen Freund hören, der ihm riet, den Vortrag abzubrechen. Er wurde vielmehr seinerseits lauter, um die Kritiker zu übertönen. Als er schließlich entnervt in den Gaumen der einzigen anwesenden Frau griff, um das Zwischenkieferbein am lebendigen Objekt nachzuweisen, und sie erschrocken aufschrie, so gut es mit der Hand des Geheimen Rats im Mund eben ging, hatte einer der Bauern kurzerhand die ungeöffnete Weinflasche über Goethes Schädel zerschmettert – und nur der Ilm war es zu verdanken, dass die Weimarer Oßmannstedt mit heiler Haut wieder verlassen konnten.

»Eines muss man Ihnen lassen: Mit Ihnen wird es einem nie langweilig«, sagte Schiller, als sie spät in der Nacht auf der Esplanade voneinander Abschied nahmen. Sie hatten den Weg zurück von Oßmannstedt im strammen Marsch bestritten, sodass ihnen trotz der fehlenden Mäntel warm geworden war. Schiller nieste. »Obwohl mir dieser Ausflug zweifelsohne noch ein kaltes Fieber bescheren wird.«

»Langeweile ist ärger als ein kaltes Fieber.«

Schiller lächelte. »Ganz recht: Man muss im Leben wählen zwischen Langeweile und Leiden. Aber das nächste Mal, wenn Sie ins Umland wollen, um dem Pöbel zu erklären, dass der Mensch bloß ein Tier ohne Fell ist, fragen Sie doch bitte Knebel statt meiner, ob er Sie begleitet. Oder vielmehr beschützt.«

»Sehen wir uns morgen?«

»So Gott will«, erwiderte Schiller, den Fuß schon zum Gehen gewandt. »Gute Nacht! Oder ich sagte besser: Guten Morgen.«

2
WEIMAR

Am Vormittag des 19. Februar 1805 wurde Goethe durch ein Rütteln und Schütteln und laute Rufe unsanft aus dem Schlaf gerissen. Trunken von den Oßmannstedter Weinen und erschöpft von der Wanderung zurück, war er erst wenige Stunden zuvor bäuchlings ins Bett gefallen, ohne sich seines Gehrocks zu entledigen. Selbst die Stiefel trug er noch.

»Gute Güte, Weib! Brennt es?«

»Nein.«

»Also! Warum dann, rasende Megäre, dies Zetergeschrei?«

»Der Herzog schickt nach Ihnen«, erklärte Christiane. »Er lässt ausrichten, es sei dringlich.«

»Dann lass ihm ausrichten, ich komme gegen Abend«, sprach Goethe mit belegter Stimme. Er setzte beide Füße auf den Boden, beide Ellenbogen auf die Knie und stützte den Kopf in beide Hände. »Herrgott, ich habe vielleicht einen Elefantenschädel.«

»Reißen Sie sich zusammen. Geheimrat Voigt war hier. Er sagt, die Sache dulde keinen Aufschub.«

»Voigt?« Goethe knurrte. »Habe ich nicht einmal Zeit für meine Toilette?«

»Nein. Hoch mit Ihnen, alter Mann, wenn Sie nicht wünschen, dass ich Sie mit einer Handvoll Schnee von der Fensterbank vollends aufwecke. Ich bringe Ihnen einen Gehrock, der nicht nach Wein stinkt, und eine Perücke, die Ihr Andenken an die letzte Nacht überdeckt. Ich möchte im Übrigen nicht wissen, was Sie getrieben haben. Vermutlich wissen Sie es selbst nicht mehr.«

»Wen Gott hasst, dem gibt er so eine Frau«, murmelte Goethe und griff sich an den Hinterkopf. Dort, wo ihn in der Nacht die Flasche getroffen hatte, hatte sich eine unappetitliche Kruste aus trockenem Blut und Wein gebildet. Im Spiegel sah er, dass sich zudem sein linkes Auge unter den Faustschlägen schwarz gefärbt hatte und angeschwollen war. Rote Flecken waren auf seinen Wangen verteilt, und ein Mundwinkel war eingerissen. Während Christiane seine Sachen holte, wusch er sich eilig das Gesicht. Beim Abtrocknen fand er eine weitere Glasscherbe im Nacken, die er in die Waschschüssel warf. Dann rückte Christiane die Perücke auf seinem Kopf zurecht, derweil er einen großen Becher lauwarmen Kaffees hinunterstürzte. In der Tür drückte sie ihm eine Semmel in die Hand und einen Kuss auf den Mund, und kauend trat er auf den Frauenplan. Es war eisig kalt und windstill, und der Himmel hatte die Farbe des schmutzigen Schnees.

Er lief, so schnell es das glatte Pflaster zuließ, und wenn ihn jemand grüßte, nickte er nur. Eine Gruppe Gänse wich ihm schnatternd aus und kämpfte, als er passiert hatte, um eine Brosame, die von seiner Semmel zu Boden gefallen war.

Nach einigen Metern schloss ein junger Mann zu Goethe auf. »Herr von Goethe! Herr Geheimrat, so bleiben Sie doch einen Moment stehen!«

»Wenn ich auch morgen noch Geheimrat sein will, darf ich gerade das nicht. Es eilt, wissen Sie.«

»Erlauben Sie mir dann freundlicherweise, dass ich Sie wenigstens ein Stück des Weges begleite.«

»Gerne«, erwiderte Goethe mit halb vollem Mund. »Aber sollte ich ausgleiten, wird Ihnen die unrühmliche Aufgabe zukommen, meinen Sturz zu bremsen.«

Als sie gemeinsam den Markt überquerten, nahm Goethe den Burschen in Augenschein. Er hatte die dunklen

Haare über dem ovalen, fast kindlichen Gesicht in die Stirn gekämmt, und obwohl er einen langen Mantel trug und den Schal um Hals und Kopf gewickelt hatte, sah Goethe seiner Gesichtsfarbe an, dass er lange in der Kälte ausgeharrt hatte – und über einen belebenden Schritt nur dankbar sein konnte.

»Hochwohlgeborener Herr von Goethe, ich begegne Ihnen gewissermaßen auf den Knien meines Herzens«, setzte der junge Mann an. »Ich war bis vor Kurzem Leutnant des preußischen Heeres und war, wie auch Sie, auf dem Feldzug am Rhein, habe aber jetzo dem Militär den Rücken gekehrt, um ganz und gar meiner Bestimmung zum Dichter zu folgen.«

»Das machte uns entweder zu Kollegen oder zu Konkurrenten.«

Der junge Mann bemerkte erst jetzt das Veilchen, das auf Goethes Auge blühte. »Ei, was zum Henker, Herr Geheimrat! Was ist mit Ihnen geschehen? Was hat Ihnen das Gesicht so verrenkt?«

»Ein Kritiker meines Werks. – Was kann ich für Sie tun?«

»Ich komme auf Empfehlung von Wieland, bei dem ich derzeit logiere und der meint, Sie, Goethe, seien sowohl als der größte lebende und von mir sehr bewunderte Poet Teutschlands wie auch als Direktor des hiesigen Hoftheaters die rechte Adresse, ein Lustspiel aus meiner Feder zu präsentieren, welches bislang zwar unbekannt, aber sicherlich dazu angetan ist, Sie und das geneigte Weimarer Publikum trefflich zu amüsieren und zu belehren.«

Goethe blieb einen Augenblick stehen und zwinkerte seinem Gegenüber zu. »Mein junger Freund, wenn Ihr ganzes Lustspiel aus solchen Schachtel- und Aberschachtelsätzen besteht, dann wird es selbst das geneigteste Publikum wohl eher verwirren und ermüden als amüsieren und belehren.«

Der andere erwiderte das Lächeln nicht. »Wieland sagte mir, das Theater hätte einen großen Bedarf an Komödien.«

»In der Tat. Je trostloser das Zeitgeschehen, desto größer der Wunsch nach Zerstreuung«, sagte Goethe und zwängte den allzu großen Rest der Semmel in seinen Mund. »Bie beupfen Komöbienbichber bürfen baher auf Mapoleon hoffen.«

»Dann müssen Sie mein Stück spielen, Euer Exzellenz.«

»Bevor ich Ihr Stück spielen *muss*, muss ich es zuallererst lesen.«

»Dann lesen Sie es. Lesen Sie es, Herr Geheimrat, und falls Sie Fragen dazu haben sollten oder Vorschläge, werden wir darüber sprechen. Aber bitte geben Sie es nicht aus der Hand. Ich hoffe auf Euer Exzellenz guten Willen.«

Er öffnete die Knöpfe seines Mantels mit zitternden Händen und förderte das darunter verborgene Stück zutage. Es war eine kleine Ledermappe, in der sich eine Abschrift des Lustspiels auf billigem Papier befand, mit einem Leinenfaden behelfsweise gebunden. Goethe zögerte einen Moment, aber da ihn der Bursche plötzlich mit so empfindsamer Miene ansah, einen Tropfen Rotz an der Spitze der roten Nase, getraute er sich nicht, das angebotene Werk abzulehnen.

Sie waren über ihre Unterhaltung am Residenzschloss angelangt, und Goethes Weggefährte verabschiedete sich nun mit zahlreichen Höflichkeiten. Das Manuskript war zu groß für jede von Goethes Taschen, sodass er es in den Händen halten musste. Er ärgerte sich schon jetzt darüber, dass er es angenommen hatte, denn seine Ankunft mit einem Buch in der Hand würde vermuten lassen, er hätte sich auf dem Weg nicht geeilt, sondern vielmehr Muße genug für Lektüre gehabt. Er beschleunigte seine Schritte im Hof des Schlosses, für den Fall, dass jemand seine Ankunft durchs Fenster beobachten sollte. Und tatsächlich kam Geheimrat Voigt mit hurtigen Schritten die Treppe herab, noch während sich Goethe im Eingang den Schnee von den Sohlen trat.

Der gleichaltrige Minister brach mitten in der Begrüßung ab, als er Goethes zerschundenen Antlitzes gewahr wurde. »Herrje, Goethe! Sie sind ja grün und blau wie ein Harlekin! Sind Sie beim Weinstampfen unter die Hacken geraten?« Er rümpfte die Nase. »Sie riechen zumindest ganz danach.«

Goethe übergab Hut und Mantel einem Lakaien und folgte Voigt ins obere Stockwerk. Über den Anlass dieses Treffens des Geheimen Consiliums konnte selbst Voigt keinen Aufschluss geben. Im weiß-goldenen Audienzsaal erwartete sie Herzog Carl August von Sachsen-Weimar-Eisenach, der sich ein Leopardenfell gegen die Kälte um den Nacken gelegt hatte, mit drei Gästen, die um einen Tisch mit Tee und Gebäck versammelt waren. Als sämtliche Diener den Raum verlassen und die schweren Türen hinter sich geschlossen hatten, legte Goethe die Ledermappe auf einem Seitentisch ab, und Carl August stellte die Anwesenden vor. Im Kamin loderte ein Feuer, und Goethe hoffte inständig, dass der Rauch wenigstens den Geruch des getrockneten Burgunders in seinem Kragen überdeckte. Er hätte auch das Hemd wechseln sollen.

Der erste der drei Gäste war ein Captain der britischen Armee mit dem Namen Sir William Stanley. Sir William war in Zivil gekleidet, in einen dunklen Frack mit hohem Stehkragen, einer weißen Seidenkrawatte und olivgrünen Leinenhosen in hohen Stiefeln. Ein Zweispitz lag neben ihm auf dem Polster der Recamière sowie ein Spazierstock mit einem elfenbeinernen Knauf in der Form eines Löwenkopfs. Sein Gesicht war schmal wie seine Lippen, und entweder war seine verdrießliche Physiognomie gottgegeben oder nur Ausdruck seines Missfallens am hier ausgeschenkten Tee, den er unberührt in der Porzellantasse vor sich hatte erkalten lassen. Er hatte bis eben in der neusten Ausgabe von *London und Paris* geblättert, und offen vor ihm lag der Nachdruck einer englischen Karikatur auf die Kaiserkrönung Napoleons, auf der ein geradezu pygmäischer Korse in viel zu großen Roben dem misslaunigen

Papst zum Altar folgte, zu seiner Linken die unnatürlich aufgedunsene Kaiserin Joséphine und der Teufel selbst als Ministrant.

Der Zweite in der Runde, Baron Louis Vavel de Versay, ehemals Legationsrat der niederländischen Gesandtschaft in Paris, hätte leicht für einen jüngeren Bruder Carl Augusts gelten können, denn auch er hatte das rundliche Antlitz mit dem seltsam hervorstehenden Kinn und die gleichen freundlichen Augen. Im Gegensatz zum demokratisch gekleideten Stanley schien de Versays Garderobe noch aus den Krönungszeiten Josephs II. herzurühren: ein blauer Gehrock mit Goldborten und eine Zopfperücke, die sein Haar bis auf den dunkelblonden Backenbart bedeckte.

Von Anbeginn gebannt waren Voigt und Goethe aber vom Anblick des dritten Gastes, einer Frau, die sich mit dem Holländer den Platz auf der Chaiselongue teilte – denn ihr Gesicht war von einem dichten grünen Schleier bedeckt, an dem nur ihre braunen Locken einen Weg vorbei fanden. Sie trug ein schwarzes Kleid, das unter der Brust mit einer Schleife geschnürt war, und einen großen Schal über den Schultern. Als Carl August sie vorstellen wollte, geriet er unvermittelt ins Stocken, und sie half ihm aus: »Sophie Botta«, sagte sie, während sie den beiden Geheimen Räten ihren Handrücken zum Kuss reichte. Die Grazie ihrer Bewegungen ließ nicht daran zweifeln, dass sich hinter dem Schleier nur noch mehr Schönheit verbarg.

»Wir haben uns hier zusammengefunden«, hob Carl August an, als alle Platz genommen hatten, »weil wir der gemeinsamen Überzeugung sind, dass der Emporkömmling Napoleon Bonaparte nach seiner aberwitzigen und unrechtmäßigen Krönung zum Kaiser der Franzosen danach strebt, sein falsches *Empire* weiter auszudehnen und Europa mit Krieg zu überziehen – und weil es unsre Überzeugung ist, dass man ihm darin Einhalt gebieten kann und muss. Als Briten, Holländer und Deutsche sprechen wir auch stellvertretend für Spanier, Schweden und Russen – und nicht zu vergessen für die Anhänger eines Frankreich, welches sein Heil im friedlichen Zusammenleben mit den anderen Völkern sucht und nicht in ihrer Unterwerfung.« Hier wies er auf die verschleierte Frau Botta. »Ich bin der Meinung, dass es vor allem im Interesse der Deutschen liegen sollte, Bonaparte aufzuhalten. Denn dass er die französische Grenze bereits bis an den Rhein getrieben hat und Holland besetzt und Mainz zur wahren Bastion ausgebaut, erhellt, in welche Richtung er sich weiter auszudehnen gedenkt. Die deutschen Staaten sind untereinander zerstritten und nur auf den eigenen Vorteil bedacht und so unfähig, eine gemeinsame Armee zu erheben, dass jedes Fürstentum allein leichte Beute für Bonaparte ist. Ganz davon abgesehen, dass einige deutsche Fürsten, allen voran die Baiern, ehr- und vaterlandslos genug sind, gemeine Sache mit dem Despoten zu machen, in der Hoffnung, als Belohnung für ihren Verrat ein paar Krümel vom Kuchen davonzutragen. Die französischen Truppen standen schon einmal an der Fulda, kurz vor Eisenach, und ich habe wenig Interesse, sie je wieder dort zu sehen.«

»Nicht zuletzt steht der Korse in seinem eigenen Land sehr unsolide da«, ergänzte Stanley. »Und Kriege sind, wie wir wissen, eine formidable Art und Weise, innenpolitische Schwächen zu verschleiern und das Volk hinter sich zu vereinen.«

»Unsolide?«, fragte Voigt nach. »Ist das Volk denn nicht auf Napoleons Seite? Ganz Frankreich hat ihm zugejubelt, als die Krone auf sein Haupt gesenkt wurde.«

»Ganz Frankreich hat auch Ludwig XVI. zugejubelt, als die Krone auf sein Haupt niederging. Und ebenso laut haben sie gejubelt, als das Fallbeil aufs selbige Haupt gesenkt wurde. – Von allen Völkern ist, Ihr Pardon, Madame, vorausgesetzt, das Geschlecht der Franken wohl am wankelmütigsten in seiner Gunst und Missgunst. Aber Bonapartes Kriege haben die Franken viel Geld gekostet und das Land in eine wirtschaftliche Misere getrieben; und die Verschleppung und Ermordung des unschuldigen Herzogs von Enghien, dem er zu Unrecht vorwarf, ein Attentat auf sein Leben geplant zu haben, hat die Zahl seiner Feinde in Frankreich nur erhöht. Außerdem erinnern sich die Franken allmählich daran, dass ihre Revolution den Königsthron nicht hatte abschaffen sollen, nur um Platz für einen Kaiserthron zu machen. Die verhasste Aristokratie, die die Sansculotten mit der Guillotine ausgerottet wissen wollten, züchtet Bonaparte jetzt nach, indem er immer neue Anhänger in den Adelsstand erhebt.«

»Unser Anliegen ist es also«, erklärte nun der Holländer, »Bonaparte aus dem Wege zu räumen, mit welchen Mitteln auch immer, und durch einen Herrscher zu ersetzen, der bei den Franken populärer ist. Denn wenn wir Bonaparte vernichten, aber keinen adäquaten Nachfolger anbieten, geht die Krone lediglich an seinen Bruder oder seinen Stiefsohn über oder an ein andres Mitglied seiner neugeschaffenen kaiserlichen Familie.«

»Populärer als Napoleon?«, fragte Voigt. »Und welcher Herrscher wäre dies?«

Da niemand in der Runde antwortete, tat es Carl August. »Ludwig XVII.«

»Der Bruder des geköpften Königs? Der Comte de Provence?«

»Nein.«

»Der Comte d'Artois?«

»Nein, keiner seiner Brüder. Wir meinen tatsächlich Seine Majestät Ludwig XVII., den Dauphin von Viennois Louis-Charles, Herzog der Normandie, Sohn von Ludwig XVI. und Marie Antoinette und legitimer Nachfolger auf dem französischen Königsthron.«

Voigt sah zu Goethe und Goethe zu Voigt, aber offenbar war es den anderen ernst, sodass sich Goethe endlich zu Wort meldete. »Der Dauphin starb vor zehn Jahren in der Gefangenschaft. In der Familie hat allein seine Schwester Marie-Thérèse-Charlotte die Revolution überlebt.«

Als Sophie Botta ihm antwortete, tat sie dies mit einem entzückenden Akzent: »Sie täuschen sich, Herr von Goethe, oder vielmehr: Sie wurden getäuscht, wie auch der Rest der Welt getäuscht wurde, insbesondere aber seine Kerkermeister. Es stimmt, dass Louis-Charles krank war, als man ihn im Pariser Temple festhielt, aber es stimmt nicht, dass er an seiner Krankheit starb. Statt seiner starb ein andrer Knabe, ein krankes Waisenkind von gleichem Wuchs und gleichem Alter. Louis-Charles wurde in einer Verkleidung aus dem Temple entführt. Und als der falsche Dauphin auf dem Friedhof Sainte-Marguerite begraben wurde, war der echte längst in Sicherheit. Seine Flucht aus Frankreich führte ihn mit wechselnden Begleitern über Italien und England schließlich nach Amerika.«

»Bei allem Respekt, Madame Botta: Das ist eine Räuberpistole, wie ich sie in meinen Werken nicht wilder fabulieren könnte. Erlauben Sie mir gnädigst, dass ich Ihnen kein einziges Wort von diesem bourbonischen Märchen glaube.«

»Alle, die den Dauphin kannten und die *terreur* überlebt haben, werden bezeugen können, dass es der leibhaftige Sohn Louis' Seize ist: die Kammerdiener und Zofen von Versailles, die Minister, vor allem aber seine Schwester, die Madame Royale.«

»Und wer sollte für diesen Austausch verantwortlich zeichnen? Sie haben selbst gesagt, dass die Royalisten unter den Jakobinern nahezu ausgerottet wurden.«

»Es war kein Royalist, sondern ein Republikaner: der Vicomte de Barras. Er wollte mit dem Knaben Druck auf Louis' Bruder ausüben, den Comte de Provence, der, sollte es je zu einer Restauration kommen, der nächste König würde. Dass ihm der Dauphin im Laufe seiner Flucht entwischte, entsprach freilich nicht seinen Plänen.«

Carl August legte eine Hand auf Goethes Bein. »Meine

Anwesenheit und die Anwesenheit der Repräsentanten dreier Staaten ist Beweis dafür, dass Madame Bottas Geschichte der Wahrheit entspricht: Der Dauphin lebt – oder vielmehr: Ludwig XVII. lebt. Wir wollen, dass er den französischen Königsthron besteigt, die Jakobiner, die Bonapartisten und die Royalisten aussöhnt und das Blutvergießen in Europa beendet. Ganz davon abgesehen, dass das leidige Kapitel der Französischen Revolution damit endgültig zugeschlagen wäre und der Krankheitsherd Frankreich aufhört, gesunde Staaten mit seiner unheilbringenden Revolutionsepidemie zu infizieren.«

»Louis ist jetzt achtzehn Jahre alt und damit alt genug für den Thron«, ergänzte Sophie Botta. »Wenn er mit der rechten Paarung von Bescheidenheit und Entschlusskraft auftritt, wird ihn das Volk mit offenen Armen empfangen. Louis Dix-sept wird wieder für das Volk regieren und nicht, wie Bonaparte, für sich selbst.«

»Und wo befindet sich der Dauphin jetzt?«, fragte Voigt.

»Ah«, sagte die verschleierte Dame nur.

Goethe nickte. »Ich ahne bereits, dass sich hinter diesem *Ah* der Grund verbirgt, weshalb wir hier sind. Wo also ist der Dauphin?«

»Er segelte von Boston nach Hamburg«, erklärte sie. »Dort sollte er von preußischen Offizieren in Empfang genommen werden. Stattdessen wurde er aber von der französischen Polizei abgefangen und verschleppt. Sie erinnern sich, dass der Vicomte de Barras verantwortlich war für die Entführung Louis' aus dem Temple? Nun, als er und Bonaparte noch nicht gebrochen hatten, vertraute er ihm das Geheimnis des Austauschs an. Seitdem ist Bonaparte so unerbittlich auf der Suche nach dem Thronfolger wie einst Herodes auf der Suche nach dem Jesuskind. Und wir müssen uns vorwerfen lassen, dass wir seinen Polizeiminister unterschätzt haben: Fouché hat Louis ausfindig gemacht, und seine Männer haben ihn nun in ihrer Gewalt.«

»Allmählich verliere ich den Überblick.«

Trotz des Schleiers konnte Goethe sehen, dass die Madame lächelte. »Nur Mut, Herr von Goethe, wir nähern uns dem Ende unsrer Ausführungen. Wie Sie sich denken können, ist Bonaparte daran interessiert, dass kein Mensch je von Louis' Existenz erfährt. Sollte sich der junge Mann, der in Hamburg vom Schiff gegangen ist, als ein Schwindler herausstellen – und diese Vermutung liegt natürlich nahe –, wird Bonaparte ihn entweder als Schwindler einsperren oder schlicht aus dem Land jagen. Sollte es aber tatsächlich Louis Dix-sept sein ... dann zweifeln wir nicht daran, dass ihn dieser Unmensch ebenso rasch und skrupellos aus dem Weg räumen wird wie jüngst den beklagenswerten Duc d'Enghien.«

Carl August schob einige der Teetassen beiseite und schuf somit Platz für eine kleine Karte von Europa, die zuvor unter dem Tisch gelegen hatte. »Fouché hat mittlerweile die Suche angewiesen nach dem ehemaligen Kindermädchen von Louis-Charles, einer gewissen Madame de Rambaud. Sobald diese gefunden ist, werden sich Louis und sie auf halbem Wege zwischen Paris und Hamburg wiedersehen: in Mainz, der ersten Stadt auf französischem Territorium.«

»Warum bringen sie ihn nicht gleich nach Paris?«

»Wir nehmen an, aus Gründen der Geheimhaltung. In Paris ist die Gefahr zu groß, dass der Dauphin auch von andren Menschen erkannt wird. Deshalb bleibt er in Mainz. Die Rambaud soll noch im Laufe dieser Woche eintreffen – all dies natürlich in strengem Gewahrsam. Sie wird kommen, den Dauphin identifizieren, und dann wird Louis noch vor Ort und insgeheim hingerichtet. So ist der Stand der Dinge.«

Goethe sah auf die Karte, die noch aus einer Zeit war, da das Heilige Römische Reich bis zur Saar reichte, nicht nur bis zum Rhein. »Und was ändern wir an diesem unschönen Stand der Dinge?«

Sir William räusperte sich. Baron de Versay gab noch etwas Zucker in seinen ohnehin schon zu süßen Tee.

»Sie kennen sich seit jungen Jahren bestens aus im besetzten Mainz«, sagte der Herzog, »und besser noch, seitdem wir die Stadt damals belagerten. Stellen Sie eine Truppe von guten Männern zusammen, brechen Sie unverzüglich nach Mainz auf, und befreien Sie den Dauphin, bevor ihn Madame de Rambaud identifizieren kann und bevor ihm der Kaiser auch nur ein Haar krümmt.«

»Ich?«

»Ich wüsste keinen, dem ich diesen bedeutsamen Auftrag lieber anvertraute.«

»Sie scherzen, Durchlaucht. Ich bin nicht der Mann, dem Sie das Schicksal Frankreichs und Europens in die Hände legen wollen. Warum kümmern sich statt meiner nicht die Onkel des Dauphins, der Comte de Provence und der Comte d'Artois, um ihren Neffen?«

Sophie Botta seufzte. »Weil sie ichsüchtige Feiglinge sind, die selbst darauf hoffen, eines Tages König zu werden, und deshalb gar nicht wollen, dass der Dauphin ihnen den Platz auf dem Thron nimmt.«

»Und was ist mit den Emigrierten? Ganz Deutschland wimmelt doch von geflohenen Anhängern der Bourbonen, denen es ein Herzensanliegen wäre, ihr Zinnober für den jungen König zu spendieren.«

»Ganz richtig. Aber alle, die unter ihnen für diese Kampagne in Frage kämen, werden auf Schritt und Tritt beobachtet. Ihr Engagement würde Louis nur in Gefahr bringen. Fouché hat ein dichtes Netz von Spitzeln unter den Emigrés und ihren deutschen Gastgebern aufgebaut.« Sie führte einen Finger an die dunkelgrüne Seide vor ihrem Gesicht. »Nur deshalb trage ich diesen verwünschten Schleier, der mir das Leben verleidet: Weil ich nicht einmal in diesen gastlichen Hallen fernab von Paris riskieren kann, dass man meine wahre Identität erkennt – so unbedeutend sie auch sein mag. Ich erinnere abermals an den

Duc d'Enghien: Napoleons Fänge reichen bereits weit über die Grenzen Frankreichs hinaus. Wäre dem nicht so, Herr Geheimrat, bei Gott, ich säße längst in einer Kutsche auf dem Weg nach Mainz.«

Goethe erwiderte nichts, und weil auch die anderen Anwesenden schwiegen, war es mit einem Mal still im Audienzsaal. Das Feuer prasselte im Kamin, und im Magen des holländischen Diplomaten blubberte der Tee. Voigt öffnete den Mund, aber es kam kein Wort heraus. Vermutlich war der Minister dankbar, dass er nicht mit auf diese prekäre Reise geschickt werden sollte, und kein Kommentar seinerseits sollte dies aufs Spiel setzen. Stattdessen betrachtete er das Gemälde, das hinter Sir William an der Wand hing, als hätte er ein bislang unentdecktes Detail in der dargestellten Jagdszene bemerkt.

Schließlich erhob sich Carl August. »Gestatten Sie, dass ich mit dem Geheimrat ein Wort im Separee wechsle.«

Goethe verabschiedete sich mit einem Nicken von den Gästen und folgte dem Herzog in den benachbarten Raum.

»Mir brummt der Schädel«, sagte Goethe. »Eine zwote Flasche hätte nicht mehr Schaden anrichten können als diese unfassbare Darstellung.«

»Gestern getrunken?«

»Auch das. Hätte ich gewusst, dass ich heute Napoleon stürzen soll, wäre ich gestern gewiss früher zu Bett gegangen.« Goethe trat ans Fenster und sah hinaus auf die Kegelbrücke über der Ilm. In der Eisdecke des Flusses war eine lächerlich kleine Lücke geblieben, kaum drei Schritt im Quadrat, in der nun, wie es schien, sämtliche Schwäne Weimars versammelt waren und durch fortwährendes Strampeln und Paddeln zu verhindern suchten, dass das Eis auch ihren letzten Wasserbesitz einschloss. Goethe wäre heute gern noch etwas Schlittschuh gelaufen.

»Du zögerst. Warum? Bewunderst du Napoleon?«

»Nun – ein Kerl, den alle Menschen hassen, der muss

was sein. Was Shakespeare in der Poesie, Mozart in der Musik, das ist eben jener in seiner ungleich hässlicheren Kunst. – Aber dass ich ihn bewundere, heißt nicht, dass ich mich scheue, ihn zu bekämpfen. Man kann auch seine Feinde bewundern.«

»Dann, mein Freund, bitte ich dich mit aller Hingabe, die ich aufbringen kann: Bekämpfe diesen Feind. Geh nach Mainz, und rette den wahren König von Frankreich.«

»Höre, Carl, das ist kein Kinderspiel. Du könntest mich ebenso gut bitten, in der Hölle Rachen hinabzusteigen und eine verlorene Seele zu retten. Und Mainz! Ausgerechnet Mainz!«

»Immerhin haben wir uns in Mainz kennengelernt, alter Kerl.«

Goethe wandte sich vom Fenster ab. »Wer ist die Französin? Sophie Botta ist nicht ihr richtiger Name.«

»Nein. Aber ich kenne ihre wahre Identität und sage nur so viel darüber: Sie hat allen Grund, sich zu verschleiern und Fouchés Männer zu fürchten. Doch die Dame ist von allerhöchster Glaubwürdigkeit, und sie verfügt über eine bemerkenswerte Tapferkeit. Und das Antlitz eines Engels. Mehr darf ich selbst dir nicht sagen, denn ich habe einen Eid geleistet.«

»Und wie kommt es überhaupt, dass du dich dieser denkwürdigen Allianz angeschlossen hast?«

»Von allen Staaten des Deutschen Reiches muss mein Herzogtum Napoleon als die saftigste Beute scheinen: Wir sind zwar klein, halten aber eine Schlüsselposition in der Mitte Deutschlands, und das Heer Sachsen-Weimars gegen die französische Armee hieße eine Ratze gegen einen Löwen antreten lassen. Ich habe mich als Gastgeber vieler königstreuer Franzosen hervorgetan und aus meiner Abneigung gegen den Korsen nie einen Hehl gemacht. Und ich habe sämtliche Feldzüge gegen Frankreich begleitet. Vielleicht bin ich in den Augen des Kaisers nur ein kleines Licht, aber umso bestimmter wird er es auslöschen wollen. Sollte Napoleon gegen Deutschland marschieren – und das wird er, so wir die Hände untätig in den Schoß legen –, dann muss ich nicht nur um mein Herzogtum, sondern auch um mein nacktes Leben fürchten.« Carl August packte seinen Freund an beiden Armen, und mit ehrlicher Verzweiflung sagte er: »Wenn ich je deine Hilfe gebraucht habe, dann jetzt. Hilf mir, und du sollst fürder alles haben, was du von mir verlangst.«

Auf dem Heimweg verfasste Goethe im Geiste eine Liste mit den Dingen, die er dem Herzog abverlangen wollte: die stufenweise Verminderung der Fron- und Steuerlasten für die Bauern des Fürstentums, die Ernennung Hegels zum Professor der Philosophie an der Jenenser Universität und schließlich die Entfernung der vom Herzog so verehrten Karoline Jagemann vom Hoftheater, denn die fortdauernden Ränke und Machtspielchen der Schauspielerin raubten ihm den letzten Nerv. Dieser herkulische Dienst für Carl August sollte seinen Preis haben, und es würde nicht bei Versprechungen bleiben. Wieder am Frauenplan angelangt, kam Goethe der Gedanke, dass in der Mitte des Platzes eigentlich noch genügend Raum für eine bronzene Statue … – und verwarf ihn sogleich wieder.

Christiane kam ihm entgegen, während er im Flur seine Stiefel auszog, und fragte ihn, ob er nun zu frühstücken oder vielmehr Mittag zu essen gedenke. Doch mitten in ihrer Aufzählung möglicher Speisen verstummte sie, als er von seinen Stiefeln aufblickte.

»Gibt es etwa Krieg?«, fragte sie.

Goethe schüttelte lächelnd den Kopf. »Nein, aber ich muss dennoch fort. Der Herzog schickt mich nach … Hessen.«

»Was sollten Sie in Hessen?«

»Diplomatische Obliegenheiten. Aber versprochen: Ich werde nicht länger als eine Woche fort sein, und ich bringe dir eine Bouteille feinsten Rheinweines mit.« Goethe nahm die Perücke ab. Die Wärme darunter hatte den Schorf aufgeweicht, und zwei Blutflecken hatten die weißen Perückenhaare hellrot eingefärbt. »Schlag mir ein paar Eier in die Pfanne und Speck dazu. Ich bin hungriger als Schwager Kronos. – Wo ist mein Sohn?«

»August ist im Garten und baut einen Mann aus Schnee.«

»Schick ihn zu Schillern. Er soll augenblicklich kommen, und wenn ihn darob die Inspiration verlässt!«

»Die Inspiration für einen Schneemann?«

»Nicht doch August, du Schaf! Ich rede von Schillern.«

In seinem Arbeitszimmer stellte Goethe den ledernen Ranzen, den er zuletzt auf einer Wanderung durch den Thüringer Wald genutzt hatte, auf den Tisch in der Mitte des Raumes und füllte ihn mit Kleidern für seine Reise nach Mainz; schmucklos genug, jeglicher Aufmerksamkeit zu entgehen, und warm genug für den Frost, der über Deutschland lag. Dann sammelte er zusammen, was er für nötig hielt: einen Wasserschlauch aus Sizilien und einen Hirschfänger mit einem Griff aus Horn, den ihm sein Herzog in der Schweiz geschenkt hatte. Ein Seil, das er mit in den Harz genommen, aber weder dort noch später je benutzt hatte. Eine Öllampe aus Messing aus den Ilmenauer Bergwerken. Und schließlich einen Kompass, der ihm den Weg in die Champagne und zurück gewiesen hatte. Er wartete, bis ihm Christiane das dampfende Frühstück in einer schwarzen Eisenpfanne gebracht hatte, bevor er begann, auch unter seinen Waffen die dienlichsten herauszusuchen. Er entschied sich für ein einfaches Stilett und zwei Pistolen. Dazwischen nahm er immer wieder eine Gabel voll des Omeletts. August war zurückgekehrt und gab im Garten seinem Schneemann den letzten Schliff. Vom Turme Sankt Peter und Paul schlug es Zwölf.

Bald pochte es an der Tür, und Schiller trat herein, auch er von den grünen und blauen Siegeln des gestrigen Streits gezeichnet. »Was gibt es? Hat Knebel etwa keine Zeit?

Oder keine Lust?« Schiller fand Goethe über sein Pulverhorn und ein Säckchen Bleikugeln gebeugt. »Meiner Treu, Goethe! Sie werden sich doch nicht etwa an den braven Oßmannstedtern blutig rächen wollen?«

»Mitnichten. Der Gegner, gegen den ich mich mit diesen Pistolen wappne, ist größer als eine Handvoll Bauern. So recht betrachtet, ist es der größte Gegner, den man sich heutigentags unter allen Lebenden nur suchen kann.«

Als Schiller begriff, dass Goethe nicht scherzte, schwand das Lächeln von seinen Lippen. »Von wem reden Sie?«

»Vom Franzosenkaiser.«

»Sie wollen dem leibhaftigen Napoleon die Stirn bieten?«

Derweil Goethe weitere Utensilien auf dem Tisch ausbreitete, um zu entscheiden, welche von ihnen er seinem knappen Marschgepäck hinzufügen sollte, berichtete er seinem Freund, was ihm seinerseits von Carl August und den anderen zugetragen worden war. Schiller zog sich einen Stuhl heran und hörte aufmerksam zu.

Als Goethe geendet hatte, fragte Schiller: »Ist's Wahrheit, was ich jetzt gehört?«

»Ja.«

»Also kam ich, um Abschied zu nehmen?«

»Nein. Um mich zu begleiten.«

Die Männer sahen einander stumm in die Augen, bis Schiller fragte: »Wie meinen?«

»Ich möchte Sie bitten, mich nach Mainz zu begleiten, weil ich Sie als klugen und rüstigen Streiter kenne und weil ich mir für diesen Auftrag keinen mutigeren Weggefährten wünschen könnte.«

»Hum.«

»Was heißt hier *hum*? Sie haben doch Mut.«

»Mut hab ich genug, um barfuß mitten durch die Hölle zu gehen – aber warum *ich*? Warum *Sie*, wo wir schon davon anfangen? Warum wählen Carl August und dies verschleierte Bild einer Frau ausgerechnet Sie aus? Was ist's überhaupt, das sich hinter diesem Schleier verbirgt? Und gibt es für eine solche Aufgabe von weltveränderischer Bedeutung keine fähigeren, keine jüngeren Männer? Beispielsweise in der herzoglich Sachsen-Weimarschen Armee? Mainz ist eine Festung.«

»Unabweislich. Aber dies wird keine Belagerung, sondern ein Eingriff. Und da kostet's Mühe und List; dafür braucht's keine Soldaten, sondern Denker – gerne auch altersweise Denker«, sagte Goethe. »Zweifeln Sie etwa an der Geschichte des Dauphins?«

»Nein. Die Historie hat mich gelehrt, dass noch viel unwirklichere Begebenheiten wirklich waren. Und, ehrlich zu sagen, ich hatte etwas in der Art bereits vermutet. Ich halte es nur für bedenklich, nein, geradezu unratsam, sich mit dem Dämon der Staatenpolitik anzulegen. Ich dachte, wir beide hätten beschlossen, der Gegenwart zu entsagen und uns nur noch dem zu widmen, was ewig ist – nämlich der Wahrheit und der Schönheit.«

»Aber ich kann nicht tatenlos zusehen, wie Napoleon unser Reich in Brand steckt. Er hat uns Deutschen alle Gebiete links des Rheins entrissen, aus Köln Cologne gemacht, aus Koblenz Coblence und aus Mainz Mayence. Und er wird Deutschland weiter fressen.«

Schiller lächelte. »Der Weltbürger Goethe mit einem Mal so heilig-römisch, so deutsch-national? Das sind ganz ungewohnte Töne aus Ihrem Munde.«

»Wohl, Sie kennen mich besser: Mir ist es im Grunde gleich, ob Mayence hessisch ist oder preußisch oder pfälzisch oder eben französisch, Mainz bleibt Mainz – aber ich fürchte wie der Herzog um unser kleines Weimar, das bleiben soll, was es ist.«

Schiller drehte seinen Stuhl, um die gekreuzten Arme auf der Lehne ablegen zu können. »Lassen Sie mich für einen Moment des Teufels Advokat sein: Käme Napoleon, er schenkte unserm rückständigen Land vielleicht so manchen Fortschritt.«

»Ein Geschenk, eingewickelt mit einem Band aus Blut und Tränen. Seinen Mordsinn kenne ich: Ein Mann, der sich nicht um das Leben von Millionen von Menschen schert; der von sich selbst sagt, es wäre besser für das Heil der Menschheit, er hätte nie gelebt – wenn ich seinen fortschrittlichen *Code Civil* um den Preis unsrer Kinder Leben bekomme, dann will ich ihn nicht.«

»Und um zu verhindern, dass der Despot den Krieg in unsern Grenzen anzündet, wollen Sie ihn durch einen anderen Despoten ersetzen. Ein Rückfall ins vergangene Jahrhundert, ins Ancien Régime.«

»Es müsste keiner sein!«, rief Goethe aus. Er ging hinüber zum Globus, der nahe dem Fenster stand, und drehte ihn, sodass Tag und Nacht im Sekundentakt verstrichen. »Denn schließlich retten wir Louis-Charles' Leben, und wir begleiten ihn danach: Bedenken Sie nur, wie groß unser Einfluss auf ihn wäre! Er ist noch jung, er ist empfänglich. Wir können ihn lehren, aus den Fehlern seines Vaters und denen Napoleons zu lernen. Wir können das Kind nach unserm Sinne formen. Wir könnten ihn mit all den Idealen ausstatten, die wir selbst für richtig erachten. Es ist mir bei Carl August gelungen, aus einem vergnügungssüchtigen Springinsfeld einen aufgeklärten, gewissenhaften Herrscher zu bilden, und er hat ein unbedeutendes kleines Herzogtum zu größter Blüte geführt. Kaum auszumalen, was wir beide als Erzieher und Vertraute des Königs der schönsten Monarchie der Welt erreichen könnten!«

Schillers Blick wich von Goethe ab, wanderte einen Moment ziellos im Raum umher und fand schließlich den drehenden Erdball. Er blinzelte. »Warum, bitte, drehen Sie den Globus?«

»Ich weiß es selbst nicht.« Goethe umfasste mit der Hand die Arktis und hielt die Erdkugel an. »Aber eines noch, dann schweige ich: Man soll tun, was man kann, einzelne Menschen vom Untergang zu retten, umso mehr ein unschuldiges und viel gepeinigtes Waisenkind. Louis ist ein würdiger Mensch, und er soll in keinem schimpflichen Gefängnisse verschmachten oder gar enthauptet werden: Die freche Tyrannei, die es wagte, ihn zu fesseln, zückt schon den Dolch, ihn zu ermorden. Sein Hals wäre ein rechtes Fressen für den Scharfrichter. – Selbst wenn es also misslingt, ihn auf den Thron zu heben, will ich zufrieden sein, ihn vom Schafott und vom Schicksal seiner Eltern bewahrt zu haben. Sein Jahrhundert kann man vielleicht nicht verändern, aber man kann sich dagegenstellen und glückliche Wirkungen vorbereiten.«

Schiller nickte mit dem ganzen Oberleib, aber dennoch ganz unscheinbar. Er sagte eine ganze Weile nichts, derweil ihn Goethe, die Hand auf dem Nordpol, betrachtete. Dann erhob sich Schiller, geräuschvoll einatmend, von seinem Stuhl und blickte sein Gegenüber lächelnd an. »Wohlan! Es soll an mir nicht fehlen. Fordern wir unser Jahrhundert in die Schranken. Arm in Arm mit Ihnen kann es nur gelingen.«

Mit funkelnden Augen eilte Goethe Schiller entgegen, und die beiden Freunde packten des anderen Unterarm mit festem Griff.

»Arm in Arm!«, wiederholte Schiller. »Es soll mich kitzeln, Napoleon niederzuringen. Das Ziel ist würdig, und der Preis ist groß!«

»Ich bin überglücklich, mein teurer Freund. Nun fürchte ich mich weder vor Hölle noch Teufel.«

Die beiden lösten ihren Handschlag. »Meine Arbeit macht derzeit eh keine Fortschritte«, sagte Schiller, »da kömmt mir ein Ausflug an Rhein und Main nur gelegen. – Außerdem hat der gestrige Abend wohl zur Genüge bewiesen, dass Sie ohne meinen Beistand aufgeschmissen sind.«

»Woran schreiben Sie?«

»Etwas mit Piraten und einer Meuterei und Menschenfressern und einer Liebe auf hoher See. Aber es will mir so gar nicht von der Hand. Ich überlege bereits, die Piraten über Bord zu werfen und mich an eine Fortsetzung meiner ungemein erfolgreichen *Räuber* zu wagen.«

Goethe brummte.

»Hörte ich Sie brummen?«

Goethe brummte abermals.

Schiller hob nickend die Hände. »Wohl, Sie brummen zu Recht. Ich werde nichts dergleichen machen. Ich lasse die *Räuber* in Frieden ruhen, und stattdessen sollen unsre Heldentaten im Dienst des Friedens Inhalt meines nächsten Werkes werden. Lolo allerdings wird mich schelten, wenn ich ihr erzähle, dass ich nach Frankreich muss, und mich nur widerstrebend ziehen lassen. Aber ich war lange genug ein bemooster Philister mit der Nachtkappe auf dem Schädel und der Tobakspfeife im Mund hinterm warmen Ofen; jetzt sage ich dem Lehnsessel und der Seelenessigfabrik Weimar adieu!, ich will wieder den Staub der Straße schmecken, und zum Henker fahre das Privatleben! – Frisch also! Mutig ans Werk! Wann brechen wir auf?«

»Noch heute Nacht. Es fehlt uns freilich noch ein dritter Gefährte. Ein Mann, der sich wie kein Zwoter in Mainz und dem Rheinland auskennt, der Frankreich und seine Sprache so gut beherrscht, dass er selbst für einen Franken gelten könnte, der überdies fränkische Passierscheine besitzt – und der zum Glück gerade in unsrer Stadt weilt.« Goethe nahm seine Grubenlampe vom Tisch und entzündete den Docht an einer der Kerzen. »Wir müssen freilich in die Unterwelt hinabsteigen, um ihn zu finden.«

Schiller legte die Stirn in Falten. »In die Unterwelt? Wer ist es? Der Mephistopheles?«

Goethe lachte. »Nein. Alexander von Humboldt.«

»Oh.«

»Enttäuscht?«

»Von den Brüdern Humboldt ist mir Wilhelm, der Ältere, immer der liebere gewesen. Alexander imponiert sehr vielen und gewinnt im Vergleich mit seinem Bruder meistens nur, weil er ein Maul hat und sich geltend machen kann. Mir ist er suspekt.«

»Ich halte große Stücke auf Alexander. Ich verdanke ihm viel: Meine naturhistorischen Arbeiten sind durch seine Gegenwart wieder aus ihrem Winterschlafe geweckt worden. Ohne seine Ermutigung hätte ich das Studium der Osteologie nicht wiederaufgenommen und das Zwischenkieferbein nie entdeckt.«

Schiller fuhr mit zwei Fingern über den blutigen Riss in seiner Oberlippe. »Nach gestern Nacht bin ich versucht zu sagen: Es wäre besser unentdeckt geblieben. – Ist Humboldt nicht selbst ein halber Franzos? Lebt er nicht viel lieber in Paris denn in seinem heimatlichen Berlin?«

»Er liebt die Franken, aber er hasst Napoleon! Besser könnten wir es gar nicht treffen. Wir haben großes Glück, dass er zurzeit in Weimar forscht. Mein Ehrenwort, dass er sich als nützlich erweisen wird.«

Schiller winkte ab. »Das letzte Mal, als Sie mir Ihr Ehrenwort gaben, bin ich ins Eis eingebrochen.«

Sie liefen durch die Seifengasse und die Gärten zum Park und ein paar Treppen den Abhang zur Ilm hinab. Dort, wo der Hang dem Flussufer am nächsten kam, war ein Tor in den Fels gehauen, von einer Holztür mit schwarzen Eisenbeschlägen bedeckt. Darüber spannte sich ein Bogen aus Steinen, von dem die Eiszapfen hingen. Sie öffneten die Tür und folgten dem Schacht, der von hier durch den Kalkstein südwärts getrieben war. Je tiefer sie kamen, desto wärmer wurde es. Ein schmaler, von Steinplatten bedeckter Kanal war links in den Boden gehauen.

Nach einem kurzen Fußmarsch erreichten sie eine künstliche Höhle, in der im Schein mehrerer Lampen Alexander von Humboldt arbeitete, einen Hammer in der einen und eine grobe Bürste in der anderen Hand. Auf dem sandigen Boden zu seinen Füßen lagen ein Notizbuch und Gesteinsbrocken unterschiedlicher Größe. Auf einigen davon konnte man das Geflecht vorzeitlicher Pflanzen erkennen, andere stellten sich beim zweiten Blick als Knochen und Tierzähne heraus. Mantel und Jacke hatte Humboldt abgelegt, und der Tuffstein hatte sein Hemd und sein Halstuch braun eingefärbt. Auch sein Antlitz war schmutzig, und in die zerzausten Haare war ihm Kalkstein von der Decke gerieselt – doch selbst das konnte sein blendendes Erscheinungsbild nicht trüben. Seine Konturen, sein klarer Blick, der bronzene Glanz seiner tropengebräunten Haut – um so schöner im Vergleich zur Bibliothekarsblässe der beiden Dichter –: So stellte sich Goethe den jungen Faust vor, und wäre Humboldt Schauspieler, nicht Wissenschaftler, Schiller hätte ihn zweifelsohne als den Karl Moor besetzt.

Humboldt traf schier der Schlag, die beiden Weimarer Geistesgrößen vor sich in der Höhle zu sehen. Wiederholt wischte er seine staubige Hand an den Hosenbeinen ab, bevor er sie ihnen reichte. Um den Preußen nicht sofort mit ihrem unerhörten Anliegen zu überfallen, erkundigte sich Goethe erst nach dessen Forschungen – worauf Ersterer allerdings eine so umfassende Beschreibung der hiesigen Geologie und der fossilen Funde begann, dass Goethe ihn schließlich unterbrechen musste. Die Hände in die Hüften gestützt, lauschte nun Humboldt seinerseits den Ausführungen des Dichters den Dauphin betreffend. Dabei erwähnte Goethe freilich nur die Errettung, nicht aber die beabsichtigte Restauration Ludwigs XVII., und ebenso nannte er bis auf des Herzogs Namen keinen anderen. Während des Vortrags musterte Schiller Humboldt aus dem Winkel seiner Augen.

Goethe schloss mit der Bitte, Humboldt möge sich ihnen anschließen, worauf jener antwortete: »Ich habe mich bislang immer aus der Politik herausgehalten, denn sie ist eine der wenigen Wissenschaften, die mich nie interessiert haben – und ich meine, dass mir die Politik immer nur geschadet, nie aber genützt habe. Dennoch: Wenn mich die beiden Dioskuren von Weimar um meine Hilfe bitten, wäre ich ein Narr, nicht zu helfen. Ihnen, meine Herren, einen Wunsch abzuschlagen hieße Halbgöttern einen Wunsch abzuschlagen. Zählen Sie auf mich, ich begleite Sie mit Freuden, wohin immer Sie wollen, und sei es direkt in den Louvre.«

Erfreut bot Goethe seine Hand an, worauf Humboldt die seinige erneut am Hosenbein säuberte und ihm reichte.

»Und Ihre Steine?«, fragte Schiller beim Händedruck.

»Meine *Fossilien* werden getrost eine weitere Woche warten können, nachdem sie zirka einhunderttausend Jahre auf mich gewartet haben.«

Goethe wies auf die Geheimhaltung und die Eile ihres Projekts hin, und Humboldt versicherte, binnen einer Stunde reisefertig zu sein, denn er sei es gewohnt, schnell und mit leichtem Gepäck zu reisen. Während er seine Funde sortierte, verließen die anderen die Höhle. Draußen war es inzwischen ebenso dunkel, und nur dank Goethes Lampe fanden sie sicheren Trittes zurück in die Stadt. Am Frauenplan trennten sich die beiden.

In der Küche des Goethehauses warteten Christiane, August und Geheimrat Voigt beinahe schweigend auf des Dichters Rückkehr. Christiane hatte Voigt einen Tee serviert, und mit ihren Tassen gingen die beiden Räte hinauf ins Urbinozimmer. Dort entnahm Voigt einem ledernen Portefeuille deutsche und französische Wechsel und Münzen im Wert von zweitausend Reichstalern, je ein Drittel zusammengelegt von Frau Bottas Emigrés und den Regierungen Sachsen-Weimar-Eisenachs und Großbritanniens; dazu hinlängliche Passierscheine aus der Kanzlei des Herzogs für freies Geleit im Reich; ferner eine Karte von Rheinhessen und eine von Mainz und schließlich die handgefertigte Kopie einer Skizze des Deutschhauses in Mainz, Sitz der französischen Präfektur und damit Ort des Tribunals über Louis-Charles de Bourbon. Voigt wies auf ein Porträt des Herzogs, das im Zimmer hing, und richtete abermals dessen Wünsche für ein gutes Gelingen der

Mission aus und die eindringliche Bitte, Goethe möge sich bei den Tollhäuslern von Mainz auf keinen Fall in Lebensgefahr begeben. Alle weiteren Fragen würde Sir William beantworten können, der ihn mit seinen Männern bis Eisenach begleiten sollte.

Als Voigt fort war, widmete sich Goethe wieder seiner Ausrüstung. Christiane kam herauf, die Hände in der Schürze vergraben, und als sie die Banknoten sah, brach sie in Tränen aus, denn das Geld jetzt und Voigts höfliches Schweigen soeben waren ihr Indiz genug, dass ihr Wolfgang eine Reise antrat, die vielleicht seine letzte sein konnte. Er nahm sie in den Arm, drückte sie und trocknete ihre Tränen mit dem Ärmel seines Gehrocks. Er versprach, gut auf sich achtzugeben und nicht in Frankreich oder sonst wo in der Ferne, sondern einzig in seinem heimischen Lehnsessel zu sterben. Nach einem zärtlichen Kuss ging Christiane, ihm einen Reiseproviant zuzubereiten. Goethe schloss seinen Ranzen, schnürte eine schwere Decke darüber und verstaute seine Pistolen im Futteral. Die Zeit reichte noch aus, ein heißes Bad zu nehmen, das ihm sein Diener Carl bereitete und dessen Wirkung und Wohltat, so mutmaßte Goethe, für etwelche entbehrungsreiche Tage vorhalten musste.

Humboldt wartete bereits in der Tür des Goethehauses, zu seinen Füßen ein Tornister, als Goethe Schlag acht vors Haus trat. Es hatte zu schneien begonnen, und der Frauenplan lag dunkel und verlassen vor ihnen. Schiller stieß wenig später hinzu, einen langen Knotenstock in der Hand. Auch er trug einen Ranzen, an den er eine Armbrust gegurtet hatte. »Sie sind verwundert ob des seltsamen Gerätes auf meinem Rücken?«, fragte Schiller. »Nun, ich bin ein Meister auf der Armbrust. Diese stille Waffe ist der schnödelärmenden Pistole allezeit vorzuziehen. Ich nehme es auf mit jedem Schützen!«

Schiller war rasch gelaufen und nahm einen so tiefen Atemzug der kalten Luft, dass er hernach heftig husten musste. Goethe erkundigte sich, ob des Freundes angeschlagene Gesundheit überhaupt zulasse, die zu erwartenden Strapazen auf sich zu nehmen, worauf jener, nachdem er mit einem Schnupftuch die Mundwinkel getrocknet hatte, lächelnd erwiderte: »Diese Frage muss ich mir nicht von einem Mann stellen lassen, der zehn Jahre älter ist als ich.«

Humboldt wies die beiden auf eine vermummte Gestalt hin, die sich ihrer Gruppe von der Brauhausgasse her näherte. Goethe sah, dass es nicht der Brite war, und vermutete bereits einen Bonapartisten – da erkannte er den dichtenden preußischen Leutnant, der ihn am Mittag angesprochen hatte. Der Mann sah so durchfroren aus, als hätte er seitdem nicht einmal seine Finger am Kamin wärmen können. Er wünschte den beiden anderen, ohne sie hinter ihren schweren Schals zu erkennen, einen guten Abend und fragte Goethe, ob dieser inzwischen sein Lustspiel gelesen habe.

»Beileibe nicht«, antwortete der und erinnerte sich erst jetzt daran, dass er die Abschrift im Audienzsaal des Schlosses vergessen hatte. »Denn von allen Tagen, die Sie hätten auswählen können, haben Sie mich heute denkbar geschäftig angetroffen. Es tut mir leid, aber ich muss Sie vorerst vertrösten. Gute Nacht.«

»Wann werden Sie es lesen?«

»Sobald ich die Zeit dazu finde, aber das wird noch ein Weilchen hin sein. Gute Nacht.«

Der Leutnant warf einen Blick auf das Gepäck der drei. »Sie verreisen? Wohin?«

»Mit Verlaub, mein junger Freund, das darf ich Ihnen leider Gottes nicht anvertrauen. Nun gute Nacht.«

Aber der junge Mann ließ sich nicht vertreiben. Er starrte lange auf Goethes Ranzen, und als er wieder aufsah, hatten sich seine Wangen gerötet, und sein Ton war harsch. »Wieland sagt, ich werde die große Lücke in der dramatischen Literatur ausfüllen, die nicht einmal Sie und Herr von Schiller haben ausfüllen können. Ich werde Sie dereinst übertreffen, sei es mit oder ohne Ihre Unterstützung.«

Goethe wechselte einen amüsierten Blick mit Schiller. »So, sagt Wieland das? Nun, ich werde mich bei der Lektüre Ihres Stückes hoffentlich davon überzeugen können.«

»Nein. So lange warte ich nicht. Ich habe Ihr Urteil nicht nötig. Geben Sie mir das Werk zurück.«

»Ah«, sagte Goethe und räusperte sich. »Ich bitte um Verzeihung, aber ich habe es nicht bei mir. Es liegt derzeit im Schloss.«

»Was Henker! Ich hatte Sie doch ausdrücklich angewiesen, es nicht aus der Hand zu geben!«

»So beruhigen Sie sich. Es ist dort so sicher wie der Stern am Himmel und wird gewiss nicht abhanden kommen.«

Der Leutnant betrachtete Goethe mit schwerem Blick. »Gut – – Sie missachten mich. Sie missachten mich, weil Sie mich nicht kennen, und dafür hasse ich Sie. Leben Sie also wohl. Ich wünsche, dass Ihnen die Achse unter dem Hintern wegbricht und Sie nimmer von Ihrer Reise heimkehren mögen!«

Auf dem Absatz machte er kehrt, bevor Goethe etwas auf diese hitzige Rede erwidern konnte. Die drei Männer sahen ihm nach, wie er wutentbrannten Schrittes den Frauenplan überquerte und im Schneetreiben entschwand. Humboldt war der Letzte, der seinen Blick von ihrem nächtlichen Besuch löste.

»Schnell fertig ist die Jugend mit dem Wort«, meinte Schiller.

»In der Tat. Eben noch verehrt, jetzt schon verwünscht.« Goethe schüttelte den Kopf. »Dass doch die Jugend immer zwischen den Extremen schwankt!«

»Ein zuckersüßes Bürschchen, in der Tat. Wer war die Kanaille?«

»Ein Leutnant aus Preußen, der nun Poetaster ward.

Und bis vor einer Minute noch ein glühender Bewunderer meiner Kunst.« Als Schiller schmunzelte, fügte Goethe hinzu: »Spotten Sie nicht. Ein jeglicher muss sich einen Helden wählen, dem er die Wege zum Olymp hinauf sich nacharbeitet. – Wieland schickt einem doch immerzu die kauzigsten Menschen. Hoffen wir nur, dass auch aus diesem absurden Most zuletzt ein guter Wein wird.«

Endlich bogen nun auch vier königlich-britische Dragoner um die Ecke, gefolgt von einer zweispännigen Berline mit schwarzem Verdeck und brennenden Laternen rechts und links des Kutschbocks. Sie halfen dem schweigsamen Kutscher beim Aufladen ihres Reiseguts und stiegen dann zu Sir William in die Kabine. Mit einem Schlag seines Stocks gab der Brite das Signal zum Aufbruch, und während sich die Männer mit Kissen und Decken bequem und warm einrichteten, preschte die Kutsche mit ihrem Geleit auf der Erfurter Chaussee stadtauswärts.

3
FRANKFURT

Am Abend des darauf folgenden Tages erreichten die Gefährten die letzte Poststation vor Eisenach, wo die Pferde gewechselt wurden. Von der Anhöhe, auf der die Herberge lag, konnten sie bereits die Stadt sehen und die trutzige, schneebestäubte Wartburg in den Tannenhängen darüber. Sir William wurde von einem britischen Leutnant in Zivil erwartet, der ihnen die Botschaft übermittelte, dass Fouchés Männer Madame de Rambaud in Paris aufgetrieben hätten und nun über Luxemburg und Trier Richtung Mainz aufgebrochen seien. Dort würde das Kindermädchen spätestens in einer Woche eintreffen, und diese sieben Tage musste Goethe nutzen.

Sir William Stanley nahm jetzt Abschied, denn es war vereinbart, dass sich die Dragoner auf der Wartburg einrichten würden. Dort, auf sicherem deutschem Boden, in der Deutschen sichersten Burg, würde der Engländer auf Goethe warten und den Dauphin empfangen, um von hier aus eskortiert weiterzureisen, entweder nach Weimar oder nach Berlin oder gleich nach Mitau in Kurland, wo der Comte de Provence auf Einladung Zar Alexanders Hof im Exil hielt. Erst dann würde man die weiteren Schritte zur Absetzung Napoleons I. und zur Thronfolge Ludwigs XVII. beraten. Die Kutsche aber und ihr Kutscher – ein russischer Diener der Madame Botta mit Namen Boris, die Physiognomie eine originelle Mischung aus Spitzbüberei und Laune – standen weiter uneingeschränkt zu Diensten Goethes und seiner Begleiter.

Stanley, der die Fahrt hindurch recht still und maulfaul gewesen war, sprach nun aus, was ihm auf der Seele lastete. »Ich ahnte bereits, dass Ihre Gruppe klein werden würde, aber dass sie derart klein ist, überrascht mich doch. Wollen Sie mir erklären, Herr Geheimrat, wie Sie es anstellen wollen, mit der Hilfe zweier Zivilisten den König von Frankreich aus seiner Festungshaft zu befreien?«

»Nein, das will ich nicht«, erwiderte Goethe. »Denn neben Raschheit ist vor allem Verschwiegenheit geboten, und sollten Sie dem Feind in die Hände fallen, wovor Gott sei, oder gar dem Feind angehören, ist es besser, Sie wissen nichts von meinen Plänen.«

Sir William quittierte Goethes Entschluss mit einem Nicken. Dann nahm er einige Papiere aus seiner Tasche. »Sie haben dies im Schloss vergessen. Der Herzog bat mich, es Ihnen mitzugeben.« Es war die Komödie des zornigen jungen Dichters.

Während Stanley und seine Soldaten zur Wartburg ritten, passierte die schwarze Kutsche ohne Halt Eisenach. Die Passagiere breiteten Brot, Wurst und Schinken zum abendlichen Mahl auf der Pritsche aus, und Goethe entnahm einer mitgegebenen Kiste des Herzogs eine der vier Flaschen Champagnerweins, die darin in Stroh gebettet lagen. Er klopfte mit dem Fingernagel gegen das grüne Glas. »Carl August mag die Franken nicht leiden, doch ihre Weine trinkt er gern.«

»Sie haben vor dem Engländer geschwiegen, aber uns werden Sie Ihren Plan doch sicherlich anvertrauen«, sagte Humboldt, während er sich eine Ecke vom Brotlaib schnitt.

»Ich bin dankbar, dass Sie mich erst jetzo danach fragen, denn mir kam der Einfall erst hinter Erfurt. – Hören Sie gut zu: Sie erinnern sich, dass der Dauphin von seiner ehemaligen Amme erkannt werden soll? Nun, es wird so weit nicht kommen. Denn wir fangen diese Frau von Rambaud auf dem Weg nach Mainz ab und ersetzen sie durch ein Double aus unsrer Hand. In ihrer Begleitung gelangen wir durch alle Kontrollen und hinein ins tiefste Verlies.«

»Und wie gelangen wir aus diesem tiefsten Verlies wieder hinaus?«, fragte Schiller.

»Das kundschaften wir vor Ort aus.«

»Und wer wird diese falsche Frau Rambaud sein?«, fragte Humboldt. »Denn ich werde gewiss keine gute Figur im Rock machen.«

»Wir werden natürlich ein echtes Weib nehmen.«

»Der Krieg ist nicht für Weiber«, wandte Schiller ein.

»Für dieses eine Weib schon.« Goethe lehnte sich auf der Pritsche zurück und verschränkte die Arme hinter dem Kopf. »Ich kenne eine Frau in Frankfurt, die kann mir keinen Wunsch abschlagen.«

»Ihre Mutter?«

»Nein, zum Geier! Nicht *diese* Frau.«

»Herrje«, sagte Schiller, als ihm dämmerte, wen Goethe meinte, »das arme Ding ist doch fast noch ein Kind! Frankreich ist kein Himmelsstrich für solche Blumen.«

»Klingen Sie nicht so pfäffisch, mein Freund. Im Sieg voran! und alles ist erlaubt!«, sagte Goethe und zog den Korken aus der Flasche, dass der durchgeschüttelte Schaumwein auf den Boden troff. Er wollte nicht weiter über Mainz sprechen und brach daher aus heiterem Himmel eine geologische Diskussion vom Zaun, indem er erklärte, alles Gestein sei aus Ablagerungen der Urmeere entstanden. Diese Einladung konnte Humboldt unmöglich ablehnen, und mit Lust am Disput widersprach er: Die Kontinente seien nicht aus Sedimenten entstanden, sondern von Vulkanen hervorgebracht, und er, Humboldt, habe in Amerika untrügliche Beweise gesammelt, dass Granit vulkanischen Ursprungs sei. Goethe hielt dagegen, dass nichts auf der Welt, was gut und von Dauer, plötzlich entstanden sei wie ein Vulkanausbruch, sondern vielmehr gemächlich. Nur die Evolution sei ewig, jede *Revolution* aber vergänglich, und das beste und jüngste Beispiel hierfür sei die »vulkanische« Französische Revolution, deren Republik eine Lebensdauer von nur wenigen Jahren erfahren habe. Als Schiller das Gespräch über Sedimente und Basalte zu langweilen begann, löste er den Kutscher Boris ab, damit dieser im Innern der Kutsche essen und schlafen konnte. Trotz des andauernden Schneefalls und der beißenden Kälte in seinen Lungen war Schiller froh, der Debatte zwischen dem Neptunisten und dem Plutonisten entkommen zu sein, und er ergötzte sich an der Freiheit der Natur, am Druck der Lederzügel um seine Fäuste, am Schnaufen der Pferde, am Anblick ihrer dampfenden Rücken und an der verschneiten Landschaft im Schatten der Thüringer Berge, in der alles still war wie ein Geheimnis.

Entlang Haune, Fulda, Kinzig und Main ging es durch die Landgrafentümer und Fürstentümer, Bistümer und Erzbistümer südwestwärts. Das Wetter wurde endlich etwas milder; der Schneefall wich leisem Regen, und wo der Schnee nicht gefroren war, da schmolz er und mischte sich unter den Morast. Die Beine der Pferde und der Bauch der Kutsche waren alsbald mit einem braunen Belag überzogen, als wäre man über eine Furt durch einen Fluss aus Schokolade gefahren. Die Gespanne wurden auch auf den zähen, unsicheren Straßen nicht geschont, in jeder Poststelle ausgetauscht und mit dem Geld aus Voigts Kriegskasse bezahlt. In Hersfeld äußerte Schiller erstmals den Verdacht, jemand würde ihrer Gemeinschaft folgen, aber es blieb beim Verdacht, den weder er noch der russische Kutscher bestätigen konnten: Auch als sie auf einer Anhöhe kurze Rast einlegten, blieb die Straße hinter ihnen auf Meilen frei von anderen Reisenden. Nach zwei ruhelosen Tagen, am Freitagmittag, fuhr man durchs Allerheiligentor in Frankfurt ein.

Goethe hieß Boris am Krönungsdom anhalten, wo er die Pferde abermals austauschen sollte. Da sie beschlossen hatten, die Kutsche am Rhein zu verlassen und per pedes weiterzureisen, um auf französischem Territorium beweglicher und weniger auffallend zu sein, musste ihre Ausrüstung aufgestockt werden, vorsorglich, um eine oder mehrere Nächte im Freien zu verbringen. Humboldt hatte hierzu eine Liste der nötigen Gegenstände verfasst, die er Boris überreichte, und Schiller bat für den Eigenbedarf um einen Beutel Tabak. Während der Russe einkaufte, gingen die drei Männer zu Fuß weiter, und wund von den Tagen in der Kutsche, schmerzte jeder Tritt. Goethe blühte sichtbar auf, als sie über den Römer liefen, und im Gegensatz zu seinen Gefährten störten ihn der Lärm und das Gedränge der Krämer, Marktleute, Emigranten und Juden auf den engen Gassen nicht. Noch immer argwöhnisch, schaute sich Schiller wiederholt um, aber wäre ihnen tatsächlich jemand gefolgt, dann wäre er im Gemenge der Reichsstadt nicht zu entdecken gewesen.

Vor einem dreistöckigen Gebäude in der Sandgasse blieb Goethe schließlich stehen und schlug den Klopfer an der schmalen Eingangstür. Humboldt sah an den vergitterten Fenstern hinauf bis zum Giebel, auf dem ein buntes Wappen mit Adler, Löwe und Schlange angebracht war, und über der Toreinfahrt prangte der Name des Handelshauses: ANTONIO BRENTANO IM- UND EXPORT.

»Ganz recht, wir besuchen die Brentanos«, erklärte Schiller. »Denn so sehr, wie Herr von Goethe in jungen Jahren in Maximiliane Brentano verliebt war – Gott hab sie selig –, schwärmt ihre junge Tochter nun für ihn.«

»Glauben Sie ihm keinen Ton«, sagte Goethe, und an Schiller gewandt: »Hüten Sie gütigst Ihre vorwitzige Zunge, mein Freund, wenn wir oben sind. Denn schließlich geht es hier um die Zukunft Europas, nicht um Schwärmereien der Vergangenheit.«

Ein Hausmädchen öffnete und begrüßte die unrasierten Männer stirnrunzelnd. Als Goethe aber seinen Namen nannte, wurden sie augenblicklich hereingebeten in eine

Diele, in der es nach Öl, Käse und Fisch roch, und, nachdem ihnen Mäntel und Hüte abgenommen waren, in den ersten Stock geführt. Dort, im Salon des Hauses, saß im Lehnsessel eine Greisin in einem weißen Kleid mit Pelzkragen, auf dem Kopf eine vornehme Haube, im Schoß ein Buch von Herder. Ein Lächeln breitete sich zugleich über ihr und über Goethes Gesicht aus, als die Männer in den Raum traten.

»Wenn das nicht unser Hätschelhans ist«, sagte sie.

Schiller schmunzelte. Goethe stieß ihm den Ellenbogen in die Seite und drückte dann einen Kuss auf die Hand der Dame. »Frau von La Roche, ich hoffe inständig, wir inkommodieren Sie nicht mit unsrer überraschenden Visite. Erlauben Sie mir, dass ich Ihnen meine Begleiter vorstelle: Alexander von Humboldt und Friedrich Schiller.«

»*Von* Schiller, wenn wir schon dabei sind«, sagte Letzterer.

Über ihre Hand betrachtete Frau von La Roche den Dichter beim Kuss. »Sieh an. Schiller, der berüchtigte junge Stürmer. Ihre *Kabale* hat die Frankfurter damals arg verstört.«

»Sollte ich je gestürmt haben, der Sturm ist lange vorüber, meine Verehrte«, sagte Schiller.

»Und sollte er je jung gewesen sein, ist es mindestens ebenso lang vorüber«, fügte Goethe hinzu.

Frau von La Roche bat die Männer, Platz zu nehmen. »Was bringt dich in meine Grillenhütte, Johann? Du bist sicherlich nicht den weiten Weg von Weimar hierhergekommen, um meinen kostbaren Teppich mit deinen schlammigen Stiefeln zu ruinieren. Besuchst du deine Mutter?«

»So die Zeit reicht. Vor allem aber bin ich hier, weil ich ein Anliegen an Ihre Enkelin habe, die ich bislang nur aus ihren Briefen kenne.«

»Ei, hast du das? Nun, ihr werdet bedauerlicherweise noch einen Augenblick mit der Gegenwart ihres Großmütterchens vorliebnehmen müssen, denn Bettine ist in der Kirche.«

Nach Ablauf einer halben Stunde, in der Goethe der Frau von La Roche von Wieland und sie ihm wiederum von seiner Mutter berichtete, knallten rasche Schritte auf der Treppe. Die Tür flog auf, und im Rahmen stand eine kleine, zarte Gestalt: Bettine Brentano, noch im Mantel, mit feurigen Augen, glühenden Wangen und fein gekräuseltem Haar. Sie nahm die Haube von ihren rabenschwarzen Locken.

»Gemach, Kind«, sagte ihre Großmutter, aber Bettine hörte nicht und eilte auf Goethe zu, der sich soeben von seinem Sessel erhob. Für einen Moment standen die beiden einander gegenüber, dann streckte ihr Goethe seine Hand entgegen. Bettine zögerte, ergriff sie dann aber mit beiden Händen und starrte ihn mit ihren braunen Augen an.

»Mamsell Brentano«, sagte Goethe.

»Goethe«, sagte sie und atmete tief ein. »So treffen wir uns endlich.«

Nun kam auch Bettines Begleiter in den Salon, ein kräftiger Mann mit dem Antlitz eines römischen Marmorbildes, kaum älter als Bettine; ein lieblicher Mund, nicht zu große, aber scharf und fest blickende Augen, das alles von blondem Haar umrahmt und von leichter Melancholie umspielt – im Ganzen mindestens ebenso hübsch wie Humboldt, wenn nicht hübscher, weil jünger und noch nicht von Reisen und Jahren gezeichnet; weniger Faust, mehr Euphorion, weniger Karl, mehr Ferdinand. Er betrachtete Bettine und Goethe, bis deren Händedruck beendet war und sie ihn, Achim von Arnim, den Kollegen und Busenfreund ihres Bruders Clemens, der Runde vorstellte. Als alle Anwesenden einander begrüßt hatten, fiel die anfängliche Starre von Arnim ab, und er machte seiner Begeisterung Luft, so unverhofft seinen Abgöttern in persona zu begegnen, denn wiewohl er mit Goethe schon anno eins in Göttingen Bekanntschaft geschlossen hatte, sah er Schiller und Humboldt zum ersten Mal. Eine Weile wurde recht chaotisch durcheinandergesprochen, derweil Bettine wie ein junger Hund zwischen den Gästen umherlief und sich nach deren Wünschen erkundigte und auch von ihrer Großmutter nicht zur Ruhe, ja, nicht einmal zum Niedersetzen gebracht werden konnte – bis Goethe schließlich räuspernd auf die Eile ihres Anliegens hinwies und Bettine, Arnim und der Frau von La Roche von ihrer Mainzer Unternehmung berichtete. Dabei verheimlichte er nicht, welche Rolle Bettine in ihrem Vorhaben spielen sollte, verzichtete aber wie schon bei Humboldt darauf, den weiteren Plan nach der Befreiung des Dauphins zu offenbaren. Schiller nahm als Einziger nicht wieder Platz, sondern blieb am Fenster stehen und schaute hinunter aufs Treiben in der Sandgasse.

Lange bevor Goethe geendet hatte, war Humboldt, der die Geschichte zum zweiten Mal hörte, ermüdet von der beschwerlichen Kutschfahrt und den Bewohnern Frankfurts, auf seinem Lehnsessel eingeschlafen. Nur ein Finger der linken Hand, die auf seinem Bauch lag, zuckte von Zeit zu Zeit, als würde er am Gehrock kratzen. Nachdem Bettine den Schlafenden sorgsam mit einer Decke aus dem Nachbarzimmer zugedeckt hatte, sagte sie leise: »Es wäre mir eine große Freude, dich über den Rhein zu begleiten. *Sie* zu begleiten.«

Goethe, der neben ihr auf der Chaiselongue saß, fasste kurz ihre Hand. »Sag nicht voreilig zu, Bettine. Wir treten gegen die Neufranken an, die sich zu den Herren der Welt aufschwingen. Es könnte halsgefährlich werden.«

»Man verliert nur, was man nicht wagt. Louis-Charles trägt keine Schuld für die Sünden seiner Eltern, und deshalb hat er nicht verdient, von diesem Verbrecher Bonaparte hingerichtet zu werden. Wenn ihr in den Krieg zieht, so geh ich mit.«

Goethe sah zur Frau von La Roche, doch die hob die Schultern. »Das Kind ist mündig. Ich bewundere ihren

Mut und überlasse diese Entscheidung ganz ihr. Wenn sie nach Mainz will, so soll sie gehen.«

»Und wir, Frau von La Roche, wollen Ihre Enkelin schützen mit Glut und Blut, dass sie nach Frankfurt heimkehrt, ohne dass auch nur ein Haar an ihr fehlt«, versprach Schiller.

»Dann ist es resolviert«, sagte Goethe. »Pack deine Sachen, Bettine, wir wollen unsre Reise baldmöglichst fortsetzen.«

Nun rührte sich Achim von Arnim. »Es fällt mir schwer, meine Herren, Ihnen, meinen Idolen, zu widersprechen, doch ich muss Bettinen verbieten, Sie zu begleiten. Ich habe ihrem Bruder mein Wort gegeben, dass ich auf sie achtgebe und vor jeglicher Torheit schütze. Und was Sie beabsichtigen, ist, mit Verlaub, Torheit.«

»Achim!«, sagte Bettine empört. »Du Spaßverderber!«

»Es ist kein Spaß, Bettine, es fordert Knochen! Hör doch: Es soll nach *Frankreich* gehen, und dafür ist es jetzt eine harte Zeit! Die Franken stoßen dich mit der Mörserkeule klein, eh du dich versiehst.«

»Dann wollen Sie die Franken nicht bekämpfen?«, fragte Goethe.

»Ich hasse die Franken wie jeder brave Deutsche. Wie kann man diese Strauchdiebe auch nicht hassen, nachdem sie halb Deutschland uns entrissen haben? Und wir Deutschen sitzen untätig da wie Odysseus in seinem Haus und lassen uns Kuhfüße ins Gesicht werfen von den fremden Freiern, die an unserm Tische zechen! – Aber was geht mich ihr König an? Sollen sich die Franken nur bei Madame Guillotine die Klinke in die Hand drücken. Je mehr sich gegenseitig umbringen, desto weniger gibt es dereinst von ihnen.«

Bettine erhob sich und trat an Arnim heran. »Du musst mir zu gehen erlauben. Ich will mir nicht vorwerfen lassen, dass ein unschuldiger Mensch starb, weil ich müßig blieb.«

»Es geht nicht, und das weißt du. Ich habe Clemens mein Wort gegeben. Er würde mich in Stücke reißen, erführe er, dass ich dich in diese Löwengrube habe gehen lassen.«

»Aber Clemens ist in Heidelberg, und er wird nie etwas davon erfahren«, sagte Bettine, jetzt schmeichlerisch, und zur Überraschung aller setzte sie sich Arnim auf den Schoß. »Im Übrigen kannst du gar nicht verhindern, dass ich gehe. Willst du mich denn in meine Stube sperren und den Schlüssel verstecken, du brummige Natur? Wenn du mich schon so bemuttern willst, dann komm mit uns, bemuttere mich drüben in Frankreich.«

Bettine setzte einen flehentlichen Blick auf wie ein Kind und kraulte Arnim am Ohr. Dem war die Situation nun mehr als peinlich. Er errötete unter ihrer Zudringlichkeit, und man sah förmlich, wie ihm die Hitze aus dem Kragen stieg.

»Gut, und wenn ich es bereuen werde: Ich gebe nach. Ich begleite dich.«

Bettine juchzte und drückte Arnim einen Kuss auf die Wange. »Und ich verspreche dir, mein Liebster, sobald der kleine Dauphin aus dem Kerker heraus ist, kehre ich tugendsam zurück an Heim und Herd.«

»Ich gratuliere Ihnen zu diesem Entschluss, Herr von Arnim«, sagte Schiller, »und ich freue mich, Sie als unsern Gefährten zu wissen.«

»Aber wenn Bettinen etwas zustößt, dann Gnade uns Gott. Mit den Franzosen ist's ein böses Kirschenessen, aber sie sind nichts im Vergleich zu Clemens.«

Mit diesen missvergnügten Worten wurde die Unterredung beendet, und während Bettine und Arnim ihr Gepäck zusammenräumten und Humboldt in der Gesellschaft der alten Frau von La Roche weiterschlief, wollte Goethe wenigstens kurz seine Mutter besuchen, und Schiller schloss sich ihm an.

Bis zur Weißadlergasse sagte Goethe kein Wort. »Brechen Sie dies rätselhafte Schweigen«, ersuchte ihn Schiller. »Ist Ihnen nicht wohl?«

»Doch, doch. Ich bedaure lediglich, dass wir Bettine nur um den Freiherrn von Arnim bekommen haben.«

»Missfällt er Ihnen als Mensch?«

»Hm.«

»Oder als Dichter?«

»Ich finde ihn in beiden Eigenschaften eher farblos. Nein, er ist sicherlich ein braver, lieber Mann, dem man gut sein muss. Immerhin hat er mir seine Volksliedersammlung gewidmet.«

»Ganz recht. Ein Kerl, dem man seine Tochter gerne anvertraut.«

»Ich fürchte nur, dass unsre Gruppe allmählich zu groß wird. Fünf sind zu viel.«

»Aber nicht doch. Die Fünf ist eine gute Zahl. Fünf ist die Zahl der Finger einer Faust. Fünf ist des Menschen Seele. Wie der Mensch aus Gutem und Bösem gemischt ist, so ist die Fünf die erste Zahl aus Gerade und Ungerade.«

»Hören Sie sich eigentlich manchmal selbst zu? Sie klingen wie ein betrunkener Sterndeuter.«

»Mich dünkt vielmehr, dass Sie eifersüchtig auf den adretten Ritter aus Berlin sind.«

»Sie dünkt falsch. Vergessen Sie nicht, ich bin nahezu dreimal so alt wie Bettine. Wie kommen Sie überhaupt auf diesen verqueren Gedanken?«

»Nun, beim wunderbaren Gott! Das Weib ist schön! Vielleicht wie ihre selige Mutter so schön. Und Sie dulden gar, dass sie Sie duzt und mit dem Vornamen anredet. Und das schon beim ersten Zusammentreffen! Bislang habe ich gehört, dass dieses Privileg außer dem Herzog nur Menschen gebührt, die noch älter sind als Sie. Und das sind beileibe wenige.«

»Ich will diese böse Spitze überhört haben.«

»Mir beispielsweise haben Sie das *Du* in zehn Jahren Freundschaft nie angeboten.«

Goethe lachte auf, blieb in der Gasse stehen und sah Schiller in die Augen. »Möchtest du das denn wirklich, Friedrich?«

»Wir werden verfolgt.«

»Wie bitte?«

»Sehen Sie mir weiter in die Augen. Wir werden verfolgt«, sagte Schiller, und an seinem Tonfall begriff Goethe sofort, dass es kein Scherz war. »Hinter uns: der junge Kerl mit den gelben Beinkleidern, der jetzt so wissbegierig die Auslage des Gewürzladens betrachtet? Er folgt uns seit dem *Goldenen Kopf*, und als Sie stehen blieben, blieb auch er augenblicklich stehen. Ich schwöre, er folgt uns.«

Goethe sah kurz zu ihrem Verfolger, und es war augenscheinlich, dass sich der Mann nicht für die ausgestellten Spezereien im Fenster interessierte.

»Gehen wir weiter«, sagte Schiller, »aber nicht zum Rossmarkt.«

Sie bogen schweigend in den Hirschgraben mainwärts ein. Die Gassen wurden nun noch enger und dunkler, denn die Häuserfronten waren hier nicht flach, sondern wölbten sich mit jedem Geschoss weiter nach draußen, sodass jedes Stockwerk breiter war als das darunterliegende und die Gasse eine regelrechte Schlucht. In einem nur mit hölzernem Gitterwerk verdeckten Hausflur im zweiten Geschoss saß ein Knabe und warf tönerne Schüsseln aufs Pflaster, wo sie mit großem Lärm und unter dem Applaus der Nachbarskinder zerbrachen.

»Und dieser junge Bursche folgt uns schon seit Eisenach, sagen Sie?«, fragte Goethe, als sie an den Scherben vorüber waren.

»Das weiß ich nicht. Aber er stromerte vorhin um das Brentano-Haus und schaute dabei immer wieder in ein kleines Büchlein, in dem, soweit ich das von oben sehen konnte, ein gestochenes Porträt abgebildet war.«

»Fixlaudon! Steckbriefe von uns?«

»Was weiß ich.«

»Offensichtlich hat diese Madame Botta nicht übertrieben mit ihrer Vorsicht. – Was machen wir jetzt?«

»Wir trennen uns. Dann muss dieser Bonapartist, sollte er allein sein, sich für einen von uns beiden entscheiden. Der andere folgt ihm wiederum und stellt ihn bei passender Gelegenheit. Sind Sie bewaffnet?«

Goethe hob kurz den Mantel und wies auf den Dolch im Gewand. Schiller trug seinen Säbel am Gürtel. Die Schusswaffen hatten sie in der Kutsche gelassen.

»Nehmen Sie sich in Acht«, sagte Goethe, »vielleicht ist der Kerl desperat.«

Am Ende des Hirschgrabens trennten sie sich. Schiller ging nach rechts zum Weißfrauenkloster, Goethe linker Hand in die Münzgasse. Der Mann in den gelben Beinkleidern folgte ohne Zögern Letzterem, und nicht ein einziges Mal drehte er sich nach Schiller um, den er nun seinerseits im Rücken hatte. Zu dritt liefen Verfolgter, Verfolger und Verfolger des Verfolgers durch die geschäftigen Gassen der Stadt. Goethe schlug so lange unsinnige Haken – über den Kornmarkt, vorbei an der unvollendeten Barfüßerkirche, wieder über den Römer –, bis unumstößlich gewiss war, dass es der Bursche auf den Dichter abgesehen hatte.

Sie waren schließlich in die abgelegene Saalgasse gekommen, in der sie die einzigen Passanten waren. Hier blieb Goethes Verfolger unvermittelt stehen. Er griff mit der rechten Hand ins Innere seines Mantels. Schiller reagierte sofort: Er rannte übers nasse Pflaster und den Mann Schulter voran um, noch bevor der seine Waffe ziehen konnte. Beide landeten im Dreck, aber Schiller war schnell wieder auf den Beinen, um seinen Säbel zu ziehen und an die Gurgel des Mannes zu setzen.

»Sachte, Kanaille«, zischte Schiller. »Ein Mucks, und du speist Blut.«

Der Mann war blass geworden wie eine Leiche, und mit zitternden Händen stützte er sich im Morast ab. Schiller schlug, ohne den Säbel zu entfernen, den Mantel des Mannes zur Seite. Die Weste darunter war gelb wie die Hosen und der Frack dunkelblau mit Messingknöpfen. Der Mann hatte tatsächlich eine Pistole bei sich, allerdings im Hosenbund. Es war ein einfaches Modell mit einem kleinen Lauf, fast wie für eine Frau gemacht. Schiller zog die Waffe heraus.

Goethe war nun mit blankem Dolch zu den beiden geeilt. »Mir scheint's, der Spitzbube wollte gerade auf Sie anlegen«, sagte Schiller.

»Wer schickt dich?«, fragte ihn Goethe. Ihr Verfolger schien die Frage nicht zu verstehen. »*Qui t'envoie?*«

Der Mann nickte nun, so gut es die Klinge an seinem Hals zuließ. »Die Frage hab ich schon verstanden, Herr von Goethe, aber ich habe sie nicht ... verstanden.«

»Er will wissen, in wes Auftrag du arbeitest, Rabenaas!«, herrschte ihn Schiller an.

»Auftrag ...? Ich komme in keines Mannes Auftrag. Ich komme für mich selbst, Herr von Goethe, ich wollte ...« Als er in seine Innentasche griff, bedeutete ihm Schiller, es langsam zu tun – und langsam zog er ein kleines Buch heraus: *Die Leiden des jungen Werthers*. »... ich wollte nur ein Autogramm von Ihnen erbitten.«

»O Gott«, sagte Goethe, die Hand über den Augen, und Schiller fügte entnervt hinzu: »Das darf doch nicht wahr sein.« Er setzte seine Klinge wieder ab.

»Ich vergöttere Sie, Herr von Goethe«, stammelte der Mann. »Ihr *Werther* ist mir mein treuester Freund geworden.«

»Mein junger Herr, wir sind in großer Verlegenheit«, sagte Goethe, indem er seinem Verfolger wieder auf die Beine half. »Bitte entschuldigen Sie unsern rabiaten Überfall. Wir hielten Sie für einen Feind.«

»Friedrich Nicolai?«

»Etwas in der Art.«

»Bekomme ich denn trotzdem noch eine Signatur von Ihnen?«

»Sicherlich.«

Goethe ließ sich den Band reichen sowie eine Schreibfeder und Tinte, die der junge Mann vorsorglich mitgebracht hatte, und über seinem Porträt auf der ersten Seite unterzeichnete er. Der Wertherianer war freudetrunken.

»Wenn Sie uns nicht angreifen wollten, wozu dann die Pistole?«, fragte Schiller, der sie noch immer hielt.

Der Bursche lächelte traurig. »Herr von Goethe wird es ahnen: Um mir, sollte ich dies qualvolle Leben nicht länger ertragen, eine Kugel vor den Kopf zu schießen.«

»Pfui!«, schalt Goethe.

»Aber Ihr Werther hat es doch vorgemacht, als die Leiden der Liebe ihn erdrückten.«

»Sie sollen Trost aus seinen Leiden schöpfen, Sackerlot, nicht ihm folgen! Ich schrieb das Buch nicht, damit irgendwelche beschränkten Geister den schwachen Rest ihres bisschen Lichtes vollends ausblasen. – Was haben Sie für dieses Terzerol bezahlt?«

»Ich ... was? Sechs Taler.«

Goethe griff in seine Börse. »Hier ist Ihr Buch zurück, und hier sind sechs Taler für Ihre Waffe.«

»Aber –«

»Nichts aber. Betrinken Sie sich, wenn Sie Liebeskummers leiden, oder nehmen Sie sich meinetwegen eine Dirne, aber schießen Sie sich bitte nicht das Hirn aus dem Kasten. Und kaufen Sie sich um Gottes willen neue Kleider; gelb und blau sind schon lange aus der Mode.«

Erst jetzt führte Schiller seinen Säbel zurück in die Scheide, und mit ihrer neu erworbenen Waffe verließen sie den Wertherianer, der sich erst wieder regte, als die Tinte in seinem Büchlein und der Morast auf seinen Hosen getrocknet waren.

Nach einem allzu kurzen Besuch bei seiner Mutter kehrte Goethe zurück ins Brentanohaus, derweil Schiller Boris und die Kutsche vom Domplatz abholte. Alexander von Humboldt war lange erwacht und hatte sich mehrmals für sein Einnicken entschuldigt.

Sowohl Bettine als auch Arnim hatten solide Reisekleider angelegt, und während man ihr spärliches Gepäck auf die Straße schaffte, bat Sophie von La Roche den Geheimrat auf ein Wort privatim in ihr Boudoir. Dort wies sie ihn darauf hin, dass sie Bettine unter gewöhnlichen Umständen nicht hätte ziehen lassen, aber auch sie wünsche die Rettung des jungen Königs, mehr noch: seine Restauration und den Sturz des scheußlichen Bonaparte. Frankfurt sei in den letzten Jahren zweimal vom Franzosen überrannt und besetzt worden, ihre Erinnerungen daran seien noch frisch, und ein drittes Mal würde sie nicht überleben.

»Es ist mir wichtig, dass Bettine heilen Leibes zurückkehrt«, schloss sie, »aber auch ihr Herz soll keinen Schaden nehmen. Wenn vielleicht nicht zur Freude aller Familienmitglieder, so doch aber zumindest zu meiner, sind Bettine und der Freiherr von Arnim so gut als verlobt, und daran soll sich auch während eures Mainzer Abenteuers nichts ändern, wenn du nicht willst, dass ich dir die Ohren lang mache.«

Goethe wollte etwas einwenden, aber sie verbot ihm den Mund.

»Keine Worte, Hans, in Worten bist du mir überlegen«, sagte sie. »Ich kenne meine Enkelin; sie vergöttert dich und ist ein launenhafter kleiner Kobold in ihren Gefühlen. Und ich weiß, wie es dir weiland Maxis schwarze Augen angetan haben und was für ein Melancholicus du damals warst, als sie sich dem Peter vermählt hat. Also, auf das Haupt deiner Mutter, deren Namen sie trägt: Verwirre ihr Gefühl nicht!«

Während sich die Kutsche mit ihren fünf Passagieren durch schmale Gassen aus der Stadt zwängte, überreichte Goethe Bettine seinen Hirschfänger und die Pistole des unglücklichen Wertherianers, damit auch sie im Falle der Gefahr nicht mit leeren Händen dastünde. Arnim hatte zwar seinen Säbel dabei, räumte aber ein, seine beste Waffe seien noch immer seine bloßen Fäuste, denn sie seien immer geladen. Zum allgemeinen Amüsement schilderte Goethe, unter welchen Umständen sie an die Pistole gelangt waren, und Bettine stimmte, als sie die Stadt durchs Taunustor verließen, mit so heiterer Stimme das *Abschiedslied des Handwerksburschen* an, dass man hätte denken mögen, ihr Reiseziel wäre ein Häuschen auf dem Lande und nicht einer von Napoleons dunkelsten Kerkern.

4
HUNSRÜCK

Zu des Rheins gestreckten Hügeln ging ihre Fahrt, und da der Erdboden vom Tauwetter aufgeweicht war, kamen sie nur beschwerlich voran. Die Nacht hindurch fuhren sie zwischen den Hängen des Rheingaus und den Städten unten am Fluss, und einmal, als die Wolken hinfortgeblasen waren, konnten sie über den Rhein hinweg die Lichter der französischen Festung Mainz sehen. Sosehr Boris seine Peitsche auch über den Köpfen der Pferde knallen ließ und die armen Kreaturen mit der Sprache und bei den Heiligen seiner Heimat verwünschte, erreichten sie ihr Ziel erst, als im Osten bereits wieder der Morgen graute. Eine halbe Meile oberhalb von Assmannshausen verließen die Passagiere die Kutsche auf einem steilen und unbewohnten Uferstück gegenüber der verfallenen Burg Rheinstein. Der Russe trocknete die Flanken der schnaubenden Pferde mit einer Decke, derweil die fünf Gefährten ihre Ranzen, Decken und Waffen schulterten. Der Reif knirschte unter ihren Sohlen.

»Meine Knochen sind Püree«, klagte Bettine. »Ich bin's zufrieden, wenn ich nie in meinem Leben wieder in eine Kutsche steigen muss. Jetzt geht es auf Schusters Rappen weiter!«

»Sie werden sich schon noch nach einer Kutsche zurücksehnen, wenn Schusters Rappen erst blutig gelaufen sind«, sagte Humboldt.

Goethe und Schiller standen auf einer kleinen Erhebung und überblickten den Fluss. Zu ihnen trat jetzt der junge

Arnim. Der Himmel war klar bis auf einige verblassende Sterne und Wolkenstreifen, graugelb in der Dämmerung, und der Rhein lag schwarz und schlafend vor ihnen in seinem Bett.

»Begrüßt mit mir den alten Vater Rhein«, sagte Schiller.

Goethe tat einen Seufzer, der als Wölkchen in die kalte Morgenluft ging und sich dort auflöste. »Herrlich. Große Flüsse haben doch immer etwas Belebendes. Wie ich mich freue, ihn wiederzusehen.«

»Aber wie es einen dauert, ihn unter diesen Umständen wiederzusehen«, sagte Arnim. »Ehedem Germaniens Lebensader, jetzt nur noch Germaniens Grenzhüter.«

»Und wenn es so weitergeht, hüpft der Gallier bald ganz über den duldenden Strom«, ergänzte Schiller.

»So weit lassen wir es nicht kommen.« Arnim zog seinen Säbel. »Nimmer sollen Fremde herrschen über unsern deutschen Stamm!«

Goethe klopfte Arnim auf den Rücken. »Wacker gesprochen, mein junger Freund. Suchen wir uns also einen Kahn und setzen über ins Feindesland, eh Phöbus in seinem Sonnenwagen uns überholt.«

»Jetzt? Es ist schon fast hell. Wenn drüben am Ufer oder in der Ruine Soldaten sind?«

»Hoffen wir, dass sie noch schlafen. Wir können es uns auf keinen Fall leisten, einen ganzen Tag einzubüßen.«

Schiller wies aufs Ufer. »Dort legt ein Fischer den Nachen an.«

Tatsächlich zog flussabwärts ein alter Mann mit Hilfe zweier Kinder einen leichten Kahn mit dem Fang des frühen Morgens an Land. Schiller lief die Böschung hinab, um den Fischer zu bitten, sie für einige Taler ans verbotene Ufer zu bringen.

Goethe dankte unterdessen Boris für seine Dienste und wies ihn an, am rechten Rheinufer gegenüber von Mainz, in Kostheim im Fürstentum Nassau, auf sie zu warten. Vom Bock wünschte der Kutscher viel Glück und bat Goethe, möglichst viele Franken in den Tod zu schicken. Dann fuhr er davon.

Als sie zu Schiller ans Ufer kamen, war dieser mit dem ergrauten Fischer schon handelseinig geworden. Der Mann trug eine Kappe und kaute auf einer erloschenen Pfeife. Seine beiden Enkel, ein hübsches Mädchen und ein kleiner Bub, hoben zwei Holzbretter als Bänke auf die Bordwände. Sie betrachteten die Fremden mit großen Augen. Der Fischer wollte seine unverhofften Passagiere kaum mit einem Nicken begrüßen, geschweige denn mit ihnen sprechen, so als könne ihm jedes Wort mit den Grenzgängern nur Ärger einhandeln.

Schiller war der Erste, der an Bord ging. »Nehmt Abschied von der deutschen Erde. Auf dass uns der vaterländische Geist begleite, wenn uns dies schwankende Boot hinüberträgt auf die linke Seite; dorthin, wo die deutsche Treue vergeht.«

Sobald alle im Kahn Platz genommen hatten und ihre Bündel verstaut waren, stieß der alte Fischer ab und fuhr mit großem Geschick über den Strom.

Die Sonne war fast über dem Land, die Spitzen der Bäume und Berge glänzten schon, und nur im Westen, über der alten Burgruine, war der Himmel noch schiefergrau. Zwischen den Wolkenfetzen zogen einige Vögel ostwärts. Im Bug des Kahns saß Goethe, als Einziger mit dem Rücken zum französischen Ufer, die Augen geschlossen. Eine Brise brachte die Wellen zum Klingen wie die Saiten einer Äolsharfe, und von Goethe unbemerkt, glich sein Atem sich dem Takt des Ruders an.

Goethe gegenüber saß Humboldt auf dem ersten der beiden Bretter, das Kinn in der rechten Hand abgelegt. Er starrte auf die Oberfläche des Wassers, als würden seine Blicke sie durchbrechen können und bis auf den Grund hinabsehen, vielleicht den Hort der Nibelungen dort entdecken. Der Knabe zwischen ihm und Goethe tat es ihm gleich; Arm und Kopf auf die Wand des Nachens gelehnt, betrachtete er sein schläfriges Spiegelbild auf den Wellen. Am Ufer hatte er einen Zweig abgebrochen, mit dem er dann und wann das eisige Wasser durchbrach.

Schiller stand als Einziger im Kahn und stützte sich auf seinen Knotenstock. Er hatte nicht einmal seinen Tornister abgenommen. Den Kopf in den Nacken gelegt, hielt er Ausschau nach französischen Wächtern bei der verfallenen Burg. Doch das andere Ufer blieb verlassen, und bald wanderte sein Blick hoch zur Mondsichel über den Felsen, ein paar Silberhörner im goldenen Himmel, und blieb dort hängen.

Auf der zweiten Bank saßen Bettine und Arnim dicht nebeneinander. Bettine hatte die Hände in den Schoß gelegt. Sie fror. Als Arnim sah, wie ein Schauern durch ihren Körper ging, legte er eine Hand auf die ihre und die andere unbeholfen um ihre Schultern – dankbar darüber, dass die Männer im gleichen Moment anderswo mit ihren Blicken waren.

Der Fischer im Heck hatte die Augen fest aufs andere Ufer gerichtet, und wie er sein Ruder mal links, mal rechts ins Wasser tauchte, so schob er auch seine kalte Pfeife vom einen in den anderen Mundwinkel. Nur seine Enkelin, die neben ihm ein zweites Ruder hielt, betrachtete die seltsame Fracht dieses Morgens. Das Kreisen des Kahns, das Plätschern der Ruder, der über den Wasserspiegel hinschauernde Windhauch, die weichen Nebel am Ufer, das Schweben der Vögel, das Blinken und Widerblinken der letzten Sterne: Alles hatte etwas Geisterhaftes in dieser allgemeinen Stille, und niemand sprach während der Überfahrt ein Wort.

Als Humboldt, ans jenseitige Ufer springend, den Kahn an Land zog, ging die Sonne endlich über dem Rheintal auf. Schnell wurden die Farben kräftig und die Luft wärmer, und der Zauber des Zwielichts war verflogen. Schiller wollte ihren Fährmann aus der Kriegskasse entlohnen, doch dabei fiel ihm versehentlich eine der Münzen in den

Fluss. Mit einem Male war ihr greiser Fährmann außer sich.

»Um des Himmels willen, was macht Ihr!«, rief der Alte. »Ihr bringt Unglück über mich und Euch! Der Strom kann dieses Metall nicht leiden! Holt es schleunigst wieder heraus!«

Schiller krempelte sich den Ärmel hoch und nahm die goldene Münze aus dem trüben Rhein, doch der Fischer wollte sie nicht mehr nehmen: »Ihr müsst sie an Land vergraben, weit fort von hier, sonst lastet der Fluch des Stroms auf Euch.«

Kopfschüttelnd gab Schiller dem Greis eine andere Münze. Der Alte säumte nicht, stieß ohne Gruß ab und fuhr mit seinen Enkeln zurück ans deutsche Ufer. Der Knabe war eingeschlafen, aber das Mädchen betrachtete die Gefährten bis zuletzt.

Sie schulterten ihre Ranzen und folgten Humboldt einem schlängelnden Pfad steigend empor. Bald stand ihnen der Schweiß auf der Stirn. Die Ruine Rheinstein, die sie passierten, war menschenleer, aber dennoch flatterte von ihren Zinnen provokant die Trikolore. Seufzend betrachtete Arnim die geborstenen Mauern der mittelalterlichen Burg, Andenken an eine größere, längst vergangene Zeit.

Auf dem Grat der Felswand angekommen, verschnauften die fünf und sahen ein letztes Mal auf den Rhein, der unter ihnen am Fuß des Berges die Morgensonne spiegelte.

»Wollen Sie die Münze nicht vergraben?« fragte Arnim Schiller.

»Einen guten Taler vergraben? Ich denke gar nicht daran. Sie wollen der Fabel des Graukopfs doch nicht etwa Glauben schenken?«

»Ich sage nur, dass wir bei unsrer Kampagne alles Glück der Welt vertragen können und uns nicht zusätzliches Unglück aufladen sollten.« Als Schiller nicht zu lächeln aufhören wollte, setzte er etwas trotzig nach: »In den Sagen der Alten liegt viel Wahrheit verborgen.«

Vor den Gefährten lagen nun die Ausläufer des Hunsrücks und ein strammer Marsch, denn schon am nächsten Tag wollten sie den Soonwald hinter sich gelassen und die Chaussee von Trier nach Mainz erreicht haben.

»*Bienvenu en France*«, verkündete Goethe, »im Canton Stromberg, Arrondissement Simmern, Département de Rhin-et-Moselle. – Wie fremd ist einem das Vaterland geworden.«

Bettine schüttelte nachdenklich den Kopf. »Der Hunsrück französisch. Wer hätte das je gedacht.«

Goethe klatschte in die Hände. »*Ça, ça*, nicht lang getrauert; schlagen wir uns in die Büsche, eh uns ein paar Douaniers aufstöbern.«

Humboldt, der die Gegend von einer Reise kannte, die er in Jugendjahren mit seinem Forscherkollegen Georg Forster an den Niederrhein unternommen hatte, wurde zu ihrem Führer auserkoren. Er nahm seinen Kompass hervor, und Goethe gab ihm die Karten des Herzogs. Auf kleinen Pfaden und Wildwegen und an Bächen entlang wanderten sie Richtung Südwest, immer auf der Hut vor französischen Patrouillen, aber ob es nun an Humboldts sicherer Führung oder dem ohnehin entvölkerten Landstrich lag, trafen sie den ganzen Vormittag auf keine Menschenseele, weder Angehörige dieser noch jener Nation. Der Himmel blieb wolkenlos, ein angenehmer Kontrast zum deutschen Schneeregen der vergangenen Tage, beinahe ein Beweis der These, die Sonne lache nur den Ländern links des Rheins. Bald hatte Humboldt eine große Machete hervorgeholt, um kleinere Zweige und trotziges Buschwerk in ihrem Weg zu teilen.

Sie sprachen kaum, geschuldet der Tatsache, dass sie auf den engen Pfaden nur hintereinander laufen konnten. Goethe unternahm ein paar Versuche, mit Humboldt über den seltsamen Lebenswandel des besagten Georg Forster zu sprechen – jenes Freundes beider, der, zusammen mit anderen deutschen Jakobinern, infolge der Französischen Revolution und der Invasion französischer Truppen 1793 in Mainz die Republik ausgerufen hatte –, doch Humboldt war stets zu sehr auf den Weg konzentriert, als dass er hätte antworten können. Als Goethe unachtsam unter einem tiefen Ast hindurchlief und sein Kopf daran stieß, sodass die Wunde auf seinem Haupt sich wieder öffnete, schwieg auch er fürderhin.

Achim von Arnim ging vor der jungen Brentano, hielt ihr Äste aus dem Gesicht und half ihr über Bäche und gestürzte Bäume. Als er anbot, auch ihren Ranzen zu tragen, überholte sie ihn kurzerhand und erwies ihm nun neckisch die Courtoisien, die er vorher ihr erwiesen hatte. Wiewohl sie ein robustes Kleid trug, war dessen Saum bald vom Unterholz eingerissen und mit Matsch bedeckt. Zuhinterst lief Schiller, der immer wieder innehielt und sich im menschenleeren Wald umsah. Von Arnim darauf angesprochen, erklärte Schiller, er fühle sich schon seit Eisenach verfolgt, glaube aber mittlerweile wie Goethe, dass ihm sein Gehirn einen bösen Streich spiele. Ohne es zu wollen, versetzte er Arnim mit seinem Verdacht in einen Zustand äußerster Wachsamkeit. Noch öfter als Schiller sah der junge Dichter nun über seine Schulter, immer bereit, Bettine, sollte es zum Ärgsten kommen, mit seinem Leben zu schützen.

Im Tal zwischen Stromberg und Daxweiler mussten sie erstmals eine Straße überqueren. Humboldt setzte seinen Ranzen, der mit Abstand schwerste von allen, auf dem Boden ab und entnahm ihm ein Messingfernrohr. Damit suchte er das Tal in beiden Richtungen ab. Die Straße war leer. Schnellen Schrittes verließen die fünf den Schatten der Bäume und überquerten ein brachliegendes Feld. Auf der Straße hielt Schiller plötzlich inne.

»Ei, seht den Hut dort auf der Stange«, sagte er.

Die anderen blieben ebenfalls stehen. Wenige Schritt weiter die Straße hinunter stand ein französischer Freiheitsbaum: der abgezogene Stamm einer Pappel, gut fünfzehn Ellen hoch, wie ein Maibaum in die Erde gerammt, darauf die rote Kappe der Jakobiner. Auf Augenhöhe war eine Tafel angebracht mit der Inschrift: PASSANTS CETTE TERRE EST LIBRE.

»*Wanderer, dies Land ist frei*«, sprach Bettine.

»Weiter«, sagte Goethe, aber die anderen konnten sich von diesem Anblick nicht trennen. Unergründlich zog der Freiheitsbaum sie an.

Der Stamm hatte einst bessere Tage gesehen. Nun stand er schief in der Erde, und Würmer und Käfer hatten sich an seinem Holz gütlich getan. Der Lack auf der Tafel war brüchig, und in ihrem Schatten klebte ein Spinnennetz mit zahlreichen toten Fliegen und der toten Spinne dazu. Unterhalb der Spitze des Baumes war ein Band mit der Trikolore angebracht, das jetzt müde im Wind baumelte. Die Enden hingen in Fetzen, das Rot und das Blau waren ausgeblichen und das königliche Weiß fleckig gebräunt, sodass diese neu gefärbte Trikolore aussah wie die Flagge eines noch unentdeckten Staates. Ganz oben saß die Jakobinermütze mit einer Kokarde daran. Der ehemals rote Filz war von Wind und Wetter so zermürbt, dass die Mütze wie ein nasser Lappen auf der Spitze hing, und wie man von unten sehen konnte, waren zahlreiche Löcher darin.

»Was kümmert uns der Hut? Eine Kappe ohne Kopf auf einem Baum ohne Wurzeln«, sagte Goethe. »Kommt, lasst uns gehen.«

»Wisst ihr, woran mich dieser Hut erinnert?« fragte Bettine. »An die Schlafmütze des Michels.«

Arnim schnaubte. »Wohl kaum. Der deutsche Michel köpft seinen König nicht, und er versklavt keine anderen Nationen.«

Schiller löste einen Lacksplitter von der Tafel. »Die neue Zeit macht doch veritable Tigersprünge. Was scheint diese fränkische Revolution lange zurückzuliegen, dabei sind es erst – was? – fünfzehn Jahre. Fünfzehn kurze Jahre für den Wechsel von Königreich zu Demokratie, Ochlokratie, Tyrannei, Konsulat und Kaiserreich. Habe ich eine Station ausgelassen?«

»Kinder, können wir uns bitte vom Stab mit dem Hute lösen und das Gespräch im sicheren Dickicht fortführen?« schlug Goethe vor.

»Wäre es nur bei der Demokratie geblieben«, sagte Humboldt.

Schiller nickte. »Gott, was waren meine Hoffnungen in diesen Tagen bei Frankreich. Eh diese elenden Schindersknechte alles zunichte machten und ihre liebliche Aufklärung für blutgierigen Wahnsinn aufgaben. Es waren also doch keine freien Menschen gewesen, die der König unterdrückt, sondern bloß wilde Tiere, die er an heilsame Ketten gelegt hatte. Die Tränen möchten einem in den Augen wallen, wenn man bedenkt, was für eine einmalige Gelegenheit sie verschenkt haben.« Er schlug mit der Faust gegen den Stamm, dass in der Höhe die Kokarde und die phrygische Mütze bebten.

»Her zu mir, wir müssen von der Straße hinunter«, insistierte Goethe, aber noch immer wollte niemand auf ihn hören.

»Wir Deutschen wären die Revolution anders angegangen«, sagte Arnim.

»Wir Deutschen wären die Revolution überhaupt nicht angegangen«, berichtigte Humboldt.

»Und vermutlich ist das auch besser so«, sagte Schiller.

»*Dixi*, wir sind geliefert«, sagte Goethe, denn hinter einer Biegung des Tals erschien eine französische Patrouille.

»Ah«, sagte Arnim, und Schiller: »Eh.«

»Ih! Oh! Uh! Verwundert euch durchs ganze Alphabet! Der Auftrag in den Sand gesetzt, weil ihr unterm roten Käppchen über Zeitgeschichte schwatzen musstet. Meine letzten Worte werden sein: *Hab ich's euch doch gesagt.*«

Es waren drei Nationalgardisten, dazu offensichtlich zwei Gefangene, die an den Händen mit eisernen Handschellen und an den Füßen mit Ketten gebunden waren. Die Franzosen trugen Gewehre mit aufgepflanzten Bajonetten. »In des Kaisers Namen! Haltet an und steht!«, rief einer von ihnen auf Französisch, und im Laufschritt näherten sie sich.

Die Gefährten sahen sich um. Um in den Wald zu gelangen, mussten sie eine Böschung hinab und über einen Bach. Und der Weg, den sie gekommen waren, führte über das freie Feld. Wohin auch immer sie hätten fliehen wollen, mussten sie mit Feuer rechnen.

»Hätten wir die Münze nur vergraben«, sagte Arnim.

»Kämpfen?«, fragte Schiller, eine Hand schon an der Armbrust.

Gleichzeitig sagte Humboldt »Nein« und Goethe »Bloß nicht«, und Humboldt setzte erklärend nach: »Meine Passierscheine.«

Die Gruppe der Franzosen erreichte sie jetzt. Einer der Gardisten hielt seine Waffe aus der Hüfte auf die Gefährten gerichtet, der andere wies die beiden Gefangenen an, sich hinzuknien. Die Uniformen der Soldaten waren in einem schlechten Zustand: Die gestreiften Hosen waren staubig, die Gurte locker und mitunter verknotet, und einige Knöpfe an Rock und Weste fehlten. Die Zweispitze saßen schief auf ihren Köpfen, und um ihre Gesichter waren dichte Bartschatten. Sie hatten sich Schals umgewickelt, die so gar nicht zu ihren Uniformen passen wollten. Einer von ihnen hatte einen roten Ausschlag am Kinn.

Humboldt begrüßte den ältesten Soldaten des Trios in geschliffenem Französisch und überreichte ihm die Passierscheine. Während der Sergeant nun die Pässe prüfte, erzählte ihm Humboldt ein perfektes Lügenmärchen über eine naturkundliche Untersuchung, die er mit seiner Mannschaft – hier wies er auf seine Gefährten – an Basaltvorkommen links des Rheins durchzuführen suche. Dabei lobte er immer wieder die fortschrittliche französische Regierung, Freundin der Wissenschaft, die ihm diese Passierscheine ausgestellt hatte.

Als Humboldts Vortrag beendet war, senkte der andere Gardist seine Muskete. »Wenn der Schwarzbrotfresser Frankreich so sehr liebt, warum trägt er dann im Schatten des Freiheitsbaumes noch den Hut?«

Der Sergeant schaute zu Humboldt. »Ganz recht. Erweisen Sie der Republik den Ehrengruß. Sie alle.«

»Selbstverständlich.« Humboldt nahm seinen Hut ab und raunte seinen Begleitern zu: »Sie wollen, dass wir den Hut ziehen vor der Jakobinerkappe.«

Erst als alle anderen den Kopf entblößt hatten, folgte auch Arnim ihrem Beispiel. Den Kopf in den Nacken gelegt, sahen sie hoch zur roten Filzmütze.

»Und jetzt sollen Sie die Marseillaise singen«, sagte der Musketier und lachte.

»Wie bitte?«

»Sie haben den Mann gehört«, pflichtete der Sergeant bei. »Benehmen Sie sich wie gute Gäste in unserm Land, und singen Sie die Hymne der Republik.«

»Das werde ich nicht tun«, zischte Arnim. »Außerdem ist es *unser* Land.«

»Still!«, zischte Goethe zurück.

»Was denn? Die Franzmänner verstehen uns doch eh nicht.«

»Darauf würde ich nicht wetten.«

Bettine beendete den Streit, indem sie mit schöner Stimme anhob, die Marseillaise zu singen, den Blick auf dem Freiheitsbaum. Die Männer stiegen eine Zeile später ein, wobei Arnim aber nur den Mund bewegte. Das wiederum bemerkte einer der Soldaten, worauf er Arnim mit dem Gewehrkolben anstupste, sodass auch dieser laut mitsang. Die offensichtliche Textunsicherheit einiger Sänger war ein großes Amüsement für die Franzosen.

Nach der ersten Strophe unterbrach sie der Sergeant lachend. »Das reicht, das reicht, genug des Ständchens; mit Ausnahme der Mademoiselle brummen Sie wie die Bären. Und es heißt *Contre nous de la tyrannie*, nicht *Entre nous*. Sie dürfen Ihre Hüte wieder aufsetzen, Bürger.«

»Können wir nun weiter?«, fragte Humboldt und streckte die Hand nach den Passierscheinen aus, aber der Sergeant faltete die Dokumente und tat sie in die Innentasche seiner Uniform.

»Nein. Sie begleiten uns zur Cantons-Gendarmerie nach Stromberg, es ist nicht weit; dort werden wir noch einmal nachprüfen, ob mit Ihrer Untersuchung der Basalte alles seine Richtigkeit hat.«

Humboldt wurde blass. Goethes Hände verkrampften sich um seinen Hut, den er noch hielt. Arnim führte eine Hand auf den Knauf seines Säbels.

Der zänkische Gardist ging feixend auf Bettine zu und nahm ihre Hand. »Und ich darf den Spaziergang mit dem hübschen schwarzhaarigen Fräulein machen. Die Kameraden werden mich und meine neue Freundin schön begaffen, wenn ich in Stromberg einmarschiere.«

Bettine wehrte die Hand nicht ab, aber Arnim war sofort zwischen ihnen, und mit unüberlegter Grobheit stieß er den Franzosen von ihr. Sofort waren zwei Musketen auf ihn gerichtet.

»Nicht doch, Bürger«, ermahnte der Sergeant, »wenn Sie nicht wollen, dass wir Sie gefesselt ins Dorf bringen.«

Als auf keine Rettung mehr zu hoffen war, trat plötzlich Schiller einen Schritt auf den Sergeanten zu, einen Brief in der Hand, und sagte: »Bei den Rechten, die mir als *Citoyen français* kraft dieser Urkunde von der Pariser Nationalversammlung verliehen wurden, fordere ich Sie auf, die Waffen zu senken und uns unverzüglich gehen zu lassen.«

Wiewohl diese überraschende Ermahnung in mangelhaftem Französisch geäußert wurde, verschaffte sie doch Respekt. Der Sergeant las das Diplom durch, das tatsächlich Schiller – oder vielmehr »Monsieur Gille, Publiciste allemand« – als Ehrenbürger der Französischen Revolution auswies. Mehr noch als der Titel beeindruckten jedoch die Namen der Unterzeichner: allesamt Helden der Revolution, allesamt lange selbst enthauptet. Die Urkunde las sich wie ihr Testament.

Dann geschah alles sehr zügig: Der Sergeant reichte Schiller das Ehrenbürgerdiplom und die Passierscheine zurück, wies seine Soldaten an, die Waffen sinken zu lassen, und bat die fünf Bürger um Vergebung für ihren ruppigen Umgang – aber der Hunsrück sei in diesen unruhigen Zeiten nun einmal heimgesucht von Subjekten – ein Blick auf die beiden Sträflinge –, die es ausfindig und dingfest zu machen gelte. Die Hand am Zweispitz, wünschte er ihnen eine angenehme Weiterreise und viel Glück bei den Basalten. Dann machten sich die Franzosen mit ihren Gefangenen ihrerseits auf den Weg nach Stromberg. Ungläubig sahen die Gefährten ihnen nach.

Arnims Kopf war noch immer hochrot, außer sich vor Wut über die Willkür und Impertinenz der Franzosen. Bettine sprach leise auf ihn ein und bedankte sich für seinen mutigen, wenn auch leichtsinnigen Einsatz.

Goethe betrachtete derweil Schillers Urkunde und gab sie danach in die Runde. »Da brat mir einer einen Storch – sogar Danton hat unterzeichnet, Gott hab ihn selig. Unsre Retter kommen aus dem Reich der Toten!«

»Warum haben Sie nicht gesagt, dass Sie Ehrenbürger der Revolution sind?«, fragte Humboldt.

»An diesem Schriftstück klebt das Blut der Guillotine. Ich wollte es nach dem Tod Ludwigs XVI. eigentlich zerreißen.«

»Wie gut, dass Sie es damals heil gelassen haben. Die Neufranken mögen zwar inzwischen ein Kaiserreich haben, aber die Revolutionäre der ersten Stunde sind ihnen heilig.«

Nun endlich verließen die fünf Jakobinerbaum und Straße, überquerten den Bach und verschwanden im gegenüberliegenden Wald. Arnim summte unterwegs unwillkürlich die Marseillaise, und als es ihm bewusst wurde, lachte er und sagte: »Was für ein fataler Ohrwurm dies revolutionäre *Te Deum* doch ist!«

»Heißt es denn wirklich *Contre nous de la tyrannie?*«, fragte Schiller. »Hieße das dann nicht ... *Gegen uns die Tyrannei?* Das ergibt doch keinen Sinn.«

»Gleichviel. Ein hübsches kleines Liedchen.«

Humboldt führte wie immer den Weg voran, den Kompass in der einen, die Machete in der anderen Hand. Goethe war in Gedanken, und mehr zu sich als zu Humboldt murmelte er: »Die Reverenz zu machen einem hohlen Hut – das war doch wirklich ein närrischer Befehl.«

»Warum nicht einem hohlen Hut?«, fragte Humboldt. »Wir bücken uns doch auch vor manch hohlem Schädel.«

Die Nacht versprach klar und kalt zu werden, und umso dankbarer war das Quintett, als Humboldt etwa eine Meile vorm Ellerbachtal am Wegesrand eine verlassene Glashütte entdeckte, die aus einem großen Hof und mehreren kleinen Hütten bestand. Alle Gebäude waren niedergebrannt und eingestürzt. Schwarz standen die öden Fensterhöhlen, und längst hatte der Wald das Menschenwerk zurückerobert: Eppich bedeckte die Mauern, und im Schatten der großen Bäume trieben Schösslinge aus den geborstenen Böden. Nur ein kleines Häuschen abseits schien unbeschädigt. Als Humboldt die Tür aufstemmte, sahen sie in den öden Innenraum, in dessen Mitte ein großer Glasofen mit eiserner Esse stand. Der Fußboden war bedeckt mit Staub und Schmutz, einigen Scherben und Vogelfedern. Die Fensterscheiben hatte man aus den Rahmen entfernt, aber die Wände und das Dach waren noch dicht.

»Raum ist in der kleinsten Hütte«, sagte Schiller.

Indes die einen den gröbsten Schmutz zur Seite kehrten und Decken und Felle vor den offenen Fenstern und auf dem Boden ausbreiteten, suchten die anderen nach Brennholz. In der nächtlichen Dunkelheit fürchtete sich Bettine vor Räubern, denn schließlich hatten in diesen Wäldern der Schinderhannes und der Schwarzpeter ihr Unwesen getrieben, aber bis auf ein Reh, das durchs Unterholz sprang, blieb der winterliche Wald leer. Nachdem Arnim ein verwaistes Vogelnest vom Schornstein genommen hatte, machten sie im alten Ofen Feuer, und mit einem Male wurde es behaglich in der Glasbläserhütte. Die Wanderer walkten sich die wunden Füße und teilten ihren Proviant: Brot und Göttinger Würste. Man setzte einen Topf aufs Feuer, um Tee zu kochen. Goethe ließ ein Fläschchen Branntwein kreisen. Schiller schließlich nahm einen bestickten ledernen Tabaksbeutel und seine Pfeife hervor, bis ihn die anderen baten, den übelriechenden Frankfurter Knaster vor der Tür aufzuschmauchen. Von draußen hörten sie ihn bisweilen husten.

Humboldt war, als Schiller zurück in die Hütte trat, bereits wieder eingeschlummert. Nun wollten es ihm die anderen gleichtun, und Goethe bat Arnim, aus seiner vorzüglichen Sammlung von Volksliedern eine Weise zur guten Nacht zum Besten zu geben. Obzwar das Lob ihn freute, genierte sich Arnim eine Weile, sang dann aber schließlich mit heller Stimme *Liegst du schon in sanfter Ruh*, und mit diesem Heiapopeia schliefen sie ein, Arnim und Goethe nahe dem Ofen, Bettine zwischen ihnen, Humboldt am Fenster und Schiller wie ein wachender Hund nahe der Tür.

Schiller erwachte am nächsten Morgen vom Klappern des Topfes, mit dem Goethe auf dem wieder angefachten Feuer hantierte. Arnim und Bettine schliefen noch, Arnim mit gerunzelter Stirn und Bettine mit dem Rücken zu ihm.

Humboldt war fort. Goethe erklärte, dass er die Hütte noch vor Tagesanbruch verlassen hatte, um mit Goethes Erlaubnis zur Straße aufzubrechen. Dort wollte er sich nach Madame de Rambaud und ihrem Geleit umhören. »Er ist ein rechter Lederstrumpf, ein Waldläufer, ein Indianer«, schwärmte Goethe. »Beschweren Sie sich nicht noch einmal, dass wir ihn mitgenommen.«

Ehe Humboldt nicht zurück war, wollten auch die Übrigen nichts unternehmen, und so konnten sie die Zeit erstens für ein langes Frühstück nutzen und zweitens dafür, sich mit ihren Waffen vertraut zu machen. Während Schiller mit seiner Armbrust einige Bolzen auf einen toten Baum abschoss, erklärte Goethe Arnim und Bettine, wie ihre Pistolen zu laden und abzufeuern seien. Überaus anstellig war Bettine im Gebrauch des Hirschfängers, jener spannlangen Klinge, die sie bald zielsicher zwischen Schillers Bolzen in die Rinde des Baumes schleuderte. Während die anderen das Laden und Zielen übten, ohne aber zu schießen, um Kugeln und Pulver zu sparen und ihr Zugegensein nicht zu verraten, lief Goethe zwischen den Ruinen auf und ab, die Hände hinter dem Rücken verschränkt. Später nahm er auf einigen der zerborstenen Steine Platz wie auf einer Chaiselongue und betrachtete die Übungen seiner Gefährten.

Erst in der Dämmerung kehrte Humboldt zurück über den verwilderten Pfad, der einst die Straße von der Glashütte ins Tal gewesen war.

»Spät kommen Sie, doch Sie kommen«, empfing ihn der ungeduldige Schiller.

»Ich komme nicht mit leeren Händen.«

Humboldt war bis zur Chaussee gelaufen und hatte sich im ersten Weiler nach der Kutsche aus Paris erkundigt. Doch dort konnte sich niemand erinnern, eine französische Equipage gesehen zu haben. Also wanderte Humboldt weiter nach Westen, bis ins Dorf Sobernheim, und als auch hier keiner über den gesuchten Transport Auskunft geben konnte, wartete er nahe der Poststation. Dort traf am späten Nachmittag eine Kalesche ein, und Humboldt wusste sofort, dass sich das Kindermädchen des Königs darin befand. Die Dame und ihre Begleiter nahmen in der Herberge Quartier. Humboldt zählte einen Kutscher und vier berittene Gardisten, und diese Zahl bereitete Goethe Kopfzerbrechen.

»Fünf Soldaten. Ich gestehe, ich hatte mit zweien, höchstens dreien gerechnet. Diese Affäre scheint von äußerster Wichtigkeit für Napoleon, wenn er gleich fünf seiner Soldaten dafür abkommandiert.«

Die Runde, die sich vor der Hütte auf einem umgestürzten Baumstamm und dem Boden niedergelassen hatte, schwieg betreten. Schließlich rührte sich Schiller: »Was tun?, spricht Zeus.«

Goethe seufzte. »Es täte mir leid, diesen beschwerlichen Weg umsonst gemacht zu haben und den Dauphin im Stich lassen zu müssen – unter den gegebenen Umständen kann ich es jedoch nicht verantworten, dass wir den Angriff wagen.«

Protest erhob sich darob, aber Goethe sagte: »Bedenken Sie, meine Freunde: fünf Soldaten der besten Armee der Welt – gegen ebenso viele Zivilisten, darunter eine Frau und ein alter Mann.«

»Du bist kein alter Mann!«, rief Bettine.

»Ich sprach von Schillern.«

Schiller, der sich inzwischen wieder die Tabakspfeife entzündet hatte, lächelte milde. »Auch jetzt um keinen Scherz verlegen, Herr Geheimrat? – Wir sprechen uns wieder, wenn erst bleiche Furcht Ihr graues Antlitz lähmt.«

»Ich jedenfalls kehre nicht mit leeren Händen nach Deutschland zurück«, sagte Bettine. »Wir haben die Überraschung auf unsrer Seite. Ich sage: Es wird gelingen. Wir befreien Louis-Charles.«

»Auch ich will sein Leben retten, Bettine, aber nicht um den Preis eines der unsern«, erwiderte Goethe.

»Ich bin der gleichen Meinung wie Herr von Goethe«, sagte Humboldt.

Bettine sah sich um, und ihr Blick blieb an Arnim haften. »Was sagst du, Lieber? Willst auch du unverrichteter Dinge heimkehren und dem Satan Napoleon eine weitere arme Seele überlassen? Oder willst du ein Held sein, der der Gefahr ins Gesicht lacht, um andre zu retten?«

»Ich kämpfe«, sagte Arnim mannhaft. »Ich lasse mich nicht durch die Courage eines Weibes beschämen.«

»So kenne und so liebe ich meinen Achim.«

»Also steht es zwo gegen zwo«, sagte Goethe, und an Schiller gewandt: »Guter Freund, Sie sind, scheint's, in diesem Conseil das Zünglein an der Waage. Was sagen Sie: Angriff oder Rückzug?«

Schiller sah einer blauen Knasterwolke nach, bevor er sprach. »Angriff. – Mut, sag ich! Mut! Dem Mutigen hilft Gott. Ich fühle, dass wir …«

»Verfolgt werden?«

»Nein, zum Kuckuck. Ich fühle, dass wir gewinnen werden.«

Goethe nickte. »Drei zu zwo, somit ist es beschlossen: Wir bieten morgen den Franzosen die Stirn. Ich bin dankbar, dass Sie mir diese Entscheidung abnehmen. – Ich habe indes einen Plan für den Überfall ersonnen, und es würde mich freuen, wenn er Ihre werte Zustimmung fände.« Er erhob sich, und mit dem Stiefel befreite er den Waldboden von totem Laub. Mit einem Stock ritzte er zwei parallele Linien in die Erde. »Dies ist die Chaussee nach Mainz. Wir werden sie hinter Sobernheim attackieren, in einem Waldstück.« Dann las er eine Schieferplatte und mehrere Tannenzapfen auf und arrangierte sie auf der kleinen Straße. »Dieser Schiefer ist die Kutsche, und diese Tannzapfen sind die Gardisten. Einer auf sowie zwo vor und zwo hinter der Kutsche, nehme ich an?« Humboldt nickte. Zuletzt setzte Goethe fünf Eicheln, die er am Vormittag gesammelt hatte, in sein Modell: zwei hinter dem Tross, zwei auf der gescharrten Linie und eine abseits im Laub, das den Wald neben der Chaussee darstellte. »Dies sind wir: Herr von Arnim und Herr von Humboldt hinten, hier Bettine und ich und dort im Gehölz Herr Schiller.«

»Und dieser Stein?« fragte Arnim und zeigte auf einen Stein hinter der Eichel, die ihn repräsentierte.

»Ist ein gewöhnlicher Stein und spielt in unsrer Geschichte keinerlei Rolle.«

»Kann ich die Bettine-Eichel austauschen? Sie ist schmutzig und hat eine unschöne Form«, sagte Bettine.

»Sicherlich.«

»Dann sähe ich mich gern durch einen Bolzen dargestellt«, sagte Schiller und stach einen Armbrustbolzen ins Laub, nachdem er die Eichel entfernt hatte.

Arnim stellte seine Eichel aufrecht, dass das Hütchen obenauf saß. »Darf ich den Stein entfernen? Er beunruhigt mich, so geradezu in meinem Rücken.«

»Bitte. Wenn wir dann die Dekoration abgeschlossen haben, würde ich gern meine Idee erläutern.«

Goethe und Bettine sollten sich am Wegesrand aufhalten und ihrerseits die Opfer eines Überfalls von Banditen markieren. Wenn alles nach Plan verlief, würde einer der vorderen Reiter absteigen, oder beide, und nach dem Rechten sehen. Dort würden die beiden sie mit verborgenen Waffen erwarten. Von hinten würden dann Humboldt und Arnim aus dem Unterholz brechen, um die hinteren Gefolgsleute in Schach zu halten. Schiller schließlich sollte von einem Baum oder einer hohen Stelle aus den Überfall beaufsichtigen und den Kutscher im Auge behalten und gegebenenfalls den Soldaten, sollte einer sich widersetzen und zur Waffe greifen, einen gezielten Bolzen verpassen.

»Ich hoffe, dass kein Blut vergossen wird«, sagte Goethe abschließend, »aber wenn –«

»– dann ausschließlich französisches«, beendete Arnim den Satz. Goethe nickte.

»Baff! liegt der Marder – und wir haben das Huhn!«

frohlockte Schiller, als er seinen Armbrustbolzen wieder aus dem Boden zog, »die Idee ist kühn, und ebendarum, glaub ich, gefällt sie mir.«

Hierauf zogen sich die fünf zurück in ihre Hütte, doch an Schlaf war lange nicht zu denken. Allein Humboldt schlief, sobald er sich zugedeckt hatte, der Garant dafür, dass sie morgen zeitig geweckt würden.

Vor Sonnenaufgang hatten sie sich rechts und links des Weges eingerichtet: dort, wo die Straße von Sobernheim durch ein Waldstück verlief, das dicht genug war, die Deutschen zu verbergen, aber nicht so dicht, auf die Franzosen verdächtig zu wirken. Arnim und Humboldt hatten sich abseits der Straße ins Unterholz geschlagen. Letzterer hatte eine Peitsche dabei, die er ihrem russischen Kutscher abgeschwatzt hatte. Bald begann es zu ihrem Verdruss zu regnen, und die beiden Männer stellten sich in den Schutz der Bäume, um sich selbst und das Zündkraut auf ihren Pistolen trocken zu halten.

Schiller hatte auf einem Fels Stellung bezogen und sich dort hinter einem Holunderstrauch verborgen. Er würde von der Höhe die Reisenden schon sehen, ehe sie auf der Szene erschienen. Von dort herab sollte sein Pfeil jeden erlangen können, der sich durch die Gasse wagte.

Goethe hatte sich schließlich an den Wegesrand gelegt. Um das Opfer eines Raubüberfalls zu markieren, hatte er den Hut abgenommen, damit die unschöne Wunde auf seinem Kopf sichtbar wurde – ganz so, als hätte man ihn just niedergeschlagen. Bettine kniete neben ihm und war bereit, in falsche Tränen auszubrechen, sobald Schiller das Signal gab. Die Pistolen hatten sie in die Falten ihrer Gewänder gehüllt. Da es kühl war auf der Erde und der Regen auch sie nicht schonte, bot Bettine Goethe an, zumindest seinen Kopf in ihrem Schoß zu betten. Ein ruhiges Lager war es freilich nicht, denn ob des nahen Anschlags war Bettine unfähig, stillzuhalten.

»Wie schön, dass ich dich in diesem Abenteuer kennenlerne«, sagte sie nach einer Weile. »Unsre Briefe und die Freundschaft deiner Mutter waren mir lieb und teuer, aber der leibhaftige Herr von Goethe! Die Adern klopften mir im Kopf, als du bei der Großmutter in der Stube standest mit deinen edlen Freunden. Und wie schön, dass uns Achim begleitet. Er liebt und verehrt dich, wie ich es tue, wenngleich er sich nie getrauen würde, dir's ins Gesicht zu sagen.«

»Du liebst ihn?«

»Ei, kann man ihn nicht lieben? Er hat eine schöne Gestalt, ein tapferes Gemüt und ein edles Herz. Allein sein Antlitz! Alle anderen haben nur *Gesichter*.« Bettine sah die Straße in beide Richtungen hinab. »Was stelle ich in diesem Mummenschanz eigentlich dar? Dein Weib oder dein Töchterlein?«

»So eitel bin ich nicht zu verlangen, dass du mein Weib seiest.«

»Weshalb? Du siehst doch königlich aus.«

»Du spottest meiner, Bettine.«

»Mitnichten. Du hast das Antlitz eines olympischen Jupiters.« Sie wischte die Regentropfen von seiner Stirn.

»Mein Alter ist das einzig Olympische an mir.«

»Das Alter macht den Wein erst köstlich.«

Anstatt einer Antwort sah Goethe mit gehobenen Brauen von Bettines Schoß ihr in die Augen, sodass er ihr Abbild auf den Kopf gestellt sah.

»So will ich dein Kind sein«, sagte sie vergnügt. »Ein Kind Gottes und ein Kind Goethes. Wie dein *Wilhelm Meister* das Mündel Mignon hatte, so will ich dir Mignon sein.«

»Traun! du hast meinen *Wilhelm Meister* gelesen? Das ganze Buch?«

»Der Clemens gab es mir. Jeder Buchstabe davon steht in meinem Herzen.«

Goethe lächelte. »Wenn du wüsstest, wie süß du bist!

Und du musst ein großes Herz haben, bei diesem Schinken.«

Ein Pfiff Schillers unterbrach das Gespräch der beiden. »Jetzt gilt's«, sagte Goethe und schloss die Augen.

Die Franzosen näherten sich. Man hörte das Gebüsch knacken, wo Humboldt und Arnim ihre Positionen einnahmen. Bald ruckelte die Kutsche um eine Wegbiegung, so, wie Goethe es vorausgesagt hatte, mit zwei Nationalgardisten vor und zwei hinter dem Gefährt.

Bettine weinte augenblicklich um ihren erschlagenen Vater, dass es Steine erweicht hätte. »Mein Vater!«, rief sie, »du willst mich nicht verlassen! Bleib bei deinem Kinde!«

Der Kutscher bremste seine Pferde, und sofort waren die vorderen Reiter, beides junge Burschen, von ihren Pferden abgestiegen und eilten Bettine zur Hilfe.

»Räuber!«, schrie diese und wies auf Goethes blutigen Kopf. »Sie haben mir den Vater genommen!«

Der eine Franzose hielt den Wald im Blick, die Muskete im Anschlag, während sich der andere, ein schlanker, brauner Bursche, die Waffe in den Rücken warf und neben dem vermeintlich Überfallenen niederkniete, mit der Galanterie, den Zweispitz vorher abzunehmen. »Was hat der Vater, Fräulein?«, fragte er in brüchigem Deutsch.

»*Rien*«, sagte Goethe, indes er die Augen aufschlug und die Pistole hob, sodass das Rohr kurz vor den Augen des Soldaten endete. »Die Hände hoch.«

Nun ging alles sehr schnell: Bettine nahm ihre Pistole aus den Falten des Kleides und zielte auf den zweiten Mann, der unentschlossen war, ob er seine Muskete sinken lassen sollte oder aber auf Bettine anlegen, die nun ebenfalls »Hände hoch!« rief. Der Gardist auf dem Kutschbock griff sofort nach seiner Pistole, die in einem Futteral neben ihm lag, aber als er sie herauszog, schlug ein Armbrustbolzen im Holz der Kutsche ein, und das Burren der Sehne verklang im Buschwerk. Schiller hatte geschossen, ohne seine Deckung aufzugeben, und der Kutscher ließ nach diesem Warnschuss von der Pistole ab und hob die Hände hinter den Kopf. Die Kutschpferde, die die Unruhe nun begriffen, begannen zu tänzeln, und die Räder der Kutsche knirschten im Sand. Hinten sprangen Humboldt und Arnim unter Rufen aus dem Gesträuch. Als der Soldat nahe Arnim sein Gewehr hob, drückte Arnim ab, aber das Pulver in seiner Pistole entzündete sich nicht, und der Schuss blieb aus. Arnim fluchte und spannte den Hahn abermals. Der Franzose legte auf Arnim an und feuerte, aber noch während das Zündkraut brannte, schoss der Riemen von Humboldts Peitsche durch die Luft, wickelte sich um den Lauf der Muskete und riss ihn im letzten Moment zur Seite, sodass die Kugel ins Leere knallte. Das Pferd bockte, und diesen Moment nutzte Humboldt, das Gewehr mittels seiner Peitsche ganz aus den Händen des Franzosen zu reißen. Es fiel zu Boden, von wo es Arnim sofort auflas, um zumindest das Bajonett als Waffe zu haben. Aus der Kutsche, hinter deren Fenster Vorhänge angebracht waren, tönte kurz der Aufschrei einer Frau, ansonsten blieb es still.

»Lassen Sie bitte Ihre Waffen sinken«, sagte Goethe, der nun aufgestanden war, laut und deutlich auf Französisch, »steigen Sie von Ihren Pferden, und legen Sie Ihre Hände hinter den Kopf. Im Wald sind mehrere unsrer Männer verborgen, die Sie allezeit im Visier haben, also verzichten Sie gütigst auf Fisimatenten. So Sie gehorchen, lassen wir Sie, *parole d'honneur*, bald wieder gehen. So nicht, töten wir Sie.«

Die Franzosen tauschten Blicke, aber keine Worte, und in stillem Einverständnis legten sie ihre Gewehre ab und die Säbel dazu. Humboldt führte seine beiden Gefangenen nach vorn. Die vier Reiter wurden mit vorgehaltenen Pistolen dort auf der Straße zusammengetrieben. Die Zügel der Pferde wurden an der Kutsche befestigt, der Kutscher blieb auf dem Bock. Arnim beschlagnahmte die Musketen, die Patronengurte und die Säbel sowie die Pistole des Kutschers und hatte bald einen stattlichen Stapel beisammen. Als die fünf Gardisten entwaffnet waren, kletterte auch Schiller von seinem Felsvorsprung hinab, gesellte sich zu seinen Gefährten und entspannte die Sehne der Armbrust. Bettine reichte dem höflichen Franzosen den Zweispitz zurück, denn der Regen hatte zugenommen.

»Vielen Dank«, sagte Goethe, an die Soldaten gewandt. Er übergab Bettine seine Pistole und ging auf die Kalesche mit den verhangenen Fenstern zu. »Madame de Rambaud? Haben Sie keine Furcht, Ihnen wird nichts geschehen. Steigen Sie bitte aus der Kutsche.« Drinnen raschelte es, aber nichts geschah. »Madame de Rambaud?«, fragte Goethe erneut. Dann öffnete er die Tür.

Mit einem jähen Ruck wurde die Tür ganz aufgestoßen, und ein sechster Soldat sprang, Pistole voran, aus der Kutsche. Er packte Goethe rücklings, den linken Arm um dessen Brust und die Hand fest auf dessen Schulter gelegt, und drückte die Mündung der Pistole an dessen Schläfe. Augenblicklich legten alle Gefährten ihre Waffen auf den Soldaten an – ein Gerassel von gespannten Abzügen ging durch die Luft –, aber keiner drückte ab: Goethes Leben war in der Hand des Franzosen, und sein Leib war für jenen ein perfektes Schutzschild.

»Die Waffen runter, oder ich erschieße ihn«, sagte der Mann. Er war älter als die anderen Nationalgardisten und trug die Uniform eines Lieutenants. Der Triumph funkelte in seinen Augen. »Die Waffen runter, sage ich!«

Goethe sah in die Gesichter seiner Kameraden: Arnim und Humboldt, deren Finger auf dem Auslöser zitterten. Bettine, die gleich zwei Pistolen in der Hand hielt und deren Haare in nassen Strähnen auf der Stirn klebten. Und Schiller, der so leichenblass war, als wäre die Kugel auf ihn selbst gerichtet.

»Sie erschießen mich nicht«, sagte Goethe zum Lieutenant.

»Ach nein? Und warum nicht?«

»Weil ich Schriftsteller bin und Ihr Kaiser, der meine Bücher hoch schätzt, Ihnen diesen Mord nie vergeben würde.«
»Welche Bücher?«
»Zum Beispiel *Les Souffrances du jeune Werther*. Er hat es siebenmal gelesen.«
»Tatsächlich. Der *Werther* ist von Ihnen?«
»Höchstselbst.«
»Wenn der *Werther* von Ihnen ist, muss ich Sie umso mehr erschießen.«
»Missfiel er Ihnen etwa?«
»Ich habe ihn geliebt, *maître*. Aber mir missfiel das Ende. Der Werther hätte sich bei mir nicht erschossen. Ich habe um ihn geweint. Wäre Werther ein Franzose gewesen, *ciel!*, er hätte weiter um Lotten gekämpft, ob sie nun einem anderen gehörte oder nicht. Es hätte ihn viel eher herausgefordert, um eine vermählte Frau zu kämpfen.«
»Nun, das handhaben unsre Nationen offensichtlich unterschiedlich.«
»Genug geplaudert. Legen Sie endlich Ihre Waffen nieder.«
»Warum wir? Sie haben einen Gefangenen, wir aber fünf.«
»Gut: Einigen wir uns darauf, dass wir danach getrennte Wege gehen.« Als Goethe nichts erwiderte, fügte der Lieutenant hinzu: »Ich gebe Ihnen mein Ehrenwort als Offizier, dass Sie gehen dürfen, sobald Sie entwaffnet sind.«
Nun legte Bettine ihre Waffen nieder, und die Männer folgten ihrem Beispiel. Der Lieutenant nickte seinen Leuten zu, worauf diese sich wieder bewaffneten. Aber er gab Goethe nicht frei.
»Und nun fesselt sie«, sagte er. »In Mayence sind für diese Ganoven sicher noch ein paar Kerker frei.«
»Dass dich die Pestilenz!«, wetterte Goethe, »Sie gaben uns Ihr Wort!«
Der Lieutenant grinste. »Nun, das handhaben unsre Nationen offensichtlich unterschiedlich.«
Auf einmal aber fiel im nächsten Busche ein Schuss. Blut

spritzte aus der Stirn des Lieutenants. Sein Kopf wurde so heftig nach hinten geworfen, dass er das Fenster der Kutsche zertrümmerte. Zwischen Goethe und der Kutsche sackte sein Körper zu Boden, die Pistole bis zuletzt fest im Griff, und die Scherben prasselten auf ihn nieder. Ein Soldat feuerte vorschnell eine Kugel in den Wald ab, wo er den Schützen vermutete, und lakonisch antwortete ihm ein zweiter Schuss, der ihm dicht unter dem Brustknochen den Leib durchbohrte.

Der Kutscher und ein weiterer Kamerad sprangen hinter die Kutsche in Deckung. Einem Franzosen, der ebenfalls schießen wollte, entwand Arnim die Muskete, und mit einem Kolbenschlag ans Kinn streckte er den Mann in den Sand.

»Kapituliert, Franken, oder sterbt!«, donnerte eine Stimme aus dem Gehölz. Eine dritte Kugel zerschmetterte die gläserne Laterne auf der Kutsche. Darauf kamen die beiden Franzosen von hinter der Kutsche hervor. Bereitwillig gaben sie ihre Waffen ein zweites Mal aus der Hand. Der Verwundete war neben dem Niedergeschlagenen zu Boden gegangen und hielt sich die durchschossene Brust. Zwischen seinen Fingern rann das Blut hervor.

Die Blicke von Deutschen wie Franzosen waren auf das Waldstück gebannt, aus dem die Kugeln gekommen waren. Nun trat der geheimnisvolle Schütze selbst zwischen den Bäumen hervor. Es war kein Geringerer als der preußische Leutnant mit dem kindlichen Gesicht, den sie auf dem Frauenplan zuletzt gesehen hatten. In beiden Händen hielt er eine Pistole, in deren Griffstücke zwei jagende Hunde eingraviert waren. Der lange Lauf der einen Pistole dampfte noch im kalten Regen.

»Dies soll der erste Atemzug der teutschen Freiheit sein«, sagte er mit einiger Befriedigung.

»*Sie?*«, fragte Goethe.

»Bei der Feueresse des Plutos!«, zischte Schiller. »Ich wusste doch, dass man uns folgte!«

»Herr Geheimrat, meine Dame, meine Herren: Ich hoffe, ich komme nicht ungelegen.«

»Was in drei Teufels Namen machen Sie hier?«

»Sie schulden mir noch ein Urteil über mein Lustspiel, erinnern Sie sich? – Fesselt die Kerls, eh sie aufmucken.«

Die anderen waren viel zu überrascht, als dass sie dem Befehl nicht hätten folgen mögen. Mit Seilen banden sie die fünf Soldaten. Der ehemalige Regimentsarzt Schiller, der in weiser Voraussicht ein ledernes Täschchen mit dem notwendigsten medizinischen Gerät und einigen Tinkturen mitgenommen hatte, sah nach der Wunde des angeschossenen Franzosen. Arnim und Bettine öffneten nun die Kutsche an der unversehrten Seite. Agathe-Rosalie de Rambaud, ein Frauenzimmer von etwa vierzig Jahren, war infolge der Aufregung ohnmächtig auf der Bank zusammengesunken. Die beiden trugen sie an die frische Luft, wo der Regen sie alsbald weckte. Sie redeten wechselweise beruhigend auf sie ein. Bald kehrte wieder Farbe in ihr rundes Gesicht zurück, und das Zittern ihrer Hände schwand. Mit viel höflichem Betragen und einem Schluck Branntwein flößten sie ihr das Vertrauen ein, dass man ihr nichts Böses wolle.

Goethe bemerkte derweil, dass einige Tropfen vom Blut des Lieutenants an seiner Schläfe klebten. Der Todesschütze reichte ihm lächelnd ein Taschentuch.

»Sie hätten *mich* treffen können«, bemerkte Goethe.

»Ist das ein Dank? – Wenn ich Sie hätte treffen können, seien Sie versichert, ich hätte nicht geschossen.«

»In diesem Fall danke ich Ihnen, junger Mann. Dank auch für Ihr Schnupftuch. Ich werde es bei Gelegenheit reinigen und retournieren.«

Schiller trat zu den beiden, nachdem er das Notwendigste für den Franzosen getan hatte, und reichte dem Preußen die Hand. »Donner und Doria! Das war ein Schuss! Das war ein Heldenstück, Herr ...«

»... von Kleist. Euer Exzellenz gehorsamster Heinrich von Kleist, aus Frankfurt.«
»Frankfurt?«, fragte Goethe.
»Oder.«
»Oder was?«
»Frankfurt an der.«
»Aha.«
»Und willens und bereit, mich und diese zween Donnerkeile« – er zog seine Pistolen – »vollständig in den Dienst Ihrer Sache zu stellen.«
»Wissen Sie denn, was unsre Sache ist?«
»Die ganze welsche Brut, die sich in den Leib Germaniens eingefilzt hat wie ein Insektenschwarm, durch das Schwert der Rache auszumerzen.«
Heinrich von Kleist sah zu dem Lieutenant hinüber, der im Schatten der Kutsche in Morast, Scherben und im eigenen Blute entkräftet auf dem Rücken lag und der das erste Opfer dieser Rache war. Die anderen folgten Kleists Blick, und erst jetzt sahen sie, dass der Lieutenant noch nicht tot war: Das Blut lief, und er holte noch immer Atem. Schiller hockte sich sofort zu dem Unglücklichen nieder. Über dem rechten Auge war er durch den Kopf geschossen, das Gehirn war herausgetrieben. Die Lunge röchelte noch fürchterlich, bald schwach, bald stärker.
Schiller richtete sich wieder auf. »Es gibt für ihn keine Rettung«, sagte er leise zu den anderen. »In wenigen Augenblicken ist sein Schicksal erfüllt. Dies Zucken noch, und dann wird's vorbei sein.«
»Was können wir also tun?«
»Ihn als gute Christenmenschen von seinen Leiden befreien.«
»Das Blei zu schade«, sagte Kleist.
»Ein Stich ins Herz«, schlug Schiller vor.
»Ein Fest für die Gewürme.« Kleist zog seinen Säbel blank. »Darf ich zu Ende bringen, was ich angefangen?«

Goethe nickte. Kleist trat an den regungslosen Körper heran. Das Gesicht des Lieutenants war schon wie das eines Toten. Er rührte kein Glied, aber aus seinen Augen sprach, dass er sein Ende erwartete.

Kleist hob die Klinge und sagte auf Französisch: »So fahr zur Hölle hin, woher du kamst.«

»Halt!«, rief Goethe. »Das ist kein Grabspruch für einen Christenmenschen, sei er nun Franke oder nicht. Immerhin war er ein Freund meines Werkes.«

Kleist ließ seinen Säbel sinken. Dann sagte er, wieder in der Muttersprache des Sterbenden: »Ruhe sanft. Der Allmächtige erbarme sich deiner Seele und schenke dir ewigen Frieden. – Tue ich Sünde, so mag sie mir Gott verzeihen.« Mit diesen Worten trieb er die Spitze seines Säbels in den Leib des Franzosen. Es war sofort aus.

Endlich stellte sich Kleist auch den anderen Gefährten vor, die ihn offenherzig begrüßten. Goethe drängte indes zur Eile; sie mussten die Straße verlassen, ehe andere Reisende oder gar französische Patrouillen des Wegs kamen. Sie befehligten ihre Gefangenen in die Kutsche und hoben den toten Lieutenant auf die hintere Ablage. Arnim und Bettine kletterten auf den Kutschbock, die Amme des Königs zwischen sich. Die anderen schwangen sich in die Sättel der Pferde, und auf ging es die alte Straße hoch zur Glashütte im Wald. Arnim sakramentierte über den Regen, der ihm das Zündkraut in der Pistole verdorben hatte, ein Umstand, der ihm beinahe zum Verhängnis geworden wäre. Auch die Stimmung der übrigen Gefährten war gedrückt, waren sie doch nur knapp der Katastrophe entgangen und hatte ihr Überfall doch das Leben eines Menschen gekostet. Leise fragte Schiller, ob ihr Auftrag nicht schon jetzt als gescheitert gelten musste; jetzt, da sie einen Menschen hatten töten müssen, um einen anderen zu retten.

Insbesondere Humboldt aber war den Weg über zerknirscht, gab er sich doch die Schuld am Fehlschlag ihres ursprünglichen Plans, da er an der Poststation in Sobernheim nur fünf, nicht sechs Männer gezählt hatte. Goethe tat Humboldts Reue ab: Er hätte schließlich bislang mehr als alle anderen für ihre Unternehmung geleistet und solle sich daher nicht von seinem Gewissen plagen lassen. Humboldt bedankte sich ausgiebig bei Kleist, der dafür gesorgt hatte, dass sie nicht in französische Gefangenschaft geraten waren, und Kleist nahm den Dank seines preußischen Landsmannes mit großer Freude auf. Nicht ohne Stolz schilderte er, wie es ihm gelungen war, die Reisenden von Weimar über Frankfurt bis hierher unbemerkt zu verfolgen – zum einen, weil er das Gefühl hatte, seinen Disput mit Herrn von Goethe baldmöglichst beilegen zu müssen, zum anderen schlicht aus Neugierde –, und dass er die Spur seiner Beute zwei Male, *primo* in Frankfurt und *secundo* am Rhein, verloren und nur dank seines Instinkts wiedergefunden hatte. Sein Instinkt war es dann auch, der ihm diktiert hatte, sich so lange im Verborgenen zu halten, bis sich ihm die Gelegenheit bot, seinen Auftritt mit handfester Hilfe zu paaren. Schillers Ahnung, sie würden verfolgt, hatte ihn tatsächlich nie getrogen.

Zurück bei ihrer provisorischen Unterkunft, quartierten sie die Soldaten in der Hütte ein. In der Kutsche hatten sie eiserne Handschellen und Fesseln aufgetan, und mit diesen wurden die Franzosen nun an die Esse des Glasofens gekettet.

Bettine und Goethe bedeckten derweil den Leichnam des Offiziers mit Steinen vom eingestürzten Mauerwerk. Goethe leerte die Taschen des Toten und fand mehrere Münzen und einen Brief.

Als der Tote begraben war, wurde entschieden, was mit den Überlebenden geschehen sollte. Kleist schlug vor, dass sie ihrem Lieutenant ins Grab folgen sollten. »*Sie* kamen schließlich nach Teutschland, unbeleidigt, um *uns* zu unterdrücken. Sie haben ihren Anspruch auf Recht und Gnade damit verwirkt. Lasst uns das gesamte Mordgeschlecht mit Dolchen zu Tode kitzeln!«

Auch Arnim wollte die Franzosen richten – Auge um Auge, Zahn um Zahn –, denn immerhin hatten sie auf ihn geschossen. Die anderen Gefährten aber waren strikt dagegen. »Ich habe ihnen mein Wort gegeben, dass ich sie bald wieder laufen lasse«, sagte Goethe.

»Auch der Franke hat Ihnen sein Wort gegeben und es sofort darauf schändlich gebrochen«, merkte Kleist an.

»Nun, das handhaben unsre Nationen offensichtlich unterschiedlich. Ich aber pflege mein Wort zu halten«, sagte Goethe. »Im Übrigen, Herr von Kleist, danke ich Ihnen sehr für Ihre Dienste, aber nun heißt es Abschied nehmen. Wählen Sie sich eines der Pferde aus, das Sie schnell und sicher wieder zurück nach Deutschland bringen wird. Ich werde mich, sobald ich Ihr Stück gelesen habe, was ich nun mit umso mehr Interesse tun werde, bei Ihnen melden.«

Es dauerte einen Moment, bis Kleist den Gehalt dieser Worte, die auch die anderen überraschten und bestürzten, begriffen hatte. »– – Sie verstoßen mich?«, stammelte er. »Sie verstoßen mich? Das nenn ich menschlich nicht verfahren. Ich rette Ihnen das Leben, und Sie verstoßen mich? Der Kleist hat seine Arbeit getan, der Kleist kann gehen?«

»Nicht doch. Es ist nur so, dass diese Gruppe nicht zu groß werden darf, um ihre einzelnen Mitglieder nicht zu gefährden.«

»Gibt es einen größern Feind des Frankengeschlechts in dieser Gruppe? Einen größern Freund der Teutschen? Gibt es einen, der so viele Waffen hat wie ich und sie so gut zu nutzen weiß, das Vaterland vom Tyrannenvolk zu säubern? Mit Verlaub, Sie können nicht auf mich verzichten, verehrter Herr Geheimrat.«

»Ich will nicht Ihr Leben auf meinem Gewissen haben.«

»Mein Leben? Was ist denn mein Leben wert, wenn ich es nicht für Teutschland gäbe? Allmächtiger Gott, hierauf hab ich nichts zur Antwort als Tränen.«

Tatsächlich lösten sich nun heiße Tränen aus seinen Augen und erstickten ihm die Sprache. Goethe wusste nicht, was er sagen sollte, sosehr die Umherstehenden ihn auch anstarrten.

Noch einmal sprach Kleist: »Es ist Gott lieb, wenn Menschen ihrer Freiheit wegen sterben, aber es ist ihm ein Gräuel, wenn Sklaven leben.«

»Auf ein Wort, Freund«, sagte Schiller kurzerhand und zog Goethe mit sich fort, bis sie in den Schatten des abgebrannten Hauptgebäudes gelangt waren.

»Herrgott, hätte ich es ihm schonender beibringen können?«, fragte Goethe enerviert. »Dass er weint, das habe ich wahrlich nicht gewollt. Er ist doch ein erwachsner Mensch, warum weint er? Ich habe seit selig Kaiser Franzens Zeiten nicht mehr geweint.«

»Nehmen wir ihn auf«, sagte Schiller.

»Ich denke gar nicht daran. Wer ist er denn? Ein Knabe, dem man sein Zuckerwerk schon gibt, wenn er nur lange genug quengelt?«

»Er ist ein mutiger Kämpfer.«

»Und wenn er mit der Büchse trifft wie keiner in der Welt: Können Sie sich vorstellen, wie dieser milzsüchtige Hallodri mit rauchenden Pistolen durch Mainz galoppiert? Das wär noch schlimmer als Kleist, das wäre – Kleister. Er brächte uns alle in Gefahr.«

»Wir sind alte Männer. Die Jahre machen uns bedenklich. Aber manche Wagestücke fordern nun einmal den kecken Mut der Jugend.« Schiller lächelte mild. »Viel Selbstgefühl und kühner Mut, bei Gott!, er erinnert mich an mich selbst, früher, in Stuttgarter Zeiten.«

»Sieh an. Sie waren einst ein selbstsüchtiger, unbändiger und blutrünstiger Teutomane?«

»Still, Sie Sophist. Bei Herrn von Kleist glimmt halt der Geist Hermanns noch in der Asche.«

»*Hermann?* Was will mir Hermann hier? Wir kämpfen nicht gegen Rom. Wir kämpfen nicht einmal gegen Frankreich, Teufel!, wir kämpfen *für* Frankreich, um es genau zu nehmen! Wir wollen den König zurück auf den Thron bringen!«

»Aber das haben Sie den anderen nicht gesagt. Die sehen nur, dass wir etwas gegen den verhassten Napoleon tun, und das genügt ihnen vollends.«

Goethe seufzte. Vom Efeu, der um das geborstene Mauerwerk rankte, riss er ein trockenes Blatt ab und rieb es zwischen seinen Fingern zu Staub.

»Nehmen wir Kleist auf«, sagte Schiller noch einmal. »Ich will sein Bürge sein, dass es nicht unser Schaden sein soll. – Notabene, wenn wir ihn nicht nehmen, wird er uns eh folgen. Da ist es doch klüger, ihn an unsrer Seite zu wissen als in unserm Rücken.«

»Aber seien Sie gewarnt«, sagte Goethe, als sie schon auf dem Rückweg zu den anderen waren, »ich sage, dieser Quälgeist wird unsre Gruppe noch entzweien.«

Kleist, der sich vor lauter Schwäche an einen Baum gelehnt hatte und dem Bettine Trost zusprach, war überglücklich über die nachträgliche Aufnahme. Er bedankte sich ausgiebig bei den beiden, insbesondere aber bei Schiller, dessen guter Zurede er den Entschluss zu verdanken hatte, und versprach Goethe, künftig vorbildlich und ausschließlich dessen Anweisungen Folge zu leisten.

Goethe und Schiller befragten nun die gefesselten Gardisten zu allen Details ihres Auftrags, memorierten und notierten ihre Namen, ihre Anlaufpunkte in Mainz und ihre Kontakte. Bei ihren Unterlagen fand sich eine Bescheinigung aus Paris, auf edles Papier gesetzt, mit Siegel versehen und von Fouchés Hand unterzeichnet, die Goldes Wert war, garantierte sie ihnen doch die Befreiung von sämtlichen Kontrollen durch Armee, Nationalgarde und Gendarmerie. Sie schloss mit dem Satz: *Der Halter dieses Dokuments handelt auf Mandat und mit der Vollmacht Seiner Kaiserlichen Majestät Napoleon I. und ist einzig und allein Ihr Rechenschaft schuldig.*

Dann sollten die Franzosen, einer nach dem anderen, ihre Uniformen ausziehen und statt ihrer die Wäsche aus ihren Tornistern anlegen. Die fünf Uniformen wurden vor der Hütte gesammelt.

»Was ist das?«, fragte Arnim.

»Das ist die Uniform der Freiheit«, antwortete Goethe. »Die Kostüme für unsern Einzug in Mainz. *Wir* werden nun die Nationalgarde, die Frau von Rambaud eskortiert.«

»Nie!«, rief Arnim aus.

»Das Blut unsrer Brüder und Verwandten klebt an ihren Röcken!«, versetzte Kleist.

»Wo?«, fragte Goethe, die Jacke des angeschossenen Gardisten anhebend: »Hier klebt kein Blut als ihr eignes. Das ist ein schmuckes Kleid. Wenn wir in die Höhle der Löwen gehen, tun wir gut daran, uns in Löwenhäute zu kleiden.«

»Löwen?«, sagte Kleist mit einem verächtlichen Lachen. »Hyänen!«

Goethe nahm die Haut der obersten Hyäne auf und begann, sich umzukleiden. Die anderen folgten widerstrebend seinem Beispiel. Es gab ein kleines Gerangel um die unversehrten Uniformen, denn niemand wollte die mit dem blutigen Einschussloch in der Brust. Kleist sollte sie nehmen, denn immerhin hatte er sie auch demoliert, aber die Jacke war zu groß für ihn, und so fiel das Los schließlich auf den ungleich kräftigeren Arnim. Angenehm war es nicht, in diese Kleider zu schlüpfen, die durchnässt waren vom Regen außen und innen vom Schweiß der Franzosen, aber das Ergebnis war frappant: Die weißen Hosen und Gamaschen, die blauen Jacken mit den roten Aufschlägen, die Lederkoppeln mit dem Kavalleriesäbel darüber und die Zweispitze mit roten Federn obenauf – all das kleidete die Gefährten ungemein.

»Was das alles für Wirkung tut!«, meinte Schiller. »Der ganze Unterschied ist in den Röcken.«

Bettine klatschte vor lauter Entzücken über ihre hübsche Garde in die Hände und rückte mal hier eine Weste zurecht, mal dort einen Säbel. »Wie schön ihr seid in euerm Putz! Man möchte darüber fast zum Soldatenliebchen werden.«

Arnim schimpfte über das Loch in seiner Jacke. Mit einem Tuch versuchte er, zumindest das Blut abzuschrubben, aber der rote Saft wollte seinen Mühen zum Trotze nicht weichen.

»Tja, Siegen geht so rein nicht ab«, sagte Kleist.

»Machen Sie es wie Napoleon selbst«, riet Goethe. »Der pflegte, wie er noch Korporal war, seine Uniform, wenn sie schmutzig war und kein Ersatz zur Hand, schlechthin umzukrempeln.«

Arnim half sich schließlich damit, dass er den Patronengurt so über die Schulter legte, dass dieser das blutige Loch im Gewand bedeckte.

Nun wurden die echten Gardisten in ihrer Hütte mit ausreichend Wasser und Nahrung für die nächsten Tage versorgt. Goethe versprach ihnen, dass Madame de Rambaud, sobald auch sie nach getaner Arbeit freigelassen war, einen Trupp zur verlassenen Glashütte führen würde, der die Soldaten dann befreite – in drei, spätestens vier Tagen, gesetzt den Fall, sie hatten sich nicht schon früher aus eigener Kraft befreit. Goethe ließ sich ihre Namen geben und verteilte auch diese wie die Uniformen unter seinen Gefährten, wobei es ein nicht minder großes Gerangel um die schönsten Namen gab. Goethe selbst nahm den Namen des getöteten Lieutenants, *Bassompierre*, an.

Gegen Mittag konnten sie aufbrechen – Goethe, Humboldt und Kleist zu Pferde, Arnim auf der Kutsche und Bettine, Schiller und Madame de Rambaud im Innern –, und im Tal der Nahe ging es ostwärts. Schiller hatte ausdrücklich darum gebeten, während der Kutschfahrt das Gespräch mit der Kinderfrau des Königs führen zu dürfen. Sobald er und Bettine sie davon überzeugt hatten, dass es ihr Anliegen war, Louis-Charles, den Knaben, den sie großgezogen und beinahe wie einen eigenen Sohn geliebt hatte, mit ihrer Hilfe aus der Festungshaft zu befreien und mit seiner Schwester und seinen Onkeln in Russland zu vereinen, gab sie ihr Misstrauen auf, und ihre Kaisertreue verebbte. Sie sprach schier ohne Unterlass davon, wie sie Fouchés Männer überrascht und gezwungen hatten, nach Mayence zu reisen, wie sie sich aber gefreut hatte zu hören, dass Louis-Charles noch lebte – eine Hoffnung, die sie nie ganz aufgegeben hatte –, wie sie sich ferner vor dem fürchtete, was der Kaiser mit dem unversehens aufgetauchten Thronprätendenten anstellen würde, und wie sie vom Tage seiner Geburt im Jahre 1785 bis zum Brand der Tuilerien im August 1792 dem Dauphin als Kinderfrau gedient hatte. Eilends notierte Schiller alle Fakten in einem Büchlein, das er mitgenommen hatte, und Bettine musste das ein um das andere Mal übersetzen, wenn ihm ein Wort nicht geläufig war. Ein vornehmliches Interesse hatte Schiller dabei an den Merkmalen, anhand derer die Kinderfrau ihren ehemaligen Zögling wiedererkennen wollte. Sie zählte eine Reihe von Begebenheiten aus Louis-Charles' Kindheit auf, die nur er wissen konnte, insbesondere aber vier unveränderliche Eigenheiten seiner Physiognomie, die Schiller gewissenhaft auf einer separaten Seite in seinem Notizbüchlein niederschrieb:

»*1^{tens}: hervorstehende Zähne. 2^{tens}: dreieckiges Impfmal am Arm. 3^{tens}: Muttermal am Schenkel in Form einer Taube. 4^{tens}: weiße Narbe am Kinn (wo ihn ein Kaninchen aus den Tuilerien-Gärten gebissen).*«

5

MAINZ

Im Juli 1792 treffen sich die deutschen Fürsten in Mainz und beschließen, durch eine Intervention in Frankreich das Leben des gestürzten und inhaftierten Königs Ludwig XVI. zu retten und die Französische Revolution niederzuschlagen. Der Feldzug Österreichs und Preußens gegen die ordnungslose und schlecht ausgerüstete Revolutionsarmee beginnt mit Aplomb, doch der Vormarsch auf Paris wird im September abrupt gebremst: Bei einem Stunden währenden Artillerieduell nahe dem Dorf Valmy in der Champagne halten die Franzosen erstmals den ausländischen Truppen stand. Schließlich treten die Deutschen den Rückzug an, und wenig später gehen die Revolutionsarmeen zum Angriff über: Unter ihren Generälen Dumouriez und Custine erobern sie Savoyen und die Niederlande und stoßen weit über den Rhein bis nach Frankfurt in deutsches Gebiet vor.

Dabei schließt General Custine auch die Stadt Mainz ein. Kurfürst Erthal und hohe Adlige und Geistliche haben die Stadt längst geflohen, und am 21. Oktober kapituliert Mainz kampflos. Von den Freigesinnten der Stadt werden die revolutionären Besatzer euphorisch begrüßt, und schon zwei Tage darauf gründet sich ein Mainzer Jakobinerklub. Custine unterstützt die jakobinischen Bestrebungen der Bürger. Freiheitsbäume werden in Mainz und überall im linksrheinischen Umland errichtet. Im Februar 1793 werden erstmals Wahlen abgehalten, und einen Monat später tritt im Deutschhaus zu Mainz der erste Rheinisch-

Deutsche Nationalkonvent zusammen. Das neue Parlament unter dem Professor der Philosophie Andreas Josef Hofmann und dem Universitätsbibliothekar Georg Forster ruft das Gebiet von Landau bis Bingen zum Freistaat aus, der den Gesetzen von Freiheit, Gleichheit und Brüderlichkeit gehorcht, und sagt sich los vom deutschen Kaiser und vom Heiligen Römischen Reich.

Da die Mainzer Republik ohne fremde Hilfe nicht überleben kann, beschließen die Abgeordneten, die Vereinigung mit Frankreich zu beantragen. Aber preußische Truppen stoßen bereits über den Rhein in die Pfalz vor, und schon wenige Tage nachdem Georg Forster die Mainzer Réunionsbitte vor dem Pariser Konvent vorgetragen hat, hat Preußen die Pfalz zurückerobert und Mainz, »den Leuchtturm der deutschen Freiheit«, eingeschlossen und belagert. Die Mainzer Republik beschränkt sich nun auf die Stadt allein. Drei Monate lang trotzen die Bürger und die französischen Besatzer den Haubitzen der Preußen, die die Festungsstadt zu Schutt und Asche bombardieren, aber im Juli kapituliert Mainz.

Die Franzosen dürfen ungehindert abziehen, die Mainzer Klubisten aber werden verfolgt, inhaftiert, enteignet und geächtet oder vom echauffierten Mob auf offener Straße gerichtet. Im französischen Exil kämpfen sie als »Société des Refugiés Mayençais« weiter für die Annexion der linksrheinischen Gebiete durch Frankreich. General Custine wird vom Pariser Revolutionstribunal für den Verlust von Mainz und der Pfalz verantwortlich gemacht und guillotiniert. Georg Forster stirbt in Paris, ohne nach Mainz zurückgekehrt zu sein. Kurfürst Erthal hingegen zieht ein Jahr nach seiner Flucht unter großem Pomp wieder in der Stadt ein.

Doch bald wendet sich das Blatt der Geschichte abermals: 1794 wird die Stadt erneut belagert, diesmal von den Franzosen, die die Festung Mainz zurückerobern wollen, aber österreichische Entsatztruppen befreien die Stadt.

Eine abermalige französische Belagerung wird 1796 abgebrochen. Schließlich fällt Mainz nicht durch Waffengewalt, sondern durch Diplomatie in die Hände der Franzosen: Nach dem Siegesmarsch der Revolutionsheere in Deutschland willigt Kaiser Franz II. im Friedensvertrag von Campo Formio 1797 in die Abtretung des linken Rheinufers ein. Abermals marschieren französische Truppen in Mainz ein, und diesmal bleiben sie.

Mainz, jetzt Mayence, wird Hauptstadt des neu geschaffenen Verwaltungsbezirks Donnersberg. 1802 erfolgt die endgültige Vereinigung mit Frankreich. Die Mainzer werden Citoyens, erhalten die Bürgerrechte, einen französischen Präfekten und einen neuen Kaiser, und die ehemals kurfürstliche Residenzstadt wird das neue Bollwerk, das Schaufenster Frankreichs, neben Antwerpen und Alexandria eine der Pforten zu Napoleons großem Reich.

Die untergehende Sonne im Rücken, erreichten die Gefährten am Nachmittag des darauffolgenden Tages ihr Ziel. Die Schatten der nackten Bäume lagen lang über dem Pflaster der Pariser Allee. Auf einer Anhöhe zwischen zwei Schanzen zügelten sie ihre Pferde. In der Tiefe lag Mainz wie der Schauplatz in der Mitte eines Amphitheaters, mit den Terrassen der umschließenden Hügel als Logen. Die halbrunde Festung saß am Ufer des Rheins gleich einem Igel, die zahllosen großen und kleinen Stachel der Bastionen nach außen gerichtet – und am anderen Ufer Kastel, ein ebenso wehrhafter, wenn auch kleinerer Igel, durch eine Schiffsbrücke mit Mainz verbunden – wie ein Kind durch seine Nabelschnur an der Mutter hängt –, der einzige rechtsrheinische Besitz der Franzosen, der Fuß in der Tür zum Deutschen Reich.

Die Türme der Stadt ragten aus dem Feld der Dächer empor, etliche von ihnen demoliert und hohl wie eingeschlagene Krüge, dazwischen aber die Gerüste des Wiederaufbaus und in der Mitte all dessen der wuchtige rote Dom. Geradezu lag die Zitadelle und auf einem ihrer Zacken das klobige Grabmal aus der Römerzeit. In der Dämmerung sah man das emsige Treiben der Mainzer, die wie Ameisen in ihrem Bau durch die Gassen der Stadt liefen. Jede zweite dieser Ameisen aber trug den blauen Rock der Franzosen, und auf den Brustwehren der Festungswälle flatterte die Trikolore. Dies war keine deutsche Stadt mehr, dies war eine französische Garnison.

Goethe drehte seinen dünnen Schnauzbart zwischen den Fingern – denn sie hatten die Bärte ihrer Reise nun rasiert, über der Lippe das Haar aber stehen lassen, um mehr wie Franzosen zu scheinen.

»Mainz«, sagte vom Kutschbock Arnim, weil es kein anderer aussprach.

»Wir sehen es, mein Herz«, entgegnete Bettine.

Humboldt streckte sich in den Steigbügeln. »Die Wiege der deutschen Freiheit.«

»Oder das Grab der deutschen Freiheit«, meinte Kleist mit Blick auf die französischen Soldaten in der Ferne. Er spuckte aus. »Heuschrecken lassen sich dichtgeschlossner nicht auf eine reife Saatenflur nieder.«

Goethe wendete sein Pferd auf dem Fleck, um der Gruppe zugewandt zu sein. »Liebe Gefährten, dies ist der Zeitpunkt, da ein jeder in sich horchen mag, ob er tatsächlich gewillt ist, in dieses Wespennest einzufahren. Es gibt weiß Gott bequemere Wege zurück über den Rhein als mit dem wertvollsten Gefangenen des Kaisers quer durch Mainz.«

Madame de Rambaud, die den Kopf aus dem Fenster der Kutsche gesteckt hatte, setzte eine Miene auf, als hätte sie in sauer Obst gebissen, aber Goethe gab ihr mit einem Kopfschütteln zu verstehen, dass sie als Einzige nichts zu befürchten hatte.

Schiller blickte aufmunternd in die Gesichter seiner maskierten Kameraden, aber nur Kleist erwiderte sein

Lächeln. »Wir können viel, wenn wir zusammenstehen«, sagte er. »Jetzt, Gesellen, frisch!«

Kleist zog seinen Säbel aus der Scheide. »Gift und Dolch der Afterbrut! Färben wir die Triften mit ihren Knochen weiß!«

Goethe hob die Hände. »Bitte, Kinder, nicht diese ständige Blankzieherei, am Ende verletzt sich noch jemand. Und genug der blutdürstigen Parolen. Wenn wir in Mainz einreiten, wollen wir dies sittsam tun, als die Nationalgarde Seiner Majestät Napoleons I., die wir darstellen. Nehmen Sie also Haltung an, meine Herren, und sprechen Sie nur, wenn Sie gefragt werden – und wenn Sie des Fränkischen mächtig sind. Aufgrund meiner grauen Haare und meiner hohen Stirn werde ich den Hauptmann geben und mit den Wachen diskutieren. Wenn diese Vollmacht Fouchés aber hält, was sie verspricht, sollten wir ohne Schwierigkeiten in die Festung gelangen. Was meinen Sie, Herr von Kleist?«

»Sie sind der Herr und ich der Diener, Euer Exzellenz. Gehorchen ist mein Los und nicht zu denken.«

»Hört, hört, artig gesprochen. – Also: *Allons, mes valeureux soldats!* Kratzen wir die kostbare Kastanie aus der Glut!« Hierauf schnalzte Goethe mit der Zunge, und sein Pferd führte den Weg voran, den Hügel hinab nach Mainz.

Im Schatten der Bastionen und Festungswälle gelangten sie ans Gautor. Der Hauptmann der Wache grüßte Goethe, und der erwiderte den Gruß militärisch und stieg vom Pferd.

»Ihre Ausweispapiere«, bat der Hauptmann.

»Ihr braucht unsre Ausweise nicht zu sehen«, sagte Goethe und überreichte dem Mann statt dessen den Freibrief Fouchés.

Der Mann war von dem Schreiben sichtbar beeindruckt. Nachdem er es durchgelesen hatte, schaute er auf und fragte: »Wen führen Sie mit sich, Lieutenant?«

»Eine Dame, deren Namen ich Ihnen nicht nennen werde, und deren Zofe.«

Der Hauptmann warf einen kurzen Blick auf die zugezogenen Vorhänge hinter dem zerschlagenen Kutschenfenster. »Wann sind Sie in Paris aufgebrochen?«

»Am 19. Februar.«

Goethes Gegenüber zuckte regelrecht, als hätte man ihn beleidigt. »Wann?« fragte er streng nach.

»Am 19. Februar. Warum?«

Der Wachmann sah von Goethe zu seinen Männern, die am Tor Dienst taten, und zurück. Es stand ihm ins Gesicht geschrieben, dass er kurz davor war, Alarm zu geben. Niemand wusste, was zu tun war, und so manche Hand klammerte sich fester um die Zügel. Die Posten traten zum Hauptmann, ihre Musketen in der Hand.

In dieser tödlichen Stille lachte Kleist unvermittelt auf, so laut, dass es von den Wällen widerhallte. Die anderen betrachteten ihn, als hätte sein Verstand eine Sonnenfinsternis genommen.

»*Nom de Dieu!* Ist unser Lieutenant nicht ein unvergleichlicher *bouffon*?«, fragte Kleist schließlich in perfektem Französisch, nachdem er sich zwischen Lachern eine Träne abgetupft hatte. »Meint den 30. Pluviôse und sagt den 19. Februar. Diese Scherze bringen Sie eines Tages noch aufs Blutgerüst, *mon Lieutenant*.«

Nun breitete sich auch auf dem Mund des Hauptmanns ein Lächeln aus, und gemeinsam mit den Gefährten lachte er über das Datum aus alten Zeiten. Goethe deutete eine Verbeugung vor seinem Publiko an.

»Und wann gedenken Sie, nach Paris zurückzukehren?«

»Am ... 10. ... Ventôse«, antwortete Goethe mit einigen Mühen.

»Das wäre schade. Reiten Sie doch erst am Primidi oder Duodi, dann können Sie den Decadi noch mit uns feiern.«

»Eine vortreffliche Idee.«

Der Hauptmann nickte, faltete Fouchés Vollmacht und gab sie Goethe zurück. »Sie können Ihre Pferde und die

Kutsche im Stall an der Großen Bleich unterbringen. Willkommen in Mayence! Lang lebe der Kaiser!«

»*Vive l'Empereur!*«

Nachdem diese Feuerprobe bestanden war, ritten sie durchs Gautor in die Stadt, zwischen Weinbergen und Kaserne abwärts zum Tiermarkt. Die Gassen waren mitunter so eng und so gefüllt, dass Arnim auf dem Bock seine liebe Mühe hatte, die Kutsche hindurchzumanövrieren.

»Primidi, Duodi, Decadi – dieser blitzverfluchte republikanische Kalender!«, fauchte Goethe. »Fast war's um uns geschehen, und das nur, weil ich Tranfunzel noch royalistisch-gregorianisch denke. Man lernt nie aus. Dank gebührt Ihnen, Herr von Kleist, und seien Sie bei Gelegenheit so freundlich, uns in die hohe Arithmetik dieser törichten revolutionären Zeitrechnung einzuweihen.«

Die Nationalgardisten, die sie am Ufer der Nahe überfallen hatten, hatten die Anweisung, Quartier in der ehemaligen kurfürstlichen Residenz zu nehmen, aber die Gefährten lenkten ihre Pferde weiter ins Innere der Stadt, vom Tiermarkt zum Fluss hinunter bis zur Löhrgasse nahe dem Rheinwall, denn dort, so hatte Goethe aus den Unterlagen von Geheimrat Voigt erschlossen, lag, unweit des Deutschhauses, die verwaiste Klosterkirche der Karmeliter. Die Franzosen hatten die Mönche im Zuge der Säkularisierung aus dem Bistum vertrieben, die Einrichtung versteigert und die Kirche zur Lagerhalle umgebaut. Diese Kirche sollte bis zur Rettung des Dauphins das verborgene Lager der Gefährten werden.

Es war Abend geworden, und als die Gefährten die tote Karmeliterkirche mit den schwarzen Fenstern erreicht hatten, war die Gasse davor menschenleer. Eine hohe Mauer mit einer Holztür darin trennte Gasse und Kirchhof. Arnim wollte das Schloss mit einem Stiefeltritt aufbrechen, aber Bettine hielt ihn auf. Sie wollte es erst mit ihrem Geschick versuchen. Derweil ihr Kleist mit der Laterne leuchtete, stocherte sie mit einem Messer und einer Haarnadel im Schlüsselloch herum und erzählte, dass sie sich als Kind, wenn die Nonnen ihrer Klosterschule sie wegen ihrer Streiche unter Arrest gesetzt hatten, auf diese Weise so manches Mal aus ihrer Zelle befreit hatte. Und tatsächlich schnappte das Schloss bald auf, und der Weg in den Hof der Kirche war frei. Im Schutz der Dunkelheit luden sie ihr Gepäck aus. Während Humboldt mit Kleist, der darum bat, diesen begleiten zu dürfen, Pferde und Kutsche zu den Stallungen der Garnison brachte, begaben sich die anderen in den Hof und schlossen die Holztür zur Gasse hinter sich.

Vor ihnen erhob sich die hohe, hagere Front des Gotteshauses, das gotische Fenster in ihrer Mitte wie ein eingelassener Grabstein. Als Goethe die Kirchtür aufstieß, knarrte es gespenstisch in den Angeln. Einzig Madame de Rambaud bekreuzigte sich, als sie die Kirche betrat, denn darinnen war wenig, was an eine Kirche erinnerte. Das Gebäude diente als Holzmagazin. Wo einst Gestühl gestanden und Altäre und Schnitzereien von den Wänden gegrüßt hatten, lehnten und lagen nun überall abgezogene Stämme, Bohlen und Balken. Etwa auf Höhe der Bögen zu den Seitenschiffen hatte man einen Zwischenboden eingezogen, um den Raum der hohen Kirche zweifach zu nutzen, sodass man nicht bis an die Gewölbe sehen konnte. Auch der Blick zum Chor war durch Bretterverschläge vollkommen verdeckt. Die Wände waren achtlos geweißt worden, und nur hier und dort schienen die darunterliegenden Gemälde blass hindurch, die gepeinigten Gesichter des Heilands und der Heiligen wie in Milch ertrunken. Die Fliesen waren von Splittern und Spänen bedeckt. Spinnennetze, Staub und der Geruch von Holz und Harz waren überall. Die Eindringlinge hatten, als die Tür wieder geschlossen war und einige Wachslichter entzündet, ob der Gerüste und Holzbalken das Gefühl, nicht in einer Kirche, sondern vielmehr im Kielraum eines auf Grund gelaufenen Schiffes zu stehen. Dieser Unterschlupf mochte verborgen sein, aber er war alles andere als gemütlich.

Sie schälten sich aus ihren Uniformen, und derweil Arnim im rechten Nebenschiff, in einem verborgenen Winkel hinter einem großen Pfeiler, mit Brettern und Decken eine Lagerstatt für die Damen improvisierte, suchte Schiller einen passenden Platz für die Nachtwache und fand ihn an einem Fenster im linken Nebenschiff, von dem aus man die Tür zur Gasse und den kleinen Hof vor der Kirche beobachten konnte. Humboldt und Kleist kehrten zeitig zurück, um mit den anderen ein einfaches Abendmahl zu sich zu nehmen und zu berichten, wie zuvorkommend man ihnen bei den Stallungen begegnet war.

Schiller übernahm die erste Wache, die Armbrust zu seinen Füßen, in seinem Schoß sein Notizbüchlein, ein Griffel, die Briefe der Nationalgardisten und der Plan vom Deutschhaus, in dem sich die französische Präfektur einquartiert hatte. Im Licht einer Kerze sinnierte er, wie sie Louis-Charles de Bourbon habhaft werden sollten. Hin und wieder reizte ihn der Husten, und er bemühte sich, ihn zu unterdrücken, damit es nicht durch die Kirche hallte und den Schlaf der anderen störte.

Zur halben Nacht löste ihn Humboldt ab. Kaum eine Stunde war vergangen, da hörte dieser seltsame Geräusche, die freilich nicht von außen kamen, sondern vom Schlafplatz der Männer. Als Humboldt nachsah, fand er Kleist zitternd auf dem Rücken liegend, Schweißperlen auf der krausen Stirn, die Decke in Unordnung. Die Kiefer hatte er so fest aufeinandergepresst, dass man die Zähne knirschen hörte, und bisweilen warf er sich heftig von einer Seite zur anderen, dass ein schmuckloser eiserner Ring, den er um sein linkes Handgelenk trug, auf dem Boden klirrte. Wiewohl der junge Preuße einen Schlaf hatte wie ein Murmeltier, so schien er aber zu träumen wie ein Jagdhund, und schließlich sprach er gar im Schlafe. »Ulrike, Ulrike«, sagte er leise.

Humboldt legte kurzerhand seine Hand auf den Rücken des Schlafenden. Die Berührung schien Kleist gutzutun. Bald zitterte er nicht mehr, seine Kiefer lösten sich, und mit einem hörbaren Seufzer entwich schließlich alle Seelenlast seinem Körper. Humboldt bedeckte ihn wieder vollends, blieb aber mit der Hand auf seinem Rücken bei ihm sitzen, bis sein Atem wieder ganz in ruhigen Zügen ging. Als Humboldt zwei Stunden später Kleist für die letzte Wache weckte, verlor er kein Wort darüber, fragte aber wohl, was es mit dem ehernen Ring um sein Handgelenk auf sich habe.

»Das habe ich mir geschworen«, flüsterte Kleist: »Solang ein welscher Mann in Teutschland ist, trage ich am Arm einen Ring von Eisen.« Kleist streckte den Arm aus, eine Einladung an Humboldt, den eigentümlichen Armreif von Nahem zu betrachten. Dieser drehte den Ring bis zu seiner Naht. »Ich zerschlage ihn erst dann wieder, wenn auch Germanias Ketten zerschlagen sind.«

Humboldt wollte etwas darauf erwidern, tat es dann aber doch nicht und wünschte Kleist nur eine gute Wache.

»Gut Nacht, mein Freund«, erwidert Kleist. »Ruh dich ein wenig aus.«

Im Morgengrauen verließ Kleist seinen Posten und die Kirche, aber Goethe konnte ihm für diese Pflichtverletzung nicht gram sein, denn der preußische Leutnant nutzte die Zeit, um auf dem Markt bei der Domkirche zwei Flaschen Malvasier, Brot, Eier, frisch gestampfte Butter, Braunschweiger Wurst, Käse aus Limburg und pommersche Räuchergans zu kaufen, und mit diesen Speisen schlich er sich zurück in die Karmeliterkirche. Hatten sie wie die Bettler zu Abend gegessen, so konnten sie nun frühstücken wie die Kaiser. Humboldt machte ein Feuer, um Tee und die Eier zu kochen, und achtete darauf, dass kein Funken ans gelagerte Holz und die entweihte Kirche damit zum Scheiterhaufen geriet. Im Tageslicht, das durch die wenigen freien Fenster fiel, schaute das Magazin kaum mehr beklemmend aus, und der Schlaf hatte den Reisenden gutgetan.

Als der größte Hunger gestillt war und Goethe sich ein drittes Ei schälte, sagte er zu Schiller: »Nun, mein Freund, wie ich Ihren mitunter beunruhigenden Arbeitseifer, den weder Müdigkeit noch Krankheit schreckt, kenne, haben Sie in dieser Nacht einen Plan entworfen, wie wir den unglückseligen Dauphin erretten.«

»Ganz recht. Der Plan ist fertig – schwer und kunstvoll wie keiner. Es ist nichts mit Gewalt – das Wagestück wäre mir zu gefährlich in einer Stadt voller Feinde. Nein, wir siegen in diesem Kampf durch List und kluggewandten Sinn.« Hierauf breitete Schiller vor ihnen den Riss des Deutschhauses aus. Seine Beflissenheit steckte die anderen an, und sie ließen alsbald ihre Speisen beiseite, um sich ganz auf seinen Vortrag zu konzentrieren.

»Wie wir von den Nationalgardisten wissen«, hob Schiller an, »ist es der Auftrag des Präfekten, mit Hilfe der ehrenwerten Madame de Rambaud herauszufinden, ob es sich bei dem Gefangenen tatsächlich um den Sohn des Königs handelt oder nur um einen Defraudanten. Aus den Aussagen der Soldaten habe ich erschlossen, dass er Mainz in keinem Fall verlassen darf: Sollte es ein Betrüger sein, ist der Präfekt angewiesen, über ihn das höchste Strafmaß zu sprechen und ihn so lange wie möglich im Verlies des hiesigen Zuchthauses zu behalten. Ist es aber der Dauphin – so geht es aus diesem Dokument hervor, welches sich am Leib des toten Lieutenants befand –, so ist er unverzüglich und insgeheim von der Garde hinzurichten und seine Leiche ebenso unverzüglich und insgeheim nach Paris zu schaffen. Die Quintessenz des Vorigen ist, dass wir Louis nicht lebend aus Mainz fortschaffen können. Sollten wir es dennoch wagen, riskieren wir in hohem Maße, dass der Präfekt, welcher, so steht zu vermuten, die gleichen Informationen besitzt wie wir, Misstrauen schöpft und uns festsetzt und unsre dünne Tarnung, die sich lediglich auf diese fränkischen Kleider beschränkt, durchschaut.«

»Also?«, fragte Kleist.

»Also bleibt uns nichts anderes, als den Dauphin zu *erschießen*« – bei diesem Wort hob Schiller zwei Finger jeder Hand und machte damit eine Bewegung, als würde er die Luft vor sich kratzen –, »um seine *Leiche*« – hier wiederholte er die Geste – »aus der Stadt zu schaffen.«

»Was bedeuten diese Gebärden?«, fragte Arnim und wiederholte dabei Schillers seltsame Geste.

»Das waren Anführungszeichen, die aufzeigen sollten, dass ich die Wörter *erschießen* und *Leiche* mit Ironie äußerte.«

»Romantische Ironie?«

»Nein … handelsübliche Ironie, wenn Sie so wollen. Denn ich habe mitnichten vor, Louis zu erschießen. Hören Sie weiter: Seine Gegenüberstellung mit seiner ehemaligen Amme, dargestellt von der werten Mamsell Brentano, soll im Deutschhaus stattfinden. Bettine wird den Gefangenen prüfen und dabei die Merkmale finden, die uns Madame de Rambaud freundlicherweise genannt hat. Darauf ist Louis' Todesurteil gesprochen. Wir, als Nationalgardisten verkleidet, werden ihn vor die nächste Mauer zerren und dort vor den Augen des Präfekten aus vier Läufen gleichzeitig erschießen. Allein, in unsern Musketen wird kein Blei sein, sondern nur Pulver und Papier, das zwar lärmt und blitzt, aber keinen Schaden macht. Louis geht dennoch wie getroffen zu Boden und tut, als würde er seine Seele aushauchen. Einer von uns stellt seinen Tod fest, und ehe es einer der hiesigen Soldaten überprüfen kann, heben wir seine lebendige Leiche in einen mitgeführten Sarg und den Sarg in die Kutsche. Mit dieser Fracht verlassen wir Mainz noch in derselben Stunde, um, wo auch immer sich der nächste Nachen für uns findet, über den Rhein zu setzen. Und zurück in Deutschland, sprengen wir den Sargdeckel auf und helfen dem quicklebendigen

Prinzen in die Freiheit. Ein falscher Tod wie in *Romeo und Julia*.«

»Dieses Stück halte ich für ein schlechtes Vorbild«, meinte Bettine, »denn dort geht der Plan ja gerade nicht auf, und alle sterben.«

Schiller wischte den Einwand beiseite und setzte seine Ausführungen fort: »Das Treffen sollten wir für den Abend arrangieren, sodass die Dunkelheit sowohl unsre Flucht schützt als auch die Überprüfung des erschossenen Dauphins durch andere erschwert. Fernerhin ist es unbedingt notwendig, dass wir den Gefangenen noch vor der Zusammenkunft von unsern Plänen in Kenntnis setzen und davon, dass wir ihm gut sind. – Der Entwurf ist teuflisch, aber wahrlich – göttlich!«

Wiewohl niemand Schillers Enthusiasmus so von Herzen teilte, wurde sein Plan doch von allen angenommen. Goethe, der der Generalvollmacht Fouchés große Wirkung zubilligte, riet dazu, Mainz gleich über die Brücke nach Kastel zu verlassen, um eventuellen Nachstellungen so schnell wie möglich zu entgehen. Kleist erbot sich, die falschen Kugeln für die trügerische Hinrichtung anzufertigen.

Einzig Arnim tat Kritik kund: »Mir erscheint diese Methode nicht *ungefährlich*«, sagte er und versah dabei das letzte Wort mit der Schiller'schen Geste.

»Das ist sie auch nicht, Herr von Arnim«, räumte Schiller ein, »und wenn es eine bessre gibt, so freute ich mich, wenn sie jemand von uns entdecken würde. Bis dahin aber bleibt uns nichts andres, als auf Holz zu klopfen. Hier gibt es glücklicherweise davon genügend.«

Es wurde vereinbart, den Handstreich am Abend des kommenden Tages zu wagen. Nun galt es, diverse Vorbereitungen zu treffen, und flugs waren die Aufgaben verteilt: Kleist sollte ermitteln, welche Wege vom Deutschhaus zur Schiffsbrücke führten, wie die Tore dorthin und die Brücke selbst beschaffen waren, ob ein Zoll erhoben wurde, wie viele Wachen an den einzelnen Stationen zu erwarten waren und wie sie endlich Kastel auf dem gegenüberliegenden Ufer verlassen könnten, um zurück auf deutschen Boden, ins Fürstentum Nassau und weiter nach Kostheim zu kommen. Arnim und Bettine sollten für mehrere Stunden das Deutschhaus beobachten, um die Wachen zu zählen und die Zeiten ihrer Ablöse zu notieren. Humboldt schließlich sollte die Präfektur selbst betreten, um, in der Uniform der Nationalgarde und mit den entsprechenden Papieren ausgestattet, beim Präfekten vorzusprechen und mit ihm den Termin für die Gegenüberstellung des Gefangenen mit Agathe-Rosalie de Rambaud auszuhandeln. Nebenbei sollte er Augenmerk auf die Anzahl und Verteilung der Soldaten im Innern des Gebäudes geben und maßgeblich den Charakter des Präfekten ergründen, den sie mit ihrer Charade zuvörderst überzeugen mussten. Die schwierigste Aufgabe kam Schiller zu: Er sollte herausfinden, welche Möglichkeiten es gab, den Dauphin bis zum Abend des folgenden Tages unbemerkt von ihren Plänen zu unterrichten, sei es im Zuchthaus selbst oder auf dem Weg zur Präfektur. In einem Berg von Gerümpel aus der Zeit vor der Enteignung der Kirche hatte er unter zerschlagenen Möbeln, kaputten Statuen, Kerzenstümpfen und Altardecken auch die Kutte eines Karmelitermönchs gefunden, und als solcher gewandet, mit einem hölzernen Kruzifix versehen, wollte er sich beim Zuchthaus in der Weintorgasse umsehen.

Bis zuletzt blieb Goethe ohne Obliegenheit, und als ihn Humboldt darauf ansprach, erklärte er, dass er auf Madame de Rambaud achtgeben würde, damit sie nicht in den letzten Stunden noch die Flucht versuche und das Vorhaben vereitele. Sollte ihm überdies noch Zeit bleiben, so wollte er sich nach einem Fass Schwarzpulver umsehen, um es in der Kutsche zu verstauen.

»Es fehlt doch an Pulver nicht?«, fragte Schiller.

»Das nicht, wir haben noch mehr als genug Patronen für unsre Musketen – aber wenn man in einer Stadt wie

Mayence einen Husarenstreich wie den unsern wagt, kann es sicherlich nicht schaden, eine Kutsche mit wohlfeilem Sprengpulver in der Hinterhand zu haben.«

Kleist sprang auf und frohlockte: »Vivat! Wir werden sie hinweg vom Rund der Erde blasen!«

»So mäßigen Sie die Glut, Herr von Kleist. Ich sprach vom Notfall, der hoffentlich nie eintrifft. Vorher legt niemand Feuer an die Lunte.«

»Und falls Sie jemand danach fragen sollte, mein Freund«, sagte Schiller, an Goethe gewandt, »wir haben heute Octidi, den achten Ventôse im Jahr XIII der Freiheit.«

Nun schlüpfte auch schon Humboldt in seine Uniform und Schiller in den Habit des Bettelmönchs, und einer nach dem anderen verließen sie die Kirche, um ihren Aufgaben nachzugehen. Beim Hinausgehen schlug Arnim dreimal mit den Fingerknöcheln auf einen der Holzbalken, so wie es ihm Schiller geraten hatte.

In seine Kutte gewandet, die Kapuze tief ins Gesicht gezogen, lief Schiller durch die Schustergasse zum Dom und durch die Augustinergasse weiter. Einige Bürger, vor allem aber französische Soldaten zeigten mit dem Finger auf ihn und lachten über diesen Mönch, dies Relikt aus den Zeiten vor Revolution und Säkularisation, dessen Anblick in Mainz so selten geworden war. Wenn es Schillers Anliegen gewesen war, sich zu verbergen, so erreichte er mit seiner Verkleidung eher das Gegenteil.

Schiller wandelte durch eine Stadt, deren Wiederaufbau nach den Belagerungen der zurückliegenden Kriegsjahre noch immer nicht abgeschlossen war: Sein Weg führte ihn unter Gerüsten hindurch und an Baugruben, an Ziegel-, Schiefer- und Gebälkstapeln vorbei. Allgegenwärtig waren in den Mauern der Häuser die Löcher, die preußische, französische und österreichische Kugeln in den Stein getrieben hatten, da und dort klafften noch riesige Lücken in den Wänden, die die Haubitzen hineingerissen hatten. So mancher Wappenstein, so manches Vesperbild waren von den Republikanern aus dem Rahmen geschlagen worden, so manche Nische, in der ehemals die Muttergottes gestanden hatte, war nun verwaist.

Schließlich erreichte er ein Quartier mit grob gepflasterten Straßen und hohen, kunstlosen Häusern, deren Parterre die Sonne so selten erreichte, dass Moos auf den Steinen wuchs. Dort, zwischen Spitälern und dem Waisenhaus, war die Haftanstalt. Schiller wollte das Gebäude erst von allen Seiten besichtigen und geriet dabei nichtsahnend in die Kappelhofgasse, in der die Straßenmädchen auf ihre Kundschaft warteten, bei aller Kälte bemüht, viel von ihren Reizen zu offenbaren.

»Sieh, Mutter, sieh«, sagte eine von ihnen zu einer Matrone, die aus einem Fenster im untersten Geschoss blickte, »dort geht ein frommer Bruder! Gewiss wird er um eine Gabe flehen.«

Die alte Dirne lachte auf. »Führ ihn herein, damit wir ihn erquicken!«, sagte sie. »Er fühlt, dass er in ein Freudenhaus gekommen ist!«

Die erste zupfte Schiller nun am Habit. »Kommt, guter Mann! Die Mutter will Euch laben.«

Nun waren auch die anderen Buhlen aufmerksam geworden. Eine von ihnen sagte: »Kommt, ruht Euch aus, und geht gestärkt von dannen!«

Schiller hob sein Kruzifix, murmelte einen Protest und befreite seine Kutte aus der Hand der Dirne. Eilig schritt er davon, während das Lachen der Metzen ihm nachhallte.

Vor dem geistigen Auge stellte er sich vor, wie viel leichtfüßiger als er Goethe mit den Avancen der Huren umgegangen wäre, und das ärgerte ihn fast noch mehr als seine Sprödigkeit. Ihm war für einen Moment warm geworden, aber der Winterwind, der ihm durch die Falten seines Gewandes pfiff, hatte ihn bald wieder abgekühlt.

Als er das Gebäude einmal umrundet hatte und zum Tor des Zuchthauses gelangte, fand er eine Wache davor, aber keinen Franzosen, sondern einen Deutschen. Schiller grüßte ihn und stellte sich als Mönch vom Orden des heiligen Hieronymus vor, der auf seiner Wanderschaft halt in Mainz gemacht habe und nun wünsche, wie es sein Orden diktiere, gestrauchelten Seelen die Beichte abzunehmen und Trost aus der Schrift zu spenden – insbesondere jungen Seelen, denn bei diesen sei es umso notwendiger, sie zeitig auf den rechten Weg zu führen. Der Wärter, ein hohläugiger Bursche, dem der erste Flaum auf der Lippe spross, zeigte sich beeindruckt vom Anliegen des Mönchs und versprach in schwerer Mainzer Mundart, mit dem Direktor der Anstalt darüber zu sprechen. Dann aber nahm er die unerhoffte Visite eines Geistlichen als willkommenen Anlass, von seinen eigenen Nöten zu sprechen; namentlich von unglücklicher Liebe und fleischlichen Gelüsten. Schiller hörte geduldig die Leiden des jungen Wärters an und gab Trost und Ratschlag, der auf fruchtbaren Boden fiel. Er kündigte hernach an, am Abend des nächsten Tages wiederzukehren, in der Hoffnung, dann auch bei den Gefangenen Seelsorge leisten zu dürfen, und mit einem vernuschelten Segensspruch nahm er Abschied von dem Burschen.

Damit sah er seine Aufgabe zur vollsten Zufriedenheit erfüllt: Entweder ließ man ihn am nächsten Tag in die Zelle des Dauphins selbst ein, und er konnte ihn während der falschen Beichte von ihrem Plan in Kenntnis setzen, oder aber er wartete in der Gasse vorm Zuchthaus, dem Wärter bereits bekannt, um dort einen kurzen Segen, der im Verborgenen die wichtigen Hinweise enthielt, über den Gefangenen zu sprechen, bevor man ihn in die Präfektur brachte. Durch die kleinen Gassen im Schatten der Rheinmauer kehrte Schiller zurück zu ihrem Stützpunkt in der verlassenen Kirche, gerade noch rechtzeitig, die Rücken von Arnim und Bettine zu sehen, die sich ihrerseits auf den Weg zum Deutschhaus machten.

Nur drei Gassen entfernt von der Karmeliterkirche, zwischen dem Zeughaus und der Kirche des Kurfürstlichen Schlosses, lag die ehemalige Komtur des Deutschordens, ein hübsches dreistöckiges Palais, gewaltsam von allen Insignien der alten Zeit bereinigt. Hier hatte der Hochmeister dieses Ritterordens seinen Amtssitz gehabt, hier hatte das Parlament der kurzlebigen Mainzer Republik Herberge gefunden und danach hochrangige Militärs, je nach Kriegslage französische oder alliierte, jetzt war es Sitz der Präfektur des Departements Donnersberg geworden – und mit Napoleons Logis im Vendémiaire des vorigen Jahres auch *Palais Impérial*, der Palast des Kaisers in seiner neuen Residenz am Rhein. Über dem Portal hing die Flagge mit dem kaiserlichen Adler, in seinen Klauen ein Bündel Blitze. Rechts und links begrenzten zwei kleine Nebengebäude den Hof des Deutschhauses; dahinter lag nur noch die Stadtmauer und wenige Schritt entfernt eines der Tore zum Rhein.

Auf dem kleinen Kirchhof vor Sankt Peter fanden Arnim und Bettine eine steinerne Bank, auf der sie sich niederließen. Von hier aus konnten sie das gegenüberliegende Deutschhaus trefflich beobachten und waren doch im Schatten der Kirche und zwischen den Bäumen verborgen genug, kein Aufsehen zu erregen, denn vor dem *Palais Impérial* wimmelte es nur so von französischen Soldaten und Offizieren. Arnim nahm nun einen Bogen Papier und einen Griffel hervor und Bettine Goethes Taschenuhr, die er ihr ausgeliehen hatte, und gewissenhaft notierten sie Zahl und Bewegungen der Bewacher.

Die Kälte war ihnen keine Last, denn sie hatten sich dick genug eingekleidet, aber die Langeweile zehrte an Bettine. Während Arnim auch dann schrieb, wenn vor der Präfektur nichts geschah, wurde sie nach Ablauf zweier Stunden unruhig auf der Bank.

»Viel lieber würde ich auf diese Bäume klettern«, sagte sie, den Blick in die kahlen Wipfel gerichtet, »als starr unter ihnen zu sitzen und darauf zu warten, dass mein Hintern und dieser Stein eins werden.«

»Pfui über dich«, schalt er. »So etwas sagt eine Dame nicht.«

»Sonst was, du Prediger? Wäschst mir den Mund mit Seife aus?« Bettine knuffte ihm den Ellenbogen in die Seite. »Sag, was für Epen schreibst du da eigentlich fortwährend?«

»Das ist für Herrn von Schillers Plan.«

»Pläne werden leicht vereitelt, drum muss man keine machen. Wir haben es auf der Chaussee erlebt.« Sie griff flink nach dem Papier. Mit überraschender Heftigkeit wollte er sie daran hindern, das Geschriebene zu lesen, allein, sie konnte es eh nicht entziffern. »Du hast eine recht garstige Hand, mein Achim«, sagte sie, die Stirn in Runzeln, »eine wahre Katzenpfote hast du! Ist das Chaldäisch oder Hebräisch oder einfach nur scheußlich unleserlich?«

»Wenn du's nicht lesen kannst, gib's mir zurück.«

»Was steht darin?«

»Nichts.«

»Komm, sag es mir.«

»Nichts!«, sagte Arnim unwirsch, entriss ihr das Papier und faltete es auf seinem Schenkel.

Danach waren beide eine Weile still. Vor dem Deutschhaus fand offenbar eine Wachablösung statt, und die beiden hielten alles fest, wie ihnen aufgetragen war.

Schließlich hob Arnim wieder an. »Wie wird es weitergehen, wenn wir zurück in Frankfurt sind?«

»Wie soll es weitergehen? Der Lenz wird kommen. Mehr weiß ich nicht.«

»Ich sprach von uns«, sagte Arnim. »Bist du mir noch gut, Bettine?«

»Warum fragst du?«

»Ich weiß es nicht.«

Bettine legte ihre Hand auf Arnims. »Freilich, Lieber. Ich bin dir gut, wie ich der Welt, wie ich allem gut bin, in dem sich Gott spiegelt. Du bist mir unendlich wert und einzig teuer.«

»Warum soll dann ... von Hochzeit nicht die Rede sein?«

Sie schüttelte den Kopf. »Zu früh. Philister wollen wir erst werden, wenn alle Länder bereist und alle Abenteuer erlebt sind. Nicht vorher.«

»Dann strebst du, noch glücklicher zu werden?«

»Ich kann nicht glücklicher werden, als ich geboren bin. Lass mich noch eine Weile selbst ein Kind sein, bevor ich anderer Kinder Mutter werde. Und wir, mein Guter, wir kennen uns doch erst seit so kurzer Zeit. Wir müssen erst viel tanzen, um miteinander in Takt zu kommen.«

»Aber wenn du eines Tages beim Tanze einen anderen findest«, sagte er nach einer Pause, »so sag es nur; ich werd es sicherlich verstehen.«

Doch sie gab ihm keine Antwort. Sie musterte nur weiter die Soldaten vor dem Deutschhaus. Arnim scharrte mit der Spitze des Stiefels in der winterharten Erde.

»Ich hoffe, wir alle überstehen dieses Wagestück mit heiler Haut«, sagte er, ohne den Blick von seinen Stiefeln zu nehmen. »Insbesondere sorge ich mich um Goethe, der ein alter Mann geworden ist. Er sieht nicht mehr so edel aus wie sonst: Seine Haut ist fleckig, sein Hals aufgedunsen, sein Haar schütter. Er sollte sich auf seine alten Tage nicht mehr solch jugendlichen Strapazen unterziehen und stattdessen Ruhe und Würde des Alters genießen.«

»Obacht«, zischte sie plötzlich, und ehe er sich versah, hatte sie seinen Kopf mit beiden Händen genommen und drückte ihm einen Kuss auf die kalten Lippen. Der überrumpelte Arnim wusste zuerst nicht, was er tun sollte, dann legte er seine Arme um sie, zog sie weiter zu sich und erwiderte den Kuss.

Sein Atem ging schnell, und seine Wangen hatten sich gerötet, als sie sich von ihm löste. »Bettine –«, wollte er sagen, aber da sah er, dass unmittelbar vor ihnen zwei französische Soldaten standen. Bettine tat überrascht. Arnim war es.

»*Bonjour*«, sagte der ältere der Franzosen mit einem Lachen. »Hat es keinen bequemeren Platz in Mayence für euer Rendezvous als eine harte Bank auf einem Leichhof?«

»Pardon, Messieurs«, erwiderte Bettine leise, das Gesicht schamvoll abgewandt, »aber zu meiner Muhme können wir nicht, denn sie bewacht mich ärger als ein Kettenhund. Und in einer Wirtschaft, das wäre nicht schicklich.«

»Muss das schön sein, die junge Liebe im kalten Winter. Und wir dachten schon, ihr wärt englische Spione, wie ihr so lange dort sitzt und fortwährend aufs *Palais Impérial* starrt!«

»Nein, Messieurs. Wir sind nur Liebende. Gelt, Ludwig?«

Arnim nickte und ergriff ihre Hand.

»Und was ist dann das?«, fragte der zweite Soldat mit ernster Stimme. »Ein Liebesbrief?« Er hob das Papier mit den Notizen auf, das während des Kusses von Arnims Schoß zu Boden gefallen war, und entfaltete es. Bettine entfuhr ein Schreckenslaut, aber Arnim drückte ihre Hand so fest, dass sie ihn erstickte.

Indes hatte auch der Soldat seine liebe Mühe, Arnims Klaue zu entziffern. »Lies vor«, sagte sein Kumpan.

»Seit ich dich in steter Nähe«,
begann der Soldat auf Deutsch mit starkem Akzent,
»mich wie deinen Schatten sehe,
ach wie anders Gegenwart,
Stunden wie von andrer Art.

Keine Zukunft, nichts vergangen,
gar kein törichtes Verlangen,
und mein Zimmer eine Welt,
was ich treibe mir gefällt.

Selbst bei süßem Müßiggange
wird mir um die Zeit nicht bange;
kaum hast du mich angeblickt,
ist die Arbeit mir geglückt.«

Als das Gedicht beendet war, sahen die Soldaten einander an. »Gott segne euch, Kinder«, sagte der Ältere. »Und Gott schenke deiner halsstarrigen Muhme Einsicht. Oder einen frühen und begüterten Tod.«

Der andere reichte das Papier zurück, ohne auch die Rückseite betrachtet zu haben, auf der Arnim die Wachablösungen notiert hatte. Mit einem Lebehoch auf den Kaiser verließen die beiden Soldaten den Kirchhof und kehrten zurück auf ihre Posten.

Bettine atmete auf. »Hast du das Gedicht für mich geschrieben?«

»Ja. Gefällt es dir?«

»Es hat uns den Hals gerettet.«

»Wohl, aber hat es dir auch gefallen?«

»Sehr. Unter anderen Umständen hätte ich lauthals darüber gelacht, denn es ist doch immer wieder kurios, wie die Franken klingen, wenn sie sich an unserm harten Deutsch versuchen. Man möchte meinen, die Franken hätten, als damals zu Babel die zweiundsiebzig Sprachen ausgelost wurden, verloren und müssen nun mit der kümmerlichsten von allen Sprachen auskommen.«

Darauf erwiderte Arnim nichts. Noch eine weitere Stunde harrten sie schweigend vor der Peterskirche aus. Nur einmal sprach Bettine noch, um Arnim darauf aufmerksam zu machen, wie Alexander von Humboldt, den sie erst beim zweiten Hinsehen erkannte, in seiner Uniform die Wachen passierte und im Innern des Deutschhauses verschwand.

Nachdem Humboldt sein Anliegen vorgetragen hatte, wurde er zwei Geschosse höher in ein Antichambre gebracht. Er musste nicht lange warten, bis ihn der Präfekt des Departements in höchsteigener Person in sein Bureau bat, das in einem großen, aber erstaunlich schlichten Zimmer mit Blick auf den Rhein untergebracht war. Jeanbon de Saint-André, so hieß der Mann, war ein nicht eben groß gewachsener Mann in Goethes Alter mit einer hohen Stirn und einer spitzen Nase, dessen Haut trotz der dunklen Jahreszeit braun und fleckig war. Humboldt grüßte militärisch, aber der Präfekt reichte ihm brüderlich die Hand und ließ ihm einen heißen Kaffee bringen. Während er die Papiere aus Paris überflog, die Humboldt ihm vorlegte, erkundigte sich Saint-André nach Nachrichten und Bavardagen aus der Hauptstadt. Humboldt trank Kaffee, erfand einige Geschichten und ließ dabei den Blick schweifen. Am Rande des Tischs lag eine kolorierte Karte von Europa: ein Kupferstich aus der Jahrhundertwende. Darauf befanden sich ein kleiner Pinsel und ein Glas blauer Tusche. Saint-André hatte jüngst die neuen Eroberungen Frankreichs in den Niederlanden, in Deutschland und in Italien eingezeichnet, sodass sich Frankreichs Blau nun mit den Farben der eroberten Staaten unschön mengte.

»Man kommt kaum mehr nach mit dem Pinsel«, sagte Saint-André, als er Humboldts Blick folgte. »Ich muss mir dringend eine neue Karte besorgen. Ein goldenes Zeitalter für die Kartografen, nicht wahr?«

»Wenn es so weitergeht, braucht diese Karte bald keine Farben mehr. Dann hat Frankreich die Welt erobert.«

»Nicht *Frankreich* erobert die Welt, Bürger, sondern die *Republik*«, berichtigte Saint-André. »Die Werte der Republik, die nur den Fürsten missfallen, die die Völker aber begrüßen. Nur deshalb eilt doch der Kaiser von Sieg zu Sieg: weil er gegen Soldaten antritt, die nicht an das glauben, wofür sie kämpfen.«

»Frankreich ist keine Republik, sondern ein Kaiserreich.«

»Wohl, aber das ist nur ein Name. Napoleon ist der Verwalter der Freiheit, der Vorsteher einer republikanischen Monarchie. Das Übel Frankreichs war es bislang, dass alle Welt herrschen und niemand gehorchen wollte. Unter Napoleon hat sich das geändert: Ihm gehorcht man gern. – Ich bin ein alter Freund Robespierres und muss mich nicht schämen, das zu sagen, und ich gab meine Stimme für die Enthauptung Louis Capets: Denken Sie denn, einer wie ich würde einem Despoten dienen? Und denken Sie, ein Despot würde einen wie mich zum Präfekten berufen?«

Saint-André erhob sich und legte den Finger dort auf die Karte, wo Mecklenburg lag. »Und wenn wir erst die Elbe erreicht haben, sind das Westfränkische und das Ostfränkische Reich nach tausend Jahren Trennung wieder vereint. Napoleon tritt die Nachfolge von Charlemagne an – die Aachener haben ihn tatsächlich schon als Karolinger der Neuzeit gefeiert und ihm ein Armreliquiar Karls geschenkt –, *Napoleon der Große*, Herr über Frankreich und das Frankenreich und Vater eines freien Volks von Brüdern vom Atlantik bis zur Baltischen See. Wäre diese Réunion nicht fabelhaft?« Er zwinkerte Humboldt zu. »Vorausgesetzt, wir kämpfen auch weiter gegen Soldaten, die ihre eigenen Zwingherren hassen.« Hierauf kehrte der Präfekt zu den Schreiben zurück. »Wann wollen wir das Kindermädchen und den vermeintlichen Dauphin wieder vereinen?«

»Lieutenant Bassompierre bittet um einen Termin morgen gegen sechs am Abend, wenn es Monsieur le Préfet beliebt.«

»*D'accord*, ich bin sein Diener. In dieser Angelegenheit hat er die Kompetenz. Ich werde dafür sorgen, dass der Gefangene zeitig hierhergebracht wird.«

»Mein Lieutenant bittet außerdem darum, dass so wenig andere Menschen wie möglich dabei sind, der Geheimhaltung wegen.«

»Ich verstehe.«

Humboldt sah aus dem Fenster auf den Rhein. Zwei Wagen, einige Reiter und zahlreiche Passanten überquerten die Schiffsbrücke. Unter ihnen entdeckte er auch seinen märkischen Landsmann Kleist, der sicheren Schritts über die Planken lief, auf dem Rückweg von Kastel. Jetzt blieb Kleist stehen und starrte in den Fluss. Was für eine ansehnliche Erscheinung der Leutnant doch war, wenn ihn nicht wie so oft Wut oder Angst heimsuchte. Humboldt war dankbar für Kleists Gesellschaft und nachträglich dafür, dass Schiller zwei Tage zuvor ein Wort für den jungen Brandenburger eingelegt hatte.

»Das erscheint mir alles zu fabulös, um wahr zu sein«, knurrte der Präfekt plötzlich. »Was meinen denn Sie dazu? *Ist* dieser junge Mann tatsächlich der Sohn des Königs von Frankreich?«

»Ich kann es mir beim besten Willen nicht vorstellen, Monsieur. Und besser für ihn, er wäre es nicht.«

Wie wohl ihm nun war. Flussabwärts lagen ein Dutzend Schiffsmühlen vor Anker, zwischen den versunkenen Pfeilern der alten Römerbrücke, und er betrachtete ihre Schaufelräder, die sich unablässig drehten. Als er zum letzten Mal in Mainz gewesen war, vor einem Jahr zur gleichen Zeit, litt er am Nervenfieber, hütete fünf Monate abwechselnd das Bett oder das Zimmer und frohlockte nur noch bei der Aussicht auf ein prächtiges Grab. Die Vielzahl an französischen Soldaten in der deutschen Stadt war seinem Zustand ganz und gar abträglich gewesen. Doch damals war er nur ein braver Gast, wenn auch ein Gast im eigenen Land – jetzt aber war er in einem Trojanischen Pferd in die Festung eingedrungen und kurz davor, den Franzosen einen empfindlichen Schlag zu versetzen. Er stand am Geländer der Schiffsbrücke, die leicht unter ihm schwankte, und ließ sich den kalten Wind um die Nase blasen, und wie der Rhein so unter ihm durchrauschte, war es fast, als wäre er auf hoher See, unterwegs zu neuen Ufern. Eine Gruppe von Kürassieren ritt in Kleists Rücken vorbei, und einer von ihnen spuckte einen schwarzen Klumpen Tabak in den Grenzfluss.

»Spuck du nur, Gallier«, sagte Kleist so leise, dass er es selbst kaum hörte. »Auch dich geben wir bald den Fischen preis. Mit euern Leichen dämmen wir den Rhein, sodass er sich schäumend einen anderen Weg suchen muss und durch die Pfalz fließt. Dann, ja *dann* sei er wieder die natürliche Grenze Frankreichs!«

Kleist hatte sich den Weg von der Brücke durch Kastel zum Frankfurter Tor eingeprägt. Nun kehrte er zurück nach Mainz, um die Tore zum Rhein zu studieren, und nacheinander besah er von beiden Seiten das Kanzleitor, das Rote Tor und das Eisentor. Hässlich war die Rheinpromenade und voller Gerümpel; zwischen bucklichten Kränen und primitiven Magazinen waren Holzstöße und Kohlehaufen, an die Stadtmauer lehnten sich baufällige Hütten an, und am Ufer, an dem jeder freie Meter von einem Boot okkupiert war, musste man achtgeben, in keines der ausgebreiteten Fischernetze zu treten. Honorige Bürger und Soldaten waren hier kaum zu sehen, nur Arbeiter, Fischer und Netzflickerinnen, die fortwährend brüllten, um einander zu übertönen. Für die Reisenden nach Kastel war kaum ein Durchkommen.

Nachdem Kleist seine Beobachtungen abgeschlossen hatte, betrat er durchs Fischtor wieder die Stadt. Am Liebfrauenplatz, im Schatten der zerstörten Kirche, hatten sich zahlreiche Menschen um ein kleines Marionettentheater versammelt, das auf dem Markte zusammengezimmert worden war und den Pöbel belustigte. Kleist gesellte sich zu ihnen, gerade als ein neues Stück seinen Anfang nahm.

Napoleon untergräbt England

Der Vorhang öffnet sich. Wir sehen zur Linken Englands Küste, zur Rechten die Frankreichs und dazwischen, durch mancherlei Wellen angedeutet, den Kanal. Auf französischem Grund erscheint nun Napoleon, von welchem man, da er so klein von Wuchs, zunächst nur den Zweispitz sieht.

Napoleon. *Allons enfants!* Ich bin es, euer *Petit Caporal*. Der Tag des Ruhmes ist gekommen: Heute marschieren wir in England ein. Ich will den fischblütigen Briten ihren Tee versalzen, dass sie's ihren Lebtag nicht vergessen sollen.

Joséphine. Mein Kaiser der Franzosen!

Napoleon. Meine liebste Joséphine.

Joséphine *(umarmt ihn und ruht an ihm)*. Sag, Liebster, wie aber willst du über diesen teuflischen Graben?

Napoleon. Dieser Graben wird zu überqueren sein, wenn man nur die Kühnheit besitzt, es zu versuchen. Die Boote sind gesattelt, die Ruder geladen und die Segel aufgepflanzt – stecht in See, und stecht in England! Was für eine Marine!

(Ein kleines Schifflein fährt über die Wellen. In England erscheint der Premier Pitt, dürr mit der Nase einer Ratte, eine Kanone vor sich herschiebend. Diese tut einen Knall, und das Schiff sinkt. Wasser spritzt hochauf.)

Napoleon *(missvergnügt)*. Was für eine Marine! Offensichtlich rochen die Briten den Braten. Das ist der böse Minister Pitt der Jüngere.

Joséphine *(beiseit)*. Wenn das Pitt der Jüngere ist, möchte ich nicht Pitt den Älteren sehen. *(Beckenschlag)*

Pitt. *God save the King*, du korsischer Höllenhund. Das passiert, wenn Er seine ländergierigen Finger nach meiner Insel ausstreckt. Wenn Er keine Seebestattung wünscht, bleibe Er, wo der Pfeffer wächst!

Napoleon. Insektenseele! Ich bekämpfe und zerdrücke

dich. Ich dresch dir Leib und Seele so breiweich zusammen, dass man die blauen Flecken bei der Auferstehung der Toten noch sehen soll.

PITT. Vexier Er sich! Er schaufelt sich sein eigenes Grab. Hier, bitte sehr. *(Der Pitt wirft dem Kaiser einen Spaten über den Kanal.)*

NAPOLEON. Verbindlichsten Dank.

(Der Kaiser schaufelt nun, wobei zur Anschauung dessen fortwährend Erde ins Publikum geworfen wird.)

PITT. So ist's recht, Friedhofsgemüse. Mach Er's nur tief und breit genung, dass neben ihm noch sein verblendet Volk der Franken darin Platz findet. *(An Joséphinen gewandt.)* Sie, hübsches Ding, mach ich zu meiner Dirne, und wenn Sie sich artig anstellt, darf Sie auch an mein Unterhaus.

JOSÉPHINE. Nimmer. Du bist nicht Pitt, du bist *piteux*.

PITT. Vettel.

JOSÉPHINE. Privetputzer.

PITT. *I'll be damned*, wo bleibt eigentlich Little Boney? *(Ins Publico.)* Was sagt ihr? Hinter mir?

(Der Kaiser hat unter dem Kanal einen Tunnel gegraben und ist hinter dem Minister erschienen. Er bedeutet den Kindern, still zu sein. Dann schlägt er dem Minister vermittels des Spatens den Hirnkasten entzwei.)

PITT. *Blimey. (Stirbt & fällt in den Tunnel.) Pity me, Pitt is in the pit.*

NAPOLEON. *Victoire!*

JOSÉPHINE. Mein Kaiser von England!

NAPOLEON. Feins Liebchen, gib mir einen Kuss.

JOSÉPHINE. Ich eile.

Die beiden eilen in den Tunnel, allerdings mit dem Effekt, dass Joséphine in England, Napoleon aber in Frankreich herfürtritt, worauf beide zurück ans andere Ende laufen. Dies närrische Spiel wiederholt sich eine Weile, bis es das Publikum müde ist, und schlussendlich läuft der Kaiser kur-

zerhand übers Wasser, sein Liebchen zu herzen. Der Vorhang schließt mit den Klängen von »Veillons au Salut de l'Empire«.

Wiewohl Kleist von dieser Hanswurstiade amüsiert war und auch dulden konnte, dass der kleine Handpuppenkaiser England niederwarf, so war es ihm überaus unlieb, dass bei der abschließenden Hymne nicht nur die anwesenden Franzosen, sondern auch viele Mainzer mit einstimmten. Wie man dermaßen vor seinem Unterdrücker kriechen konnte, das war ihm gleichermaßen ein Gräuel, wie es ihm unerklärlich war. Als das schale Marionettenspiel aus war, floh er die Szene, aber plötzlich schienen die Zeichen der Mainzer Liebedienerei überall – in der Art, wie die Bürger ihre Besatzer freundlich grüßten, statt sie zum Teufel zu wünschen, in den zahlreichen Abbildungen des feisten Korsen, in der auch ästhetisch nichtswürdigen Inschrift »*Gäb's jetzt noch einen Götter-Sohn, so wär's gewiss Napoleon*« an einer Häuserwand – infolge derer ihn eine regelrechte Übelkeit überkam, sodass er, als ihm ein Marktweib einen ausgenommenen Fisch feilbot, sich beinahe übergeben hätte. Er war erleichtert, als er die schwere Tür der Karmeliterkirche hinter sich schloss, als der Geruch der Eichenbalken ihn umgab und Humboldt, Arnim und Schiller bei ihm waren, Menschen, die dachten wie er – denn der unerträglichste von allen Gedanken war ihm gewesen, dass die Mainzer ihre Befreiung vom französischen Joch gar nicht *wünschten*.

»Noch mehr als die Franzosen hass ich die Halbfranzosen«, sagte er, »diese fahnenflüchtigen Verräter, die gleich dem Wetterhahne ihren Schnabel nach dem Wind drehen. Erst dienen sie dem Kurfürsten, dann Robespierre, dann wieder dem Kurfürsten, dann dem Näppel; heute dem Deutschen, morgen dem Franzmann; heute der Monarchie, morgen der Republik, und nie erhebt sich ein Protest.«

»Wem sollten sie denn Ihrer Meinung nach dienen?«, fragte Goethe.

Einen Augenblick dachte Kleist darüber nach, dann sagte er: »Der deutschen Republik.«

»Die gibt es nicht und wird es nicht geben.«

»Nicht mit Opportunisten wie diesen, so viel ist sicher.«

Ein jeder berichtete nun von seinen Beobachtungen. Humboldt schilderte den Präfekten als klugen, nicht unbedingt hassenswerten Menschen, der bei ihm den Eindruck hinterlassen hatte, das Leben seines Gefangenen retten zu wollen. Schiller fragte nach, ob der arme Präfekt wirklich auf den Namen »Schinken« getauft war, worauf Humboldt den Unterschied zwischen *Jeanbon* und *Jambon* erklärte.

Einzig Goethe hatte bei seiner Suche keinen Erfolg gehabt, denn Pulver gab es nur in der Garnison und im Zeughaus, und zu beiden wollte er den Zutritt nicht wagen. »Ich reite morgen aus der Stadt und hoffe, auf dem Lande fündig zu werden.«

»Weshalb? Wächst das Pulver dort auf den Feldern?«

»Nein, aber dort wird es gelagert. Herr von Humboldt, ich würde mich freuen, wenn Sie mich morgen begleiten würden, denn es geht abermals unter die Erde. Nein, Bettine, dies ist ein Kommando für Soldaten, deshalb bleibst du hier und überdenkst stattdessen, wie wir dich durch Kleider und unvorteilhafte Schminke einige Jahre älter machen können.«

Auf einen heimlichen Wink von Schiller hin sagte Goethe: »Auch Sie, Herr von Kleist, wären uns sicherlich eine große Unterstützung.«

»Und ich?«, fragte Arnim etwas sauertöpfisch, als dieses Kleeblatt gewachsen war, »soll ich denn mit Bettine Rouge kaufen?«

»Nicht doch; es sei denn, Sie wünschen es. Andernfalls begleiten Sie bitte Herrn Schiller beim Erwerb des Sarges für den vermeintlich erschossenen Dauphin.«

Den Rest des Abends gab es nichts mehr zu tun, und während ein starker Regen auf dem Dach der Kirche niederging, speisten die sechs mit Madame de Rambaud. Anschließend machte eine Weinflasche die Runde, und Schiller und Kleist entzündeten ihre Pfeifen, wiewohl Goethe einwandte, dass der Tabak dumm mache und mehr Leute unter die Erde bringe als alle Kriegereien. Bettine hatte, wenn es auch der Anweisung der Weimarer widersprach, nur das Nötigste mit auf die Reise zu nehmen, aus Frankfurt einige Spielkarten mitgebracht, und bald hatte sie sich mit Arnim und Humboldt auf die Regeln von L'Hombre geeinigt. So begann eine mehr als heitere Partie, bei der die Gefährten die Wagnisse des folgenden Tages für einige Stunden vergessen konnten und die erst in der Nacht mit Humboldts Sieg endete.

Nebel hing so dicht und unbewegt über dem Rheintal, dass man am nächsten Morgen kaum noch die Spitze des Kirchturms sehen konnte, ein Umstand, der den drei Ausreitenden nur willkommen sein konnte. Nachdem sie, wieder in den angeeigneten Uniformen der Nationalgarde, ihre Pferde von der Garnison abgeholt hatten, ritten sie durch das Münstertor aufs offene Land. Noch vor dem Flecken Gonsenheim lenkte Goethe sein Pferd auf ein brachliegendes Winterfeld, und die anderen folgten ihm. Es dauerte einige Minuten, bis sich Goethe in Dunst und Nebel orientiert hatte, doch schließlich fand er sein Ziel: einen Weidenbaum zwischen zwei Feldern, an dessen Fuß einiges Geröll angesammelt war; Steine, die die Bauern, nachdem sie sie aufgepflügt, beseitigt hatten. Sie waren allein auf dem Feld. Im Trüben konnte man, ein dunkler Schatten, die Wälle des Forts Bingen erahnen.

Als Goethe abgestiegen war, sprang auch Kleist vom Pferde. »Spannen Sie den Hahn nicht so lange, Herr Geheimrat, drücken Sie ab! Weswegen haben Sie uns hierhergeführt?«

»Bei den Wurzeln dieses Baumes sollten, wenn in dreizehn Jahren niemand dahintergekommen ist, einige Fässer Schießpulver verborgen sein. Legen Sie Ihren Blaurock ab, mein Sohn, wir graben danach. Und derweil will ich Ihnen berichten, wie ich von diesem Verstecke weiß.«

Sie schlangen die Zügel der Pferde um einen Ast und entledigten sich ihrer Röcke. Dann entfernten sie das Geröll von seinem Platz. Die Steine waren mitunter so schwer, dass den Dreien der Schweiß auf der Stirn perlte.

»Als wir im Mai 1793 diese Stadt belagerten«, hob Goethe an, »kämpften wir gegen eine der stärksten Festungen der Welt – wenn nicht gar die stärkste. Nicht nur die Mauern und Gräben und die zahlreichen Bastionen erschwerten uns den Angriff, sondern auch einige Kniffe, die die Mainzer in der Hinterhand hatten. Einer davon waren unterirdische Gänge, deren Zugang im Innern der nahen Forts lag. Gefüllt waren diese schmalen Gänge knapp unter dem Boden mit Fässern voll Schwarzpulver. Rannte die Infanterie nun Sturm auf ein Fort, setzte man dort Feuer an die Lunte, und bald explodierte unter den Angreifern, die selten wussten, was für ein sonderbarer und tödlicher Vulkan so unerwartet unter ihnen ausbrach, das Erdreich. Eine treffsichere Form des Bombardements, gesetzt, der Feind steht dort, wo man ihn haben will. Nur die wenigsten dieser Pulvergänge wurden auch wirklich gezündet, denn bald erkannten die Verteidiger, dass sie jedes Hütchen Pulver für ihre Musketen und Batterien bitter nötig hatten. Auch der Gang, auf dem wir jetzt stehen, blieb unbenutzt. Der Zugang dazu befindet sich, so nehme ich an, im Fort Bingen dort hinten, aber niemand hat ihn bislang entdeckt, und niemand, der davon weiß, lebt noch oder ist willens, sein Wissen zu teilen.

Dieses Loch hier riss eine irregeleitete Kanonenkugel in den Sand. Bei einem Kontrollritt begleitete ich einen Rittmeister des Herzogs und einige seiner Männer, und wir wurden auf diesen Krater aufmerksam, der in den Gang darunter führte. Wiewohl wir die Fässer in der Dunkelheit schon erahnen konnten, reichte die Zeit nicht, den Stollen zu plündern, denn die Franken nahmen uns von den Zinnen unter Beschuss. Wir bedeckten also diesen Schacht notdürftig mit einigen Planken und Steinen – zu denen die Bauern in den Jahren offensichtlich noch andere hinzugelegt haben –, um ihn ein andermal zu leeren. Allein, der Rittmeister kam wenige Tage später bei einem Ausfall der Franken zu Tode, und ich vergaß in den Sorgen der kommenden Wochen diesen Sprenggang ganz und gar.«

Sie hatten nun die alten Planken freigelegt, und nachdem sie auch diese entfernt hatten, kam tatsächlich der gesuchte Schacht zum Vorschein. Humboldt nahm ein Seil aus seinem Tornister.

»Wird es gefährlich?«, fragte Kleist.

»Nur, wenn Sie mit glimmender Pfeife dort hinuntersteigen.«

Während Humboldt das Seil hielt, stieg Kleist durch die kleine Öffnung hinab. Als sich seine Augen an die Dunkelheit gewöhnt hatten, folgte er der zerfallenen Lunte auf dem Boden in den Stollen hinein. Selbst gebückt stieß er noch gegen das Erdreich über ihm. Nach einigen Schritten hatte er die Sprengladung erreicht: eine erkleckliche Ladung von einem halben Dutzend kleiner Fässer. Manche Fässer waren aufgebrochen, andere nass geworden, aber Kleist fand auch zwei unversehrte, die er, eines nach dem anderen, zurück zum Ausstieg trug, wo sie Humboldt am Seil ins Freie zog.

»Das Pulver darin reicht, die ganze Stadt wegzufressen«, sagte Kleist, als er den Fässern gefolgt war, »mit Hund und Katzen hin!«

»Haben Sie vielen Dank für Ihre Mühen«, sagte Goethe. »Jetzt schnell das Loch wieder geflickt und dann zurück in unsern hölzernen Unterschlupf.«

Nachdem sie den Krater wieder mit Planken und Steinen versiegelt und die Fässer an die Sättel gebunden hatten, ließ Humboldt den Wasserschlauch kreisen.

Goethes Blick schweifte in die Ferne. »Was hier für Schlachten getobt haben«, sagte er kopfschüttelnd. »Wo sich heut dieser langweilige Ackergrund vor uns ausbreitet, lagen damals die Leichen unsrer Infanteristen im wunderlichen Kontrast mit den zerlumpten Ohnehosen. Der Tod hatte sie ohne Unterschied hingemäht, und die Pflanzen tranken noch Tage später ihr Blut. – Nach der Kapitulation wollte der Pöbel dort drüben, an der Chaussee, einen Jakobiner aufknüpfen, dem der preußische König eigentlich freies Geleit versprochen hatte. Das Volk war irre vor Rachesinn; Schimpfreden und heftige Drohungen wurden ausgestoßen – ›Haltet ihn an! Schlagt ihn tot!‹ –, und eh ich mich versah, rief ich laut und heftig: ›Halt!‹ Die vollkommenste Stille trat ein. Ich fuhr darauf fort: Der Klubist stehe unter Serenissimi Schutz, und ihr Unglück und ihr Hass gebe den Menschen kein Recht zu Gewalttätigkeit. Die Strafe der Verbrecher solle man Gott und seinen Oberen überlassen. Als das Volk zurücktrat, wollte mir der Klubist danken, aber ich sagte ihm, dass ich nur meine Schuldigkeit getan und die Ordnung bewahrt hätte.«

»Welche Fliege stach Sie?«, fragte Kleist. »Sie haben sich in einen Handel eingelassen, der für sie übel hätte ausgehen können.«

»Es liegt nun einmal so in meiner Natur, ich will lieber eine Ungerechtigkeit begehen als Unordnung ertragen.«

»Ob Sie es wollten oder nicht, Sie haben sich damit als Freund der Revolution hervorgetan«, sagte Humboldt zögerlich.

»Nimmer! Ich bin von je der *Ordnung* Freund gewesen, aber ich kann kein Freund der Revolution sein; ihre Gräuel empörten mich täglich. Ich habe die Französische Revolution schon so oft verwünscht, und jetzt tue ich's doppelt und dreifach. Der fortdauernde Schrecken in Frankreich hat bewiesen, dass der Mensch nicht geboren ist, frei zu sein. Selbst unter der Misswirtschaft Ludwigs war das Volk nicht so unglücklich wie in den Jahren der Revolution. Glauben Sie mir, ein Volk wird nicht alt, nicht klug; ein Volk bleibt immer kindisch. Und deswegen ist es weit besser, die Menschen wie Kinder zu ihrem Besten zu leiten.«

»Dann sind Sie ein Freund des Bestehenden.«

»Das wiederum ist ein zweideutiger Titel, den ich mir verbitten möchte. Ein Freund des Bestehenden heißt oft nicht weniger als ein Freund des Veralteten und Schlechten. Wenn aber das Bestehende alles vortrefflich, gut und gerecht ist, wohl!, dann habe ich nichts dagegen, ein Freund des Bestehenden genannt zu werden. – Und *Freiheit*? Ein schönes Wort, wer's recht verstände! Ich brauche diese Freiheit nicht, in der die Menschen sich selbst und anderen schaden, in der sie wie die Kannibalen übereinander herfallen.« Goethe war unwirsch geworden. Er band sein Pferd los.

»Und wo auf der Welt ist das Bestehende vortrefflich, gut und gerecht?«, fragte Humboldt.

»Kommen Sie nach Weimar, ins deutsche Athen«, sagte Goethe und stieg in den Sattel, beinahe als wäre es eine Einladung, ihm sogleich dorthin zu folgen. »Weimar ward durch seinen Fürsten groß, und es gibt für mich kein schöneres Glück, als meinem Fürsten, den ich ehre, zu dienen.«

Nun schnalzte er mit der Zunge, und gemächlich trabte sein Pferd zurück zur Chaussee. Humboldt und Kleist sagten nichts. Aber als Goethe nur noch ein Schemen im Nebel war, wechselten sie einen Blick, der wortlos offenbarte, dass sie keinesfalls des alten Mannes Meinung teilten.

»Der Fürst der Dichter ist eben auch ein Dichter der Fürsten«, sagte Kleist.

Er lächelte, und dies Lächeln löste schließlich auch die Furchen auf Humboldts Stirn. Kleist bot eine Räuberleiter, und Humboldt nahm dankend an, um sich mittels ihrer in den Sattel zu schwingen.

Schiller und Arnim waren indessen zu Tischlern geworden. Als die drei Reiter mit dem Pulver in die Kirche der Karmeliter zurückkehrten, spaltete dieser ein Brett mit der Axt, während jener ein anderes hobelte. Sie hatten hinter einem Holzstapel Werkzeug aufgetan und damit einen veritablen Sarg gezimmert, von dem nur noch der Deckel fehlte.

Arnim wischte sich den Schweiß von der Stirn. »Wir sparen die Taler und die Aufregung, die uns der Kauf eines Sarges zweifellos kosten würde«, erklärte er. »Und wo sollte es sich besser tischlern lassen als im Haus des größten aller Tischler.« Goethe trat an den Totenschrein heran und bürstete einige Späne vom Holz. Arnim schaute ihm über die Schulter. »Sollen wir noch einige für uns zimmern?«

Der Ältere tadelte diesen Scherz mit einem gestrengen Blick, sagte aber nichts.

Nahe dem Chor saß Bettine, wo sie zahlreiche Röcke, Hauben und Schals, die sie gekauft hatte, miteinander verglich, um darunter die Kombination herauszufinden, die sie am ehesten um einige Jahre älter aussehen lassen würde. Schon jetzt hatte sie die Haare grau gepudert und ein Übermaß an Wangen- und Lippenrot aufgetragen, wie es betagte Frauen zu tun pflegen in der irrigen Annahme, es würde sie verjüngen.

Unaufhaltsam schritt der Tag voran, und je näher der Abend rückte, desto aufgewühlter wurden die Jüngeren unter den Gefährten, derweil Goethe und Schiller von einer fast schon traurig zu nennenden Ruhe erfasst wurden. Die restlichen Pferde und die Kutsche wurden von der Garnison in den Innenhof der Kirche gebracht. Dort verstauten sie die beiden Pulverfässer unter der rückwärtigen Bank und versahen sie mit einer doppelten Lunte. Der Sarg fand, sobald er fertiggestellt war, auf der Ablage im Rücken der Kutsche Platz. Ihr restliches Gepäck wurde im Innern verstaut.

Die Musketen wurden geputzt und nach Leutnant Kleists Anleitung mit Pulver und harmlosen Stopfen aus Papier geladen. Einige der Gefährten wuschen sich noch ein letztes Mal, bevor sie wieder in die Röcke der Nationalgarde schlüpften. Hinter dem Haufen sakralen Gerümpels kniete Arnim nieder und sprach ein stilles Gebet. Schiller verabschiedete sich im Namen der anderen von Madame de Rambaud und dankte ihr dafür, dass sie ihnen trotz ihrer Einwände eine umgängliche Gefangene gewesen war, und versprach ihr, Louis-Charles' Leben zu schützen. Sie sollte sich noch in selbiger Nacht, wenn alles vorbei war, bei der Präfektur melden, um selbst schuldlos zu bleiben, und der Obrigkeit den Aufenthaltsort der echten Gardisten im Soonwald zu nennen.

In der Dämmerung nahmen sie schweigend eine Mahlzeit ein. Brot und Schinken fanden kaum Freunde, der Wein jedoch war bald geleert. Schiller lächelte aufmunternd in die Runde. »Der Tat bedarf's jetzt, Kühnheit muss entscheiden. Und wer fürchtet, es könne ihm an Mut gebrechen, den bestärke ich: Der Mut wächst mit der Gefahr, und die Kraft erhebt sich im Drang!« Dann warf er sich die Mönchskutte über seine Uniform der Nationalgarde. Er musste als Erster aufbrechen, um den königlichen Gefangenen in ihren Plan einzuweihen. Den Säbel hatte er abgelegt, den Zweispitz in den Gürtel gesteckt. »Eh wir scheiden, lasst uns den heldenmütigen Bund durch eine Umarmung beschwören.« Sie schlossen um Schiller einen Kreis mit verschränkten Armen. »Ich nehme keinen Abschied von Ihnen, denn wir sehen uns bereits in zween Stunden wieder: Ihr mit dem wohlbehaltenen Dauphin, ich als Schwager der Kutsche, mit der wir fliehen. Und dann verlassen wir dieses Land, wo man der Völker Recht mit Füßen tritt. Wir werden vor Mitternacht noch über den

Grenzen sein, und, Potztausend!, danach die erste Runde geht auf mich!«

Schiller streckte den rechten Arm vor sich aus, die Handfläche einladend nach oben gerichtet. Nacheinander legten Kleist, Arnim, Bettine, Humboldt und schließlich Goethe ihre Hände hinzu, sodass Schiller alle fünf Hände in der eigenen hielt. Er ließ den Blick in der Runde kreisen und sprach: »Ich fühle eine Armee in meiner Faust.«

Goethe geleitete Schiller aus der Kirche hinaus auf den Hof. Noch immer war der Nebel nicht vollends verschwunden. »Das war eine kurze, aber eindrucksvolle Ansprache, für die ich Ihnen danke, mein Freund. Selbst ich fühle junges Lebensglück mir glühend durch Nerv und Adern rinnen. Sie sollten General werden oder Priester.«

»In meinem nächsten Leben vielleicht.«

»Das hoffentlich so bald nicht beginnt. Geben Sie gut auf sich acht.«

»Und Sie auf sich und auf die jungen Burschen. Leben Sie wohl.«

»Wie oft haben wir das nicht schon gesagt.«

»Und wie oft werden wir es noch sagen!«

Hiermit schlug sich Schiller die Kapuze über den Kopf und verließ den Hof durch die kleine Tür in der Mauer, gerade als die Glocken von den Kirchtürmen der Nachbarschaft fünf schlugen. Eine halbe Stunde später brachen auch die anderen auf.

In wohliger Erregung schlug Schillers Herz fast ebenso schnell wie der Absatz seiner Stiefel auf den Katzenköpfen der Straßen. In der Seilergasse hatte sich bei einem umrüsteten Haus eine Menschenmenge versammelt. Schiller zog die Kapuze seines Mönchsgewands etwas tiefer in die Stirn und drückte sich an der gegenüberliegenden Häuserwand an den Menschen vorbei, doch unversehens stürzte eine Frau aus dem Gedränge hervor und sperrte dem Eiligen den Pfad.

»Ein Mönch!«, rief sie. »Euch schickt der Himmel, ehrwürdiger Frater!« Ehe sich Schiller versah, schob sie ihn mit lauten Rufen ins Herz der Menge. »Platz, Platz dem Priester!«

Nun wurde der zweifach verkleidete Dichter auch des Grundes für den Auflauf ansichtig: Am Fuße des Gerüstes, das an das baufällige Haus gelehnt war, lag auf dem Pflaster ein Mann in seinem eigenen Blute und in Scherben gebrochenen Schiefers. Ein Bein stand in einem grotesken Winkel vom Rumpf ab.

»Der Schieferdecker ist vom Dach gestürzt!«, rief die Frau. »Er verlangt nach den Sakramenten, Frater! Ihr müsst ihm helfen, ehe es zu spät ist!«

Schiller ging neben dem Unglücklichen in die Knie. Das Rückgrat des Dachdeckers war zerschmettert. Seine Augenlider schlugen unaufhörlich auf und zu und offenbarten bald die Pupillen, bald das Augenweiß. Die rechte Hand, die auf seiner Brust lag, zitterte wie die eines greisen Mütterchens. Aus den anderen Gliedmaßen war das Leben bereits gewichen. Schiller wusste, dass diesem Mann kein Arzt auf Erden mehr helfen konnte: Noch in dieser Stunde würde er seine Seele ausgehaucht haben.

»Habt Ihr nach keinem Priester geschickt?«

»Haben wir, ehrwürdiger Bruder, haben wir längst!«, sagte die Frau. »Doch es kommt keiner!«

Ein junger Genosse des Schieferdeckers schimpfte, wechselsweise vor Wut mit den Zähnen knirschend und vor Angst damit klappernd: »Hol mich dieser und jener! Dank des gottlosen Frankenkaisers gibt es in der Stadt nicht Priester genug, einen Sterbenden zu segnen! Es ist zum –« Hier musste er so schwer schlucken, dass es ihm die Sprache raubte, und er wandte sein trostloses Antlitz ab.

»Ich kann nicht bleiben«, sagte Schiller, wobei er sich wieder aufrichtete. »Eine Angelegenheit von noch größerer Dringlichkeit ruft mich fort. Ich bedaure zutiefst, aber ihr müsst auf den bestellten Priester warten.«

Nun packte ein bärbeißiger, bärtiger Hüne Schiller mit beiden Armen. »Frater, ich bin der Meister dieser guten Seele. Ich muss fürder mit dem Elend leben, dass er unter meiner Aufsicht vor der Zeit zum Herrn gegangen ist. Gebt mich nicht auch noch der ewigen Verdammung preis, dass er es ohne die Ölung tat. Ich will es Euch mit allem Gold vergüten, aber, bei Gott und Seinen himmlischen Heerscharen: Bitte verlasst uns nicht.«

Schiller sah dem Mann in die Augen, und die Blicke aller Umstehenden waren auf ihm. Der Handwerker löste seine kräftige Umarmung nicht.

»Bringt mir Öl«, sagte Schiller schließlich.

Ein Aufatmen ging durch die eben noch schweigende Menge. »Bringt Öl!«, riefen diverse Stimmen, und der Meister sagte immerfort: »Gott segne Euch. Gott segne Euch, Frater.«

Wiewohl es Sünde war, dass Schiller nicht nur das Habit eines Klerikers trug, ohne selbst einer zu sein, sondern im Begriff war, ein Sakrament zu spenden, konnte er dem Sterbenden und den Trauernden diesen letzten Trost nicht versagen. Da ihm die Formeln der katholischen Liturgie nicht vertraut waren, begann er, Fachbegriffe seiner medizinischen Ausbildung aufzusagen, in der Hoffnung, das Lateinische allein würde bei den Umstehenden Eindruck machen. Es sollte ihm auch nach dieser Prozedur noch ausreichend Zeit bleiben, den Transport des Gefangenen zum Deutschhaus abzupassen. Schnell waren mehrere Fläschchen Öl aufgetrieben. Schiller bat die Schaulustigen um Abstand, und bald hatten die Genossen des Schieferdeckers sie so weit zurückgedrängt, dass keiner mehr hören konnte, was er sprach.

Wer ihn aber sehr wohl hörte, das war der Todgeweihte selbst, und so verzichtete Schiller bald auf das Latein und sprach dem Sterbenden Trost in deutscher Zunge zu. Dabei salbte er mit aller Vorsicht die blutige Stirn und die Hände des Mannes. Die Menschen um ihn bat Schiller, für des Mannes Seele zu beten, und bald erfüllte andächtiges Gemurmel die Gasse.

Der Atem des Handwerkers beruhigte sich, und das Beben verließ seinen Körper. Doch er starb nicht, und auch der bestellte Priester blieb weiterhin fern. Kostbare Minuten verstrichen. Vom Turm schlug es zur Viertelstunde.

Schillers sorgende Seele befand sich nun in einem Dilemma von griechischem Ausmaß, denn einerseits konnte er weder den Sterbenden allein lassen noch sein schnelles Ableben erstreben, andererseits aber setzte er mit seinem Säumen möglichenfalls das Leben seiner Gefährten aufs Spiel. Eben noch hatte Schiller einen Sarg gezimmert, nun gab er einem Gezeichneten das letzte Geleit, bald würden sie einen anderen vom Schafott retten – heute war der Tod fürwahr sein ständiger Begleiter.

Unversehens bewegten sich die Lippen des Unglücklichen. Mit großer Mühe formte er Worte. Schiller beugte sich mit dem Ohr zu ihm hinab.

»Ihr seid kein Mönch«, wisperte der Mann. »Wer seid Ihr?«

»Ein ernster Freund«, flüsterte Schiller zurück.

»Was geschieht?«

Darauf wusste Schiller keine Antwort zu geben. Der Sterbende wiederholte seine Frage: »Was geschieht?«

»Ich weiß es nicht«, erwiderte Schiller, doch da diese Antwort einen Ausdruck der Mutlosigkeit in den Augen des anderen erwirkte, flüsterte er schließlich: »Der Himmel öffnet seine goldnen Tore, und im Chor der Engel steht Maria da. Sie hält den ewigen Sohn an ihrer Brust und streckt dir lächelnd die Arme entgegen. Leichte Wolken heben dich hinauf.«

Unendlich langsam und ein letztes Mal schlossen sich die Lider des Mannes. In einem Seufzer wich das Leben aus seinem Körper.

»Kurz ist der Schmerz«, sagte Schiller etwas lauter,

damit es der Mann noch hören mochte, bevor er diese Welt verließ, »und ewig ist die Freude.« Einen Moment schwieg er ergriffen und sagte dann: »Amen.«

Alle standen in sprachloser Rührung, als sich Schiller wieder erhob. Die Frau, die ihn aufgehalten hatte, legte ein Leinentuch sanft auf dem Toten nieder, dass es ihn ganz bedeckte. Seine Freunde ließen nun ihren Tränen freien Lauf. Das trauernde Miteinander nutzte Schiller, um sich unter der Menge wegzuducken, ehe man ihm Dank oder gar Lohn zollen konnte.

Die Angst beflügelte Schillers eilenden Fuß. Fast schon im Laufschritt nahm er den Weg zur Weintorgasse wieder auf, und eine Last fiel von seiner Seele, als er endlich von ferne die Zinnen des Zuchthauses im Abendrot schimmern sah. Als die Sonne unterging, stand er am Tor.

Im Hof des Deutschhauses banden sie ihre Pferde an. Arnim kletterte vom Bock und half Bettine, nun vollends als Matrone verkleidet, galant aus der Kutsche. Sie schulterten die Flinten und prüften den Sitz ihrer Röcke.

»Eines noch, Kameraden«, raunte Humboldt den anderen zu, »sollte ich, aus welchen Gründen auch immer, zurückfallen, wartet nicht auf mich. Ich werde mir selbst zu helfen wissen.«

»Gleiches gilt für mich«, sagte Kleist.

»Und für mich«, sagte Arnim.

»Aber sicherlich nicht für mich«, sagte Bettine. »Sollte ich zurückfallen, rettet mich gefälligst, oder geht mit mir zugrunde.«

Und Goethe: »Der Worte sind genug gewechselt. Schreiten wir zur Tat.«

Mit dem Glockenschlag betraten sie, von Lieutenant Bassompierre alias Geheimrat Goethe geführt, das Palais. Es war jetzt, zur Abendstunde, weitaus leerer als bei Humboldts letztem Besuch. Ein Kommis geleitete sie in das Bureau des Präfekten, in dem bereits dieser und zwei

Uniformierte warteten. Jeanbon Saint-André begrüßte erst Goethe und die vermeintliche Madame de Rambaud aufs Höflichste, dann stellte er ihm die beiden anderen Anwesenden vor: Capitaine Santing und seinen Adjutanten. Der Präfekt berichtete, dass Santing derjenige gewesen sei, dem es gelungen war, den Mann, der sich als Dauphin ausgab, in Hamburg aufzuspüren und nach Mainz zu bringen, wo über sein Schicksal entschieden werden sollte. Der Capitaine war von mittlerer Statur, aber äußerst kräftig. Dichtes schwarzes Haar bedeckte sein Haupt, und auch seine Augen, mit denen er die Gefährten einen nach dem anderen durchdringend musterte, schienen beinahe schwarz zu sein. Eine rote, schlecht vernarbte Schmarre an seinem Hals zog sich vom Kiefer bis unter das Ohr. Als er sprach, tat er es ähnlich wie Schiller in gefärbtem Französisch, nur eben nicht schwäbisch-weich, sondern vielmehr bairisch-hart.

»Sie klingen nicht, als wären Sie ein gebürtiger Franzose, *mon Capitaine*«, sagte Goethe, der das Französische seinerseits untadelig beherrschte.

»Ich bin Franzose dem Herzen nach, das zählt«, erwiderte der Offizier.

»Der Capitaine stammt aus Ingolstadt«, erklärte Saint-André nicht ohne Stolz, »aus dem Kurfürstentum Baiern, dem treusten aller Vasallen Napoleons. Aber dort ist es bedauerlicherweise noch immer nicht möglich, als Mann ohne Adel Offizier zu werden. Nur die französische Armee belohnt die Leistung ihrer Soldaten, nicht deren Namen, und selbst ein Besenbinder kann bei uns zum General aufsteigen, wenn's ihm an Mut und Geschick nicht fehlt. Dass Capitaine Santing als Deutscher für die Sache des Kaisers kämpft, demonstriert das Völkerübergreifende von Napoleons Ideen.«

»Meine größte Hochachtung, dass Sie den Prätendenten in Hamburg abfangen konnten«, sagte Goethe. »Darf ich Sie dennoch bitten, *mon Capitaine*, für die Dauer der Gegenüberstellung diesen Raum mit Ihrem Adjutanten zu verlassen?«

»Ich bleibe, Lieutenant Bassompierre«, erwiderte Capitaine Santing. »Es gibt vor mir keine Geheimnisse mehr; ich kenne den Mann schließlich.«

Goethe zögerte einen Moment, verzichtete dann aber darauf, dem anderen zu widersprechen. »Wo ist der Gefangene?« fragte Goethe den Präfekten.

»Im Gebäude. Ein Wink, und ich lasse ihn holen. – Wenn ich zuvörderst noch fragen dürfte, wie das Prozedere sein wird?«

»Wir stellen den Mann der ehrenwerten Madame de Rambaud gegenüber, die ihn in Augenschein nehmen wird. Sollte sie sich unsicher sein in ihrem Urteil, wird sie dem Mann einige Fragen stellen, auf die nur der echte Louis-Charles die Antwort wissen kann. Ist er nicht der Dauphin, sperren wir ihn auf Monsieur Fouchés Geheiß weg. Ist er es aber, warten auf ihn drei Kugeln und ein tödlicher Aderlass, und seine Leiche bringen wir nach Paris.« Hier wies er auf die Gewehre von Humboldt, Kleist und Arnim.

»*Vier* Kugeln«, berichtigte der Capitaine. »Ich will es mir nicht nehmen lassen, auch mein bleiernes Scherflein zum Tod der Tyrannenbrut zu geben.«

»Ausgeschlossen«, entfuhr es Goethe schneller, als ihm lieb war.

»Weshalb wollen Sie mir diesen Spaß versagen?«

»Die Vollstreckung des Urteils ist allein Sache der Nationalgarde.«

»Wünschen Sie das Pulver zu sparen?«

»Es ist ausgeschlossen, sage ich.«

»*Contenance*, Lieutenant. Ich bin der höherstehende Offizier. Im Zweifelsfall setze ich qua Rang mich einfach über Sie hinweg.«

Den Disput über hatte Santing nicht einmal sein Lächeln unterbrochen. Goethe wandte sich nun Hilfe suchend an Saint-André. »Ich ersuche Sie, Monsieur le Préfet, seien Sie uns unparteiischer Richter, was in dieser Angelegenheit obsiegen soll: der höhere Dienstgrad oder dieses Schreiben des Polizeiministers.« Hierauf nahm er die Vollmacht aus seiner Weste und reichte sie Saint-André, der sich damit an seinen Sekretär setzte, um sie zu überfliegen.

»Ich fürchte, Sie müssen sich den Anweisungen des Lieutenants, die ihrerseits von allerhöchster Stelle kommen, fügen«, sagte er schließlich zu Santing, dem es nur mühsam gelang, seinen Verdruss zu verbergen.

Nun, da diese tückische Klippe umschifft war, wies Saint-André seinen Kommis an, den Gefangenen kommen zu lassen. Ein schweigsamer Moment verging, in dem Saint-André Bettine einen Stuhl zurechtrückte und ihr gegenüber einen zweiten platzierte. Dann kehrte der Diener des Präfekten zurück, gefolgt von zwei Männern, die zwischen sich den Gefangenen führten. Der Mann trug Ketten an Füßen und Händen und über dem Kopf einen Leinensack. Er war hager, fast schon ausgezehrt zu nennen, und die ehemals anständigen Kleider waren durch den fortwährenden Gebrauch schmutzig und fadenscheinig geworden. Die beiden Begleiter verließen das Bureau wieder, nachdem sie den Gefangenen auf den Stuhl geführt hatten. Der Kommis verschwand im Nebenraum, ließ die Flügeltür aber offenstehen.

»Sie wissen, warum Sie hier sind?«, fragte Goethe.

Der Maskierte drehte den Kopf in die Richtung, in der er den Sprecher vermutete. »Ja, Monsieur.« Er räusperte sich.

»Madame de Rambaud?«

Bettine nickte.

Darauf zog Goethe den Sack vom Haupt des Gefangenen. Zum Vorschein kam ein Jüngling, dem ein lichter Bart von zwei Wochen die eingefallenen Wangen und das Kinn bedeckte. Seine aschblonden Haare waren kraus und ungepflegt. Die obere Zahnreihe stand hervor, ein Eindruck, der ihn jünger erscheinen ließ. Am Kinn war eine schmale weiße Narbe zu sehen. Sein Blick kreiste furchtsam in der

Runde – Santing nickte ihm mokant zu – und kam schließlich auf Bettine zu ruhen.

Sie wollte sprechen, aber noch bevor eine Silbe ihre Lippen verließ, sprach er: »Das ist nicht Agathe de Rambaud.«

Schweigen fiel über den Raum. Als Erste hatte Bettine ihre Sinne wieder beisammen. »Aber mein Louis –«

»Nennen Sie mich nicht so! Ich kenne Sie nicht!«

»Aber natürlich kennst du mich! Hat denn der Mönch nicht mit dir gesprochen?«

»Welcher Mönch?« Nun rührte sich Santing, und der Gefangene suchte bei ihm Hilfe. »Capitaine, dies ist nicht Madame de Rambaud, bei allem, was mir heilig ist! Überantworten Sie mich nicht den Fängen dieser Betrügerin!«

Santing und Saint-André sahen fragend zu Goethe. »Verständlich«, erklärte der. »Er will sich aus dem Urteil winden wie ein Aal aus der Reuse.«

»Nein! Ich kann Ihnen die rechte Rambaud beschreiben! *Diese* ist es nicht!«

Bettine legte ihre Hand beschwichtigend auf die des Gefangenen, doch der entriss sie dem Griff, als hätte ihn ein weißglühendes Eisen berührt.

»Was gibt dies?«, fragte Saint-André.

»Das Aufbäumen einer verlornen Seele auf dem Schafott«, sagte Goethe. »Schenken Sie seinem Gezeter bitte keinen Glauben.«

»Sie wollen mich töten!«, schrie der Gefangene aus vollem Halse. »Capitaine Santing, so helfen Sie mir! Ich flehe! Sind Sie ein Mensch, so fühlen Sie meine Not!« Fatalerweise klammerte sich der Verzweifelte nun ausgerechnet an Santings Gnade – wie sich der Schiffer an ebendem Felsen festklammert, an dem sein Schiff zerborsten ist.

»Ein Schauspiel für die Götter«, sagte Goethe und zollte dem Gefangenen spöttischen Applaus. »Beenden wir diese Scharade. – Madame de Rambaud, ist er der Sohn des Königs?«

»Er ist es«, antwortete Bettine.

»Ich bin es! Aber Sie sind es nicht!«

»Es ist aus, Monsieur Capet.« Goethe gab Kleist und Arnim einen Wink, worauf sich diese dem Gefangenen näherten.

»Mörder! Joseph und Maria rufe ich an!«

»Lass Joseph und Maria aus dem Spiele«, erwiderte Kleist.

»Zu Hülfe!«

»Hund, verfluchter, schweig jetzt, wenn diese Faust dir nicht den Rachen stopfen soll!«

»Nein, einen Augenblick«, sagte Saint-André, die Hände erhoben. »Bitte halten Sie Ihre Männer an. Die Einwände des Gefangenen erscheinen mir zu triftig, sie schlichtweg abzutun.«

»Monsieur le Préfet, meine Vollmacht –!«

»Ich wünsche eine Untersuchung seiner Vorwürfe. Zumindest wünsche ich, der Madame einige Fragen zu stellen, um auch die Echtheit ihrer Person zu überprüfen. Kann sie sich ausweisen? Ich nehme alle Folgen auf mich, sollte ich mit meiner Gründlichkeit den Befehlen des Ministers grob zuwiderhandeln.«

»Ich dulde keinen Aufschub«, sagte Goethe. Schweiß perlte auf seiner Stirn.

»Dies ist meine Präfektur, Lieutenant!«

Im allgemeinen Tumult entging es Humboldt, der hinter allen anderen nahe der Wand stand, nicht, dass Santings Adjutant die rechte Hand zum Futteral führte, um die Pistole zu ziehen. Humboldt, der nichts als seine Flinte in der Hand hielt, schlug dem Mann kurzerhand den Kolben gegen die Schläfe. Der Getroffne taumelte gegen die Tapete und riss ein Porträt des Kaisers mit sich zu Boden. Santing griff nach dem Säbel, aber quecksilbrig löste sich Arnim von dem Gefangenen und warf sich mit dem ganzen Körper auf den kräftigen Capitaine. Erst stießen auch diese beiden gegen die Wand, dann hieb der Capitaine seinen Ellenbogen in Arnims Magengrube. Arnim taumelte zurück, hielt aber des anderen Rock umklammert, bis dieser rücklings auf den Sekretär fiel. In fortdauernder Umklammerung stürzten die beiden hinter dem Möbel aufs Parkett und rissen Briefe und Schreibwerkzeug mit sich. Indessen hatte Goethe sein Terzerol gezückt, um damit Saint-André in Schach zu halten. Eine Hand hatte der Präfekt bereits an der Schublade seines Sekretärs, hinter dem das erbitterte Ringen zwischen den beiden Kraftmenschen geschah – zweifellos, um seinerseits eine Waffe hervorzuholen –, aber auf Goethes Wink hin hob er die Hände hinter den Kopf. Bettine schließlich hatte den Hirschfänger in einer schnellen Bewegung aus dem Stiefel gezogen, in dem sie ihn verborgen hatte, und die Schneide dem aufgeregten Gefangenen an die Kehle gesetzt, damit dieser in Stille sitzen blieb.

Die prekäre Situation schien unter Kontrolle – Humboldt und Kleist fesselten und knebelten bereits den Adjutanten, der benommen, aber nicht von Sinnen war –, doch die Gefährten konnten nicht sehen, dass hinter dem Sekretär Santing über Arnim lag und seine Hände wie ein Eisenring immer fester um dessen Hals schraubte. Arnim rang nach Luft. Sosehr er auch nach dem Capitaine schlug, den Würgegriff konnte er nicht lösen. Blind tasteten seine Finger umher nach einer Waffe und fanden nur ein heruntergefallenes Tintenfass, das er wirkungslos an Santings Stirn zerschlug. Schwarz wie der Leibhaftige, schwebte nun Santing über ihm. Arnim spürte seinen Herzschlag stocken. Seine Kraft verließ ihn. Dann war die Luft plötzlich erfüllt von Splittern. Santings schwerer Körper sackte auf Arnim nieder, und dahinter stand Kleist, die Lehne des Stuhls, den er soeben über Santings Schädel zertrümmert hatte, noch in den Händen. Arnim schob den leblosen Körper von sich. Kleist half ihm wieder auf die Beine. Tintentropfen hatten Arnims Rock gefärbt wie schwarzes Blut. Gemeinsam deponierten sie den bewusstlosen Capitaine bei seinem gebundenen Adjutanten.

Goethe räusperte sich. »Gut. Gut. Gut. Das alles entspricht zwar nicht dem ausgeklügelten Plan des Herrn S., wird aber hoffentlich doch ein gutes Ende nehmen.«

»Wer seid ihr?«, rief der Gefangene, ebenfalls auf Deutsch und noch immer aufgewühlt.

»Still! Still! wir kommen, Eure Hoheit zu befreien! Verbündete Eurer Eltern schicken uns.«

»Aber ihr tragt die Röcke der Nationalgarde!«

»Maskerade«, sagte Goethe. »Nur einen Schritt noch, und Euer Hoheit sind frei.«

»Dann wollt ihr mich nicht töten?«

»Wenn wir Euer Hoheit hätten töten wollen«, sagte Bettine und senkte ihre Klinge, »hätten wir es doch längst getan.«

Nun stapfte Kleist wütend auf den Mann zu. »Warum, zum Henker!, haben Euer Hoheit nicht die Anweisungen des Mönchs beherzigt? Ihr bringt uns alle mit Euerm Theater in größte Gefahr!«

»Wieder dieser wunderliche Mönch! Bei meiner Seele, ich sah keinen Mönch!«

Kleist schüttelte den Kopf. »Aus diesem Wirrwarr finde sich ein Pfaffe!«

»Wie kommen wir jetzt hinaus?«, fragte Arnim, seine Stimme ein Krächzen.

»Mit Haltung«, erwiderte Goethe. »Man sah uns kommen, man wird uns gehen sehen. Das Palais ist beinahe leer. Niemand wird uns aufhalten.«

»Ich wage zu widersprechen«, sagte nun der Präfekt, der die aufgebrachte Debatte aufmerksam verfolgt hatte. »Mayence ist eine Festung. Niemand kommt hinein, aber es kommt auch niemand hinaus.«

»Das dürfen Sie getrost unsre Sorge sein lassen, *Monsieur le Préfet*.«

»Ihr Diener.«

Noch während Goethe über ihren Rückzug sinnierte, den neuen Schnurrbart nervös zwischen den Fingern zwirbelnd, hob Bettine jählings den Hirschfänger und schleuderte ihn durch die offene Tür ins Nachbarzimmer. Das Messer schlug im Holz der gegenüberliegenden Tür ein – durch die gerade der Kommis des Präfekten, der des Aufruhrs stummer Zeuge gewesen war, heimlich entfliehen wollte. Beeindruckt von diesem Wurfgeschoss, legte der Mann die Hände an den Hinterkopf, um sich den Angreifern zu ergeben. Humboldt fesselte auch ihn mit dem Kordon der Gardine.

»Eine rechte Amazone!«, jubelte Kleist. »So steckt die Frau ins Panzerhemd und mich in den Weibsrock!«

Goethe schob seine Pistole zurück ins Futteral. »Brechen wir auf. Gebe Gott, dass Herr S., wenn er schon nicht beim Zuchthaus war, doch wenigstens bei der Kutsche wartet. – Haben wir noch Seil, den Herrn Präfekten auch zu fesseln und zu knebeln, oder –?«

Kleist hatte den schweren Löscher genommen, der trotz des Gerangels noch auf dem Tisch lag, und ihn Jeanbon Saint-André von hinten über den Schädel geschmettert. Der Präfekt fiel vornüber aufs Parkett.

»Das beantwortet meine Frage«, sagte Goethe, und mit Blick auf den Löscher: »Worte sind des Dichters Waffen.«

Zwei Mann niedergeschlagen und zwei gefesselt, verließen die Gefährten das Bureau des Präfekten, den Mann in Ketten in ihrer Mitte. Zahlreiche Soldaten säumten ihren Weg ins unterste Geschoss, aber keiner von ihnen machte Anstalten, sie aufzuhalten.

»Dies Palais ist eine Sache«, raunte Humboldt, »nur wird es an den Stadttoren, fürchte ich, etwas diffiziler.«

»*Pas de problème.* Sie zücken die Vollmacht, und man lässt uns durch.«

»*Sie* haben die Vollmacht.«

Goethe blieb in der Mitte der Treppe stehen, und die anderen folgten seinem Beispiel. »Wie bitte?«

»Sie haben die Vollmacht, sage ich. Ich habe sie nicht.«

»Hölle und Teufel!«, fluchte Goethe. »Sie lag noch auf dem Sekretär; mich dünkte, Sie hätten –«

»Dann schießen wir uns den Weg frei!«, rief Kleist.

»Possen! Einer muss zurück, das Schreiben holen. Ohne sind wir aufgeschmissen.«

»Ich gehe«, sagte Arnim.

»Sie?«, fragte Goethe und gleichzeitig Bettine: »Du?«

»Ich fiel mit dem Ingolstädter und den Papieren zu Boden. Ich weiß am ehesten, wo sich das Dokument befindet.«

»Famos! Das nenn ich Mark in den Knochen haben. Viel Glück, Herr von A. Wir warten auf der rheinwärtigen Seite des Palais auf Sie!«

Ein Blick noch auf Bettine, dann stieg Arnim, während die anderen das Deutschhaus verließen und auf den Hof traten, wieder die Treppen hinauf zum Bureau des Präfekten.

Dort fand er den Raum in der Unordnung vor, in der sie ihn verlassen hatten. Die beiden Gefesselten hatten bislang erfolglos versucht, sich zu befreien oder auf sich aufmerksam zu machen. Ihre Augen weiteten sich vor Schreck, als Arnim zurückkehrte, als fürchteten sie, er würde an ihnen beenden, was seine Kameraden begonnen hatten. Arnim durchquerte das Bureau und suchte auf dem Parkett hinter dem Sekretär nach Fouchés Brief. Während er die Papiere durchblätterte, hörte er, wie in der Gasse unter dem Fenster die Kutsche vorfuhr. Schließlich entdeckte er das Dokument. Er richtete sich auf. Vor ihm, auf der anderen Seite des Sekretärs, stand Capitaine Santing, die Pistole auf ihn gerichtet, das tintenschwarze Antlitz von Zorn zerfurcht.

»Wer seid ihr Hundsfötter?«, fragte er auf Deutsch. Er war noch immer benommen und musste sich mit einer Hand auf dem Tisch abstützen.

Arnim antwortete nicht.

»Her mit dem Schrieb!«

Arnim tat nichts. Draußen im Dunkel schlugen leise die Hufe der Pferde auf dem Pflaster.

»Her mit dem Schrieb!«

Arnim sah auf das Dokument in seiner Hand.

»Her mit dem Schrieb, Rabenaas, oder wünschst du den Tod?«

»Nur er vollendet das Ganze«, sagte Arnim endlich, faltete ruhig den Brief und steckte ihn in seine Weste. Dann drehte er dem Capitaine den Rücken zu und sprang durchs geschlossene Fenster.

Die Kugel traf ihn noch im Sprung. In einer Wolke von Scherben durchbrach Arnim die Scheiben und fiel zwei Geschosse tief. Er schlug ins Dach der Kutsche ein wie ein Fels, bis endlich die Bank seinen Fall bremste. Der Dauphin, der gegenübersaß, schrie vor Schreck laut auf.

Als Capitaine Santing, nun mit der Pistole seines Adjutanten bewaffnet, durch das zerborstene Fenster sah, grüßte ihn zuerst ein Bolzen von Schillers Armbrust. Santing wich zurück, und der Bolzen zerschlug eine Scheibe, die noch heil geblieben war. Nun knallte Schiller auf dem Kutschbock mit den Zügeln, und die Pferde galoppierten davon. Humboldt, Goethe, Kleist und Bettine folgten auf ihren Pferden. Santing sparte sein Pulver und rannte zum Treppenhaus.

In engen Gassen ging es für die Gefährten nun voran zum Ausgang aus diesem Mainzer Labyrinth. Wie von unsichtbaren Geistern gepeitscht, trabten die Rosse voran, und Schiller blieb nicht anderes, als mutig gefasst die Zügel festzuhalten und, bald rechts, bald links, von den Häusern hier, von der Stadtmauer da, die Räder wegzulenken. Die Federn der Kutsche ächzten unter der Last. Aus einem Rad brach eine Speiche heraus. Das Gestell eines Gerbers riss die Kutsche in ihrer Fahrt um, und mehr als ein Bürger hatte ein Fluchwort auf die rücksichtslosen Franken auf den Lippen.

Als Kleist zum Fenster der demolierten Kutsche hineinsah, fingerte Arnim, der noch immer nicht zu einer aufrechten Haltung gefunden hatte, mit zittrigen Händen die

Vollmacht aus der Weste und überreichte sie ihm. Kleist ritt an Goethe heran und gab sie diesem.

»Wie steht es um Achim?«, rief Bettine.

»Lebt, der Teufelskerl! Die Katze, die so stürzt, verreckt; er nicht!«

»Drosselt eure Gäule, hier kommt das Rote Tor.«

Die Gefährten leisteten Goethes Anweisung Folge, und in gemächlich-unverdächtigem Trab näherte sich die Gruppe dem Roten Tor. In aller Ruhe grüßte Goethe den Hauptmann der Wache und überreichte ihm das Schreiben. Der Hauptmann las es im Licht seiner Laternen und beäugte die atemlosen Gardisten, insbesondere aber die reitende Bettine und das zerknickte Dach der Kutsche skeptisch, stellte aber keine Fragen. Dann winkte er die Mannschaft hindurch. Brückenzoll mussten sie in der Uniform des Kaisers nicht zahlen.

Sie folgten Kleist, der den Weg kannte, durch die verlassenen Lagerhäuser und ans Land gezogenen Nachen zur Schiffsbrücke, und bald traten die Pferde auf Holz statt auf Stein. Unter ihnen rauschte der nimmer schlafende Rhein. Die Laternen auf dem Kutschbock warfen Licht auf die Brücke, die zu dieser Abendstunde beinahe leer war. All das war dazu geeignet, die Nerven der Gefährten nach dem Chaos im Deutschhaus und Arnims tollkühnem Sprung wieder zu besänftigen.

»Dort liegt Kastel!«, meinte Kleist, zum anderen Ufer weisend.

»Das Nächste steht oft ungreifbar fern«, sagte Goethe. »Loben wir den Tag also nicht vor dem Abend.«

Und tatsächlich rief Schiller vom Bock, als sie etwa drei Viertel der Brücke überwunden hatten: »Man folgt uns!«

Goethe riss so hart an den Zügeln, dass sich sein Ross unter ihm wiehernd aufbäumte. Vom Mainzer Ufer preschten ein halbes Dutzend Reiter auf die Brücke.

»Was halten Sie?«, fragte Bettine. »Den Pferden die Sporen gegeben!«

»Vergebens; sie würden uns spätestens in Kastel einholen. Herr Schiller, stellen Sie die Kutsche quer! Meine Herren, jetzt gebrauchen wir das Pulver!«

Schiller lenkte die Pferde, dass die Kutsche quer zur Brücke zu stehen kam, um sie zu blockieren. Kleist und Humboldt sprangen vom Pferd, um in aller Eile dem Dauphin und Arnim aus der Kutsche zu helfen. »Mein Atem stöhnt wie ein Fichtenwald«, sagte Letzterer. Die weiße Hose war an seinem rechten Schenkel rot gefärbt, und er hinkte.

Schiller nahm indessen eine der Kerzen aus dem Windglas, um damit Feuer an die Lunte zu legen. Zischend und dampfend fraß sich die Flamme die graue Kordel hinauf; bis zu den Pulverfässern unter der Bank waren es noch drei Fuß. Als dies getan war, schulterte er seine Armbrust. Die anderen hatten mittlerweile das nötigste Gepäck aus der Kutsche geholt. Da sie nur vier Pferde hatten, aber sieben Reiter waren, löste Schiller das Geschirr der beiden Kutschpferde. Die Riemen und Gürtel waren hartnäckig. Es war ein Kampf gegen die Zeit; gegen die nahenden Gegner und die brennende Lunte.

Ein Schuss fiel und hallte übers Wasser. Kleist hatte aus seiner Muskete eine Kugel auf die Verfolger abgefeuert, die nun, auf fünfzig Schritt herangekommen, ihre Pferde zügelten und ebenfalls zu den Waffen griffen. Humboldt half dem verletzten Arnim in den Sattel.

»Auf die Pferde!«, rief Goethe.

Schiller hatte das erste Pferd vom Geschirr befreit, und darauf nahm Humboldt Platz. Den Dauphin zog er zu sich aufs Pferd und ritt davon. Nun peitschten auch die Schüsse der Franzosen über die Brücke. Eine Kugel schlug im Sarg ein.

Kleist hatte die entladene Flinte von sich geworfen und seine beiden Pistolen gezogen. Im Schutz der Kutsche feuerte er auf die Reiter. Einem Soldaten schoss er das Ross unter dem Sattel tot. »In Staub mit allen Feinden Brandenburgs!«, donnerte er.

»Die Lunte?«, rief Schiller, der sich noch immer mit den Riemen plagte.

Kleist sah in die offene Kutsche. Die Flamme hatte einen Großteil der Lunte verzehrt und arbeitete sich nun an den beiden Fässern aufwärts. »Ein Fuß, nicht mehr!«

»Lassen Sie den verdammten Gaul, und kommen Sie!«, herrschte Goethe seinen Freund an. Bettine, Arnim, Humboldt und der Dauphin hatten ihre Pferde bereits in Richtung Kastel angetrieben.

Nun erkannte Kleist den Ersten ihrer Verfolger: Es war kein Geringerer als Capitaine Santing, den ihre Kugeln nicht zu ängstigen schienen. Kleist legte auf ihn an – und verfehlte. Dann löste auch er sich von der Kutsche und schwang sich in den Sattel seines Pferdes.

»Nehmen Sie Abstand, ich bin sofort bei Ihnen«, rief Schiller und löste endlich den letzten Riemen. Er sprang auf den Rücken des Tieres.

Doch längst hatte der Capitaine aus Ingolstadt die Kutsche erreicht und umrundet. Schiller, der im Begriff war, seinem Pferd die Sporen zu geben, sah auf und dem Geschwärzten ins Basiliskenantlitz – und dessen Pistole in die Mündung. Santing löste den Hahn.

Einen Wimpernschlag früher aber zündete das Pulver in der Kutsche. Die Lunte hatte die Ladung von 1793 erreicht. Die Detonation riss die Kutsche in Stücke. Deutlich war der Lichtblitz von beiden Ufern zu sehen, und ein Donnerschlag wälzte sich übers Land. Ein Loch ward in die hölzerne Brücke gesprengt, und der Nachen, der die Planken hielt, ward wenig später von seinen Ankerketten in die Tiefe gezogen. Santing, Schiller und das Pferd wurden von den Füßen gerissen und mitsamt den Splittern der Kutsche in den Fluss geschleudert, jener auf die eine, dieser auf die andere Seite. Die Explosion war so stark, dass selbst das Ross Kleists, der nicht genügend Abstand zwischen sich und das Pulver gebracht hatte, einknickte und auf die Seite gegen das Brückengeländer fiel, sich aber aus eigener Kraft wieder aufrichten konnte. Im Regen der Trümmer fiel eine Leiste des gewesenen Sargs auf Goethes Zweispitz und schlug die Oßmannstedter Wunde wieder auf. Nur mit größter Mühe gelang es dem Geheimrat, sein angsterfülltes Pferd zu zügeln. Er suchte das Wasser nach seinem Freund ab, fand aber nur die Bruchstücke der Kutsche, die der Rhein nun zügig davontrug. Schiller aber hatte der schwarze Mund verschlungen.

Auf der anderen Seite der Bresche, die nicht sonderlich groß, aber doch unüberwindbar war, bezogen jetzt die Gefolgsleute Santings Stellung. Als ihr erster Schuss krachte, trieb Kleist sein Pferd an, griff im Vorbeireiten die Zügel Goethes, der wie gelähmt und kühl bis ans Herz hinan in den Rhein starrte, und galoppierte mit ihm davon – ahnte Kleist doch, dass sie Ross und Reiter niemals wiedersehen würden.

Schillers erster Gedanke, nachdem er seine fünf Sinne wieder beisammen und Luft geschöpft hatte, galt der Münze, die ihm bei Burg Rheinstein versehentlich in den Strom gefallen war. Lastete nun tatsächlich der Fluch des Flusses auf ihm, wie es der alte Fischer vorausgesagt hatte? Und würde der Rheinstrom zu seinem Peinstrom werden? Würde er ertrinken oder vorher erfrieren? Bislang war die Kälte des Wassers noch zu ertragen. Die Armbrust lastete schwer auf seinem Rücken, und dennoch wollte er sich nicht von ihr trennen. Er gedachte der tröstenden Worte, die er dem sterbenden Schieferdecker mit auf den Weg gegeben hatte.

Noch während er sich zu orientieren suchte, tönte das Geräusch von Schaufelrädern, die durch den Rhein stampften, an seine Ohren. Dann tauchten in unerwarteter Raschheit die Schiffsmühlen vor ihm auf. Sofort ruderte Schiller heftig mit Armen und Beinen, um nicht vom Strom in die Räder gespült zu werden. Seine Anstrengungen waren erfolgreich: Er erreichte tatsächlich die äußerste rechte Mühle, die wie die anderen an den Fundamenten der römischen Brücke vertäut war. Schiller bekam den Stein des geborstenen Brückenpfeilers zu fassen und klammerte sich daran, während der Rhein weiter seinen Leib umschäumte.

Die Mühlen waren verlassen. Eine Planke der zerstörten Schiffsbrücke hatte sich in den Schaufeln verfangen und blockierte das Rad so lange, bis sie endlich krachend zerbarst. Als von der Brücke ein Schuss fiel, schaute Schiller auf, aber er konnte in der Dunkelheit weder Freund noch Feind erkennen. Er prüfte, ob sein Leib heil geblieben, wartete, bis er vollends wieder bei Atem war, und stieß sich dann von seinem Halt ab in die eisigen Fluten. Das französische Ufer lag näher als das deutsche, aber er musste an Letzteres gelangen.

Je weiter er in die Mitte des Flusses geriet, desto stärker war auch die Strömung, und für eine Elle, die er vorankam, wurde er gut und gerne vier Ellen abgetrieben. Um sich von der Todesgefahr, in der er sich befand, abzulenken und gleichzeitig seinen Schwimmbewegungen einen klaren Rhythmus zu geben, rezitierte er im Kopfe Goethes Ballade vom Zauberlehrling – brach aber unvermittelt ab, als der Held des Gedichts selbst zu ersaufen drohte. Er schwamm ohne Takt weiter, bis bald, vom langen Widerstand das Wassers verzehrt, die Kraft aus seinen Gliedern schwand.

Er erreichte das Ufer mit Müh und Not, und der Moment, da seine Füße zum ersten Mal den schlammigen Grund berührten, musste einer der glücklichsten seines Lebens gewesen sein. Mehr kriechend als laufend schleppte er sich die letzten Schritte durch das halbhohe Wasser. Am Ufer selbst stolperte er, sodass er mit Händen und Antlitz in den deutschen Morast fiel.

»Sei mir gegrüßt, Vaterlandserde!«, murmelte er. »Hier muss ich liegen bleiben.«

Doch er durfte nicht liegen bleiben. Seine Glieder brannten, aber sein Leib war kalt. Mit großer Mühe richtete er sich auf, achtete des Wassers nicht, das noch in seinen Stiefeln war, und sah sich um. Kastel lag weit entfernt. Flussabwärts konnte er bereits die Lichter von Wiesbaden ausmachen und die Umrisse eines Pferdes – *seines* Pferdes, in der Tat, das er von der todbringenden Kutsche befreit hatte und das nun, nachdem es den Rhein wie er durchschwommen, nichts Besseres zu tun hatte, als mit aller Seelenruhe seinen Durst an ebenjenem zu stillen.

Langsam näherte sich Schiller dem Tier und sprach zutrauliche Worte. Das Ross ließ es geschehen und verharrte auch, als er plötzlich von lautem Husten geschüttelt wurde. Schiller strich dem Tier über die nasse Flanke und schwang sich dann auf dessen Rücken. »Bald haben wir es geschafft, und dann für mich gütigen Schlaf und für dich fünf Scheffel Hafer.«

Quer über die brachliegenden Felder galoppierten die beiden Überlebenden, in einem großen Bogen um das französische Kastel nach Kostheim.

Vor der Herberge im Flecken Kostheim, in der Madame Bottas russischer Kutscher Quartier genommen hatte, traf Schiller seine Gefährten wieder, die sämtlich ihre Uniformen ab- und ihre gewöhnlichen Kleider wieder angelegt hatten. Kleist und Humboldt, die bereits auf der Suche nach Schiller ausreiten wollten, waren die Ersten, die ihn mit einer kräftigen Umarmung und feuchten Augen begrüßten. Bettine weinte, derweil sie den zitternden Schiller in eine Decke hüllte, und Arnim, den man wegen seiner Schussverletzung im Bein bereits in Boris' Kutsche gebracht hatte, steckte seinen Kopf so weit zum Fenster heraus, dass er fast vornüberfiel. Boris und der Dauphin standen als stumme Beobachter daneben. Man hatte dem Sohn des Königs die Ketten entfernt und ihm einen neuen Rock und einen Laib Brot gegeben. Sein Hunger war so groß, dass er selbst während dieser rührenden Szene schüchtern weiteraß.

»Solch ein Triumph!«, sagte Kleist. »Wenn Mainz das

Schaufenster Frankreichs ist, dann, sag ich, haben wir soeben einen schönen Wackerstein in die Scheibe geworfen.«

Der letzte Gratulant zu Schillers Rheinüberquerung war Goethe. Er reichte ihm die Hand und sagte: »Sie haben Ihre Frisur lädiert.«

Schiller strich sich durch die feuchten Locken. »In der Tat.«

»Ich besorgte schon das Schlimmste. Geht es Ihnen wohl?«

»Wohl wie dem Fisch im Wasser.«

Goethe lächelte. »Madame, Messieurs«, sagte er, an alle gewandt, »die Träne quillt, die deutsche Erde hat uns wieder – aber verschieben wir die Siegesfeier auf ein andermal, nun heißt es zuvörderst: die Kräfte gesammelt und Flucht! Wir bleiben nicht. Denn wiewohl wir zurück in Nassau sind, ist Napoleons Grenze nur einen Steinwurf entfernt, und vielleicht sind unsre Bonapartisten irrsinnig genug, uns auch in der Fremde nachzustellen. Drum geschwind zu Pferde, und plaudern wir von unsren Abenteuern, wenn wir einige Meilen zwischen uns und die Franken gebracht haben.«

»Die Nacht sichert uns vor der Verfolgung«, meinte Schiller. »Und wenn der Gegner keine Flügel hat, fürchte ich keinen Überfall.«

Louis-Charles kletterte mit seinem Brot zu Boris auf den Bock und Schiller zu Arnim in die Kutsche. Derweil sich die Gruppe in Marsch setzte, Kostheim entlang des Mains zu verlassen, entledigte sich Schiller seiner nasskalten Uniform und schlüpfte in trockene Kleider.

Nun musste sogleich Arnim berichten, was sich im Deutschhaus zugetragen hatte und wie sie durch Kastel gekommen waren und den alarmierten Wachen dort ein Lügenmärchen auftischten von einem britischen Attentat, das sich in Mainz ereignet hatte, sodass es der Gruppe, einmal mehr dank Fouchés freundlicher Ermächtigung, ein Leichtes gewesen war, die Stadt ohne langwierige Kontrollen zu verlassen. Schiller im Gegenzug schilderte den Unfall des unglücklichen Schieferdeckers und seinen unverhofften priesterlichen Beistand, der verhindert hatte, dass er rechtzeitig das Zuchthaus erreichen und den Dauphin in Kenntnis ihres Planes setzen konnte – ein Umstand, der ihr Vorhaben um ein Haar hätte scheitern lassen.

Schließlich besah Schiller Arnims Schenkel. Santings Blei hatte an der Seite eine Furche ins Fleisch gerissen. Es war eine schmerz-, aber keine ernsthafte Wunde.

»Diese Narbe wird Ihnen schön stehen«, sagte Schiller.

»Pah! hat noch Platz genug für ihrer dreißig«, gab der Berliner jovial zurück. »Fast hätte dieser bairische Galgenstrick auch Sie durchlöchert, behüt's Gott!«

»Dafür ist er diesen Abend dem Teufel Extrapost zugefahren. Das Pulver muss ihn in tausend Stücke gerissen haben. Ich möchte wetten, dass sein Aas itzt auf Väterchen Rhein dem Meere zutreibt.«

6

SPESSART

Als der Tag anbrach, machten sie auf einem Mühlenberg vor Hattersheim Rast. Die Wolken waren so dicht, dass der Sonne Rund im Osten nicht einmal zu erahnen war. Es ging kaum Wind, und die Flügel der Mühle standen still. Boris hatte sogleich ein Feuerchen entfacht, um den müden Königsräubern einen Kaffee zu brauen. Der schweigsame Dauphin half ihm, einiges Brennholz zu sammeln. Als das Feuer brannte, griff Kleist einen Span aus den Flammen, um sich damit, ungeachtet der frühen Stunde, seine Tabakspfeife zu entzünden, und genüsslich schmauchend ging er auf und ab. Schiller hieß Arnim, sich auf einen Meilenstein am Wegesrand niedersetzen. Dann holte er Nadel und Faden aus seinem Tornister, um die Schussverletzung mit wenigen Stichen zu nähen. Arnim presste die Kiefer fest aufeinander und erlaubte sich nicht auch nur die leiseste Wehklage. Bettine stand neben ihm und hielt seine Hand.

»Wie tapfer du bist«, sagte sie dabei. »Sah man je so einen tapfren Mann? Gesundküssen will ich dich für deinen Heldenmut.«

Goethe trat zu den Dreien, um Arnim den ersten Becher dampfenden Kaffees zu überreichen. »Was meinen Sie, Herr von Arnim, können Sie mit dieser Wunde reiten?«

»Ich könnte wohl, aber warum sollte ich nicht in der Kutsche bleiben?«

»Weil dies der Zeitpunkt ist, da sich unsre Wege trennen.«

Bettine sah erschrocken auf, und auch Arnim beirrte dieses Wort.

»Ich möchte nicht mit dem Prinzen durch Frankfurt reiten«, erklärte Goethe, »denn das würde nur unliebsames Aufsehen erregen. Und der beste Weg, die Stadt zu umgehen, ist im Süden. Bei Okriftel werden wir also über den Main setzen; Sie aber können zu Pferde zurück nach Frankfurt. Sosehr ich bedaure, dass uns für unsern Abschied nicht mehr Zeit und kein schönerer Ort gegeben ist.«

»Wir sollen die Gruppe verlassen?«, rief Bettine aus. »Aber noch ist der Auftrag nicht erfüllt! Ich will nicht um den Augenblick gebracht werden, da wir mit dem Dauphin in Eisenach triumphal einreiten. Bring uns nicht um diese Freude!« Noch während Goethe nach Worten suchte, setzte Bettine nach: »Und mehr, ich will nicht zurück nach Frankfurt! Wenn ich an Frankfurt denk, wird's mir übel. Gönn uns noch ein paar Tage auf der freien Straße mit euch freien Brüdern, bevor ich zurück zu den Frankfurter Kleinbürgern muss!«

»Und Herrn von Arnims Verletzung?«

»Heilt an der frischen Luft so gut als im königlichen Daunenbette«, sagte Feldscher Schiller, »wenn er mir verspricht, künftig die Häuser durch die Tür zu verlassen.«

»Was meinen Sie?«, fragte Goethe Arnim. »Immerhin gaben Sie Herrn Brentano Ihr Wort, auf seine Schwester achtzugeben.«

Kleist, der das Zwiegespräch mitverfolgt hatte, rief, die Pfeife noch im Mundwinkel: »Bleiben Sie bei uns, Freund!«

Arnim sah von Kleist zu Bettine, und als diese seine Hand noch kräftiger drückte, antwortete er: »Ich werde auch weiter auf Bettine achtgeben – aber was wäre ich für ein Spatzenkopf, wenn ich uns auch nur um einen Tag dieser werten Gesellschaft brächte.«

Aus Freude über Arnims Zusage drückte ihn Bettine kurzerhand an die Brust und setzte ihm einen Kuss auf das blonde Haar. »Wir fahren auf die Wartburg, Junker Joachim!«

»So wird auch mir nicht die Möglichkeit genommen, mein in der Kirche getanes Versprechen einzulösen, allen Recken eine Runde auszugeben«, sagte Schiller, derweil er den Verband um Arnims Schenkel erneuerte.

»Erst eine Runde Kaffee und dann den Tag durch geritten«, meinte Goethe. »Feiern wollen wir, wenn die Gäule nicht mehr können.«

»Soll ich nach Ihrem Scheitel sehen?«

»Das tut nicht not. Die alte Wunde, leidig erneuert. Bis Weimar ist hoffentlich neuer Grind darüber gewachsen.«

Als man schweigend das heiße Bohnengetränk zu sich nahm, meldete sich erstmals der junge Louis-Charles zu Wort. »Zwar sind wir noch nicht vollends außer Gefahr«, sagte er mit leiser Stimme in reinem Deutsch, »aber dennoch möchte ich diesen Moment nutzen, mich schon jetzt bei Ihnen allen für Ihre Heldentat zu bedanken. Sie haben mich ohne Rücksicht auf Leib und Leben aus dem finstersten aller Kerker befreit. Ich bin ein Nichts, ein König ohne Land, ohne Reichtümer, ohne Familie – aber sollte ich je wieder mehr erlangen, will ich es Ihnen hundert- und aberhundertmal vergelten. Und sollten Sie, was der Herrgott behüte, je in Gefahr geraten, gelob ich's hier: Ich will mein Blut geben für Sie, das letzte meines Herzens, wie Sie es so furchtlos für mich getan haben. Gott segne Sie alle.« Hier brach seine Stimme, und Tränen quollen aus seinen Augen. Er wandte sich schamhaft von ihnen ab. »Verzeihen Sie mir meine Schwäche, aber die letzten Tage –« Die übrigen Worte wurden von den Tränen erstickt.

Schiller war der Erste der Gefährten, der eine tröstende Hand auf die Schulter des Dauphins legte, bis sich dessen Sentiment wieder beruhigt hatte. Die anderen tranken ihren Kaffee, gleichermaßen bewegt und betreten von dieser unbeholfenen Danksagung des jungen Mannes, der, wie er vor ihnen stand – in zu großen, einfachen Kleidern, das Antlitz unrasiert –, vielmehr einem Knecht als einem König glich. Bettine reichte dem Dauphin ein Tuch, seine Tränen zu trocknen. Als dies getan war, machte jener die Runde, noch immer aufgewühlt, und gab jedem, auch dem Kutscher, die Hand zum Dank.

Nach der kurzen Stärkung bat Goethe Arnim auf den Kutschbock und den Dauphin und Schiller zu sich in die Berline, derweil die anderen wieder auf die Pferde stiegen. Bei Okriftel setzten sie über den Main, um dann durch die Forste von Isenburg und Rodgau Frankfurt in großem Abstand zu umfahren und den Main bei Seligenstadt erneut zu überqueren und um schlussendlich in den Bergen des Spessarts ihre Verfolger – gesetzt den Fall, es gäbe solche – endgültig zu verlieren. Die reichlichen Stunden ihrer Fahrt nutzte Goethe, Louis-Charles in jedes Detail ihrer Mission einzuweihen und die Identitäten ihrer Auftraggeber und deren Unterstützer offenzulegen. Louis-Charles kannte weder Baron de Versay noch William Stanley, aber Sophie Botta war ihm ein Begriff. Goethe erklärte, dass der Dauphin in Eisenach in die Obhut von Sir William übergeben werden sollte, um dann im preußischen oder russischen Exil seine Restauration auf den französischen Thron und die Vernichtung Napoleons zu planen. Louis-Charles gab sich die allergrößte Mühe, bei Goethes Erzählung nicht den Faden zu verlieren, aber mit klugen Zwischenfragen bewies er, dass er alles begriffen hatte.

»Nur um eines möchte ich Euer Hoheit bitten«, sagte Goethe. »Sprechen Sie vor unsern Gefährten nicht von Euer Hoheit Rückkehr nach Paris. Ihre Aufgabe war allein Euer Hoheit Befreiung, und diese haben sie vorbildlich erfüllt – aber wir wollen sie nicht mit weiteren politischen Verwicklungen durcheinanderbringen. Denn was *nach* Eisenach passiert, ist ganz die Angelegenheit anderer.«

Der Prinz nickte. Goethe nahm eine silberne Taschenuhr aus seiner Weste. »Es geht gegen zehn. Wenn Euer Hoheit noch etwas Schlaf nötig haben, können Euer Hoheit ihn gerne auf dieser Bank nachholen.«

Schiller räusperte sich. »Vielleicht sollten wir uns in den Tagen bis Eisenach abgewöhnen, Seine Hoheit mit ›Euer Hoheit‹ anzureden, wenn wir in den Poststationen und Herbergen nicht unnötig auf uns aufmerksam machen möchten.«

»Dann nennen Sie mich *Louis-Charles*«, sagte der Dauphin, »oder, besser noch, nur *Louis*.«

»Selbst das gibt noch zu viel preis.«

»Und *Charles*? Oder *Karl*?«

»Besser.«

Goethe schaute von seiner Uhr auf. »Karl Wilhelm Naundorff.«

»Pardon?«

Mit dem Nagel seines Zeigefingers schlug Goethe auf die Rückseite seiner Taschenuhr. Dort standen folgende Lettern zierlich graviert: K. W. Naundorff. Weimar.

»Karl Wilhelm Naundorff«, wiederholte Goethe, »Uhrmacher zu Weimar. Der echte Naundorff ist vermutlich längst tot, er wird sich also nicht über diesen Namensraub beklagen.«

Mit diesem Pseudonym zeigte sich Louis-Charles mehr als zufrieden. Er sprach seinen neuen Namen noch eine Weile lautlos vor sich hin und wurde darüber so müde, dass sein Kopf bald gegen die Scheibe sank und er mehr als zwei Stunden schlief.

In M…, einem unbedeutenden Weiler im oberen Spessart, fanden sie, abseits der Hauptstraßen, eine Herberge, die ihnen für die Nacht Obdach bieten sollte. Es war ein langes, niedriges Haus, an das sich hier ein Stall und dort ein umzäunter Verschlag für die Hühner anschlossen. Ringsum war dichter Wald, sodass, obwohl die sieben bereits am Nachmittag eintrafen, die Sonne schon nicht mehr über die Wipfel der Fichten und Buchen ragte. Selbst etwelche Haufen alten Schnees lagen noch, unberührt vom Licht der Sonne, schmutzig und blatternarbig am Fuß der riesenhaften Bäume. Umso kurioser erschien es da, dass der Name des Gasthauses ausgerechnet *Zur Sonne* war. Sogleich trat auch der Wirt vor die Tür – eine rundliche, stattliche Figur mit einer Art Kohlhaupt, dem Augen und Mund eingeschnitten zu sein schienen – und wenig später auch sein Weib, um die unverhoffte und zahlreiche Kundschaft willkommen zu heißen. Die Tochter des Hauses half Boris beim Ausschirren der Pferde, indes die anderen Wirt und Wirtin in die Stube folgten. Irgendwo klopfte ein Specht den Lenz herbei.

Der Schankraum war einfach, aber im Vergleich zum kühl-dunklen Wald mehr als einladend: Drei Tische standen hier mit den unterschiedlichsten Stühlen, dazu ein Armsessel mit abgeriebenem Lederbezug und eine Bank um den großen Ofen, in dem ein kleines Feuerchen brannte, das der Wirt aber versprach umgehend mit frischen Scheiten zu mästen. Von der Decke hingen Kräuter und Zwiebeln, vor allem aber derbe Würste und einige Schinken, deren Düfte die Reisenden geradezu ambrosisch anmuteten. Die Stube war leer bis auf einen schlafenden Weimaraner vor dem Kamin und zwei Hühner, die die Krumen der letzten Mahlzeit vom Estrich aufpickten, bis die Wirtin Hund und Hühner mit einem Besen aus dem Haus scheuchte.

Der Sonnenwirt führte die Gefährten treppauf zu den Zimmern, die ebenso einfach waren wie die Schankstube, deren Betten aber nach den Nächten in der Kutsche, in der Glashütte und in der verwaisten Kirche unendlich verlockend erschienen. Ein Zimmer sollten sich Bettine und Arnim teilen, das andere fiel Humboldt und Kleist zu und das dritte Schiller und Goethe, damit *Karl* schließlich ein Zimmer für sich allein haben konnte. Schiller fand es aber bei aller Abgeschiedenheit des Wirtshauses unweise, den Dauphin alleine schlafen zu lassen, und offerierte sich als Zimmergenossen, ein Vorschlag, dem jener gerne zustimmte. Der russische Kutscher wollte auf eigenen Wunsch im Stall bei den Pferden schlafen.

Es war vereinbart, sich nach Schlaf und Bad – beides war in gleichem Maße unerlässlich – am späten Abend wieder in der Stube zu treffen, um bei Trank und Speisen die tollkühne Tat von Mainz schicklich zu zelebrieren. Der Sonnenwirt versprach, seinen Keller nach den besten Tropfen zu durchstöbern und seinem Weibe aufzutragen, wahre Fuhrmannsportionen zu kochen.

»Ich bin so erschöpft«, sagte Kleist, bevor er die Tür seiner Kammer schloss, »dass es scheint, als ob alle Betten, in welchen der Kaiser ruht, mich nicht wieder auf die Beine bringen würden.«

Und dennoch war Kleist der Erste, der sich nach dem Nickerchen, frisch rasiert und mit einem frischen Rock am Leibe, wieder in der Wirtsstube einfand. Draußen war ein ungemütlicher Wind aufgekommen, der die Fichten knarrend aneinanderrieb und die Zapfen von den Zweigen blies, aber im Ofen loderte längst das versprochene Feuer. Der Weimaraner war zurück ins Haus gelassen worden und hatte sich auf seinem angestammten Platz vor dem Kamin zusammengerollt. Kleist ließ sich im Lehnsessel nieder, stopfte sich seine Pfeife und betrachtete beim Schmauchen die Tochter des Hauses, die auf der Bank, den Rücken gegen den Ofen gelehnt, einen Scherenschnitt fertigte. Mit kunstgeübter Hand schnitt sie ein Antlitz in den schwarzen Karton.

»Wie heißt du, Kind?«, fragte Kleist.

»Katharina, verehrter Herr.«

»Nun, Katharina, wes Schattenriss schneidest du da so emsig ins Papier?«

»Des Reichskanzlers Dalberg, verehrter Herr.«

Kleist lachte auf, verschluckte sich am Rauch seiner Pfeife und musste husten. »Dalberg! Dass Gott erbarm! Weshalb gerade der?«

»Es gibt einen Händler in Aschaffenburg, der verkauft in seinem Laden die Silhouetten großer Deutscher, und er gibt mir zwei Groschen für jeden Schnitt.«

»Aber Dalberg ist kein großer Teutscher, Mädchen. Der macht gemeine Sache mit dem bösen Geist Napoleon.«

Um eine Antwort verlegen, schaute das Mädchen auf das schwarze Papier in seiner Hand. Vom Profil des Kanzlers war bislang nur der Hinterkopf ausgeschnitten.

»Gib deiner Schere edlere Kost«, empfahl Kleist. »Wirf den Dalberg ins Feuer, und schneide große Teutsche, die dieses Titels auch würdig sind.«

»Wen denn, mein Herr?«

»Franz von Österreich vielleicht … Prinz Louis Ferdinand, Luise von Preußen … oder große Denker, wie Kant, Lessing oder Goethe.«

In ebendiesem Augenblicke polterte es auf den Treppen, und beinahe als hätte er gehört, dass man von ihm gesprochen, trat Letztgenannter auf. Auch Goethe hatte der kurze Schlaf sichtlich erquickt, und bis auf die Wunde auf seinem Kopf sah er aus, als käme er gerade die Treppen seines Hauses am Frauenplan herab.

»General Moustache jetzt ohne?«, fragte Kleist mit Blick auf die kahlgeschorne Oberlippe des Geheimen Rats, wo ehemals der französische Schnauzbart gewesen war.

»Jungen Leuten und Franzosen mag so ein Schnauzer gut zu Gesichte stehen, aber nicht mir.«

»Ein schönes Antlitz entstellt nichts, Euer Exzellenz.«

»Haben Sie Dank für dieses wohlmeinende, wenn auch nicht ganz wahrhaftige Wort.«

Kleist erhob sich vom Lehnsessel und beharrte, dass Goethe statt seiner darauf Platz nahm. Als sich Kleist einen zweiten Stuhl herangezogen hatte, sprachen sie über die Sprengung der Mainzer Schiffsbrücke, und Goethe bedankte sich bei dem Preußen dafür, dass er ihn nach der Explosion und dem Verschwinden Schillers aus der Betäubung geweckt und zur Flucht angetrieben hatte, bevor die

Franzosen wieder Stellung bezogen und das Feuer eröffnet hatten.

»Sie haben den Franzosen sogar noch eins auf den Pelz gebrannt! Wenn ich's Ihnen irgend danken kann, sagen Sie mir nur, wie.«

»Ich wüsste schon ... Wenn Sie, bei aller Bescheidenheit, beizeiten mein Lustspiel –«

»Kein Wort, Herr von Kleist, kein Wort mehr davon!«, sagte Goethe lächelnd, »denn raten Sie einmal, was ich mir mitgenommen habe, in der Erwartung, der Erste in der Stube zu sein und niemanden zur Konversation vorzufinden.« Damit zog er die Mappe mit der Abschrift aus dem Rock. »Nun soll es meine Bettlektüre werden.«

Diese Fügung stimmte Kleist so glückselig, dass er, um seine Wallung zu verbergen, kräftig an seiner Pfeife zog, obwohl der Tabak darin längst erloschen war.

Der Dritte im Bunde war Schiller, und wenig später trat auch der Sonnenwirt hinzu und bat sie freundlichst, »nur eine Formalité«, sich ins Meldebuch einzutragen. Goethe, der Buch und Feder als Erster auf den Schoß gelegt bekam, stutzte kurz, schrieb dann aber neben dem *1. März* den Namen *Möller* nieder. Schiller folgte seinem Beispiel als *Doktor Ritter*, und Kleist schließlich signierte *Klingstedt* mit solcher Sicherheit, als hätte er nie anders geheißen.

Nun kamen auch endlich die anderen, zuletzt Bettine, die sich das Puder aus den Haaren und das Rouge von den Lippen gewaschen hatte sowie die unansehnlichen Altfrauenkleider abgelegt, in denen sie die falsche Madame de Rambaud gegeben hatte. Noch immer trug sie nur zweckmäßige Reisekleider, aber ihre Erscheinung in dieser bescheidenen Herberge war nicht weniger als helenengleich zu nennen. Die größte Tafel der Schenke ward in der Zwischenzeit eingedeckt, und der Wirt bat mit vielen Bücklingen zu Tisch. Goethe nahm an der Stirnseite Platz, links von ihm Louis-Charles, Schiller und Humboldt, zu seiner Rechten Bettine und Arnim und ihm gegenüber schließlich Kleist. Boris hatte sich entschuldigen lassen. Aus der Küche kam die züchtige Hausfrau mit einem dampfenden Kessel, den sie auf dem Tisch abstellte, um mit der Kelle eine ländliche Kohlsuppe mit Speck in die Teller zu geben. Der Wirt legte einen Laib Brot hinzu.

»Wohl bekomm's dann«, sagte Schiller, und sofort griffen die Hungrigen zum Löffel.

Bettine hielt indes das schwarze Brot und schnitt ihren sechs Gefährten rings herum jedem sein Stück nach Proportion seines Appetits ab; ein reizendes Schauspiel, das aber allen entging bis auf Goethe, der als Einziger von seiner Suppe aufblickte.

Der Sonnenwirt erkundigte sich, ob dieses Entree trotz aller Bescheidenheit zusage und welchen Wein man zu trinken wünsche, »Franz oder Rhein?«.

»Wenn ich wählen soll«, sagte Goethe, »will ich Rheinwein.«

»Recht!«, rief Arnim. »Das Vaterland verleiht die allerbesten Gaben.«

»Was uns zur Frage zurückbringt, ob ein Rheinwein immer noch ein deutscher Wein ist oder nicht nunmehr ein fränkischer.«

»Von welchem Ufer ist er denn?«, fragte Bettine den Wirt. »Rechts oder links?«

»Das Ufer weiß ich nicht, meine Dame. Aus Nierstein.«

»Also linksrheinisch. Streng genommen also auch ein Franke.«

»Aber kein Mainfranke«, sagte Humboldt. »Der würde uns jetzt aus dieser vaterländischen Zwickmühle helfen.«

»Hat Er denn Frankenwein aus dem deutschen Franken?«

Den Wirt hatte dieser Wortwechsel so verwirrt, dass er sich gar nicht mehr zu antworten getraute. Er schüttelte nur den Kopf.

»Ach was, schenk Er ein!«, sagte Goethe zwinkernd. »Unsre Herzen mögen die Franken verachten, aber unsre Gaumen verehren sie.«

Der Wirt machte die Runde, und als allen eingeschenkt war, hob Goethe seinen Becher: »Ich tränke gerne ein Glas, die Freiheit zu ehren.«

Kleist runzelte die Stirn. »Traun! Sie wollen mit französischem Weine auf die teutsche Freiheit trinken?«

»Seien Sie nicht so fritzisch gesinnt. Ich sprach nicht von der deutschen Freiheit, sondern von der unsres jungen Freundes.« Hierbei hob er sein Glas zum Dauphin. »Es lebe die Freiheit! Es lebe der Wein.«

Die anderen wiederholten Goethes Spruch und tranken. Der Niersteiner mundete ungeachtet aller Fragen der Herkunft vorzüglich. Schnell waren eine zweite und eine dritte Flasche entkorkt. Den nächsten Trinkspruch gab Schiller aus auf Bettine, »die löwenherzige Jungfrau von Mainz«, und diese wiederum erhob ihr Glas »wider die Philister und die bleierne Zeit«. Als der Suppentopf geleert war, tischte die Wirtin weiße Rüben und einen Lammbraten auf, und die Schlemmerei nahm ihren Lauf. Die Gefährten ließen es nicht an Komplimenten für die Köchin mangeln, denn am Bankett des Pontifex hätte es ihnen nicht besser schmecken können als hier. Scherze und Aperçus flogen zwischen den Bissen hin und her, und dank der warmherzigen Gesellschaft und des Weines fasste bald auch Louis-Charles vollkommenes Zutrauen und wurde redseliger. Das Besteck und die Teller mit den Lammknochen wurden vom Sonnenwirt fortgeräumt, und zum Abschluss brachte die Hausherrin gebackene Äpfel mit Honig. So mancher Gürtel wurde gelöst, um auch diesem Dessert noch Platz zu verschaffen.

Nach dem Mahl verlangte Goethe nach einem Branntwein zur bessren Digestion, und der Wirt schenkte aus dem Krug eine Runde der heimischen *Wildsau* in kleinen Zinnbechern aus. Gleichzeitig stürzten die sieben ihre Becher. Louis-Charles musste husten.

»Ah, das schmeckt, das brennt ein!«, pries Schiller mit tränenden Augen. »Ein halbes Dutzend guter Freunde um einen kleinen Tisch, ein königliches Mahl, ein Gläschen Branntwein und ein vernünftiges Gespräch – so lieb ich's!«

Schiller nahm seine Pfeife hervor und teilte mit Kleist seinen Dreikönigstabak, und bald stiegen blaue Knasterwolken auf zu den Würsten und Gewürzen ins Gebälk der Stube. Ein stummer Seufzer der Behaglichkeit ging durch den Raum, und für einen langen Moment sprach man kein Wort, sondern lauschte dem Knistern des Ofenfeuers und dem Klipp-Klapp von Katharinas Schere.

»Werter Karl«, sagte Bettine dann zum Dauphin, der ihr gegenübersaß, »im Jahre 95 erreichte uns aus Paris die Zeitung Ihres Todes, und ein Aufschrei der Anteilnahme ging durch Fritzlar, den Ort, in dem ich damals lebte. Ich weiß noch, dass ich mit meinen zehn Jahren – denn Sie sind nur eine Woche älter als ich – um Sie weinte und ein Gebet für Ihre Seele sprach. Und nun, zehn Jahre später, sitzen Sie aber leibhaftig und guter Gesundheit vor mir. Dürfen und wollen Sie uns berichten, wie es dazu kommt? Denn ich brenne darauf und bin sicherlich nicht die Einzige hier, diese Geschichte zu hören.«

Louis-Charles schaute zu seinem Nachbarn Goethe, der die Hände über dem gefüllten Bauch gefaltet hatte. Goethe nickte. »Wenn Ihre Erzählung keine alten Wunden aufreißt, wäre auch ich sehr daran interessiert.«

Also entführte sie der Sohn des Bourbonenkönigs ins revolutionäre Paris, während sich das Licht der Kerzen in ihren Weinkelchen spiegelte und draußen ein kalter Wind um das Wirtshaus blies.

Die Erzählung des Louis-Charles de Bourbon

»Ihr Mut und Ihre Opferbereitschaft berechtigen Sie zweifelsohne, meine Geschichte in ihrer Gänze zu hören. Nur wenige Menschen haben erfahren, was Sie nun erfahren werden, und nur eine Handvoll davon haben die letzten Jahre des Blutes und der Tränen überlebt. Wenn ich mit meiner Erzählung anhebe, tue ich dies, Ihr Ehrenwort vorausgesetzt, dass Sie kein Detail davon weitergeben – dies erbitte ich nicht nur, um meine Vertrauten und Helfer vor Gefahren zu bewahren, sondern auch Sie selbst, die Sie ab heute zum kleinen Kreise der Mitwisser um die Entführung des Dauphins aus dem Pariser Temple gehören werden.

Ich werde Sie nicht mit den Schilderungen der Jahre ennuyieren, in denen der Sturm in Frankreich aufzog – ein Sturm, den meine Eltern anfangs in aller Arglosigkeit als eine bloße Bö abtaten, der sie aber letzten Endes vernichten sollte und mit ihnen das Frankreich, für das sie standen. Denn davon wissen Sie vermutlich mehr als ich, der ich bei der Eroberung der Bastille im Jahre 1789 erst ein vierjähriger Bub war. Das erste Ereignis, an das ich mich erinnern kann, war der Tod meines älteren Bruders einen Monat zuvor – nicht etwa, weil ich um Louis-Joseph trauerte, denn dafür war ich noch zu jung, und auch nicht, weil ich nun statt seiner künftiger Erbe des Throns meines Vaters wurde – sondern schlicht deshalb, weil Moufflet, das Hündchen meines Bruders, nun in meinen Besitz kam und ich mich daran erfreute, derweil meine Familie um den Verstorbenen trauerte.

Der Tod meines Bruders war nun das erste Glied in einer Kette unglücklicher Ereignisse, dem die Gründung der Nationalversammlung und der Sturm auf die Bastille folgten. Sosehr mein Vater versuchte, die wilde See der Revolution zu besänftigen oder zumindest in ihren Wellen und Wirbeln obenauf zu bleiben, gelang es ihm nicht, weil das berauschte Volk der Bürger ihm ein Privileg nach dem anderen nahm, bis er schließlich nur noch dem Namen nach König war. Er wurde nicht etwa gestürzt, weil er ein Tyrann war, sondern, ganz im Gegenteil, weil er im entscheidenden Moment nicht tyrannisch genug war. Ausgerechnet seine Liebe für das Volk war es also, die zur Folge hatte, dass ihn das Volk auf die Guillotine brachte.

Einer Gruppe Marktweiber gelang es, nachdem sie im Versailler Schloss eingebrochen waren und zahlreiche Wachen ermordet hatten, den Umzug der königlichen Familie in den Pariser Tuilerien-Palast zu erzwingen, und allein dieser Vorfall macht deutlich, über wie viel Macht die Bürger schon verfügten und über wie wenig mein Vater. Immer radikaler wurden die Forderungen der Pariser, immer tumultuarischer die Zustände im Land, sodass mein Vater schließlich keinen anderen Weg sah, seine Familie vor der Gewalt des Pöbels zu schützen, als aus Paris und Frankreich zu fliehen. Zu sehr waren die Tuilerien zu unserm Gefängnis geworden, zu zahlreich die Attacken auf uns, insbesondere aber auf meine unglückselige Mutter, die vielen meiner Landsleute zu Unrecht verhasst war. Missverstehen Sie mich nicht: Ich verdamme die Sansculotten nicht für ihre Ziele – denn diese, so unwahrscheinlich es heute klingt, deckten sich doch zunächst noch mit denen meines Vaters –, sondern für ihre barbarischen Mittel, die unmöglich die Grundlage sein konnten für die Erschaffung eines menschenwürdigen Staates.

Die Flucht ward also resolviert, und im Juni 1791 bestiegen wir eine Kutsche, die uns auf habsburgisches Gebiet, in die Heimat meiner Mutter, bringen sollte – wir, das waren neben meinen Eltern und meiner Schwester Marie-Thérèse-Charlotte die Schwester meines Vaters, Madame Élisabeth, unsre Gouvernante, ein schwedischer Graf und Favorit meiner Mutter sowie drei Leibgardisten, die alle zusammen eine Reisegesellschaft mit falschen Namen mimten. Ich selbst wurde mit Mädchenkleidern kostümiert und hielt das Ganze für ein vortreffliches Spiel.

Fatalerweise hatte mein Vater bei der Fahrt nach Osten zu viel Wert auf Bequemlichkeit gelegt und zu wenig auf Eile, und eine Reihe unglücklicher Zwischenfälle zog weitere Saumseligkeiten nach sich. Unser Schicksal war besiegelt, als mein Vater im Weiler Sainte-Menehould aus dem Wagenfenster blickte und der scharfsinnige Sohn des dortigen Postmeisters sein Konterfei als jenes erkannte, welches auch auf die Vorderseite des Louisdors geprägt war. Der Postmeister selbst folgte darauf unsrer Kutsche mit dem Pferde nach Varennes-en-Argonne, wo er rechtzeitig die Behörden informierte, uns an unsrer Weiterfahrt zu hindern. Den Anweisungen des Königs zum Trotz, wurden wir am nächsten Tag zurück nach Paris eskortiert; ein wahrer Spießrutenlauf für meine Eltern, die den wüsten Beschimpfungen und Handgreiflichkeiten der Menschen am Wegesrand schutzlos ausgeliefert waren.

Die Flucht also, die uns der Unfreiheit und den Angriffen hatte entziehen sollen, verschärfte am Ende beides nur umso mehr. Nicht einmal die Tuilerien sollten jetzt noch gut genug für uns sein: Im August 1792 wurde der Palast von den Sansculotten gestürmt und in Brand gesetzt, und wir vier, zusammen mit meiner Tante Élisabeth, wurden im Turm des Temple einquartiert – nein, das Wort trifft die Lage nicht: Wir wurden eingekerkert. Erst jetzt hatten meine Eltern vollends begriffen, zu welchen Taten die Revolutionäre imstande waren. Doch jetzt war es zu spät.

Die ehemalige Ordensburg der Tempelritter in Paris war kaum eine Burg, mehr ein Wehrturm zu nennen: ein hoher Bau aus dunklem Stein, mit Zinnen und spitzen Schieferdächern obenauf, dazu ein kleiner ummauerter Garten. Die Fenster, ehemalige Schießscharten, waren so schmal, dass kaum Licht hindurchfiel. Trotz der heißen Jahreszeit war es im Innern angenehm kühl; ein Umstand, den wir zunächst noch begrüßten, der aber in den Wintermonaten manch böse Influenza zur Folge haben sollte. An einer der Fassaden des großen Turms war ein kleinerer Turm angebaut worden, in dem man uns unterbrachte, bis der Große Turm bewohnbar gemacht worden war; in Zimmern, die nicht nur im Vergleich zu den Tuilerien lächerlich klein waren.

Man hatte uns lediglich zwei Diener gelassen, aber ganze fünfundzwanzig Mann waren zu unsrer Bewachung abkommandiert; fünfundzwanzig Mann, die uns Tag und Nacht, selbst in unsern privaten Gemächern, nicht aus den Augen ließen – insbesondere eine für meine Mutter und meine Schwester entwürdigende Behandlung – und jeglichen Kontakt mit der Außenwelt unterbanden. Unsre gelegentlichen Spaziergänge fanden hinter hohen Mauern statt, und bevor man uns auf den Wehrgang des Großen Turmes ließ, hatte man die Lücken zwischen den Zinnen mit Brettern geschlossen, um uns den Blick auf Paris und den Parisern den Blick auf uns zu verwehren.

Bewundernswert war der Gleichmut meines Vaters, der nur noch mit seinem bürgerlichen Namen Louis Capet angesprochen wurde. Er erduldete alle Demütigungen mit Fassung und hatte selbst mit seinen Peinigern Nachsicht, während der Konvent jenseits der Mauern des Temple über sein Geschick entschied. Er hielt einen strengen Tagesablauf ein: frühes Aufstehen, die Rasur, die Morgentoilette, das Gebet, das gemeinsame Frühstück und danach mein Unterricht, den mein Vater mir mangels anderer Lehrer selbst erteilte. Die Arithmetik allerdings musste bald aufgegeben werden, weil sie unsern ungebildeten Wächtern als eine Art geheimer Chiffrensprache erschien. Als eines Tages ein Handwerker kam, um unsre Türen zu verstärken, unterrichtete mich mein Vater sogar im Umgang mit Hammer und Zange, worauf der Handwerker sagte: ›Wenn man Sie dereinst wieder freilässt, werden Sie sagen können, Sie hätten selbst an Ihrem Gefängnis gearbeitet!‹ Mein Vater antwortete, unachtsam, dass auch ich ihn hörte: ›Ich bezweifle, dass man mich je wieder freilässt.‹ Hierauf ließ ich die Werkzeuge fallen und stürzte mich weinend in seine Arme, denn nun hatte selbst ich vollends begriffen, dass wir verloren waren.

Am 17. Januar des folgenden Jahres wurde mit 361 über 360 Stimmen sein Todesurteil gesprochen, und als wir uns um ihn versammelten, in Tränen aufgelöst, nahm er mich zu sich auf den Schoß und ließ mich das heilige Versprechen ablegen, seinen Tod und den Tod unsrer Freunde und Getreuen nie zu rächen. Dann strich er mir über den Kopf und flüsterte: ›Mein kleiner Louis-Charles, dir ist nie das Unglück zu wünschen, König zu werden.‹ Vier Tage später wurde er auf der Place de la Concorde enthauptet, und ich war der neue, rechtmäßige, wenn auch nie ausgerufene König von Frankreich, *Louis Dix-sept*.

Man hatte mir den Vater genommen, nun nahm man mir auch die restliche Familie, indem man mich von Mutter, Schwester und Tante trennte und in die Obhut neuer, republikanischer Pflegeeltern gab – des Schusters Antoine Simon und seiner Frau Marie-Jeanne; groben, lauten und vulgären Menschen, die selbst keine eignen Kinder hatten und die aus dem Sohn *Louis' des Gekürzten* – denn so nannte man meinen verstorbenen Vater mit kaltem Spott – ein Kind des Volkes formen sollten: Sie lehrten mich die Sprache der Gosse, ich musste meine Tischmanieren ablegen, wir sangen gemeinsam den Marseiller Marsch und das *Ça ira*, und ehe ich mich versah, schimpfte ich armseliger Knabe selbst in den übelsten Tönen auf das Haus der Bourbonen und die *Autrichienne*, ohne so recht zu begreifen, dass ich damit über meine eigne Mutter lästerte. Ich litt viele Kränklichkeiten in dieser Zeit; ob es an der wenigen frischen Luft lag, die einem Kind so bitter nötig ist, oder an der Sehnsucht nach meiner wahren Familie – entscheiden Sie.

Bald wurde auch meine Mutter auf die Anklagebank gezerrt, und da man ihr keine Verbrechen vorwerfen konnte, erfanden die Jakobiner eines: *Meine Mutter sollte sich an ihren eignen Kindern vergangen haben*, ein ebenso ungeheuerlicher wie unhaltbarer Vorwurf, der nur deshalb seinen Weg ins Gericht fand, weil man mich ein fingiertes Protokoll unterschreiben ließ, in dem ich selbst meine Mutter der absurdesten Verbrechen anklagte. Gott mag einem achtjährigen Knaben vergeben, dass er damals nicht ermessen konnte, was seine ungelenke Signatur unter einem Text, den er nicht gelesen hatte, für Folgen nach sich zog – ich selbst werde es nie tun. Meine geliebte Schwester sah ich bei diesem Schauprozess ein letztes Mal und seitdem nie wieder. Tante Élisabeth folgte meiner Mutter ein halbes Jahr später auf die Guillotine.

Nachdem ich bei dieser juridischen Farce meine Schuldigkeit getan hatte, wurde ich vollkommen isoliert: Man nahm mir auch die Pflegeeltern und sperrte mich in eine dunkle, vergitterte Einzelzelle, fast schon ein Käfig zu nennen, wo ich mein Essen von den Händen Unbekannter durch die halb offne Tür geschoben bekam. Meine Einsamkeit wurde bald so unerträglich, dass ich mich selbst nach den ungeschlachten Simons zurücksehnte, denn zu den Wärtern war mir der Kontakt verwehrt. Vielleicht war mein Leiden eine gerechte Strafe für den Verrat an meiner Mutter.

Auch mein Leben war nun von Tag zu Tag mehr bedroht. Einerseits wollten viele Jakobiner den letzten Abkömmling der unreinen Rasse der Tyrannen, wie sie mich nannten, austilgen, andererseits damit alle königstreuen Kräfte, sei es in Frankreich, etwa in der widerständigen Vendée, oder im Ausland endgültig der Hoffnung berauben, ein Bourbone würde je wieder den Königsthron besteigen. Im Sommer 1794, als Menschenleben in Frankreich so wertlos waren wie nie zuvor – die Revolution fraß nun ihre eignen Kinder; die Blutgerüste füllten sich für sie mit immer neuen Todesopfern, selbst Robespierre wurde guillotiniert und mit ihm sein Gefolgsmann Antoine Simon –, schienen auch meine Tage gezählt.

Aber einen Tag nach der Enthauptung Robespierres trat eine neue Figur in diese Geschichte und höchstpersönlich in meine Zelle: der Vicomte de Barras. Damals konnte ich noch nicht ahnen, dass ausgerechnet dieser Mann, dieser Ehrgeizling, der eine der maßgeblichen Kräfte sowohl hinter der Hinrichtung meines Vaters wie der Robespierres gewesen war, mir zurück in die Freiheit verhelfen sollte. Gleichviel: Barras hielt den Sieg der Koalition gegen das revolutionäre Frankreich für sehr wahrscheinlich, und um für diesen Fall ein Pfand gegen die Brüder meines Vaters, den Comte de Provence und den Comte d'Artois, in der Hand zu haben, beschloss er meine Entführung aus dem Temple. Er tat sich in dieser Angelegenheit mit einer ehemaligen Geliebten und überzeugten Royalistin zusammen, der Witwe des Vicomte de Beauharnais, Joséphine, die, wie Sie natürlich wissen, später auf Barras' Vermittlung die Ehefrau und Kaiserin an Bonapartes Seite wurde.

Barras also suchte mich im Großen Turm auf und erstattete dem Wohlfahrtsausschuss danach Bericht. Er schilderte meinen Zustand als vernachlässigt und beklagenswert. Er hätte mich liegend vorgefunden, da ich mich wegen geschwollener Knie kaum bewegen konnte, und mein Körper wäre bleich und aufgedunsen gewesen – sämtlich falsche Behauptungen, deren Zweck sich Ihnen im weiteren Verlauf der Geschichte offenbaren wird. Denn all diese Symptome trafen auf einen anderen Knaben zu: den stummen Sohn einer armen Witwe, der im höchsten Grade rachitisch war und nicht mehr lange zu leben hatte. Das Kind, wiewohl etwas älter als ich, hatte die gleiche Statur, die gleichen blonden Locken und die gleiche blasse Haut wie ich. Sein Schicksal war es nun, an meiner Statt zu sterben. Barras' Sekretär kaufte der Frau den todgeweihten Sohn ab.

Wenig später übernahm ein Kreole namens Laurent die Leitung des Temple-Gefängnisses – ein Landsmann Joséphines aus ihrer Heimat Martinique, den sie bei Barras in Dienst gebracht hatte. Jetzt endlich konnte der Plan ausgeführt werden: Laurent hatte eine Schwester, die ihn von Zeit zu Zeit im Temple besuchte, um ihm die Wäsche zu bringen. Keine der Wachen beargwöhnte ihr Kommen also. Am entscheidenden Tag aber kam sie nicht allein, sondern in Begleitung ihrer Nichte, und diese Nichte war niemand anderes als der sterbenskranke Sohn der Witwe. Man hatte ihm Gesicht, Hals und Hände kreolisch gebräunt, sein Haar unter einer Haube versteckt und seinen Körper in Mädchenkleider gehüllt. Mühelos gelangten die beiden am Pförtner vorbei und zusammen mit Laurent in meine Zelle. Dort tauschte ich die Kleider mit denen des vorgeblichen Mädchens, färbte mein Gesicht, wie der Stumme es getan hatte – und verließ mit Laurents Schwester vollkommen unbehelligt den Temple, der zwei Jahre mein Gefängnis gewesen war. Der wachhabende Offizier nickte mir zum Abschied sogar noch lächelnd zu.

In der Rue Portefoin wurde ich von einer Kutsche aufgenommen und von einem gewissen Monsieur Petival, einem heimlichen Royalisten, auf dessen Landgut in Vitry-sur-Seine gebracht, wo ich auch in den nächsten Wochen weiterhin Mädchenkleider trug, um meine Flucht so geheim wie möglich zu halten. Ich verlangte sofort zu wissen, warum man nicht auch meine Schwester befreit hatte, und man legte mir dar, dass es einerseits zu riskant gewesen wäre, uns beide auf einen Streich zu entführen, und dass Marie-Thérèse-Charlotte andererseits weniger vom Konvent zu befürchten hatte als ich, da sie als Frau nie Anspruch auf den Thron erheben könne. Meine Schwester kam später auf dem Wege der Diplomatie frei; man einigte sich mit Österreich auf ein Tauschgeschäft und lieferte sie in Basel gegen zwölf französische Kriegsgefangene aus, von denen einer im Übrigen – Ironie der Geschichte – ein Dragoner namens Drouet war, der nämliche Postmeister, der seinerzeit unsre Flucht in Varennes vereitelt hatte. Doch das Schicksal der Madame Royale ist eine andere Geschichte. Ich hoffe lediglich, dass sich unsre Wege nach all den Jahren der Trennung irgendwann einmal wieder kreuzen.

Der Stumme im Großen Turm lebte indes länger, als Barras erwartet hatte. Die nachfolgenden Besucher wurden tatsächlich von der Ähnlichkeit unsrer Erscheinung und Barras' falschen Angaben getäuscht; allein am plötzlichen Verlust der Sprache des vermeintlichen Dauphins stießen sich einige. Man machte schließlich die ruppige Behandlung durch das Ehepaar Simon für die Sprachlosigkeit des Knaben verantwortlich. Laurent, der nicht mehr lange seinen Dienst im Temple versah, erklärte gar, ich hätte nach der schändlichen Falschaussage gegen meine Mutter ein Schweigegelübde abgelegt. Ein Arzt, der den kranken Knaben untersuchte und beschwor, es handele sich bei ihm *nicht* um den Dauphin, wurde wenig später zu einem Diner mit Konventsmitgliedern eingeladen: eine Henkersmahlzeit für den nichtsahnenden Mitwisser, der noch am selben Abend unter den ärgsten Brechkrämpfen verstarb.

Der Bescheid vom Tod dieses Arztes versetzte das Haus Petival in Aufruhr, war man doch überzeugt, dass ich auch in Vitry nicht länger sicher war. Im Einvernehmen mit Barras kam man darin überein, mich in die Vendée zu bringen, zu den Aufständischen, bis wohin damals weder der Arm des Konvents noch der des Sicherheitsausschusses reichte. Den beklagenswerten Monsieur Petival ereilte nach meiner Abreise das Schicksal so vieler, die mir auf meinem Wege geholfen hatten: Er wurde als Zeuge meiner Entführung im Park seines Schlosses niedergestochen, und der Auftraggeber dieser Bluttat hieß ohne Zweifel Barras, der sich eines weiteren Mitwissers entledigen wollte.

Am 8. Juni des Jahres 1795 starb der falsche Dauphin, möge Gott seiner Seele ewigen Frieden schenken. Vier Ärzte nahmen die Obduktion des Toten vor und fanden neben den von Barras beschriebenen Krankheitsmerkmalen eine Anzahl von Beulen, die die Gedärme und den Magen bedeckten. Der Knabe war augenscheinlich an Skrofulose gestorben. Wie kurios, dass er, der den König von Frankreich spielte, just an dem Leiden verstarb, von dem man sagte, dass es die Könige von Frankreich am Tag ihrer Krönung durch Handauflegen zu heilen vermochten! Als die Kunde von meinem vermeintlichen Tod meinen

Onkel, den Comte de Provence, ereilte, ließ er sich zum König *Louis Dix-huit* ausrufen.

Haben Sie noch ein wenig Geduld; ich nähere mich dem Ende meiner Erzählung und werde Ihre geschätzte Aufmerksamkeit nicht viel länger in Anspruch nehmen.

In der Vendée verlebte ich in der Obhut der Royalisten eine den Verhältnissen entsprechend ruhige und angenehme Zeit. Dort wurde ich auch unterrichtet wie ein gewöhnlicher Knabe, unter anderem in der deutschen Sprache, der Sprache meiner Mutter. Als aber der royalistische Aufstand in der Vendée im Jahre 1796 mit der Exekution seiner Anführer endgültig niedergeschlagen wurde, musste ich, nun elf Jahre alt, in der Begleitung dreier Getreuer erneut fliehen. Wir begaben uns nach Venedig, dann weiter nach Triest und schließlich nach Rom, wo wir auf die Hilfe des Papstes hofften.

Warum ich nicht zu meinen Onkeln ging, fragen Sie? Nun, zum einen hätte ich riskiert, dadurch mein Inkognito preiszugeben – denn sicherlich hätten die beiden meine wundersame Auferstehung nicht unter Verschluss gehalten – und wäre so das Ziel neuer Anschläge geworden. Zum anderen aber betrachteten meine Beschützer den Comte de Provence, respektive *Louis Dix-huit*, und den Comte d'Artois nicht als meine Freunde, sondern als meine Gegner, denn solange ich lebte, würden sie niemals König werden können. – Sie erschauern bei diesen Abgründen und glauben nicht, dass der Oheim seinem eignen Neffen den Tod wünscht? Napoleon soll einmal gesagt haben, dass, was sich bei den Bourbonen herumtreibe, nur mit Kleidern überdeckte Leidenschaften und Hassgefühle seien. Vielleicht ist dies Urteil nicht vollkommen falsch.

Nach der Gefangennahme des Papstes durch die Franzosen war auch Rom kein sicheres Quartier mehr: Zwei meiner Begleiter starben durch Gift, und es ist ein Segen oder ein Fluch, dass es nie mich traf. Mit dem dritten schiffte ich mich Hals über Kopf nach England ein, um von dort aus weiter nach Amerika zu segeln. Ich hatte die Hoffnung ganz aufgegeben, dass man mir in Europa helfen würde, und wollte mich daher so weit wie möglich vom mörderischen Frankreich entfernen. Wir siedelten uns in einem kleinen Dorf in der Nähe von Boston an und lebten bescheiden und zurückgezogen, bis uns eines Tages auf mannigfaltigen Umwegen das Angebot der Madame Botta erreichte, in die Obhut der Émigrés und der antinapoleonischen Staaten zurückzukehren.

Gegen den Rat meines letzten mir gebliebenen Begleiters segelten wir also von Boston nach Hamburg, und Sie können sich mein Entsetzen vorstellen, dort im Hafen nicht von Freunden, sondern von bonapartistischen Soldaten in Empfang genommen zu werden. Was in Hamburg aus meinem Freund wurde, weiß ich nicht zu sagen; ich jedenfalls wurde in einem wahren Höllenritt nach Mainz gebracht, immer der Verspottung Capitaine Santings ausgesetzt, den seine eignen Leute hinter vorgehaltener Hand den *Bluthund* nennen, weil sein Ehrgeiz über Leichen geht und christliches Mitleid ihm fremd zu sein scheint. Was dann in Mainz geschah, muss ich Ihnen weiter nicht berichten.

Zehn Jahre dauert meine Odyssee nun, und ich hoffe inständig, dass sie, getreu ihrem griechischen Vorbilde, nach diesen zehn Jahren auch beendet ist und dass *Karl-Wilhelm Naundorff* eine Heimat findet. – Ein Uhrmacher soll ich einstweilen vorgeben zu sein: Ich könnte mir keinen willkommneren Beruf vorstellen, war doch mein seliger Vater ein wahrer Uhrennarr, der unterm Dach in Versailles eine Werkstatt eingerichtet hatte, in der er in jeder freien Minute mit großer Fertigkeit an Uhren und Automaten bastelte. Es gab kein Uhrwerk, und war es noch so komplex, das er nicht meisterte – mit einer einzigen Ausnahme: das große Uhrwerk der Politik, dessen Räder ihn am Ende zermalmten.«

Mit diesen letzten Worten schloss auch Schiller die Seiten des Büchleins, in dem er seine Notizen niedergeschrieben, während Louis-Charles seine Geschichte erzählt hatte. Der Wirt, der mit großem Anstand der Stube ferngeblieben war, kehrte nun mit einer neuen Flasche Niersteiners zurück und füllte die leeren Gläser wieder auf.

»Dieser Ausflug in die Vergangenheit hat mich ermattet«, sagte der Prinz nach einer langen Pause, »drum erlauben Sie mir bitte, dass ich mich zurückziehe – nachdem ich mein Glas auf Sie und Ihre beispiellose Tapferkeit erhoben habe.«

Sie tranken in feierlichem Schweigen. Dann verließ Louis-Charles mit den Wünschen für eine gute Nacht den Schankraum.

»Hoffen wir nur, dass uns nicht das Schicksal seiner zahlreichen Begleiter und Beschützer ereilt«, sagte Arnim, als der Dauphin außer Hörweite war, und klopfte dreimal auf die Tischplatte. »Eine verdrießliche Ansammlung von vergifteten und hinterrücks erstochnen Zeitgenossen. Als wäre er verflucht.«

»Seine ganze Familie stand unter einem schlechten Stern«, meinte Goethe. »Als ich anno 70 noch in Straßburg studierte, kam seine Mutter auf ihrem Weg von Wien nach Paris durch die Stadt, und auf einer Insel im Rhein sollte sie sich, wie es Brauch war, von allem trennen, was sie mit ihrer alten Heimat verband, bevor sie den Fuß auf französischen Boden setzte. Zu diesem Zweck hatte man auf der Insel eigens ein Gebäude errichtet, das gar wohl für ein Lusthaus hoher Personen hätte gelten können. Mir und einigen Gefährten gelang es einige Tage vor der Ankunft Marie Antoinettes, die Pförtner desselben mit einem Silberstück zu überzeugen, uns Einlass zu gewähren. Den Hauptsaal des Hauses hatte man mit großen, glänzenden Teppichen behängt, die nach Gemälden neuerer Franzosen gewirkt waren. Aber was für abgeschmackte Bilder waren das! Um den Thron der künftigen Königin war die

Geschichte von Jason und Medea abgebildet, also das Beispiel der unglücklichsten aller Hochzeiten! Zur Linken des Throns sah man die mit dem grausamsten Tode ringende Braut; zur Rechten entsetzte sich der Vater über die ermordeten Kinder zu seinen Füßen, während die Furie auf dem Drachenwagen in die Luft zog. Und diese Bilder, stellen Sie sich vor, sollten nun die vierzehnjährige Dauphine in ihrer neuen Heimat begrüßen! – Ich empfand diese Dekoration als böses Omen, und als Tage später Marie Antoinette endlich in Paris eintraf, gesellte sich ein zweites Vorzeichen hinzu: Bei einem Feuerwerk zu ihren Ehren entstand eine Feuersbrunst, die Dutzende das Leben kostete und Hunderte verletzte. – Das grässliche Schicksal der Familie, in die Karl geboren wurde, schien in der Tat vorherbestimmt.«

Bettine seufzte. »Der arme Tropf. Er hat schon jetzt genug durchlitten für *zwei* Menschenleben.«

»Die Hatz auf ihn ist ein Grund mehr, Napoleon zu hassen«, sagte Arnim.

Kleist nickte finster. »Napoleon – in diesem Namen liegt's wie Gift in einer Büchse. In die Dünste mit ihm hin!«

»Ein frommer Wunsch! Wie soll man einem Napoleon beikommen?«, fragte Humboldt. »Der Mann ist unsterblich, scheint's.«

»Ich wollte es tun.«

»Was?«

»Napoleon töten.« Halb erwarteten die anderen, der Mann hätte einen Scherz gemacht, aber Kleist sagte: »Es ist mein Ernst.«

»Was? der Blitz!« Schiller rückte seinen Stuhl näher an den Tisch heran. »Wollen Sie Karls unglaubliche Geschichte etwa noch übertreffen? So reden Sie doch!«

Kleist sah in die Runde und hob dann an. »Es war Herbst anno drei, als der Kaiser noch Erster Konsul auf Lebenszeit war, aber schon damals bestand sein Heerlager in Boulogne-sur-Mer, wo er seine Soldaten schulen und unzählige Landungsboote zimmern ließ, um über den Kanal zu setzen und in England einzufallen. Ich bin Soldat aus einer Familie von Soldaten – mein Großonkel fiel in Kunersdorf –, und mein Hass auf Bonaparte war damals nicht minder als heut, und als nun das Attentat von Malmaison dekuvriert wurde und scheiterte, dachte ich mir: Warum findet sich nicht einer, der diesem bösen Geist der Welt eine Kugel durch den Kopf jagt? Wenn es den Franken selbst nicht gelingt, muss es wohl ein Preuße in die Hand nehmen. Also fasste ich den nicht eben bescheidenen Plan, in einem rasenden Streich Bonaparte eigenhändig zu vernichten. Wie von der Furie getrieben, zog ich über Genf und Paris nach Boulogne. Ich wollte dort an Frankreichs Nordküste bei der Invasionsarmee anheuern, um mit der Tarnkappe der gallischen Uniform dem Konsul nahe genug zu kommen, ihm eine todbringende Patrone mitsamt meinen herzlichsten Grüßen zu verpassen. Diesen einen Wunsch sollte mir der Himmel erfüllen, und dann mochte er mit mir tun, was er wollte.«

»Sapperlot! Es wäre Ihr Ende gewesen!«

»Unser beider Ende, sicherlich, aber könnte man sich einen heldenhaften Tod wünschen, als den größten aller Tyrannen niederzustrecken ohne Furcht um das eigne Leben? Gefährten: Zehntausend Sonnen, zu einem Glutball eingeschmelzt, dünkten mir nicht so glanzvoll als ein Sieg, ein Sieg über ihn. Mir hätte ich damit den Kranz der Unsterblichkeit zusammengepflückt – ihn aber allen geharnischten Scharen, die an den Pforten der Hölle stehen und ihre glutroten Spieße schwenken, überliefert.«

»Und was geschah?«

»Der Herrgott hatte andere Pläne für mich – und für Napoleon. Noch bevor ich meinen Plan in die Tat umsetzen konnte, wurde ich von einem bösartigen Nervenfieber niedergeworfen, das all mein Handeln lähmte. Schwerkrank, zwei Schritt vom Grab, verließ ich die Küste, nicht etwa geschmückt mit den Lorbeeren meiner Tat, sondern im Fieberwahn, und schleppte mich nach Mainz, von allen Orten Mainz!, wo man mich in langwieriger Arbeit wieder gesund pflegte. Ich bin heute nicht imstande, ausreichend Aufschluss über diese seltsame Reise zu geben. Ich begreife seit dieser Krankheit selbst nicht mehr, wie gewisse Dinge auf andere erfolgen konnten.«

»Sie hassen Napoleon sehr«, sagte Humboldt, oder vielleicht war es auch eine Frage.

»Mehr als alle Qualen des Lebens«, entgegnete Kleist und atmete tief, als drückte ihm ein Mühlstein auf die Brust. »Ein aus der Hölle entstiegener Vatermördergeist, der herumschleicht im Tempel der Natur und an allen Säulen rüttelt, auf welchen dieser gebaut ist.«

»Sie lassen kein gutes Haar an ihm?«

»Wohl: Er ist ein großer Feldherr, vielleicht der größte seit Friedrich dem Zwoten. Aber ihn dafür zu bewundern, das wäre, als würde ein Ringer den anderen in dem Augenblick bewundern, da er ihn in den Kot wirft und sein Antlitz mit Füßen tritt. – Danken können wir Napoleon erst dann, wenn sich die kleingeistigen Germanen im Kampf gegen ihn vereinen zu einer großen, nein, *titanischen* Nation wie einst unter den Cäsaren.«

Goethe, der unüblich lange still geblieben war, nutzte eine kleine Pause in der Unterredung, um sie wieder auf freundlichere Themen zu leiten. »Ich jedenfalls danke dem Herrgott, oder Ihrer Schutzgöttin, Herr von Kleist, dass sie Ihren Plan in Boulogne-sur-Mer vereitelte. Denn sonst würden Sie nicht bei uns in dieser trauten Runde sitzen, um mit uns zu feiern und zu trinken. Da ich davon spreche: Wirt! Noch ein Glas Branntwein, und mess christlich!«

Der Sonnenwirt kam pflichteifrig mit dem Kruge, und erneut machte die Wildsau an jedem Glase ausgiebig Station. »Denn ich habe eine kleine Récompense für Sie in petto«, fuhr Goethe fort, als der Wirt die Stube wieder verlassen hatte. »Ich weiß, dass Sie alle Herrn Schiller und mich nach Mainz begleitet haben, weil Ihnen das Wohl des Königs am Herzen lag. Von einem Lohn war nie die Rede. Dennoch hat mir der Herzog für die Befreiung eine Summe Geldes mitgegeben, von der ich bislang nicht einmal die Hälfte aufgewandt habe. Da ich aber keinesfalls mit vollen Taschen zurück nach Weimar reiten möchte, bitte ich Sie, einen Teil dieses Geldes zum Dank für Ihre Gutherzigkeit anzunehmen.«

Einen Augenblick schwiegen die anderen verblüfft, dann protestierte als Erster Humboldt und sofort darauf Bettine. Goethe dämpfte ihre Einwände. »Ich ahnte, dass Sie so reagieren würden, dennoch bestehe ich darauf, dass Sie das Geld annehmen. Vertrinken Sie es noch heute Nacht, kaufen Sie sich einen neuen Rock, oder spenden Sie es einem Kloster, wenn Sie es partout nicht behalten wollen, aber nach Weimar zurück gehen diese Wechsel ganz sicherlich nicht. – Treteng! Treteng!« Eine Trompete nachahmend, entnahm er der Innentasche seines Rocks die Wechsel, die er bereits mit Papierstreifen in gleich große Päckchen aufgeteilt hatte. »Hier sind 150 Reichstaler für einen jeden, und wer jetzt noch protestiert, bekommt zur Strafe mehr.«

»Gott segne Sie, Euer Exzellenz«, sagte Kleist.

»Das soll Er getrost tun, aber es ist nicht mein Geld, und deshalb verdiene ich Ihre Dankbarkeit nicht.«

Goethe wollte die Bündel eines nach dem anderen austeilen, aber es wurde vereinbart, dass das Geld bis zum Abschied auf der Wartburg bei ihm verbleiben solle, für den Fall, dass er doch noch einmal darauf zurückgreifen musste. Als Goethe die Wechsel wieder verstaut hatte, erhob Schiller seine Wildsau. »Meine teuren Freunde – denn so darf und so mag ich einen jeden von Ihnen nennen nach dieser turbulenten Woche dies- und jenseits des Rheins –, meine Freunde, nachdem wir gemeinsam dem Tod aus tausend Röhren ins Angesicht geschaut haben, genügt das *Sie* mir nicht länger. Erlauben Sie mir, dass ich mit Ihnen Brüderschaft trinke, und erlauben Sie mir als dem Ältesten der Anwesenden – nach Herrn von Goethe, von dem – mit Verlaub, Herr Geheimrat – ein solcher Vorschlag aber in hundert Jahren nicht käme; eher sehen wir den Rhein rückwärts fließen –, erlauben Sie mir also, Ihnen das *Du* anzubieten. Das ist mir wichtiger als alle Taler der Welt. Seid umschlungen! Ich bin der Friedrich.«

Dieses Angebot erschütterte die Anwesenden regelrecht. Es war in etwa so, als hätte sie Papst Pius in Rom gebeten, mit ihnen per Du zu sein. Nur Goethe schmunzelte still in sich hinein.

»Heinrich«, sagte dann aber Kleist in sichtbarer Ergriffenheit.

»Bettine«, sagte Bettine.

»Alexander«, sagte Humboldt.

»Achim«, sagte Arnim.

»Goethe«, sagte Goethe und fügte hinzu: »Im Gegensatz zu Herrn Schiller möchte ich tatsächlich keinen von Ihnen in die peinliche Lage versetzen, mich Graukopf anreden zu müssen wie einen Jüngling Ihres Alters.«

Hierauf tranken alle ihren Branntwein. Ebenso schnell, wie die Gläser geleert waren, waren sie auch wieder gefüllt.

»Welch ein erhabener Moment«, sagte Arnim.

Schiller nahm einen Zug von seiner Pfeife. »Nur schade, dass wir keinen Tischbein in unsrer Mitte haben, der unsre kleine Feierlichkeit skizzieren und später in Öl verewigen könnte.«

»Oh, einen Tischbein haben wir vielleicht nicht«, sagte Kleist, »aber wir haben einen viel Bessren! Käthchen!«

Die Tochter des Wirts, die die ganze Zeit über am Ofen verharrt hatte, schaute nun von ihrem Scherenschnitt auf. »Ja, verehrter Herr?«

»Käthchen, Mädchen, lass doch für einen Moment die großen Teutschen liegen, und schneid zur Erinnerung uns sechs in den Karton. Ich will dir dafür auch einen Taler geben.«

Katharina ließ also den Scherenschnitt sinken, nahm einen neuen großen Karton und rückte ihren Schemel in die Mitte der Stube, um ihre sechs Modelle am besten betrachten zu können. Ohne Scheu arrangierte sie die Sitzenden so, dass keiner den anderen verdeckte, und bat einige aufzustehen – und schon fuhr ihre Schere durch das schwarze Papier wie ein Messer durch die Butter.

»Siehst du, Käthchen«, sagte Kleist, »unsre Konturen gehen doch gewiss mit mehr Leichtigkeit von der Hand als Dalbergs doppelt-dreifaches Kinn, gelt?«

»Jawohl, mein hoher Herr.«

»Dalberg?«, fragte Schiller.

»Der andre Dalberg.«

»Der Herr bitte mehr ins Profil«, bat Katharina.

»Ich?«

»Nein. Der braune. Oh, Verzeihung.«

»Schon recht«, sagte Humboldt lächelnd und drehte den Kopf dem Wunsche entsprechend.

»Ein Scherenschnitt dieser Gruppe«, sinnierte Bettine. »Was kommt wohl als Nächstes? Ein Bilderbogen mit unsern Abenteuern?«

»Wohl noch eher ein Bühnenstück«, sagte Humboldt. »So fleißig, wie Herr von Sch... – Vergebung –, wie *Friedrich* Dinge in sein Heft notiert, möchte man glauben, er sammelt Figuren und Abenteuer für sein nächstes Drama.«

Schiller lächelte und schwieg hierzu, aber Bettine hob die Hand: »Dann will ich als seine nächste Johanna berühmt werden.«

»Die *Tat* ist alles, nichts der Ruhm«, erinnerte Goethe.

»Und was war das für eine Tat!«

Nun ließen die Gefährten ihre Abenteuer noch einmal Revue passieren, von der heimlichen Überfahrt über den Rhein bis zur Überrumpelung des französischen Geleits, von den Vorbereitungen in Mainz bis zum Handstreich im *Palais Impérial* und der tollkühnen Flucht über die Brücke. Arnim musste abermals von seiner Begegnung mit dem bairischen Capitaine berichten und Schiller davon, wie er nach der Explosion der Kutsche den Rhein durchschwamm. So gingen die Erzählungen eine Weile für und wider, immer wieder von branntweinseligen Possen durchsetzt, und so manches Glas wurde geleert und blieb nicht lange leer – bis endlich das Mädchen die Arbeit beendet hatte und sich die schwarzen Streifen und Schnipsel von der Schürze fegte.

»Ich klebe ihn auf einen weißen Karton. Soll ich der Silhouette einen Titel geben?«

»*Doktor Ritter im Kreise seiner Freunde*«, schlug Schiller vor.

»*Die glanzvollen Sechs*«, meinte Kleist.

Und Arnim: »*Die Helden von Mainz.*«

»Bitte, meine Herren«, sagte Goethe. »Etwas mehr Bescheidenheit. Ort und Datum sollten vollkommen ausreichen; Käthchen, schreib *Mainz* und das Jahr.«

Damit ging Katharina zurück auf ihren Platz am Ofen, um das Werk zu vollenden. Sie hatte sich ihren Taler redlich verdient, denn der Scherenschnitt, nun auf weißen Karton geleimt, war in der Tat allerliebst: Er stellte die sechs Gefährten am Tische dar – links vom Betrachter Kleist, ein Glas Wein in der erhobenen Hand, dann hinter dem Tisch Humboldt, Bettine und der stehende Arnim, eine Hand auf ihrer Schulter, rechts im Stuhle Goethe und schließlich hinter ihm, ebenfalls stehend, sein Notizbüchlein in der Hand, Schiller. Darunter hatte das Mädchen mit Tusche in schöner Schrift *Mainz 05* geschrieben. Alle fanden sich aufs Trefflichste porträtiert und sprachen der Wirtstochter großes Lob aus.

Nachdem er den Schnitt betrachtet und an seinen Nachbarn weitergereicht hatte, sagte Schiller: »Sehn wir nicht aus wie aus einem Span? Gegen den Feind geschlossen, wie zusammengeleimt und -gegossen. Eine gute Mannschaft.«

Arnim musste aufstoßen. Er klopfte sich mit der Faust

auf den Brustkorb und sagte dann: »Wir sollten darüber nachdenken, hier in den Wäldern des Spessarts eine Räuberbande zu gründen, wenn uns die Schriftstellerei nicht mehr ernährt.«

»*Nicht mehr?*« lachte Kleist. »Mich hat sie bislang noch nie ernährt, die treulose Dirne!«

»Also! Dann wollen wir eine Räuberbande sammeln!«

»Ein drolliger Einfall«, sagte Goethe.

»Mehr noch: Der Gedanke verdient Vergötterung!«, sagte Kleist und stieß beim Aufspringen sein halbvolles Glas um. »Und Sie, Sie müssen unser Hauptmann sein!«

»Gut, ich bin euer Hauptmann«, sagte Goethe.

»Es lebe unser Hauptmann!«, erschall es nun aus mehreren Kehlen. »Wir schwören dir Treu und Gehorsam bis in den Tod!«

Den Wein im Blut und zur großen Erheiterung der anderen spielte Goethe diese Alfanzereien von Herzen mit und drohte an, jeden seiner Räuber zur Leiche zu machen, der sich seinen Befehlen widersetze.

Nun musste prompt ein Trinkspruch her, den diesmal Kleist ausgab: »Es möchte meinem hochgeehrten Herrn Hauptmann weder an Pulver der edlen Gesundheit noch an den Kugeln eines immerwährenden Vergnügens, weder an Bomben der Zufriedenheit, weder an Karkassen der Gemütsruhe noch an der Lunte eines langen Lebens ermangeln!« Die anderen schlugen sich schier die Schenkel vor Lachen über diesen Vortrag aus dem Stegreif, den Kleist mit trockenster Miene ablud und den Goethe mit ebenso trockener Miene entgegennahm.

Dies war in ungefähr auch der späteste Zeitpunkt, an den sich noch alle Beteiligten am Morgen des nächsten Tages erinnern konnten, denn mit dem Glockenschlage zwölf – die Wirtin und ihre Tochter waren längst zu Bett – wurde das Bacchanal vollends kannibalisch. Ein Kork nach dem anderen wurde gelüftet, und bald hatte selbst Goethe so viel Wein und Branntwein getrunken, dass ihm die

Zunge nicht mehr gehorchen wollte, wobei unfreiwillig die possierlichsten Wortverdreher entstanden, über die er still in sich hineinkicherte. Arnim erzählte, weil draußen der Wind so schaurig ums Haus pfiff, eine Gruselgeschichte, worauf Humboldt die wahre Geschichte vom Geist seiner toten Mutter, die nicht zur Ruhe kommen wollte, anfügte und von den unerhörten Schandtaten desselben im Schlosse der Humboldts zu Tegel berichtete. In der Folge wurden einige Lieder geschmettert, darunter noch einmal, in Reminiszenz an die Stromberger Freiheitspappel, die *Marseillaise*, dann aber auch, auf Kleists Anregung, *Gott erhalte Franz den Kaiser*, und Bettine forderte Arnim zum Tanze, so gut es dessen Schussverletzung zuließ, derweil die anderen den Takt dazu klatschten. Kleist hämmerte den Rhythmus mit dem leeren Branntweinkrug auf die Tischplatte, bis dieser brach und Kleist nur noch den Henkel in der Hand hielt. Einmal wirbelte Arnim seine Partnerin so geschwind herum, dass ihre Hand der seinen entglitt, sie stürzte und sich den Kopf an der Tischkante schlug, allen Schmerzen zum Trotze aber nur über ihr Missgeschick lachen konnte, während sie mit den Fingern über die Beule strich. Als aller Atem knapp wurde, ward das Konzert in der verräucherten Stube beendet. Arnim rief die traute Runde zur »deutschen Tischgesellschaft« aus, wider die Franzosen, die Ungläubigen und die ledernen Philister, scheiterte aber beim Versuch, eine Satzung ex tempore zu entwerfen. Bettine protestierte, da sie doch die Franzosen an und für sich gut leiden konnte. Für diesen streitsüchtigen Ausspruch jagte Arnim sie kreuz und quer durch die Wirtsstube, und als er sie endlich gefangen hatte, zog er sie zu sich auf den Schoß und bestrafte sie mit einigen Küssen. Ein neuer Krug war schnell vom umsichtigen Sonnenwirt gebracht, der das Geschäft seines Lebens witterte, und nur Humboldt hielt die Hand über den Zinnbecher, um zu bedeuten, dass er nicht nachgeschenkt haben wollte. »Ich bin dicht«, sagte er, worauf Kleist erwiderte: »Ich bin

Dichter«, und dieses Bonmot ward im Allgemeinen als das köstlichste des Abends gerühmt. Schiller trank darauf beider Rationen, seine und die Humboldts, ein Entschluss, der sich in einer unbestimmbaren Gesichtsfarbe niederschlug. »Du bist blass, Friedrich«, sagte Bettine, und der Trinkkönig erklärte, sich vor der Tür erleichtern zu müssen. Beim Aufstehen fiel er fast zu Boden und musste von Humboldt gestützt werden.

»Vergebt«, sagte er, »das Stehen wird mir sauer! Das Haupt ist frisch, der Magen ist gesund, aber die Beine wollen nicht mehr tragen.« Mit wackligen Schritten steuerte er die Tür des Wirtshauses an, und kaum dass er draußen war, hörte man unschöne Geräusche, von Flüchen unterbrochen.

»Den hat die Wildsau umgerennt!«, feixte Kleist.

Aber auch für die anderen Zecher war nun die Zeit gekommen, sich zurückzuziehen. Humboldt führte den Weg voran; wenig später folgten Kleist sowie Arnim und Bettine, die einander immer wieder mit Knüffen und Küssen neckten. Arnim stolperte auf den Treppenstufen.

Goethe sah den schwankenden Gestalten nach. Er selbst blieb zurück, um mit dem Wirt die Rechnung zu begleichen. Obwohl es tief in der Nacht war, waren Rausch und Müdigkeit mit einem Mal verflogen. Also ließ er sich vom Wirt, bevor auch dieser die Lichter löschte und schlafen ging, noch einen Becher warme Milch bringen und setzte sich damit und mit Kleists Lustspiel in den Lehnsessel am Ofen.

Als er die Ledermappe aufschlug und das schmucklose Titelblatt las – DER ZERBROCHNE KRUG –, kam Schiller wieder herein. Es ging ihm besser, aber er hustete und fluchte über die Kälte.

»Puh! Es ist grimmkalt«, sagte er und rieb sich emsig die Arme. »Trutz dem Teufel, seit Oßmannstedt will mir nicht mehr richtig warm werden. – Aber das war doch eine heitre Abschiedsstunde, nicht wahr?«

»In der Tat. Dafür sollte sich Ihr Wassertreten im Rhein gelohnt haben, mein alter Freund. Ich hab mein Tag so kein Gaudium gehabt.«

Schiller zeigte auf den Becher Milch in Goethes Hand. »Noch einen Schlaftrunk?«

»Gewissermaßen.«

»Dann gehen Sie noch nicht zu Bett?«

»Nein. Meine Ruhe ist hin. Ich schaue noch etwas in den *Krug*.«

»Aber nicht zu tief!«, sagte Schiller und zwinkerte ihm zu. Dann nahm er die Treppe, an der Arnim beinahe gescheitert wäre, und verschwand.

Kaum hatten Bettine und Arnim die Tür hinter sich geschlossen, da küssten und herzten sie sich, vom Wein und der Lust berauscht, und die Kälte ihrer Kammer tat dem keinen Abbruch. »Du bist mein schwarzer Stein«, sagte Arnim zwischen zwei Küssen, kaum bei Atem. Sie nahm seinen Kopf und drückte ihn in ihre Haare und an ihren Hals. Schneller und immer schneller schlug der Puls unter ihrer Haut. Dann wollte sie ihn aus seinem Gehrock befreien, aber die Ärmel blieben auf halber Höhe an den Armen hängen. »Ich liebe dich«, sagte Arnim, aber Bettine verschloss ihm die Lippen mit einem Kuss. Ihr heißer Atem roch, ihre Zunge schmeckte nach Wein. Dann löste sie sich von ihm und begann, die Bänder ihres Kleides zu lösen. Arnim sah ihr tatenlos zu, den Rock noch immer halb aus-, halb angezogen in den Armbeugen. Offensichtlich wollte er nicht glauben, was geschah, oder er hielt es in der Dunkelheit der Kammer für eine Sinnestäuschung. Er kniff die Augen zusammen, um sich zu vergewissern.

»Was ist?«, fragte Bettine.

Arnim nickte nur und versuchte seinerseits, sich zu entkleiden. Da seine Arme aber noch immer in den Ärmeln gefangen waren, konnte er sich kaum bewegen. Beim Kampf mit dem Rock geriet er ins Schwanken, machte einen Schritt nach hinten, stieß gegen den Bettkasten, verlor die Balance und plumpste rücklings aufs Lager in die weichen Daunen. Dort blieb er liegen. Er sagte: »Das ist ein Zustand, der dem Verlieben nicht günstig sein kann«, aber dermaßen undeutlich, dass er es selbst nicht verstand. Dann stieß er auf.

Bettine hielt inne. »Was ist?«, fragte sie abermals. »Willst du schlafen?«

Mit Mühe richtete Arnim den Oberkörper wieder auf, den Kopf schüttelnd. »Mir ist zu licht zum Schlafen.« Dann fielen ihm die Augen zu, eines nach dem anderen, und seinen Worten zum Trotz ließ er sich erneut ins Bett sinken. Dieses Mal blieb er liegen. Bald ging sein Atem, der eben noch rannte, leise und regelmäßig.

Halb entkleidet beugte sich Bettine über den Schlafenden, der auch unter diesen entwürdigenden Bedingungen noch wie ein griechischer Götterjüngling aussah. Mit der flachen Hand klatschte sie ihm auf beide Wangen, aber zur Antwort bekam sie nur einen schnarchenden Kommentar. Sie setzte sich neben ihm auf die Bettkante nieder.

Eine Weile blieb sie so sitzen. Dann ging sie zur Kommode, um sich etwas kaltes Wasser aus der Schüssel übers Gesicht und die Hände laufen zu lassen. Sie unternahm einen missgelaunten Versuch, Arnim aus der Umklammerung seines Gehrocks zu befreien, aber er lag bleischwer darauf. Also zog sie ihm lediglich die Stiefel von den Füßen, hob die Beine aufs Bett und breitete die Decke über ihm aus. Dann band sie ihr Kleid wieder zu und verließ die Kammer. Nachdem sie sich vergewissert hatte, dass der Flur leer war, ging sie hinab in die Wirtsstube.

Im Schein zweier Kerzen saß Goethe im Lehnsessel. Er ließ das Lustspiel, von dem er nur wenige Seiten hatte lesen können, langsam sinken, als er Bettine sah. Sie blieb auf halber Strecke stehen, und dann, ohne eine Wort zu sagen, eilte sie zu ihm, setzte sich auf sein Knie, schlang die zarten Arme um ihn und blieb, mit dem Kopf an sein Herz gelehnt, sitzen. Goethe ließ es geschehen und zog ihre aufgelösten Haare durch die Finger. Still, ganz still war es, und darüber schlief Bettine schließlich an seiner Brust ein. Goethe erhob sich mit ihr in den Armen und trug sie wie ein schlafendes Kind zurück in ihre Kammer, um sie zu betten und zuzudecken, wie sie es zuvor bei Arnim getan hatte.

7
FRIEDLOS

In der ganzen Geschichte des Menschen ist kein Kapitel unterrichtender für Herz und Geist als die Annalen seiner Verirrungen. In Friedlos, einem Dorf mit Poststation links der Fulda, drei preußische Meilen vor der kurhessischen Grenze und sechs vor Eisenach, glaubten sich die Gefährten bereits so unerreichbar und so sicher, als stünden sie im Hof der Wartburg. Ein letztes Mal hatte Boris die Pferde getauscht, die die Kutsche bis zum Abend nach Eisenach gebracht haben sollten, und schon waren alle, nach dem kurzen Imbiss, den sie im Posthause zu sich genommen hatten, wieder in den Sattel gestiegen. Allein Schiller säumte. Als er den Fuß schon auf die Stiege der Kutsche gesetzt hatte, war das Wort *Wartburg* an sein Ohr gedrungen.

Schiller sah sich nach dem Sprecher um. Es war ein Reisender aus Schweden, ein junger Herr mit flachsblonden Haaren und einem roten Gesicht, der drei Männern, die auf einer Bank vor der Station saßen, mit großen Gebärden ein Geschehnis schilderte.

»Einen Augenblick, mit Verlaub«, sagte Schiller in die Kutsche, wo schon Bettine und der Dauphin saßen. »Ich will doch hören, was der Schwede zu sagen hat.« Er stieg ab und gesellte sich zu den Männern. »Herr Schwede!«

Der Nordmann drehte sich zu Schiller um, offensichtlich erfreut, einen weiteren Zuhörer gewonnen zu haben. Nachdem sie sich einander vorgestellt hatten, erklärte der Schwede, dass er sich gerade auf Kavaliersreise nach Italien befinde und dass er am Vortag, auf der Weiterfahrt nach Fulda, hier aus Eisenach eingetroffen sei.

»Sind Sie auch auf der Reise nach Eisenach?«, fragte der Schwede und warf einen Blick auf Schillers Gesellschaft. »Unter Ihnen befindet sich kein Brite, möchte ich hoffen?«

»Weshalb?«

»Weil sich in der Nacht auf gestern auf der Wartburg eine schreckliche Freveltat ereignet hat: Zwei britische Besucher wurden erstochen und erlebten den Morgen nicht mehr, zwei weitere werden derzeit im Spital zusammengeflickt. Die Kunde davon gerät nicht an öffentliches Ohr, da die Eisenacher Behörden, möchte ich annehmen, ihr Möglichstes tun, den Mord unter Verschluss zu halten – in einer Zeit, da Europens Nationen einander so argwöhnisch beobachten.«

»Von wannen kommt Ihnen diese Wissenschaft?«

»Ich weiß nur davon, weil's meine Absicht war, am selbigen Tage Luthers Zufluchtsstätte zu besichtigen, und ich vor verschlossnen Türen stand. In der allgemeinen Konfusion gelang es mir, einer Magd – bleich wie ein Leichentuch, sie – das Wissen um dies Blutbad abzugewinnen. Erschütternd, nicht wahr? Im selben Hause, wo einst dem großen Reformator der Teufel erschien. In dieser Nacht hat er die Wartburg erneut aufgesucht, möchte man fürchten. *Herren må beskydda oss alla!*«

»Ist von den Tätern etwas bekannt?«

Der Schwede schüttelte den Kopf. »Wie über den Beweggrund ihrer Tat: nichts im Geringsten. Die sind längst über alle Berge, möchte ich annehmen. Auch mich hielt in der Stadt nichts mehr.« Nun schüttelte sich der Schwede einen Schauder aus den Gliedern. »Wie sagten Sie, Doktor Ritter – Sie waren unterwegs nach Eisenach?«

»Nein. Unser Ziel ist Hannover.«

Nachdem er sich von den anderen Reisenden verabschiedet hatte, kehrte Schiller zur Berline zurück. Statt aber in die Kutsche zu steigen, stieg er zu Boris auf den Bock und raunte ihm zu: »Wir nehmen die Göttinger Chaussee. Mach, wie ich dir sage. Ich erkläre mich später.«

Die vier Berittenen waren überrascht, dass die Kutsche eine Meile später an der Kreuzung der Straßen nicht ost-, sondern nordwärts fuhr, aber ein einziger Blick von Schiller genügte, dass sie ohne eine Frage folgten. Nach einer Viertelstunde hieß er Boris in einem Waldstück die Pferde auf einen verwachsenen Köhlerweg lenken, der an einer eingefallenen Holzbrücke über einen Bach endete.

»Sir William ist vernichtet«, sprach Schiller und sprang vom Bock. »Die Männer, in deren Obhut wir Karl geben sollten, sind verwundet oder tot.«

Diese Nachricht lähmte die anderen regelrecht, und gleich steinernen Statuen vergangener Feldherren saßen sie auf ihren Pferden.

»Es tut mir leid, dass ich euch weder bessere Kunde geben kann noch die schlechte ausführen. Der Schwede, mit dem ich sprach, wusste selbst nicht mehr.«

»Sollte man uns aus Mainz verfolgt und überrundet haben?«, fragte Humboldt. »Oder gibt es in Eisenach selbst Gegner unsrer Kampagne?«

»Sicher ist nur, dass wir heut nicht nach Eisenach reiten«, sagte Goethe. »Ich schlage vor, wir halten uns hier verborgen, derweil ein Kundschafter nach Eisenach galoppiert und in Erfahrung bringt, was auf der Wartburg wirklich vorgefallen ist.«

Sofort meldete sich Kleist für diese Aufgabe, aber Goethes Wahl fiel abermals auf Humboldt, weil dieser Sir William und seinen Offizieren bekannt war. Ohne Verzögerung machte sich Humboldt also auf den Weg nach Eisenach, mit der ausdrücklichen Bitte Goethes, auf sich achtzugeben. Den anderen blieb nichts, als den Tag über verborgen im Wald auf seine Rückkehr zu warten. Die Pferde wurden abgesattelt und zur Tränke an den Bach geführt. Goethe bat Arnim und Kleist, die Uniformen der

Nationalgarde, die sie bis jetzt aufbewahrt hatten, etwas abseits zu vergraben, um künftig weder bei deutschen Zollbeamten noch bei Franzosen Verdacht damit zu erwecken. Die französischen Musketen blieben aber in der Kutsche. Von einem der Blauröcke schnitt sich Goethe einen Knopf ab, um ihn, wie er sagte, als Andenken in seiner Münzsammlung zu bewahren.

Kurz nach Einbruch der Dunkelheit kehrte Humboldt zurück. Sein Ross hatte Schaum vor dem Mund und Augen wie Glas, und es sah aus, als wäre es nach einer weiteren Meile tot umgefallen. Boris nahm es umgehend in seine Pflege. Aber auch Humboldt war mehr als erschöpft und konnte sich kaum mehr auf den Beinen halten, und als er die Lederhandschuhe auszog, waren seine Finger feuerrot vom Griff der Zügel. Bettine brachte ihm Wasser, der Dauphin hüllte ihn in eine Decke, und Kleist walkte ihm den versteinerten Nacken. Alle waren voller Ungeduld, seinen Bericht zu hören, denn hätte es zur Besorgnis keinen Anlass gegeben, wäre Humboldt sicherlich nicht so schnell geritten.

»Brich endlich dein Schweigen, Alexander«, verlangte Schiller, »lass uns wissen, was wir zu fürchten, was zu hoffen haben!«

»Viel von diesem. Wenig von jenem.«

»Rede deutscher! Warst du auf der Wartburg?«

»Ich musste nicht auf die Wartburg, um unsern schlimmsten Verdacht zu bestätigen. Noch in der Stadt begegnete ich dem bairischen Capitaine aus Mainz.«

»Nein! Das kann nicht sein!«, rief Schiller. »Unmöglich, das kann dein Ernst nicht sein! Der Santing, der Bluthund, in Eisenach und am Leben!«

»So lebendig wie ich und du.«

»Blendwerk der Hölle! Es kann nicht sein, ich mag's und will's nicht glauben! Der Mann ist explodiert und ersoffen!«

»Weder das eine noch das andre. Er scheint ein Auge verloren zu haben, denn er trug eine Klappe über dem rechten Auge, und darunter lag dicht der braune Schorf.«

Fassungsloses Schweigen ergriff die Gruppe. Nur das Keuchen des geschundenen Pferdes und das Bachgemurmel durchbrachen die Stille.

Goethe sagte: »So ist es mit den Schurken: Eh man sich umsieht, stehen sie wieder.«

Humboldt berichtete nun, wie er in Eisenach eintraf und wie tatsächlich die Kunde von den Vorfällen auf der Wartburg den Weg nach unten in die Stadt nicht gefunden hatte, denn das Leben schien seinen üblichen Gang zu gehen. Die Zügel seines Pferdes in der Hand, wollte Humboldt gerade den Markt überqueren, als er Santings gewahr wurde, der ihm in Begleitung eines weiteren Mannes geradewegs entgegenkam. Die beiden trugen unauffällige Röcke und keine sichtbaren Waffen. Sicherlich hätte der Capitaine auch Humboldt erkannt, doch die Augenklappe musste die Sicht auf ihn verdeckt haben. Schnell verbarg sich Humboldt vollständig hinter seinem Pferd, und als sie einander passiert hatten, folgte er den beiden in gebührendem Abstand bis zu einer Herberge in der Georgenstraße, vor der sie mit einem Dritten sprachen, bevor sie ins Haus traten – ob in Französisch oder Deutsch, das konnte Humboldt aus der Entfernung nicht ausmachen.

»Und das ist beileibe nicht alles«, fuhr Humboldt fort. »Denn in der Hand trug Santing einen Spazierstock, der seine Verkleidung zum rechtschaffnen Bürger komplettierte. Einen Spazierstock – mit einem Löwenkopf aus Elfenbein zum Knaufe.«

»Bei dem tausendarmigen Tod! Solch einen Stock hatte …«

Und Goethe beendete den Satz, den Schiller angefangen: »… Sir William Stanley.«

»Gift, Pest und Verwesung!«, fluchte Kleist und trat vor Wut einen toten Ast entzwei. »Das fasst kein Sterblicher!«

Während Humboldt nun seinen Durst löschte und Kleist weiter auf dem Waldboden wütete, wollte Arnim Bettines Hand nehmen, aber sie wich dem aus, indem sie ihre Arme vor der Brust verschränkte. Louis-Charles sah blass in die Runde.

Schiller setzte sich hustend auf einem bemoosten Fels nieder, und mit kraftloser Stimme sagte er: »Wie es scheint, ist dies die Peripetie unsres Abenteuers.«

»Woher kann Santing gewusst haben, wohin wir wollten?«, fragte Arnim, aber niemand konnte ihm Antwort geben. »Wer hat ihn auf die Spur der Engländer gesetzt, und wie konnte er Sir William ermorden und davonkommen?«

»Diesmal fühlten Sie sich wohl nicht verfolgt«, sagte Goethe zu Schiller. »Sollte Ihr gutes Gespür Sie verlassen haben, mein teurer Freund?«

»Um ganz ehrlich zu sein, Herr von Goethe, fühlte ich mich nach Mainz ebenso verfolgt wie davor in Cisrhenan. Nur erschien mir der Gedanke bis heute Morgen noch töricht, und ich wollte die allgemeine Hochstimmung nicht durch Kassandrarufe trüben. Seien Sie versichert, ich werde künftig keine Ahnung mehr verschweigen.«

Goethe nickte. »Gut, meine Freunde; geraten wir über diese Erschwernis nicht in Panik. Herr von Kleist, gönnen Sie dem Gehölz einen Moment der Ruhe, und gesellen Sie sich wieder zu uns.« Kleist tat, wie ihm geheißen, nachdem er einen letzten Ast durchgetreten hatte.

»Nach Eisenach können wir vorerst nicht, so viel steht fest«, erklärte Goethe. »Wir könnten hier warten, bis der Herzog in die Stadt gekommen ist – denn das wird er mit Sicherheit, um der Angelegenheit auf den Grund zu gehen.«

»Hier darf der Prinz nicht bleiben«, widersprach Schiller. »Hier nicht, jetzt vollends nicht. Wenn wir nicht in ihr Netz tappen, wird die Spinne Santing es bald verlassen und nach uns suchen.«

»Ich bin ganz Ihrer Meinung, mein Freund. Vollkommen sicher vor den Nachstellungen der Franken sind Karl und wir wohl nur in Weimar selbst.«

»Aber wenn wir nach Weimar wollen, müssen wir durch Eisenach. Es führt kein andrer Weg nach Weimar.«

Jetzt meldete sich Kleist zu Wort. »Es braucht der Tat, nicht der Verschwörungen! Was spricht gegen eine offene Bataille? Frankreichs ganze Kriegsmacht, wahrlich, scheu ich nicht! Wir haben den Vorteil der Überraschung auf unsrer Seite, wir haben Waffen und Munition genug und in Mainz eine ganze Garnison besiegt! Jetzt oder niemals ist es Zeit, dies Räubergesindel aus Teutschland zu vertreiben oder unsre Saaten mit ihrem Blut zu tränken! Ein Auge haben wir diesem Halunken schon genommen – ich sage, nehmen wir ihm auch den Rest.«

»An Ihrer Verwegenheit ist nicht zu zweifeln, Herr von Kleist, aber Ihr Wille lockt die Taten nicht herbei, und Ihr Mut stellt sich die Schlacht zweifelsohne leichter vor. Vergessen wir nicht, dass unser Gastspiel in Mainz um Haaresbreite zum Trauerspiel geworden wäre. Wer weiß, ob uns Fortuna auch diesmal wieder hold ist? Und wer kann sagen, wie viele fränkische Soldaten Santing mit sich nach Deutschland geschmuggelt hat? Man lebt nur einmal in der Welt, also fordern wir unser Glück nicht heraus.«

»Weiter können wir nicht, bleiben können wir nicht, was dann?«

Aus der Kutsche holte Goethe eine der Karten, die Voigt ihm mitgegeben hatte, und entfaltete sie auf dem Waldboden. »Auf einem Umweg nach Weimar«, sagte er. »In einem Bogen, der so groß ist, dass wir Santings Netz umgehen. Entweder im Süden, im Schatten des Thüringer Waldes durch Baiern ...«

»Nimmer zu den entarteten Baiern! Nimmer zum ungroßmütigsten aller teutschen Fürsten! Dann lieber gleich zurück nach Frankreich!«

»Heinrich hat recht«, sagte Schiller. »Bonaparte hat im Deutschen Reich keinen treuern Diener als den Kurfürsten. Davon ganz abgesehen, dass Santing selbst aus Baiern kommt.«

»Also weiter geradeaus, über Preußen und Sachsen zurück nach Thüringen und dann nach Weimar von Norden aus.«

Der Halbkreis, den Goethes Finger auf der Landkarte von ihrem jetzigen Standort bis Weimar schlug, fand die allgemeine Zustimmung der Gruppe, und man einigte sich ebenfalls darauf, diese Nacht durchzureiten, da die Pferde von der langen Rast noch frisch waren.

Als sie nach und nach die Sättel wieder auf die Pferderücken hoben, sagte Arnim: »Herr Geheimrat, ich werde nun aber auf Ihr Angebot zurückkommen, dass Sie uns zwei Pferde für die Rückkehr nach Frankfurt überlassen. Bettine und ich müssen uns aus verständlichen Gründen hier von der Gesellschaft trennen.«

Bettine, die gerade den Riemen ihres Sattels festzog, war noch mehr als alle anderen von dieser Kunde überrascht. Ohne ein Wort zu sagen, fasste sie Arnim bei der Hand und ging mit ihm zum Bach, in den Schatten der schwarzen, bemoosten Balken der gewesenen Brücke.

Bevor sie aber sprechen konnte, hob er an: »Bettine, es ist genug. Streich die grimmigen Falten auf deiner Stirn glatt, sie schmücken dich nicht, und mich werden sie gewiss nicht umstimmen. Du bläst in einen kalten Ofen. Wir kehren nach Frankfurt um, das ist beschlossne Sache. Du hast mir dein Wort gegeben. Schon jetzt muss ich fürchten, dass mir Clemens' Degen das Gesicht zerkratzt für all die Eulenspiegeleien, vor denen ich dich nicht bewahrt habe. Aber ich werde ganz sicher nicht dulden, dass du krebsgängig durch Deutschland hetzt, von blutrünstigen Franken gejagt, die sich nichts sehnlicher wünschen als unsre Vernichtung. Ich habe mein Blei schon geschluckt«, sagte er und legte die Hand dabei auf den durchschossnen Schenkel, »bin satt und habe keinen Bedarf an einem Nachschlag.«

»Dann willst du die anderen in der Gefahr allein lassen? Die Herren Goethe und Schiller sind nicht mehr jung.«

»Alte Leute müssen sterben, junge Leute können sterben. Das ist der Unterschied. Niemand hat sie zu diesem Unterfangen gezwungen. Und ich bin beileibe nicht *ihr* Hüter, sondern der deinige. Wir kehren nach Frankfurt zurück.« Mit diesen Worten fasste er Bettine beim Arm, um sie zurück zu den Pferden zu geleiten, aber sie entwand sich seinem Griff und rannte entlang des Bachlaufs davon.

»Bettine!«

Durch diesen Ruf wurden auch die Gefährten bei der Kutsche aufmerksam. »Achim? Ist alles in der Ordnung?«, rief es durch den Wald.

»Wir sind gleich bei euch«, erwiderte Arnim und folgte Bettine.

Zu seiner großen Überraschung fand er sie, wie sie gerade einen Ulmenbaum emporkletterte. Arnim machte einen Satz nach vorn, um noch ihren Fuß zu fassen, aber sie entzog ihn rechtzeitig. Von einem Ast drei Schritt über der Erde schaute sie ostentativ in die Ferne, den Rücken an den Stamm gelehnt.

Arnim schluckte herunter, was er eigentlich sagen wollte, und fragte stattdessen: »Wie ist die Luft dort oben?«

»Frei.«

»Ich kann dir unter den Rock sehen.«

»Herzlichen Glückwunsch.«

»Bettine, die anderen warten auf uns. Du bist keine Eichkatze, also komm herunter, ehe du fällst.«

Bettine antwortete nicht, und statt zu Arnim sah sie in die Wipfel der kahlen Bäume über sich.

»Du bist verblendet«, sagte Arnim. »Du weißt anscheinend selbst nicht mehr, wessen du bedarfst.«

»Ich weiß, wessen ich bedarf! Ich bedarf, dass ich meine Freiheit behalte!«

Verlegen blätterte Arnim etwas Rinde vom Stamm ab.

»Was kann ich, sollte ich nicht zur Axt greifen, tun, um dich wieder auf den Boden zu holen?«

»Achim, begreife doch«, sagte sie mit sanfter Stimme, »es geht mir nicht um den Dauphin oder die Herren Schiller und Goethe, sondern vor allem um dich. Diese Tage sind die schönsten, die ich mit dir verbracht habe, allen Gefahren zum Trotz, und ich will sie nicht enden sehen. In Frankfurt ginge alles wieder seinen philisterhaft-frommen Gang; nie wären wir allein, nie unbeobachtet. Erinnere dich an unsre Nacht im *Sonnenwirt*.«

»Ungern. Ich bin auf der Schwelle zum Paradiese schändlich eingeschlafen.«

»Aber beim nächsten Mal wirst du wach bleiben, und es wird ein nächstes Mal geben, nicht in Frankfurt, sondern hier, wenn wir frei bleiben«, flüsterte sie und sah zu ihm herab mit ihren dunkelbraunen Augen, »und ich schwöre dir, Achim, es wird paradiesisch.«

Eine Viertelstunde später ritten Achim von Arnim, Bettine Brentano und ihre Gefährten auf der Göttinger Straße nach Norden.

Noch lange vor dem Morgen nahm Schiller, als er auf dem Bock der Kutsche saß, weit hinter sich auf der Straße ein tanzendes Lichtlein wahr. Er weckte Goethe, der wie Louis-Charles in der Kutsche schlief, durch einen Schlag aufs Verdeck und machte ihn darauf aufmerksam.

»Vielleicht ein Irrlicht?«, fragte Schiller.

»Nur Zickzack geht gewöhnlich deren Lauf. Das ist kein Irrlicht.« Goethe suchte in Humboldts Gepäck nach dessen Fernrohr und reichte es Schiller durchs Fenster, damit der das Geheimnis des Lichts, so gut es auf der rumpelnden Kutsche eben ging, lüften konnte.

»Ein Malheur jagt das andere«, sagte Schiller, als er das Fernrohr vom Auge senkte. »Boris, lösch die Laternen. Es sind Reiter.«

»Wie viele?«

»Das kann ich nicht sagen. Ein halbes Dutzend im Mindesten.«

»Schockschwerenot. Das ist doch nicht –«

»Wer sollte es sonst sein, zu nachtschlafender Zeit im wilden Galopp? Der Erlkönig und seine Töchter?«

»Die wären mir fast willkommner als dieser vielfach verteufelte Ingolstädter Bluthund. Das ist unmöglich! Oder zumindest unerklärlich! Woher weiß er, dass wir hier sind, und wie kommt er so schnell aus Eisenach hierher?«

Schiller wies Boris an, die Pferde anzutreiben. Louis-Charles, der nun ebenfalls erwacht war, schlug vor, sich in Eschwege in die Obhut der Polizei oder einer Kaserne zu begeben, aber Goethe hielt dawider, dass die Gefahr, in die Hände von Napoleoniden zu geraten oder schlicht für blödsinnig gehalten zu werden, zu groß war. Und wenn die englischen Dragoner, die besten Seiner Majestät, auf einer Festung wie der Wartburg nicht sicher waren, warum sollte es der Dauphin dann in Eschwege sein?

Stattdessen wollte man die Verfolger, wenn es denn tatsächlich Verfolger waren, mit der Kutsche, die ohnehin ihr Fortkommen bremste, als Köder auf eine falsche Spur locken, namentlich die Chaussee nach Göttingen, während die Gefährten ostwärts ritten, nach Preußen, zu den Feinden der Franzosen. Noch in der Fahrt wurde ein zweites Mal das nötigste Gepäck auf die Satteltaschen und die Ranzen verteilt, und die französischen Flinten wurden in einer Decke gebündelt, mit Ausnahme von einer, die der russische Kutscher zurückbehalten sollte.

Am Morgen war Eschwege erreicht und von den fremden Reitern keine Spur. Dennoch nahm man ohne Verzug Abschied von Boris und schärfte ihm ein, sein liebes Leben zu retten, sollte man ihn einholen. Am Posthaus wurden ohne Rücksicht auf den Preis mit dem Weimarer Geld die drei kräftigsten Gäule erstanden: ein Schweißfuchs mit einer Blesse, ein Kastanienbrauner und ein Schecke mit schwarz-gelben Flecken; Pferde wie Hirsche, die aussahen, als würden sie sie, wenn nötig, bis nach Polen tragen. Auf dem Pferderücken nahmen die sieben Reiter ein karges Frühstück zu sich. Wenig später kamen sie an die hessisch-preußische Grenze, und mit preußischer Gründlichkeit wurden sie von den Douaniers befragt und ihre Pässe geprüft. Ihr spärliches Gepäck wurde von einem Visitator ausdrücklich nach französischem Gut durchsucht. Nur den mustergültigen Passierscheinen aus Carl Augusts Kanzlei war es zu verdanken, dass den sieben erlaubt wurde, auch die zahlreichen Waffen ins Königreich einzuführen. Nach einer Viertelstunde wurde der Schlagbaum gehoben und hinter ihnen wieder gesenkt, und es stand zu hoffen, dass er für ihre Verfolger, sollten sie ihnen und nicht der Kutsche gefolgt sein, geschlossen bliebe und die Hatz damit beendet war.

Gegen Mittag, im Eichsfeld, stürzte Kleists Pferd, eines der französischen, das seit dem Vorabend ununterbrochen gelaufen war, und warf den Reiter unsanft in den Graben. Kleist blieb bis auf eine Blessur unverletzt, aber der Gaul war mit dem Vorderbein so übel eingeknickt, dass er nur noch hinken konnte. So unglücklich dieses Ereignis auch war, war die dadurch entstandene Unterbrechung Anlass für eine mehr als notwendige Pause für Rosse und Reiter. Die Gefährten tranken, walkten sich die wunden Glieder und ließen die Tiere grasen. Schiller griff erneut zu Humboldts Messingfernrohr und suchte damit den Horizont ab. Arnim trat an ihn heran.

»Ich denke, wir haben sie abgehängt. Meinst du nicht auch?«

»Nein.«

»Ironie?«

»Nein. Bitterer Ernst.« Schiller wies auf eine Staubwolke hinter einer Hügelkette, die auf einige Reiter hindeutete. »Er folgt uns unverdrossen durch alle Schlangenkrümmen unsrer Flucht.«

»Gottes Blitz!«, wetterte Kleist, »so hungerheiß folgt

keine Wölfin ihrer Beute! Wie viele Schlagbäume müssen wir diesen Lumpenhunden noch in den Weg stellen, wie viele Brücken noch unter ihren Ärschen wegsprengen! Wann immer ich mich umsehe, erblicke ich zwei Dinge: meinen Schatten und sie!«

Auch Goethe schüttelte fassungslos den Kopf. »Tropft von unsern Tritten Blut auf den Pfad, oder wie kann es sein, dass dieser Mensch uns wie ein losgelassner Hund auf der Fährte bleibt? Ich möchte einmal wissen, welchem Satan er dafür seine Seele verpfändet hat!«

Arnim und Bettine wechselten nun auf das kräftigste der drei neuen Pferde, während Kleist das Pferd von Bettine erhielt und dessen verletztes Pferd mit einem Peitschenschlag Humboldts fortgetrieben wurde. Im Galopp erörterte man, durch laute Zurufe, um das Hufgeklapper zu übertönen, einen Ausweg aus dieser Notlage. Kleist wollte von einem strategisch günstigen Punkt neben der Straße das Feuer auf die Franzosen eröffnen. Humboldt schlug vor, die Gruppe zweizuteilen, in der Hoffnung, Santing würde den Falschen folgen. Letzten Endes einigten sich die Gefährten aber darauf, ohne Rast und Aufenthalt und bis zur vollkommenen Erschöpfung der Pferde weiterzureiten, zumindest aber bis zum Einbruch der Dunkelheit, um sich dann zu Fuß abzusetzen und alle Straßen fürder zu meiden. Derweil sollte einer von ihnen mit den Pferden auf der Straße weiterziehen, um mit den Hufspuren im Dreck der Chaussee den hartnäckigen Capitaine fortzulocken – eine List, die beim zweiten Versuch hoffentlich gelingen würde.

Die Sonne sank in ihren Rücken, aber wenn einer von ihnen den Blick über die Schulter warf, dann nicht, um sich am Abendrot zu ergötzen, sondern um zu prüfen, ob der Abstand auf ihre Jäger wuchs oder schwand. Obgleich Hunger und Durst, Mattigkeit und Gliederschmerzen die Reitenden plagten, erlaubte sich niemand die Schwäche, darüber zu klagen. Im Dunkeln überquerten sie die Unstrut, und in einem Wald dahinter saßen sie endlich ab. Louis-Charles fiel zu Boden, weil seine Beine ihn nach dem langen Ritt nicht mehr tragen wollten, und blieb dort liegen. Aber auch Bettine und Humboldt legten sich rücklings ins Gras neben der Straße. Wie Blei lag der Schlaf in allen.

»Wer heißt euch schlafen?«, fragte Schiller. »Etwas Kraft noch, sonst wird man euch im Schlaf erdrosseln.«

Das Wasser in den Schläuchen war erschöpft und kein Bach in der Nähe, und der Staub der Straße, der in ihren Rachen haftete, schmerzte beim Schlucken. Die Gefährten packten, was noch in den Satteltaschen war, in ihre Tornister, und die französischen Musketen wurden mitsamt Bajonetten auf die Männer aufgeteilt. Kleist lud seine beiden Pistolen, denn ihm kam die Aufgabe zu, die falsche Spur mit den Pferden zu legen und danach, so möglich, wieder zu den anderen zu stoßen. Die Zügel der Pferde wurden verbunden, sodass Kleist mit einer Hand alle führen konnte. Er stieg auf den Rücken des Schecken, sprach ein kurzes Lebewohl und preschte dann davon. Die Übrigen schulterten ihre Bagage, die Decken und die Waffen und folgten Humboldt in den Wald links der Straße, immer weiter fort von Weimar, ihrem eigentlichen Ziel. Wiewohl Humboldt bald einen Wildweg fand, auf dem das Unterholz leichter zu durchqueren war, war ihre Wanderung durch Nacht und Wind qualvoll. Fortwährend schlugen ihnen Äste ins Gesicht, die sie in der Dunkelheit nicht wahrnahmen, und da sie in ihrer Erschöpfung die Füße kaum heben konnten, stolperte mehr als einer über Wurzeln und Steine. Die Tiere des Waldes hoben zu einem misstönenden Konzert an, wo die Wanderer ihre Ruhe störten. Statt eines Quells stießen sie nur an einen Tümpel, dessen brackiges Wasser ihren Durst nicht zu löschen vermochte. Vielfach war Humboldt taub für die Bitte, endlich innezuhalten, aber schließlich fiel er selbst auf die Knie und gestand, nicht mehr weiterzukönnen, selbst wenn die Hölle ihre Legionen verdammter Geister nach ihm ausgesandt hätte.

An Ort und Stelle sollte also das Nachtquartier sein, doch niemand gab sich die Mühe, den Schlafplatz einzurichten. Obwohl in der Nacht Frost drohte, wickelten sich die Gefährten schlicht in ihre Decken ein, so schnell es ging, und die Müdigkeit tat ein Übriges. Arnim hatte sich für die erste Nachtwache erboten, aber nachdem er bei jedem der Schlafenden geprüft hatte, ob er so warm als möglich zugedeckt war, und sich mit seiner eigenen Decke umhüllt gegen eine Buche gelehnt hatte, entschlummerte auch er, ehe der Kauz dreimal geheult hatte.

Ohne Frühstück ging es am nächsten Morgen weiter Richtung Nordwest. Sie wanderten fernab der Straße, und wenn sie aus der Deckung des Waldes traten, um ein Feld oder eine Wiese zu überqueren, dann taten sie es, wie vormals im französisch besetzten Hunsrück, mit Umsicht und Eile. Sie mieden alle Ansiedlungen; nur einmal schickten sie Arnim zu einem Gutshof, um einen Laib Brot und einen Käse zu erstehen. Bei der Rückkehr jammerte er darüber, dass man sich nun schon im heimischen Preußen vor den Feinden verbergen musste.

Anhand der Hinweise, die Humboldt ihm gegeben hatte, stieß am Nachmittag Kleist zu ihnen. Er war bis vor Langensalza geritten und hatte dort die Pferde zu anderen in eine Koppel am Wegesrand geführt, deren Besitzer sich zweifellos über den unerhofften Zuwachs freuen würde. Ein Pferd hatte er zurückbehalten, um wieder zu den Gefährten zu reiten. Das unglückliche Tier war von dem Höllenritt, der zwei Tage und Nächte gedauert hatte, so erschöpft, dass es ohnmächtig zusammenbrach, kaum dass Kleist den Sattel verlassen hatte. Einer Eingebung folgend, hatte sich Kleist nahe der Straße verborgen, und nach Ablauf einer Stunde galoppierten tatsächlich Reiter an ihm vorbei – allerdings nur zwei an der Zahl und Santing mit

Gewissheit nicht darunter. Als Kleist aber die beiden Männer beschrieb, die seiner Schilderung zufolge bis an die Zähne bewaffnet waren, erkannte Humboldt den einen wieder als den Mann, mit dem der Capitaine vor der Herberge in Eisenach gesprochen hatte. Es konnte also wenig Zweifel darüber bestehen, dass sich ihre Verfolger getrennt hatten und nur zwei von ihnen der falschen Fährte gefolgt waren. Doch wo sich die anderen befanden, und insbesondere Santing, das war ein Rätsel. Mit Sicherheit konnte man nur sagen, dass sie noch immer nicht in Sicherheit waren.

Da sie nicht ewig fliehen wollten und dieser einsame Landstrich keine namhaften Städte aufzuweisen hatte, in denen man um Hilfe bitten konnte, schlug Goethe vor, sich in unwegsames, unbesiedeltes Gebiet zu begeben, und sei es bis hoch auf den Brocken, um Santing vollends abzuschütteln, oder ihn, sollte er dennoch folgen, mit Pulver und Blei zu erwarten. Ein weiteres Mal breitete er die oft bemühte Karte aus. Sie zerfiel in seiner Hand in vier Teile, und er musste die Viertel auf dem Boden erst arrangieren. Drei Höhenzüge kamen, so schien es, für ihr Vorhaben in Frage: die Hainleite, der Harz und der Kyffhäuser. Der Entscheid fiel auf Letzteren, der zwischen den beiden anderen lag. Goethe hatte die Hügel des Kyffhäusers mit dem Herzog dreißig Jahre zuvor bereist, und es war nicht ausgeschlossen, dass Carl August sich daran erinnern und ihn dort suchen würde. Aller Hoffnung war zudem, dass sie die Franzosen dort nicht finden und, da sie sich nicht ewig im preußischen Königreich verbergen konnten oder vielmehr im Schwarzburger Fürstentum, in dem sich das Kyffhäusergebirge befand, mit leeren Händen wieder abziehen würden. Sollte es vonnöten sein, konnte man noch immer einen der Gruppe als Kurier zum Herzog nach Weimar schicken.

Bis zum Kyffhäuser war es noch ein guter Tagesmarsch, und eine weitere Nacht mussten die Gefährten ungeschützt auf dem hartgefrorenen Waldboden verbringen, nach der nicht nur Schillers Husten ärger geworden war, sondern auch die Nasen Goethes und Bettines verstopft. Kleist hatte unbequem auf einem schroffen Stein gelegen, sodass er am Morgen darauf vor lauter Nackensteife den Kopf nur in eine Richtung wenden konnte, und Arnim war derart ungünstig aufgetreten, dass sein Knöchel anschwoll und die anderen ihm den Stiefel bald vom rot geschwollenen Fuße herunterschneiden mussten. Seinen Vorwurf an Bettine sprach er nicht aus, als er in Strümpfen weiterhumpelte, er war ihm aber deutlich lesbar ins Antlitz geschrieben.

Doch wie es das Glück wollte, machten sie im Schatten der Hainleite eine Begegnung, die aller Laune hob: Sie kreuzten den Weg eines fahrenden Händlers, der mit seinem einspännigen Wagen von einem Dorf zum nächsten über die schlechte Straße fuhr. Angesichts der guten Bewaffnung der Gefährten glaubte sich der arme Kaufmann zunächst in einem Hinterhalt von Räubern. Umso größer war seine Freude, es stattdessen mit zahlungskräftigen Kunden zu tun zu haben. Ohne Verzug hatte er die Läden seines Wagens geöffnet und sein Inventar vor den sieben ausgebreitet, und die nahmen mit, was in ihre Ranzen passte und was ihnen in den kommenden Tagen in der Wildnis von Gebrauch sein konnte: zwei Zelte aus fester Leinwand, Filzdecken, Zunder, Kerzen, Lampen, Pechfackeln, eine Axt, Seife, einige Töpfe, Teller und Essgeräte; Brot, Mehl, Grütze, Kartoffeln, Schinken, Würste, Käse, Äpfel, reichlich Zichorienkaffee sowie zahlreiche Flaschen Wein und Branntwein; ferner neue Kleider für den Dauphin und neue Stiefel für Arnim. Auch Bettine bestand darauf, den leidigen Rock, der sich so oft im Unterholz verfangen hatte, dass sein Saum in Fetzen lag, endlich gegen eine Hose einzutauschen. Sie kaufte sich graue Beinkleider, dazu ein gelbes Westlein und einen braunen Überrock. Hinter dem Wagen kleidete sie sich um. Ihrer kleinen Statur wegen war ihr aber alles zu lang und zu weit, als ob sie es auf dem Krempelmarkt erstanden hätte. Der Händler lachte über sie und sagte, sie sähe aus wie ein Savoyardenbube und könne als solcher gute Dienste leisten. Humboldt machte ihr eine Mütze von Fuchspelz zum Geschenk, von der ein Fuchsschwanz hinten herabhing, und beschwor, dass sie sich dergestalt ausgestattet nicht nur in der deutschen, sondern auch in der amerikanischen Wildnis bewähren würde. Beim Abschied wollte der dankerfüllte Händler den Gefährten mannigfaltigen Tand zur Prämie draufgeben, aber Schiller lehnte dankend ab und bat ihn lediglich um Verschwiegenheit.

Am Abend lag der riesige Kyffhäuser im Dämmerlicht vor ihnen auf dem Abendnebel des Tals wie ein schwarzer Kater, der sich zum Schlaf auf einer weißen Decke zusammengerollt hatte. Niedriger war dies Gebirge als der Hunsrück und viel kleiner als der Thüringer Wald und dennoch beklemmender als beide; ein öder, abweisender Höhenzug, der den Menschen nur zu seinen Füßen duldete. Die sieben Wanderer hielten inne und betrachteten den Berg. Obschon sie es in jener Stunde nicht ahnen konnten, war dies der Ort, der für die nächsten vierundzwanzig Tage ihre Zuflucht und ihre Heimstatt sein würde und von dem sie nicht gehen würden, wie sie kamen. Niemand sprach, aber mancher schauderte und schrieb es der Abendkälte zu.

Eine Schar Rabenvögel flog in einiger Höhe über ihren Köpfen hinweg zum Kyffhäuser, und die Gefährten folgten ihr.

8

KYFFHÄUSER

Mit dem Rüssel durchwühlte das Wildschwein den Boden auf der Suche nach seinem morgendlichen Mahl. Als es einige Eicheln vom Vorjahr gefunden hatte und den Kopf hob, um sich kauend umzusehen, löste Bettine den Abzug der Armbrust. Der Bolzen schoss dem Tier in den Kopf und blieb hinter dem Ohr stecken. Ein Zucken durchfuhr den Körper des Keilers, und er quiekte auf. Benommen sah er sich um, aber so wild er auch mit den Augen rollte, der Bolzen war für ihn nicht zu sehen; also rannte er einen kleinen Kreis und schüttelte dabei wild den Kopf, als würde er einem lästigen Insekt entkommen wollen, das ihm im Nacken saß. Bettine war so gebannt von diesem Anblick, dass ihr Schiller die Armbrust entreißen musste, um eilig die Sehne für den zweiten Schuss zu spannen.

Nun hörte der Keiler aber das Knarren der Spannwinde, und augenblicklich rannte er auf das Gebüsch zu, in dem sich Schiller, Bettine und Karl verborgen hatten, Wut in den Augen und die Hauer zum Stoß bereit. Schiller warf die Armbrust von sich und griff zu seinem Knotenstock, um den Angriff abzuwehren. Bettine sprang zur Seite. Schiller ließ das dicke Ende des Stocks auf dem Schädel des Tieres niederkrachen, aber der Schlag blieb ohne Wirkung. Schiller floh hinter den Stamm einer Eiche. Das rasende Tier folgte ihm und umrundete den Baum mal links, mal rechts, ohne aber Schillers habhaft zu werden. Bettine hatte den Hirschfänger gezogen und zu Schiller auf den Waldboden geworfen und selbst die Pistole gespannt und angelegt, wiewohl es vereinbart war, nur im äußersten Notfalle zu feuern.

Während des unbarmherzigen Ringelreihens um die Eiche schlich sich Karl an, einen selbstgeschnitzten Speer aus Birkenholz in der Hand, und mit einem Angriffsschrei trieb er das Holz in die Flanke des Keilers. Dieser wandte sich nach seinem neuen Gegner um, aber Karl hielt den Speer in den Händen und den Keiler damit auf Abstand, derweil die Wunde immer weiter einriss. Die Kraft des Wildschweins war jedoch so gewaltig, dass der Speer schließlich brach. Das längere Ende blieb im Leib des Keilers stecken wie zuvor der Bolzen. Nun rannte das Tier Karl um, doch er war sofort wieder auf den Beinen und gab Fersengeld. Zu seinem Glück bekam er einen niedrig hängenden Ast zu fassen und konnte sich daran in die Höhe ziehen, außer Reichweite des mordschnaubenden Biests.

Schiller hatte Bettines Hirschfänger aufgenommen. Mit einem Satz war er hinter dem Tier, setzte ihm die Klinge unter die Kehle und zog sie empor. Des Keilers Hauer erfassten Schiller am Arm und rissen ihm ein Loch ins Hemd und das Messer aus der Hand, aber der Kampf war geschlagen: Als sich Schiller erneut entfernte, folgte ihm das wilde Tier nicht mehr. Aus dem Hals des Ebers sprudelte das heiße Blut auf den kalten Waldboden, bis er ganz vom aufsteigenden Dampf umhüllt war. Er betrachtete mal Schiller, mal Bettine heftig atmend, setzte noch ein paar trunkene Schritte vor und zurück und sank dann auf dem toten Laub nieder, seine Seele auszuhauchen.

Bettine hatte bis zuletzt die Pistole auf das Tier gerichtet. Jetzt entspannte sie den Hahn und ließ die Waffe sinken. Karl schwang sich vom rettenden Ast herab. Schiller inspizierte den Riss in seinem Hemde und das Hämatom in seiner Ellenbeuge.

»Das nächste Mal jagen wir Kaninchen«, sagte er. »Was vermag nicht ein angeschossener Eber! Dieses Schwein hat eh mehr Fleisch, als wir je essen können.«

Karl trat an das Tier heran. Im gleichmachenden Grau der Morgendämmerung leuchtete die Lache von Blut unwirklich purpurn. Mit einiger Mühe zog Karl den Armbrustbolzen aus dem Schädel des Tieres. »Der Schuss war gut.«

»Gut? *Gut* nennst du diesen Schuss?«, fragte Schiller lachend. »*Meisterlich* war er! Davon wird man noch reden in spätesten Zeiten! Meine Hochachtung, Bettine. Du bist wahrlich eine moderne Atalante.« Mit diesen Worten klopfte er ihr auf den Rücken. »Und wie Atalante sollst du zum Ehrenpreis den Kopf und die Haut dieses Schwarzkittels bekommen, wenn wir mit ihm fertig sind. – Wo ist mein Klopstock?«

Sie sammelten auf, was sie im Verlauf des Gefechts auf dem Schlachtfeld verloren hatten – Schillers Knotenstock, die Armbrust, den blutigen Hirschfänger und Bettines Mütze von Fuchspelz –, und banden hernach die Vorder- und Hinterläufe des Schweins um einen toten Ast. Dann machten sie sich auf den Rückweg zum Lager. Anfangs pfiff Schiller noch ein Jägerlied, aber bald fehlte ihm dazu der Atem: Selbst auf zwei Schultern verteilt war das Gewicht des ausgebluteten Keilers noch so gewaltig, dass sie auf dem Marsch mehrere Pausen einlegen mussten; die letzte auf einem Kamm oberhalb ihres Lagers mit einem überwältigenden weiten Blick auf Berg und Tal.

»Sei mir gegrüßt, Berg mit dem rötlich strahlenden Gipfel!«, rief Schiller dort der Morgenröte entgegen. »Und sei mir gegrüßt, Sonne, die ihn so lieblich bescheint!«

»Ich hab meiner Tage nichts Schöneres gesehen.« Bettine setzte ihre Pelzmütze ab und atmete tief ein. »Was ist das für eine Luft! Wenn man Morgennebel trinkt und der Tau auf den Halmen liegt und der Duft der jungen Kräuter in die Brust dringt: Das ist eine Luft, die mir keine Weisheit ersetzen kann.«

»Und die man für kein Parfum der Welt möchte austauschen, sei es noch so meisterhaft komponiert«, pflichtete Karl bei.

Schiller nickte. »In deinen Armen, an deinem Herzen wieder, Natur, ach!, das macht mich selig.«

»Und hungrig.«

»Ganz recht. Säumen wir also nicht, und überraschen wir unsre Bande mit diesem kapitalen *petit déjeuner*.«

Das Lager der Königsräuber befand sich am Südhang des Kyffhäusers, etwa auf halber Höhe zwischen Tal und Gipfel in einer kleinen Senke. Wie ein Amphitheater war es auf drei Seiten von Hängen umgeben, die so steil und felsig waren, dass man es nur auf einem einzigen Pfad von oberhalb erreichen konnte. Zum Tal hin jedoch fiel der Berg sanft ab, und man musste nur wenige Schritte laufen, um einen imposanten Blick auf das Tal und die Hainleite dahinter zu haben – und natürlich auf die Straße dazwischen. Sollten sich ihre Verfolger auf dieser nähern, wäre es für die Gefährten ein Leichtes, sie rechtzeitig auszumachen. Umgekehrt war das Lager vom Tal aus nicht zu entdecken, und je mehr der Frühling voranschritt, desto dichter würde das schützende Flordach der reichen Natur werden. Bei ihrer Ankunft waren nur Knospen in den nackten Zweigen, jetzt, eine Woche später, blitzte schon hier und da erstes Grün auf.

In der Mitte des Amphitheaters, wo keine Bäume wuchsen, hatten sie die beiden Zelte aufgestellt. In dem einen schliefen Bettine und Arnim, im anderen Schiller, der Dauphin und Goethe. Kleist und Humboldt bestanden darauf, wiewohl im Bedarfsfall noch Platz in den Zelten gewesen wäre, unter freiem Himmel zu schlafen – oder aber unter einem nahen Felsvorhang, der Schutz vor Regen bot. Dieser Felsvorhang lag linkerhand des Lagers. Er war in etwa vier Schritt hoch und doppelt so weit und war schon fast eine Höhle zu nennen, wäre nicht spätestens nach zehn Schritt im Halbdunkel die hintere Wand erreicht.

Durch einige Gänge und Spalten hätte sich vielleicht ein Tier noch zwängen können, aber kein Mensch. Goethe hatte die Kaverne wegen ihres weißen Kalksteins scherzhaft *Musentempel* genannt, eine Bezeichnung, die von den anderen bald übernommen ward. Hier hatten sie die Waffen und den Großteil ihrer Vorräte gelagert, und hier war auch die Feuerstelle errichtet, um Feuer und Feuerholz vor dem Regen zu schützen. Außerdem hätte man Rauch auf der Lichtung bei Windstille meilenweit erkennen können, unter dem Felsdach aber zog er in die Ritzen im Kalkstein und verschwand darin, und nur der Ruß an der weißen Decke blieb zurück. Humboldt, der den Musentempel eingehend untersucht hatte, riet davon ab, sich mehr als nötig dort aufzuhalten, denn der Kalkstein war spröde und unfest, und einige Gesteinsbrocken am Boden und viel Geröll waren die Zeugen vergangener Abgänge.

Als das Trio der Jäger heimkehrte, saß Arnim dort am Feuer und kochte einen Kaffee und einige Eier, die er bei einem morgendlichen Streifzug aus Vogelnestern geraubt hatte. Die Zeit, bis er die Eier wieder aus dem kochenden Wasser nahm, pflegte er zu messen, indem er eine fixe Anzahl Vaterunser betete. Einige Scheite mehr wurden für den Eber aufgelegt, den Humboldt fachmännisch pelzte, ausweidete und zerlegte. Bis zuletzt war er ein wenig böse über den Leichtsinn der drei Jäger, insbesondere ihres Anführers Schiller. »Ihr wusstet offensichtlich nicht, mit wem ihr euch anlegt«, tadelte er. »Ein ausgewachsener Keiler! Solch ein Gegner ist eindeutig zu groß für euch, und ihr könnt von Glück reden, dass ihr mit ein paar blauen Flecken davongekommen seid.«

Und Arnim schüttelte nur immer wieder den Kopf. »Bettine von einem wilden Eber aufgespießt! Herrgott, Clemens hätte mich geviertelt.«

Die anderen aber waren, spätestens beim ersten Bissen Wildbret, voll des Lobes für die waghalsige Eberhatz, bei der sich Bettine und der junge Prinz so bewährt hatten. Sie saßen auf zwei umgestürzten Baumstämmen, die ihnen als Bänke dienten, und Arnim brachte immer neue Bratenstücke von der Feuerstelle herab. Dazu aßen sie Brot und tranken Kaffee und Wasser, das sie unter einem der Felsen gesammelt hatten, von dem es herablief.

Endlich begann auch die Sonne sie zu wärmen, und Goethe streckte alle Glieder behaglich von sich. »Hier bin ich gern, und hier mag ich gern bleiben«, sagte er. »Hier sind wir so wenig zu fangen wie eine Maus auf dem Kornboden, und ebenso wohl wie diese fühle ich mich hier. Die Opern, die Schauspiele, die Gesellschaften, die Gastereien – was ist das alles gegen einen einzigen vergnügten Tag unter freiem Himmel auf unserm Berge.«

Alle pflichteten ihm bei, dass sie an keinem schöneren Ort hätten Zuflucht suchen können. Vor allem Bettine und Arnim genossen das Leben in der Natur, aber auch Schiller sehnte sich nicht einen Moment zurück in sein Federbett in der Esplanade. Sogar die Rasur hatte er aufgegeben, wie auch Arnim und Karl, und mit ihren Bärten, Arnims schwarz, Schillers rot und Karls blond, sahen die drei fraglos wie Räuber aus. Schiller gelobte, auch seine Haare wachsen zu lassen wie Adlerfedern und seine Nägel wie Vogelklauen, um sich vollends der Wildnis anzupassen. Kleist sah sie bereits das Leben der edlen Wilden führen; jenes ihrer barbarischen, heldenhaften Ahnen aus den Zeiten Tacitus'.

Freilich war es denkbar, dass Capitaine Santing die Suche nach ihnen längst aufgegeben hatte und nach Frankreich zurückgekehrt war – aber ebenso war es auch möglich, dass er noch immer die Fürstentümer nach ihnen durchkreuzte, und daher herrschte unter den sieben Einvernehmen, auf unbestimmte Zeit in diesem liebenswürdigen Refugium auf dem Kyffhäuser zu bleiben.

Nach dem Frühstück zogen sich Schiller und Karl zurück, wie sie es auch an den letzten Vormittagen getan hatten.

Nur einen kurzen Fußmarsch von der Senke entfernt war am Waldesrand über einer Wiese ein dunkler Felsen, der sich vom Sonnenschein schnell erwärmte und von dem man einen schönen Blick ins Tal bis nach Frankenhausen hatte. Hier suchte Schiller in täglichen Gesprächen, den Dauphin auf seine Regentschaft in Frankreich vorzubereiten. Die Aussicht, den künftigen Herrscher des mächtigsten Reiches der Welt zu formen, hatte überhaupt erst den Ausschlag gegeben, dass sich Schiller Goethes Reise nach Mainz angeschlossen hatte, und nun endlich konnte er die Saat legen für einen fortschrittlichen Staat nach seinen Idealen. Louis-Charles war ihm dabei ein gelehriger Schüler, und mehr noch: Der Jüngling verehrte Schiller, liebte und folgte ihm wie ein Hund seinem Herrn, wie ein Sohn seinem Vater. Karl war der König von Frankreich, aber der König Karls war Schiller.

Die Gefühle der anderen Karl gegenüber blieben nach der unglücklichen ersten Begegnung immer von einer höflichen Distanz bestimmt, die auch das enge Zusammenleben im Walde nicht zu überbrücken vermochte, denn Karl war keiner von ihnen: kein Bürger, kein Dichter und kein Deutscher. Hinter dem Rücken der beiden spotteten sie milde über den König ohne Krone und seinen Ziehvater Schiller, obgleich sie wussten, dass dessen Einfluss auf Karl nur förderlich sein konnte und dass Karl nach seinen Entbehrungen alle Zuneigung der Welt verdient hatte.

Während Schiller auf dem Felsen nun schwärmte von den Lehren Kants und Fichtes und der parlamentarischen Monarchie in England oder der Demokratie in den amerikanischen Staaten, fragte Karl unvermittelt: »Wie soll ich je auf den französischen Thron gelangen? Wer will mich dort wissen?«

»Deine Frage verblüfft mich. Alle Völker Europas wollen dich dort wissen.«

»Mit Ausnahme der Franzosen.«

»Mit Ausnahme *einiger* Franzosen; vielleicht.«

»Die Mehrheit würde mich ablehnen.«

»Die *Mehrheit*? Was ist die Mehrheit? Mehrheit ist der Unsinn. Verstand ist stets bei wenigen nur. Überschätze nicht den Rückhalt, den Napoleon im Volke hat! Die Mehrheit ist für ihn, weil die Mehrheit immer für den Herrschenden ist. Die Mehrheit war für deinen Vater, als er regierte, sie war es für Robespierre, sie ist es für Napoleon, und sie wird es für dich sein.«

»Kann ich kein willkommneres Königreich regieren als das französische?«

Schiller lächelte. »Wohl: Wie viel schneller man einen Staat mit einem König versorgt als Könige mit einem Staat. Aber es muss Frankreich sein, Karl. Nur Frankreich kann Frankreich überwinden. Nur Ludwig XVII. kann Napoleon I. stürzen.«

»Aber wie soll ich ihn stürzen? Soll ich Krieg gegen mein eignes Volk führen, mit fremden Feindeswaffen in die heimische Erde einfallen?«

»Es wird wenig Blut fließen, vielleicht nur das eines einzigen Mannes, das eines Schlächters, der es, Gott möge mir dies Urteil vergeben, nicht besser verdient hat. Deine Freunde in Weimar und anderswo werden dafür sorgen.« Schiller umfasste den Nacken des Dauphins. »Karl, sie werden dich lieben. Es liegt in deiner Hand, eines großen Landes größter König zu werden. Wenn du aus den Erfolgen und Fehlern deiner Vorgänger lernst, wenn du das Beste aus Monarchie und Republik vereinst, wenn du Bürgerglück mit Fürstengröße versöhnst, wenn du einen aufgeklärten Staat errichtest, eine wahrlich große Nation, gegen die selbst England, das freieste Volk unter dem Himmel, wie eine Despotie wirken muss – wenn der Name *Frankreich* Bewunderung und Neid hervorruft, nicht Furcht und Feindseligkeit. Werde von Millionen Königen ein König, denn wenn du deine Untertanen wie Könige behandelst, wie sollten sie anders als dich lieben? Dann erkennt Frankreich nur einen einzigen König.«

»Ich fürchte nur, deine wunderbaren Ideen sind unsrer Zeit voraus.«

»Das letzte Jahrhundert war meinem Ideal nicht reif. Aber das neue wird es sein.«

»Du bist ein Optimist.«

»In der Tat«, sagte Schiller, »und mein Optimismus macht nicht einmal an Frankreichs Grenzen halt! Niemals – niemals besaß ein Sterblicher so viel, um es so göttlich zu gebrauchen wie du. Alle Könige Europens huldigen dem fränkischen Namen. Sei du Europens Königen ein Vorbild, und nach deinem Vorbild wird die Erde neu erschaffen!«

»Friedrich, dein Enthusiasmus macht mir Angst. Ich bin ein Jüngling von zwanzig Jahren, ungeübt im Regieren, geübt nur in der Flucht – und soll die Erde neu erschaffen?«

»Bitte verzeih. Ich bin, wie oft, drei Schritte voraus.«

Karl griff nach einigen Steinchen, die auf dem Felsen lagen, und warf sie nach einem Rabenvogel, der sie betrachtet hatte.

»Bin ich nicht zu klein für diese Aufgabe?«, fragte Karl nach einer Weile, ohne den Blick vom Raben zu nehmen.

»O Karl! Karl! Dass du diese Frage stellst, beweist nur einmal mehr, dass du es nicht bist«, erwiderte Schiller sanft. »Willst du es denn? Willst du dies neue Königreich errichten und regieren?«

»Von ganzem Herzen.«

»Dann fürchte nichts. Den Menschen macht sein Wille groß und klein.«

Erneut schwiegen die beiden. Schließlich sagte Karl: »Du bist sehr gut zu mir. Ich hoffe, ich kann mich eines Tages erkenntlich zeigen.«

»Das Königreich ist dein Beruf. Für dich zu kämpfen ist jetzt der meinige.«

»Aber warum nimmst du diese ganzen Mühen und Gefahren auf dich? Allein, um Frankreich in einem bessern

Zeitalter zu wissen? Du bist nicht einmal Franzose. – Oder tust du es, um Deutschland vor Napoleon zu schützen?«

»Beides und mehr«, sagte Schiller. »Es gibt noch einen Grund, den ich bislang nicht einmal Goethe anvertraut habe. Ja, soll ich's dir gestehen, Karl? – Gut, du sollst es wissen. Anno 93 wollte ich nach Paris, denn wiewohl ich die Revolution anfangs begrüßte, war ich schockiert, dass die Sansculotten gegen ihren eignen König prozessierten. Ich hatte eine Verteidigungsschrift für Ludwig schon verfasst und hoffte, die Franzosen würden mir, als französischem Ehrenbürger, in dieser Sache Gehör schenken. Und dann erreichte mich die Hiobspost seiner Hinrichtung. Ich bin damals nicht schnell genug gewesen, und ich bin dankbar, dass ich mit deiner Rettung nachholen kann, was ich an deinem Vater versäumt habe.«

Heraus aus den Schatten und regen Wipfeln des dicht belaubten Haines trat nun eine Gestalt auf die Wiese unter dem Rabenfelsen. Es war Goethe, der aber nicht zu den beiden sah, sondern vielmehr aufmerksam auf die Wiese, die Hände hinter dem Rücken verschränkt. Er wirkte wie einer der zahlreichen Störche, die derzeit aus dem Süden zurückkehrten, auf der Suche nach Fröschen im hohen Gras.

»Wollen wir unser Gespräch morgen fortsetzen?«, fragte Karl.

»Gerne. Und ich werde dem ehrwürdigen Geheimrat bei seiner Suche helfen. Vielleicht sucht er nach Kieseln für seine Sammlung daheim.«

Die beiden kletterten vom Fels hinab, und während Karl zurück ins Lager ging, trat Schiller zu Goethe – gerade als sich dieser niederbeugte, um einen Krokus zu pflücken. Offensichtlich sammelte er Blumen für ein Sträußchen.

»Was gibt das?«, fragte Schiller. »Für wen ist das Bouquet?«

»Was fragen Sie? Für Humboldt.«

Schiller runzelte die Stirn. »Damit er es in Alkohol ertränkt? Oder braut er uns eine indianische Arznei daraus?«

»Das war ein Scherz, mein Freund. Natürlich sind die Blumen *nicht* für Humboldt, sondern für die einzige Dame unsrer Société.«

»Für Bettine? Entzückend. Selbst in der Wildnis sind Sie noch ein Gentilhomme.«

»Dankbarer noch als für Ihren ungefragten Kommentar wäre ich allerdings für tatkräftige Mitwirkung. Seien Sie so hilfreich und gut, mir bei der Suche nach einigen schönen Blüten zur Hand zu gehen. Blumen im März finden sich mühsamer als Speck in eines Juden Küche.«

Seite an Seite durchstreiften sie also die Wiese und pflückten, was sie an Blumen finden konnten.

»Wie geht es voran mit der politischen Erziehung des Fürsten?«, fragte Goethe.

»Vielversprechend. Er ist mit vielen unsrer Denkweisen noch unvertraut und mitunter decouragiert vor seiner eignen Zukunft als Herrscher – Karl erbt das größte Reich der Christenheit –, aber er ist so gelehrig wie kein Zweiter.«

»Je nun: *Herrschen* lernt sich leicht, *regieren* schwer.«

»Wenn er kein Prinz wäre, so verdiente er einer zu sein, und sollte ich nur halb so viel Einfluss auf ihn haben wie Sie weiland auf Carl August, dann geht Europa in diesem Jüngling ein neuer, schönrer Morgen auf. – Ist diese unscheinbare Narzisse hier gut genug für Ihren Strauß?«

»Nur her damit, doch trennen Sie vorher die Wurzel ab«, erwiderte Goethe und nahm dann das Blümchen entgegen. »Wenn man bedenkt, dass Louis-Charles in der Temple-Gefangenschaft von seinem Vater unterrichtet wurde, dann treten Sie dieser Tage mit Ihren Lektionen in die Fußstapfen Ludwig XVI. Erstaunlich, nicht wahr?«

»Ja. Mein Leben hat die Farbe eines Romans. Aber ich will mich nicht darüber beklagen.«

Am Ende ihrer Ernte hatten sie drei Krokusse, einen Blaustern, vier Narzissen und einige Windröschen beisammen. Damit begaben sie sich auf dem schmalen Wildpfad zurück zum Lager. Auf schwarzen Steinen überquerten sie einen kleinen Bach, der den geschmolzenen Schnee der Höhen lustig murmelnd talwärts trug. Die Wipfel waren erfüllt vom Sang der Vögel.

Als Goethe noch eine Schlüsselblume vom Wegesrand seinem Strauß hinzufügte, sagte Schiller: »Und wie ich in der Politik den Fortschritt suche, suchen Sie ihn anscheinend in Herzensdingen.«

»Wovon reden Sie?«

»Ich bin, obschon aus Schwaben, keinesfalls begriffsstutzig«, sagte Schiller lächelnd. »Jeder, der zwei gesunde Augen im Schädel hat, kann sehen, dass Bettine Ihnen so gut als verfallen ist – außer natürlich Achim, der arme Tropf, denn der will es nicht sehen –, und Sie haben bislang nichts getan, Bettines ständiges Schlenzen und Scherwenzen zu entkräften.«

»Ich bestärke sie darin aber auch nicht.«

»Unbewusst tun Sie es.«

»Das wüsste ich.«

»Sie wissen es eben nicht. Daher ja *unbewusst*, mein teurer Freund.«

»Bitte nennen Sie ein Beispiel, Sie Seelenkenner.«

»Oh, Sie halten es in Ihren Händen: der Frühlingsgruß. *C'est l'amour qui a fait ça.*«

»Sie sprechen schon fast wie ein Franzos.«

»Wollen Sie mein Argument entkräften?«

»Nein. Aber ich bin nicht verheiratet, wenn ich Sie daran erinnern darf.«

»Und ich will mitnichten den Hüter der Moral markieren. Werd ich zwei Herzen trennen, die sich fanden? Ich bitte Sie nur, daran zu denken, dass Herr von Arnim Teil dieser Gruppe ist, und dass ich nicht erleben möchte, was geschieht, wenn der Grillenfänger entdeckt, dass er einen mächtigen Nebenbuhler hat. Und nun schweige ich.«

»Aber warum? Sprechen Sie nur weiter.«

»Nein, denn geradezu kommt Ihre Pseudo-Mignon durch den Hain uns entgegen.«

Ohne ihren Mantel und die Fuchspelzmütze wirkte Bettine weniger wie eine Jägerin und mehr wie eine Dame, und die beiden Herren grüßten sie höflich, wie man eine Dame auf dem Boulevard grüßen würde. Die Hand mit den Blumen verbarg Goethe hinter seinem Rücken, bis sich Schiller allein auf den Rückweg zum Lager gemacht hatte, um, wie er sagte, daselbst zu prüfen, ob das Wildschwein mittags noch ebenso gut mundete wie zum Frühstück. Bettine war mehr als angetan von der mannigfarbigen Sammlung von Frühlingsblüten.

»Blumen sind die Liebesgedanken der Natur«, sagte sie aufblickend.

Goethe trug ihr den Arm an. »Mein schönes Fräulein, darf ich's wagen?«

Artig hakte Bettine ihren Arm unter den seinen, und gemeinsam spazierten sie fort vom Lager. Während Goethe mit inniger Seele den Wald betrachtete, blickte Bettine mal auf ihr Bouquet, mal hoch zu ihrem Begleiter, der sie überragte. Am Bach machten sie halt. Sie setzten sich auf einen bemoosten Stein und warfen Zweige und welke Blätter ins Wasser, um zu sehen, wessen Wettkämpfer wohl schneller auf den Wellen davongetragen wurde.

Inmitten ihres Spiels lachte Goethe laut auf. »Was man ein Kind ist!«

»Bist du nicht wieder ganz jung bei mir?«

»Ja. Aber soll ich dich nun schelten oder loben, dass du mich wieder zum Kinde machst?«

Bettine pflückte die Sternblume aus dem Strauß und zupfte dann murmelnd eines ihrer blauen Blütenblätter ab.

»Was soll das nun?«, fragte Goethe.

»Ein Spiel«, sagte Bettine und rupfte und murmelte weiter.

»Was murmelst du?«

Halblaut sagte Bettine: »Er liebt mich – liebt mich

nicht.« Goethe lächelte milde, und Bettine setzte ihr Spiel fort bis zum letzten Blatt, das sie mit holder Freude vom Stängel riss, wobei sie ihn betrachtete: »Er liebt mich.«

Goethe erwiderte darauf nichts, nahm aber ihre beiden Hände in die seinen. Sie waren kalt. »Mäuschen, du frierst!« Mit diesen Worten schlug er ihr seinen Mantel um. Sie zog ihn dicht um sich und hielt seine warmen Hände, und so verging die Zeit. Schließlich standen beide zugleich auf und kehrten schweigend zurück zu den anderen.

Arnim hatte es sich zur Gewohnheit gemacht, die wichtigsten Ereignisse eines jeden Tages, den sie in ihrer Waldeinsamkeit verbrachten, schriftlich festzuhalten. Er nutzte dazu die reichlichen Mußestunden am Lager und einige Seiten aus Schillers Notizbuch, die ihm dieser freundlich überließ. Nach dem Abendbrot las er die Artikel dieser Zeitung für Einsiedler seinen Gefährten vor, eine Lesung, die wegen ihrer maßlosen Übertreibungen und ihrer liebevollen Spöttereien von den anderen sehr geschätzt und belacht wurde. Die Themen des Tages waren heute Humboldts Erkenntnisse über die erdgeschichtliche Entstehung ihrer Zufluchtsstätte und Goethes Verwerfung derselben, item die heldenhafte Jagd des Kyffhäuser-Keilers durch Atalante, Amphiaraos und Meleager, alias Bettine, Schiller und Karl, und zu guter Letzt eine weitere Napoleon-Schmähung Kleists, in der Letzterer Ersteren beschimpfte als einen, und hier zitierte Arnim wörtlich, »verabscheuungswürdigen Menschen, für den Anfang alles Bösen und das Ende alles Guten; für einen Sünder, den anzuklagen die Sprache der Menschen nicht hinreicht und den Engeln einst, am jüngsten Tage, der Odem vergehen wird«.

Diesen Schimpf empfand Goethe als etwas zu streng geraten. Er wollte mit Kleist darüber sprechen, doch Kleist war als Einziger nicht in der Runde anwesend. Er saß in Sichtweite unter einer Eiche, halb wachend, halb schlafend, und wand sich von Blättern einen Kranz.

»He!«, rief Bettine. »Heinrich, du sinnverwirrter Träumer! Her zu uns!«

Kleist erwachte aus seiner Zerstreutheit, verließ seinen Platz unter der Eiche und gesellte sich zu den anderen.

»Schon diesen ganzen Abend scheinen Sie nur dem Körper nach gegenwärtig«, sagte Goethe. »Was haben Sie dort?«

»Einen Siegeskranz von Eichenlaub für das bravouröse Erlegen der Bestie«, erklärte Kleist und setzte Bettine den Kranz aufs Haupt.

»Zum Lohn ein deutscher Lorbeerkranz!«, rief Schiller aus.

Kleist betrachtete Bettines Kopfputz wohlgemut. »Sieht sie nicht aus wie die leibhafte Germania?«, fragte er. »Du bist Teutschland!«

»Herr von Kleist«, warf nun Goethe auf, »Sie haben den Kaiser der Franken im Kyffhäuser-Periodikum mit bösen Flüchen versehen.«

»Nicht wahr? Mein Ziel ist es, mich jeden Tag darin zu steigern, sodass meine Rubrik auch weiterhin ein Zugpferd von Achims exquisiter, wenn auch auflagenschwacher Gazette bleibt. – Ich habe übrigens die Schweinejagd zum Anlass genommen, einen Spottvers auf die Franken zu dichten. Hört nur.« Kleist räusperte sich, und mit großem Pathos gab er sein Gedicht zum Besten:

»Wilder Eber starb im Dreck
Blut verfärbt die Matte;
Und es deckt sein zarter Speck
Unsre Schlachteplatte.

Zottelbär und Panthertier
Hat der Pfeil bezwungen;
Nur für Geld, im Drahtspalier,
Zeigt man noch die Jungen.

*Auf den Wolf, soviel ich weiß,
Ist ein Preis gesetzet;
Wo er immer hungerheiß
Naht, wird er gehetzet.*

*Schlangen sieht man gar nicht mehr,
Ottern und dergleichen,
Und der Drachen Greuelheer
Mit geschwollnen Bäuchen.*

*Nur der Franzmann zeigt sich noch
In dem teutschen Reiche;
Brüder, nehmt die Keule doch!
Dass er gleichfalls weiche.«*

»Pfui! ein garstiges Lied«, sprach Goethe und übertönte damit den Applaus der anderen, »ein politisches Lied!«

»Ganz recht! Und ich wollte, ich hätte eine Stimme von Erz und könnte es vom Kyffhäuser herab den Teutschen singen! Tod Germaniens Henkersknecht, sag ich, und, solange er ihr Kaiser ist, Tod den Franzosen!«

»Einen Tyrannen zu hassen vermögen auch knechtische Seelen. Nur wer die Tyrannei hasst, ist edel und groß.« Goethe schenkte Kleist etwas roten Falerner in einen Becher. »Hier ist das wahre Tyrannenblut. Ergötzen Sie sich lieber daran statt an Ihren Mordgedanken.«

Kleist nahm den Becher dankend entgegen. »Sie hassen die Franken wohl nicht, Euer Exzellenz?«

»Wie könnte ich auch eine Nation hassen, die zu den kultiviertesten der Erde gehört und der ich einen so großen Teil meiner eigenen Bildung verdanke? Wiewohl ich Gott danke, wenn wir sie dereinst los sind: Die Franzosen sind die geistreichste unter den Nationen.«

»Ihre kultivierten Franzosen unterjochen die Welt – geistreich und gewaltsam, wie geht das zusammen?«

»Ach, Herr von Kleist, die Franzosen haben schon lange

vor Bonaparte die Welt überwunden: die Sprache, die Kultur, ihre Küche, die Kaufleute und so weiter – wir Deutschen sind schon jetzt viel französischer, als wir es uns eingestehen wollen. Und mich stört es, Vergebung, nicht im Geringsten.«

»Dann also lieben Sie Teutschland nicht.«

»Deutsch oder teutsch, du wirst nicht klug!«, sagte Goethe lächelnd. »Natürlich liegt auch mir Deutschland warm am Herzen. Ich will nur sagen, dass ich Deutschland lieben kann, ohne Frankreich zu hassen.«

»Das kann ich nimmer; mag es daran liegen, dass ich Preuße bin oder jung. Sprechen wir also erst wieder über die Franken, wenn wir sie vertrieben haben.«

Jetzt meldete sich Arnim in diesem verfahrenen Disput mit weinseliger Heiterkeit zu Wort. »Um die Franken zu vertreiben, ist hier vielleicht der rechte Ort. Ihr kennt die Märe vom Kaiser Rotbart?«

Der Wein wurde nachgeschenkt, und Arnim erzählte seinen Gefährten die Sage vom Barbarossa.

»Man sagt, dass der Kaiser Friedrich damals auf den Kreuzzügen im Heiligen Land nicht wirklich starb, als er in den Saleph stürzte, sondern durch einen geheimnisvollen Zauber in ein unterirdisches Schloss versetzt wurde – ein unterirdisches Schloss, welches sich nirgendwo anders befindet als hier, im Innern des Kyffhäusergebirges. Hier ruht der größte aller deutschen Kaiser; auf einem Thron von Elfenbein schläft er an einem Tisch aus Marmelstein, die güldne Reichskrone auf seinem Haupt, und sein feuerroter Bart ist über die Jahrhunderte so lang gewachsen, dass er durch die marmorne Tischplatte hindurch bis zu den Füßen reicht und fast um den ganzen Tisch herum. Einmal in hundert Jahren erwacht Barbarossa aus seinem Schlummer und winkt einen Knaben herbei, der ihm dient. Der Knabe soll auf den Gipfel steigen und schauen, ob die Raben noch um den Berg fliegen. Ziehen die schwarzen Vögel im Himmel über dem Kyffhäuser ihre Kreise, so muss der traurige Kaiser abermals hundert Jahre schlafen. Aber wenn sein roter Bart dreimal um den Marmeltisch gewachsen ist, sagt man, hat das Warten ein Ende, denn dann vertreibt ein stolzer Aar die Raben, und Barbarossa wird sich erheben und seine Getreuen um sich sammeln, die wie er über die Jahrhunderte gleichfalls verzaubert waren, und alle Ritter werden die unterirdische Rüstkammer leeren und sich mit Helm, Schild und Schwert wappnen und hervortreten aus dem Bergesinnern und die größte Schlacht schlagen, die Europa je sah. Und die Völker werden sich dem alten Kaiser in seiner Pfalz zu Aachen beugen, und das Sacrum Imperium wird er zu neuer, nie dagewesener Glorie führen. Und wer weiß?«, fragte Arnim, wobei das Licht der Öllampe ihn von unten gespenstisch beschien, »vielleicht schläft er direkt unter unserm Lager, und das geheimnisvolle Knarzen, welches einige von uns um die Ruhe der letzten Nacht brachte, waren keinesfalls, wie Alexander behauptet, zween Baumstämme, die der Wind gegen einanderrieb – sondern das Schnarchen des römisch-deutschen Kaisers.«

Hierauf krächzte im Dunkel ein Rabe, und die Gefährten, die sich wenig später auf ihre Lagerstätten zurückzogen, waren beruhigt, dass Barbarossa zumindest in dieser Nacht nicht auferstehen würde.

Anderntags beschlossen Arnim, Humboldt und Kleist, zu einem Ausflug durchs Gebirge aufzubrechen, denn es war Arnims Wunsch, einmal für einige Stunden nur unter seinen preußischen Landsleuten zu sein. Der schwäbische Dialekt Schillers, so sagte Arnim, würde ihm auf Dauer in den Ohren schmerzen, vor allem aber das Frankfurter Gebabbel Goethes, ein Klang wie lauwarme Grütze, in den durchs schlechte Vorbild bedauerlicherweise auch Bettine zunehmend verfiel, sodass die beiden einander in ihrer Heimatzunge sogar noch ermutigten. Noch während die drei Preußen aber ihre Vesper für den Tag bereiteten, bat Bettine Arnim, sie auf einem Spaziergang zu begleiten, und er sagte ihr bereitwillig zu. Die anderen beiden brachen also ohne ihn auf.

Vom Lager am Musentempel führte sie ein Pfad durch Schluchten und über Höhen nordostwärts. Fortwährend war ihr Weg von hohen Bäumen beschattet, und der Lenz war in jedem Spross und jeder Knospe. Anstatt zu sprechen, erfreuten sich beide an der Natur – Kleist an ihrer Schönheit, Humboldt an ihrer Perfektion. Auf dem Kamm, der den Kyffhäuser einmal von Ost nach West durchteilte, machten sie Pause und kehrten dann, dem Kompass folgend, auf einem anderen Weg zurück.

Dabei stießen sie auf die entzückendste Kulisse, die man sich nur vorstellen kann: Zwischen Felsen sprudelte ein Wasserfall hervor und ergoss sich zwei Schritt tiefer in ein Becken, so klar, dass man bis auf den steinernen Grund sehen konnte. Dicht nebenbei war eine kleine Wiese, die nun von der Märzensonne beschienen wurde, und hier und überall grünte es: An der Böschung, über den Felsen – ja selbst in den kleinsten Spalten der Steine hatten Pflanzen ihre Wurzeln geschlagen, und gerahmt wurde dies liebreizende Bild von den hohen Tannen ringsum. Kleist tat unwillkürlich einen Seufzer.

Da ihr letztes Bad im Gasthaus *Zur Sonne* mehr als zwei Wochen zurücklag, beschlossen sie sogleich, ein Bad in diesem Becken zu nehmen. Sie entledigten sich also sämtlicher Kleider und stiegen hinein. Mehr als ein einmaliges Untertauchen und eine kurze Wäsche unter lautem Prusten war bei dem eisigkalten Wasser nicht möglich, aber nachdem sie sich mit ihren Hemden getrocknet hatten, war ihnen inwendig so warm, dass es mit dem Ankleiden keine Eile mehr hatte.

Auf der Wiese geschah es, dass sich Humboldt einen Dorn in den linken Fuß trat, und er nahm, noch nackt, auf einem Felsen Platz, um sich, das linke Bein auf den rechten Oberschenkel gelegt, den Splitter aus der Fußsohle zu ziehen. Kleist, der gerade seine Hosen gürtete, hielt inne, um dieser stillen Vorführung natürlicher Grazie zuzusehen. Erst als Humboldt wieder aufblickte und ihm lächelnd zwischen zwei Fingerspitzen den entfernten Dorn präsentierte, erwachte Kleist aus seiner Träumerei, und er kleidete sich weiter ein. Sein Herz schlug schnell in seiner Brust, aber das hatte es auch schon nach dem erquickenden Bad getan.

Wanderung und Waschung hatten die beiden erschöpft. Humboldt legte sich in die Wiese, Kleist lehnte den Rücken gegen einen Felsblock mit trockenem Moos. Der Wasserfall sang sein Lied, und wie Federn umwehten sie die Lüfte. Humboldt schloss seine Augen.

»Die Eichen sind so still, die auf den Bergen verstreut sind«, murmelte Kleist.

»*Unter allen Zweigen ist Ruh,*
In allen Wipfeln hörest du
Keinen Laut.
Die Vögelein schlafen im Walde,
Warte nur, balde
Schläfest du auch. – Das ist von Goethe.«

»Kein Goethe, nicht, ich bitt dich drum«, erwiderte Humboldt, ohne die Augen aufzuschlagen. »Nicht hier.«

»Was? Liebst du ihn nicht?«

»Ich liebe ihn, wie man einen kauzigen Großvater liebt, der einst Großes vollbracht hat. Aber dass er die Revolution in Frankreich dreifach verwünscht hat – die Ausrottung des Feudalsystems und aller aristokratischen Vorurteile, unter denen die ärmeren und edleren Menschenklassen so lange geschmachtet haben –, das trage ich ihm nach. Von seinen unhaltbar-neptunistischen Thesen einmal ganz abgesehen.«

»Traun! warum hört man dich diese Tadel nie äußern?«

»Weil in dieser Gruppe schon genug Meinungen kundgetan werden.«

»Und ich dachte, ich wäre der Einzige, der nicht immer auf Goethes Kurs segelt.«

»Das bist du nicht. Das warst du nie. – Nun aber nichts mehr von Goethe, Freund, vor allem aber auch nichts vom Korsen.«

Kleist legte den Kopf in den Nacken, sah an den Tannen vorbei in den Himmel und sagte: »Dann erzähl mir von Amerika.«

Und Humboldt erzählte von seiner Reise von den Kapverden nach Südamerika, über den Orinoko und den Amazonas bis in die Anden, nach Kuba, Mexiko und in die Vereinigten Staaten, von den Gefahren, den Niederlagen und den Erfolgen, von den Mineralien, Pflanzen und Tieren, die er studiert, und den Sternen, die er beobachtet hatte, von den Menschen, denen er begegnet war, von seinen Instrumenten und von Bonpland, seinem treuen französischen Gefährten. Nach einer Stunde aber brachte er die Sprache auf Kleists Reisen durch Europa und schließlich auf dessen Werke, und mit Frohsinn und Inbrunst berichtete Kleist von seiner Arbeit. Während des Gesprächs zog Kleist seinen Überrock wieder aus.

»Was tust du?«, fragte Humboldt darauf.

»Es ist sehr heiß.«

»Mitnichten. Wir haben März, und Boreas bläst kühl durch den Wald. Du wirst dich erkälten.«

»Ich glaub, es ist innerlich.«

»Fühlst du dich nicht wohl?«

»Doch, doch. Ich fühle mich sehr wohl. Nur meine Zunge ist trocken.«

Humboldt füllte seine Feldflasche unter der Kaskade und gab sie Kleist. Der nahm sie dankend entgegen.

»Wenn du deine nächste Reise um die Welt antrittst«, sagte er, nachdem er getrunken hatte, »will ich dein Bonpland sein.«

Humboldt lächelte und reichte Kleist die Hand, um ihm hochzuhelfen. Eine Stunde später waren sie zurück beim Lager.

Kleist konnte nicht schlafen in selbiger Nacht. Rastlos spielte er mit dem Eisenring um sein Handgelenk. In seinem Bauch rumorte es. Humboldt hatte bereits die Vermutung geäußert, er hätte sich vielleicht mit den Speisen der Natur auch einen Bandwurm einverleibt. Nun schlief Humboldt unweit von ihm, und über dem Felsvorsprung knarrten die Fichten, wie es Arnim erzählt hatte. Der Mond stand voll und ungetrübt am Himmel und warf gestochen scharfe Schatten auf den Waldboden, und alles bis auf die letzte Glut in der Feuerstelle war blau von Farbe.

Er hörte ein Geräusch vom Lager und blickte auf. Bettine schlug soeben die Leinwand ihres Zeltes zur Seite und ging einige Schritte, die Decke um ihre Schultern gelegt. Kleist wandte seinen Blick ab, hörte aber, wie sie sich im Schatten einiger Sträucher erleichterte. Aber sie kehrte nicht ins Zelt zurück. Kleist suchte das Dunkel nach ihr ab, bis er sie schließlich entdeckte. Dort, wo die Senke endete und der Hang begann, von dem aus sich der Blick über das Tal bot, war ein toter Baum, halb umgesunken, halb stehend, dessen Umstürzen nur von einem anliegenden Fels verhindert wurde. Ein großer Teil seiner Wurzeln ragte bereits aus der Erde. Neben diesem Baum stand Bettine, ein schwarzer Schattenriss vor dem Mond.

Ebenfall in seine Decke geschlungen, trat Kleist zu ihr. »Du kannst nicht schlafen, Atalante?«

»Es ist gewiss der Mond«, antwortete sie leise.

Kleist sah hoch zu dem Trabanten, dessen Furchen so deutlich wie in Kupfer gestochen waren.

»Was ist mir dir?«, fragte sie. »Du wirkst, als hätte dich etwas verstört.«

Kleist lächelte. »Bin ich denn ein so offenes Buch zu lesen?«

»Was hat dich verstört? Hast du schlecht geträumt?«

»Verstört? Ich bin vergnügt! Ich bin so fröhlich wie ein Eichhorn in den Fichten«, erwiderte Kleist, und etwas leiser: »Und verliebt wie ein Käfer.«

»Ei der Daus. Wer ist die Glückliche?«

»Das kann ich dir nicht anvertrauen. Ich kann's mir selbst ja nur schwerlich eingestehen.«

Kleist setzte sich auf eine der herausragenden Wurzeln, und Bettine saß dicht neben ihm nieder. Er schlang den Arm um sie, dass sie einander wärmten. Beiden war es unmöglich, den Blick vom leuchtenden Mond über ihnen zu nehmen.

»Es ist Alexander, gelt?«, fragte sie.

»Dass dich der –! Bübin, woher kannst du das wissen?«

»Ich studiere die Menschen, und ich weiß von mir selbst, wie ein Auge blickt, aus dem die Liebe spricht. Doch keine Furcht; ich kann schweigen.«

Kleist nickte. »Ja, es ist Alexander. Ich lieb ihn, wie ich nie geliebt habe. So kurios und albern das auch klingen mag.«

»Die Liebe ist stets kurios, aber nimmer albern.«

»Wir waren baden heut, und ich habe seinen schönen Leib mit wahrhaft – *mädchenhaften* Gefühlen betrachtet: den kleinen krausen Kopf, zwei breite Schultern, den nervigen Leib, das Ganze ein musterhaftes Bild der Stärke. Er könnte wirklich einem Künstler zur Studie dienen. – Herrgott, er stellt das Zeitalter der Griechen in meinem Herzen wieder her! Mir ist der Begriff von der Liebe der Jünglinge durch die Empfindung, die er in mir geweckt hat, endlich klar geworden.«

»Alexander ist sehr hübsch, fürwahr.«

»Und er ist klug und kennt die Welt und fürchtet nichts, ist eine wahre Heldenseele – – im Männerkörper. Wär er ein Weib – o Gott, wie innig wünschte ich dies! –, wär er ein Weib, oder ich, so müsste ich mir den Verstand nicht martern.«

Bettine schüttelte den Kopf. »Was kann der Verstand hier? Der weiß alles besser und kann doch nichts helfen, der lässt die Arme sinken.«

»Dann hilf du mir, teure Freundin, Schwester, Bettine: Was kann, was soll ich tun?«

»Ist dem zu helfen, der die Augen einmal ins Leben aufgeschlagen hat? – Die Sehnsucht hat allemal recht. Ergründe, ob er denkt wie du. So er es tut, frohlocke; so nicht, lass deine Hingabe allein dir genug sein. Auch ohne Gegenliebe kann die Liebe ein selbstloses Herz erfreuen.«

Kleist überdachte diese Worte und sagte dann: »Ich danke dir für deinen Rat. Und bin glücklich, dass ich dich, so hübsch du Alexander auch findest, nicht als Nebenbuhlerin fürchten muss.« Er schlang den Arm um Bettine wie um ein kleines Geschwisterchen und schmunzelte. »Du hast es leicht, mein Mädchen: Liebst deinen braven Achim und weißt, dass du zwei-, drei- und vierfach von ihm wiedergeliebt wirst.«

»Ja«, echote Bettine, »ich habe es leicht.«

Alles war öde, ein nasskalter Abendwind blies vom Berge, und die grauen Regenwolken zogen das Tal hinein, aber das unfreundliche Wetter verdarb den Gefährten die Laune nicht: Dicht an dicht saßen die sieben im Musentempel um das Feuer, durch den Felsvorsprung vorm Niederschlag geschützt, gaben Histörchen und Lieder zum Besten und ließen die Flasche kreisen. Hier war es, dass sich durch einen unbedachten Ausspruch des Dauphins ein Riss durch die Gruppe zog, der sich bis zum Ende ihrer Zeit im Gebirge von Tag zu Tag weitete – bis endlich alles entzwei war.

Karl hatte, vom Wein berauscht und von der Weltklugheit seiner Begleiter begeistert, gesagt: »Wenn ich erst zurück bin in Versailles, Freunde, mache ich euch alle zu meinen Ministern.«

Kleist hatte wie die anderen herzhaft gelacht, aber sogleich an den beklommenen Mienen Goethes und Schillers abgelesen, dass Unbequemes hinter diesem Scherz verborgen lag.

»Was meinst du damit, Karl?«, fragte er.

»Ach, nichts«, antwortete Karl und versteckte sein Antlitz hinter dem Becher.

»Euer Exzellenz«, fragte Kleist nun Goethe, »was meint Karl damit – *wenn ich zurück bin in Versailles?*«

Goethe sah für einen Wimpernschlag zu Schiller und seufzte dann. »Zwischen uns sei Wahrheit«, sagte er. »Es meint, dass beabsichtigt ist, Karl eines Tages seinen rechtmäßigen Platz als König von Frankreich zurückzugewinnen.«

Nun war Stille in der Runde und alle Augen auf den Geheimrat gerichtet.

»Wie soll das angehen? Was ist mit Napoleon?«

»Der wird, wenn es nach den Plänen verläuft, zu diesem Zeitpunkt schon nicht mehr unter den Lebenden weilen.«

»Dann war die Befreiung des Dauphins in Mainz nur der Anfang der Operation, an deren Ende seine Restauration auf den französischen Thron steht?«

»Ja. Aber dieser zwote, ungleich schwierigere Teil ist nicht mehr unsre Aufgabe, sondern die unsrer Auftraggeber.«

»Du hast davon gewusst, Friedrich?«, fragte Humboldt, und als Schiller nickte, sagte Arnim beiseit: »Daher die Gespräche auf dem Rabenfelsen ... Lehrstunden in Staatsführung für die Zeit nach der Usurpation!«

Nun meldete sich auch Bettine zu Wort. »Wie lange hattet ihr drei vor, uns dieses Detail zu verschweigen?«

»Ich weiß es nicht«, sagte Goethe.

»Zwischen uns sei Wahrheit.«

»Wohl: Wir hätten es vermutlich nie erwähnt. Und um die ganze Wahrheit zu sagen, wir hatten auch Karl eingeschärft, darüber zu schweigen.«

»Es tut mir leid«, sagte Karl schwermütig. »Ich wollte keinen Unfrieden stiften.«

Schiller legte die Hand auf den Rücken seines Zöglings. »Dich trifft keine Schuld, Karl.«

»Mir fehlen die Worte«, sagte Bettine.

»Aber was hätte es geändert, wenn wir darüber nicht geschwiegen hätten?«, fragte Goethe.

»Was es geändert hätte? Nicht weniger als alles! Ich bin ausgezogen, die Waise aus dem Temple zu befreien – und nicht den König von Frankreich! Ich bin ohne mein Wissen zum Kämpfer fürs Ancien Régime geworden, und ich habe mein Leben riskiert, um dem Nachfahren eines mittelalterlichen Geschlechts von Unterdrückern – vergib mir, Karl – die Stufe zum Thron zu sein! Und jetzt erst begreife ich, warum wir durchs halbe Reich gejagt werden: Weil Napoleon eure Pläne voraussaht und den Dauphin und seine Helfer tot sehen möchte!«

»Dann wünscht ihr stattdessen, dass dieser Tyrann Kaiser von Frankreich bleibt und sich zum Kaiser von Europa aufschwingt?«

»Wir wünschen weder das eine noch das andre«, erklärte Arnim. »Keinen ersten Kaiser Napoleon und keinen x-ten König Ludwig, sondern eine Regierung von dem Volk durch das Volk! Das ganze Volk muss aus seinem Zustand der Unterdrückung erhoben werden.«

Goethe schüttelte den Kopf über diesen kühnen Traum. »Wenn Napoleon gestürzt ist, muss ein andrer seinen Platz einnehmen, denn sobald die Tyrannei aufgehoben ist, geht der Konflikt zwischen Aristokratie und Demokratie unmittelbar an. Das Land braucht einen König, es zu lenken.«

»Alle Bürger sollen Könige sein!«, sprach Bettine.

»Sicherlich, nur ist dies ist ein frommer Wunsch, der nie in Erfüllung gehen wird. Denn wenn alle Bürger Könige sind, sind bald auch alle Bürger Tyrannen. Wer lange lebt, hat viel erfahren: Sie sind zu jung, die Gräueltaten einer verwilderten und zugleich siegberauschten Nation miterlebt zu haben – die Septembermorde, das Nationalbad in der Vendée, die nimmersatte Guillotine –, und als ich in Ihrem Alter war, habe ich die Französische Revolution ebenso begrüßt, wie Sie ihr jetzt offenbar nachtrauern, aber glauben Sie mir: Ohne Anführer wäre Frankreich bald wieder ein blutiges Pandämonium. Jede Revolution geht auf den Naturzustand hinaus, auf Gesetz- und Schamlosigkeit, und Revolutionäre, die Gleichheit und Freiheit zugleich versprechen, sind Phantasten oder Scharlatane. In keinem Land auf dem Erdenrund, nicht einmal das alte Athen ausgenommen, hat es je eine Demokratie gegeben, die sich nicht auf dem Leid andrer gründete.«

»Sie vergessen Amerika«, wandte Arnim hörbar verärgert ein.

»Welches seinen Reichtum den afrikanischen Sklaven verdankt. Fragen Sie Herrn von Humboldt.«

»Halten Sie mich freundlicherweise aus dieser Debatte heraus«, entgegnete Humboldt kühl.

»So leicht lasse ich mich nicht von Ihrer Altersweisheit überrennen, Herr von Goethe«, sagte Arnim. »Und wenn ich wählen müsste zwischen einem mittelalterlichen Tyrannen und einem modernen, dann fiele meine Wahl auf Napoleon, obwohl ich ihn hasse.« Hier schaute Kleist auf, aber Arnim fuhr unbeirrt fort: »Es ist mein Ernst. Seit Friedrich dem Einzigen hat es keinen aufgeklärteren Herrscher als ihn gegeben, einen Fechter für Freiheit und Gleichheit, und wie der große Friedrich hat Napoleon den einzigen Fehler, dass er seine Ziele mit Gewalt durchsetzt statt mit Argumenten, und auch in Ländern, die ihm nicht untertan sind. Aber Napoleon hat den Geist der Französischen Revolution gefasst, und solange er diesem folgt, wird er auch siegen. Und ich weiß mir im Übrigen auch nicht zu erklären, mit welcher schwarzen Magie Ihre royalistischen Freunde in Weimar gedenken, Napoleon zu töten. Es wird ihnen nicht gelingen – und selbst wenn es gelänge: Napoleon wird ein neuer Napoleon folgen.«

Auf diese gesalzene Replik fasste Bettine unwillkürlich Arnims Hand, und Humboldt nickte kaum merklich, den Blick aufs Feuer geheftet.

»Wenn es eh nicht gelingen wird«, erwiderte Goethe nonchalant, »dann sehe ich auch keinen Grund für Ihre Aufregung. Dann bleibt in Frankreich alles beim Alten.«

»Nicht dass Ihnen das Wohl Frankreichs am Herzen läge. Sie wollen im Auftrag Ihres Herzogs, dem Sie dienen, vor allem verhindern, dass Napoleon je nach Thüringen kommt. Habe ich nicht recht?«

Goethe blieb die Antwort schuldig und wich dem gestrengen Blick Arnims aus. Zwischen Humboldt und Bettine saß Louis-Charles, der Goldapfel des Zanks, elendig in sich zusammengesunken.

Im allgemeinen Schweigen ergriff Schiller das Wort, und er sprach mit ruhiger Stimme, die hohen Wogen wieder zu glätten: »Erlaubt, dass ich vermittelnd spreche. Du, lieber Achim, bist zu Recht erzürnt über den Gedanken, einer Majestät des alten Schlags die Krone zu erobern. Aber das ist unser Karl nicht. Er teilt den Namen seines seligen Vaters und dessen Blut, aber nicht dessen Ideale. Den Tyrannen wird Karl stürzen, das ist gewiss! Aber er selbst wird kein Tyrann werden, das ist gewisser. Der Prinz denkt edel und gut, und er hat keinen Anlass, Frankreich ins vorige Jahrhundert zurückzuführen. Er wird, nachdem das Joch des Despotismus abgeschüttelt und das Land vom Tyrannen befreit, was gut und fortschrittlich war an Napoleons Ideen, nicht aufgeben, sondern mehr noch, ihnen neue hinzufügen. Alle, die ihr hier sitzt, seid herzlich eingeladen, euch an unsern Gesprächen zu beteiligen – denn *Gespräche* sind es von gleich zu gleich und keineswegs *Lehrstunden* in Staatsführung, Gespräche, in denen wir beide ein freudiges Traumbild entwerfen; und Karl macht, das verspreche ich euch, wenn er es sich nicht zu tun getraut, Karl macht dies Traumbild wahr; das kühne Traumbild eines neuen Staates – einer Monarchie, von der Revolution geläutert, wenn man so will; eine Monarchie, um die die Welt Frankreich dereinst beneiden und ihr nacheifern wird.«

»Und ein Traumbild wird es, mit Verlaub, immer bleiben«, sagte Arnim und erhob sich. »Gute Nacht. Gute Nacht, Euer Hoheit.«

Sie sahen Arnim nach, wie er den Musentempel verließ und durch den Nieselregen zu seinem Zelt ging. Goethe stieß mit dem Fuß nach einem brennenden Scheit, dass die Funken bis zur Höhlendecke aufstiegen. Der Dauphin blickte um sich wie ein verstockter Sünder.

»Ich gelobe«, sagte er mit dünner Stimme, »ein guter Regent nach dem Vorbild andrer guter Regenten zu sein und nach den großen Idealen des Herrn von Schiller.«

»Das ist mein König!«, sprach Schiller voller Stolz, und Goethe sagte darauf in die Runde: »Von hier und heute wird eine neue Epoche der Weltgeschichte ausgehen, und ihr könnt sagen, ihr seid dabei gewesen!«

»Doch ob wir es auch sagen *wollen*«, entgegnete Kleist, als er allein war mit Humboldt und Goethe längst zurück bei seinem Zelt, »wird erst die Zeit zeigen.«

Noch im Grauen des nächsten Morgens weckte Arnim, in Stiefeln und Überrock, Bettine, indem er ihr einen Kuss auf die Stirn setzte und flüsterte: »Wach auf, Bettine. Wir packen unsre Sachen und sagen Lebewohl.«

»Was ist geschehen?«, fragte Bettine halb schlafend, halb wachend.

»Wir reisen ab. Wir machen nicht länger gemeinsame Sache mit den Monarchisten.«

»Achim, was redest du?«

»Willst du dich eine Minute länger von Anhängern der Bourbonen zum Instrument ihrer rückschrittlichen Pläne machen und Kopf und Kragen dafür riskieren? Ich nicht und du auch nicht, und deshalb ist heut der Tag, an dem die Dame und ihr Bube dies räudige Blatt, mit dem nichts zu gewinnen ist, verlassen.«

Bettine richtete sich auf der abgezogenen Haut des Keilers auf, die ihr zur Unterlage diente, und rieb sich das Gesicht mit beiden Händen. Ihre ungekämmten schwarzen Locken standen wirr vom Kopfe ab. »Und die Franzosen?«

»Sind längst zurück in Frankreich, wenn du mich fragst. Außerdem sucht dieser Capitaine Santing nicht uns, sondern den Dauphin.«

»Und unsre Freunde? Und Goethe, und Schiller?«

»Faust und sein Famulus? Ranzige Butter auf schimmligem Brot! Die beiden sind nicht länger unsre Freunde, Bettine, denn sie haben uns seit Frankfurt belogen. – Heinrich und Alexander freilich werde ich fragen, ob sie uns begleiten möchten, obwohl ich bei Letzterem die Vermutung hege, er folge Goethe bis ins Höllenreich, solange es dort noch unbekannte Mineralien zu entdecken hat. – Hoch mit dir, du Schlafmütze.«

»Achim, ich werde nicht gehen.«

»Was?«

»Ich kann nicht gehen. Der Kyffhäuser ist zum Magnetberg für mich geworden. Ihn zu verlassen hieße, den Olymp zu verlassen. Ich werde mich erst von ihm lösen können, wenn es die anderen auch tun.«

Arnim ließ den Ranzen sinken, den er mit seinen Habseligkeiten gefüllt hatte. »Hast du mir eben zugehört? Und hast du's gestern am Feuer getan?«

»Sicherlich. Aber nichts, was wir tun oder lassen, wird den Lauf der Dinge aufhalten, und meinen Freunden bleibe ich treu.«

Kraftlos ließ sich Arnim auf seine Decke fallen, und wie er dort saß, trennte er in trüber Laune die losen Wollfäden heraus, um sie auf einem kleinen Häuflein im Gras zu sammeln.

»Sprich, wie du bist«, sagte er nach einer Weile. »*Ihm* bleibst du treu.«

»Auch ihm, ja.«

»So manches Mal denke ich, er ist eine Art Gottheit für dich.«

»Aber freilich! Ist in den *Goettern* nicht *Goethe* auch enthalten?«

Arnim betrachtete Bettine. Tränen wallten in seinen

Augen. »Dann bin ich verloren. Wie sollte ich je einen *Gott* aus dem Herzen vertreiben können?«

»Du kannst es nicht, du sollst es nicht! O Achim! O Goethe! ihr seid mir zwei werte Namen, und mit dir sein zu wollen ist ein Zwillingsbruder von der Begierde, mit Goethe sein zu wollen. Über meine Neigungen kannst du nicht disponieren, Achim, ebenso wenig wie ich es kann. Doch begreife ihn nicht als deinen Nebenbuhler: Denn wie einen Gott wirst du Goethe nie erreichen – aber wie einen Gott brauchst du Goethe auch nie zu fürchten. In ihm liebe ich den Gott, aber in dir den Menschen.«

»Deine Worte tun mir weh.«

Bettine legte ihre Hand, die noch warm war vom Schlaf, auf Arnims kühle Wange. »Kann ich die Schmerzen mit Küssen lindern?«

Er schüttelte den Kopf. Dann stand er auf, nahm den Ranzen an den Enden hoch und ließ achtlos herauspurzeln, was er soeben sorgsam hineingetan hatte. Darauf ließ er den Ranzen selbst fallen und ging zum Zelt hinaus. »Falls jemand mich sucht, ich bin im Wald«, sagte er, ohne sich umzuwenden. »Dort bin ich freilich auch, falls mich, was viel wahrscheinlicher ist, niemand sucht.«

Ohne Kompass, ohne Feldflasche und Proviant und ohne im Geringsten auf die Richtung achtzugeben, schlug sich Arnim in den Wald und lief, bis ihm die Füße schmerzten. Anfangs folgte er noch Pfaden, doch als er in seiner Hast den Pfad verlor, machte er sich nicht die Mühe, ihn wiederzufinden, sondern lief durchs Unterholz weiter. Je mehr Zweige ihm dabei ins Gesicht peitschten, je mehr Spinnennetze er zerriss, je mehr Sträucher und Dornen an seinen Hosen zerrten und je mehr das tote Holz unter seinen Absätzen krachte, desto lieber war es ihm. Wild und Vögel flohen vor ihm, wo er sich lautstark durch den Forst wälzte. Wenn er stolperte, stand er sogleich wieder auf, und wenn es an steile Abhänge ging, rutschte er achtlos auf dem Hosenboden und den Handflächen abwärts, ohne auf seine

Kleider zu achten. Bald war sein Körper schweißgetränkt, und das blonde Haar klebte auf der nassen Stirn.

Nach einer guten Stunde blieb er mitten im Lauf stehen, holte tief Luft und brüllte wie ein waidwundes Tier in den dunklen Wald, dass sein Schrei von den Bergwänden widerhallte. Im Lager hatte er vor aller Welt geschwiegen, aber hier in der stolzen Einsamkeit schrie er sich aus. Vor einem umgestürzten Baum ging er in die Knie. Er klammerte sich in der Verzweiflung am Stamme fest wie wilder Wein, und in dieser Umarmung des toten Holzes brach der Schmerz durch seine Dämme. Während Arnim weinte, wünschte er, er könnte mit dem Baum verwachsen wie ein Pilz oder eigene Wurzeln schlagen oder einfach dahinrotten wie eine abgestorbene Pflanze. Dabei sank er langsam, kaum merklich, am Stamm hinab. Morsche Rinde fiel ihm über das Gesicht. Schließlich lag er im trockenen Laub im Schatten des Stammes; wälzte sich darin, dass es in seinen Ohren rauschte wie ein böses Wetter, bis er über und über an seinem Rock und in seinem schweiß- und tränennassen Antlitz von Krümeln und feuchtem Erdreich bedeckt war. Der tröstliche Geruch des Moders umhüllte ihn. Die matten Glieder von sich gestreckt, blieb er am Waldboden liegen und starrte aufwärts, den schwarzen Stämmen nach in den hellen Morgenhimmel hinein. Die Bewegungen dort oben – das Hin und Her der Baumwipfel gegen den ebenmäßigen Zug der Wolken und das wahllose Trudeln toter Blätter zu Boden – benebelten seine Sinne, und er meinte, ohnmächtig zu werden, aber sein Atem ging von Mal zu Mal gemächlicher, und sein Herz beruhigte sich. Irgendwo gurrte eine Taube.

Etwas krabbelte auf seinen Fingern, und als er sich die Hand vor Augen führte, lief dort ein kleiner Käfer über die Haut. Arnim lächelte. Er war also nicht allein mit seinem Weltschmerz. Er drehte die Hand immerfort so, dass der Käfer, der aufwärts zu krabbeln gedachte, nie sein Ziel erreichte und stattdessen einen ewigen Kreislauf zwischen Handfläche und -rücken und den fünf Fingern vollführte. »Ich sollte mich freuen, dass Maria Stuart, Helena und Kleopatra tot sind«, flüsterte Arnim dem Insekt zu, »dass ich mich nicht auch in sie noch zu verlieben brauche.« Mit dem Zeigefinger der anderen Hand wollte Arnim dem Käfer über den schwarzen Panzer streichen, dieser aber reagierte ungebührlich auf dessen Herzlichkeit und zwackte ihn in eine Ader auf dem Handrücken – worauf Arnim die Hand gegen den toten Baumstamm hinter sich schlug, um das Insekt zu zerdrücken. Als er die Hand im toten Laub reinigte, ging ihm auf, dass dieser Käfer *er* war, und die riesenhafte Hand war Bettine, denn wohin er auch lief, nie kam er an, und Bettine konnte mit ihm spielen und ihn hinhalten, solange sie wollte, einfach indem sie die Hand drehte und dem kurzsichtigen, bejammernswerten Käfer Arnim vorgaukelte, er wäre bald am Ziel.

Durch den Ruf eines fernen Posthorns wurde er aufgerüttelt. Er richtete sich auf, wartete, bis das Blut aus seinem Kopf geflossen war, und betete dann zu Gott, er möge ihm Kraft geben, die Schmerzen zu verschmerzen und Verzweiflung zu bezweifeln, oder ihn von seiner Liebe zu Bettine Brentano heilen. Unausgesprochen ließ Arnim den Wunsch, der Greis aus Weimar möge recht bald, geringstenfalls aber vor ihm sterben.

Im Stehen klopfte er sich den Schmutz von den Kleidern, so gut es ging, und an einer Quelle wusch er sich Gesicht und Bart und das Harz von den Händen. Auf dem Rückweg sammelte er so viel Brennholz, wie er tragen konnte, von dem er mehr als nötig sogleich ins Lagerfeuer gab. Im Musentempel traf er lediglich Schiller an.

»Ein solches Feuer hat großen Reiz«, bemerkte Arnim. »Die knisternde Flamme ist mit dem grünen Laub wie durchflochten, und halb brennend, halb grünend erscheinen die Blätter wie verliebte Herzen.«

Auch den Rest des Tages verweilte Arnim am Feuer und

legte mit befremdlicher Heiterkeit deutlich mehr Holz in die Flammen, als er selbst gesammelt hatte.

Auch die folgenden Tage brachte Arnim vornehmlich allein im Wald zu, auf – wie er sagte – der Suche nach Feuerholz. Von einem seiner Streifzüge kehrte er ohne Holz, dafür aber mit großer Euphorie zurück, und sogleich berichtete er Bettine, Kleist und Goethe, die er vor den Zelten antraf, was ihm widerfahren war: Er war im Westen ihres Lagers auf die Überreste einer mittelalterlichen Raubritterburg gestoßen, einige Mauern, Keller und ein Brunnenloch, längst von Moos, Efeu und Birken überwuchert, und als er am alten Brunnen gestanden hatte, war urplötzlich ein Paar verliebter Schwalben durch ihn, je nun, *hindurchgeflogen*, und das von allen Tagen heute, an Mariä Verkündigung. Arnim schwor, sich nie zuvor so eins mit Natur, Geschichte und Religion gefühlt zu haben. Bettine klatschte entzückt in die Hände und neidete Arnim dieses Erlebnis, aber Kleist fragte nach, was Arnim meine, wenn er sage, die Schwalben seien durch ihn *hindurchgeflogen*. Mit der Antwort zierte sich dieser lange Zeit, bis er endlich gestand, dass die Schwalben nicht wirklich durch ihn geflogen wären, sondern dass er vielmehr auf den Mauern der Ruine einem allzu menschlichen Bedürfnis nachgekommen sei und die zutraulichen Schwalben unter dem dadurch entstandenen Wasserstrahl hindurchgeflogen seien – eine Einschränkung, die das Ereignis aber keineswegs schmälern sollte.

Er hätte über dieses Detail besser geschwiegen, denn nun brach Goethe in schallendes Gelächter aus. »Wenn das eure Romantik ist – an einem christlichen Festtag auf einer verfallnen teutschen Burg stehen und verliebte Vögel unter dem Harnstrahl –, ich könnte mir kein trefflicheres Bild denken!«

»Von Ihnen habe ich keinen Applaus erwartet«, erwiderte Arnim kühl, »und ebenso wenig trifft mich Ihr

Spott. Aber seien Sie versichert: Für nichts in der Welt würde ich diesen Moment in der Ruine gegen eine Ewigkeit in den marmorglatten, marmorkalten griechischen Tempeln eintauschen, die Ihr Œuvre bestimmen. Denn was Sie nie begreifen werden, ist, dass Ihre Klassik ganz Kopf ist. Unsre Romantik aber ist das Herz.«

»Das Herz? Die *Leber* wohl eher, wenn ich bedenke, welche Unmengen Weines Sie und Ihre romantischen Parteigänger sich durch die Gurgel fahren lassen, um ihre bizarren, fratzenhaften Phantasmagorien zu beschwören. Der reichte mühelos aus, alle Mühlräder des Heiligen Römischen Reiches anzutreiben!«

»So lästert ein Greis, der die Jugend um ihr heißes Blut beneidet.«

»Dies fieberkranke, überkochende Blut sollte ich neiden? Ich lehne dankend ab. Es ist wie Ihre form- und charakterlose Dichtung: ein Fass, wo der Böttcher vergessen hat, die Reifen festzuschlagen, und es auf allen Seiten hinausläuft. Und bringen Sie nicht mein Alter mit dem Alter meiner Dichtung durcheinander: Der Rost macht erst die Münze wert! Das Alte ist nicht klassisch, weil es alt, sondern weil es stark, frisch, froh und gesund ist, und das meiste Neuere ist nicht romantisch, weil es neu, sondern weil es schwach und krank ist. Das Klassische nenn ich das Gesunde und das Romantische das Kranke. Wenn wir nach solchen Qualitäten Klassisches und Romantisches unterscheiden, so werden wir bald im Reinen sein.«

»So poltern Sie lustig drauflos und bemerken nicht einmal, dass Sie sich selbst widersprechen. Denn mein *Knaben Wunderhorn* haben Sie noch in den höchsten Tönen gelobt.«

»Fürwahr, denn das *Wunderhorn* war auch klassisch: eine Auswahl von Volksliedern, die die Zeit überdauern werden. Lieder, die Sie nicht geschrieben, sondern nur zusammengetragen haben, wohlbemerkt. Seit dem *Wunder-*

horn habe ich nichts von Ihnen gelesen, was mir gefallen hätte.«

»Und mir geht es seit Ihrem *Werther* so. Ich missfalle seit einem Jahr – Sie hingegen tun es bereits seit dreißig.«

»Ich kann über den Absatz meiner Literatur nicht klagen.«

»Oh, Ihr Absatz ist sicherlich glänzend in den wohlhabenden Kreisen, für die Sie schreiben. Die parfümierten Fürsten mit alten Perücken, die sich den Sonnenkönig zurückwünschen, deren Trockenheit sich in Ihrem Œuvre aufs Peinlichste widerspiegelt und die Ihnen zweifelsohne dankbar dafür sind, dass Sie von den unerheblichen Sorgen einer Fürstentochter am Gestade einer griechischen Insel schreiben, lange vor unsrer Zeit und vor den lästigen Revolutionen, und nicht von den tatsächlichen Sorgen unsres Volkes heute. Goethe, Reimeschmied Seiner Durchlaucht, der schreibt, was die hohen Herren zwischen Fünfuhrtee und Maskenball in den Salons ihrer elfeinbeinernen Türme zu lesen wünschen.«

»Und Sie hingegen begreifen sich als Repräsentant des Volkes? Zeigen Sie mir einen Bauern, ein Marktweib, einen Handwerker, der Ihre Narrenpossen kennt, oder besser noch: *schätzt*, und nicht nur deshalb zu Ihren Versen greift, um einen Fisch darin einzuschlagen. Sie werden keinen finden. Höchstens ein paar selbstvergessene Studenten, die im Mondesschein in Ihren Ritter-, Räuber- und Gespenstergeschichten träumen, wozu es ihnen umzusetzen in der Wirklichkeit an Mut gebricht. Ich bin allemal lieber Mitglied meiner zeit- und staatenlosen Turmgesellschaft als Ihrer allzu vergänglichen deutschen Tischgesellschaft.«

»Auch Ihre Tage sind gezählt. Sie können das Werdende in der Literatur nicht ewig unterdrücken.«

»Ah! Es gibt doch keinen größeren Trost für die Mittelmäßigkeit, als dass das Genie nicht unsterblich ist. Sicherlich werde ich sterben, Herr von Arnim, aber meine Werke werden Ihnen zum Trotze weiterleben wie der griechische Marmor, den Sie vorhin bemüht. Die studentenhafte Dichtkunst Ihrer Romantiker, Neuchristen und neupatriotischen Schwarmgeister aber wird verfallen, verwachsen und vergessen sein wie die Burg, auf der Sie Ihr schrullenhaftes Tête-à-tête mit den Schwalben hatten. – War in Ihrer Sage nicht eigentlich von Raben die Rede?«

»Ich wage Ihrer Prophezeiung zu widersprechen. Aber wir sind glücklicherweise nicht allein.« Hiermit öffnete sich Arnim erstmals seit Beginn des Disputs wieder der Runde. Bettine und Kleist hatten längst ihre Spielkarten niedergelegt, um dem rhetorischen Schlagabtausch zu lauschen. »Bettine zu fragen wäre nicht statthaft, denn von ihr weiß ich, dass sie die Meinung der Romantiker vertritt. Aber Kleist hängt keiner Schule an. Also, Heinrich, frei heraus, was denkst du: Wird Marmor oder Mauerwerk obsiegen?«

Kleist, der sonst nicht mit Urteilen geizte, hatte sich in diesem Disput in der Rolle des unbeteiligten Zuschauers gefallen. Er blinzelte, sah zu Bettine und ließ sich Zeit für die so unerwartet geforderte Antwort.

»Wieland sagt, ich würde die Geister des Aischylos, des Sophokles und des Shakespeare in mir vereinen«, sprach er schließlich. »Insofern stimme ich Herrn von Goethe zu, dass Dichtung zeitlos zu sein hat. Andererseits bin ich ein teutsches Herz von altem Schrot und Korn, und wenn er mir wie die Antike starr entgegenkommt, muss ich ihn bedauern. Denn darin liegt tatsächlich kein Herz.«

Darauf wusste niemand der Kontrahenten etwas zu sagen. Bettine fragte schließlich: »Also?«

»Ich kann kein Urteil fällen. Ich kann nur sagen, dass mir beider Werk gefällt und was mir an beider Werk missfällt: Herr von Goethe sucht sein Heil in der Antike, Achim sucht es im Mittelalter – warum, frage ich, sucht es keiner von beiden in der Gegenwart?«

Auf diese Frage hatte weder der Klassiker noch der Romantiker eine Antwort, und Kleist konnte sich mit den

Lorbeeren des lachenden Dritten schmücken; eine Freude, die allerdings nur einen Tag andauern sollte.

Schillers Gesundheit war in den ersten Tagen nach ihrer Ankunft auf dem Kyffhäuser noch blendend gewesen, und vergessen schienen der Husten und die Frostanfälle, von denen es nach seinem Rheinfall einige gegeben hatte. Seitdem hatten aber das feuchte Lager in der Senke und die bitterkalten Nächte so sehr an seinen Kräften gezehrt, dass er am folgenden Morgen von Frost geschüttelt und mit Schweiß auf der Stirn erwachte. So fand ihn Karl. In seiner Verzweiflung häufte der Jüngling alle Decken, die er im Zelt finden konnte, auf den Kranken und rannte hinaus, um Hilfe zu holen. Kleist und Humboldt waren auf die Jagd gegangen, und Arnim wollte Bettine die Stätte seines Naturerlebnisses zeigen. Nur Goethe war also anwesend.

Als der Geheimrat seines kranken Freundes ansichtig wurde, legte er die Stirn in so ernste Falten, dass Karl beinahe in Tränen ausgebrochen wäre vor Angst um das Leben seines Lehrmeisters. »Wir brauchen ein Feuer nahe bei ihm«, sagte Goethe.

Sofort rannte der Dauphin zum Musentempel, um Feuerholz in die Senke zu bringen. Dort häufte er die Scheite vor dem Zelt auf, wie wenn schon seine Eile allein zu Schillers Genesung beitragen könnte.

Goethe fasste derweil seinen Freund bei der Hand und sprach leise mit ihm. »Wenn Sie mir sterben, werde ich mir das nie vergeben. Und Ihnen auch nicht.«

»Das ist nur eine Anwandlung«, erwiderte Schiller. Er zitterte jedoch so stark, dass die Zähne aufeinanderschlugen. »Ich sterbe nicht.«

»Wenn Sie Ihren Körper sähen, würden Sie vielleicht anders sprechen. Denn der sieht recht mitgenommen aus.«

»Es ist der Geist, der sich den Körper baut.«

»Dann ist eben Ihr Geist mitgenommen.«

Schiller lachte, und das Lachen mündete im Husten.

Von draußen rief Karl: »Es ist so weit, Herr Geheimrat!«

Mitsamt allen Decken und der Unterlage trugen die beiden Männer Schiller vors Zelt. Das Feuer brannte noch nicht, denn die Glut ihrer Feuerstelle unter dem Kalkfelsen war über Nacht erloschen, und Karl hatte zwar eine Büchse mit Feuerstein, Feuerstahl und Zunder, aber es mangelte an trockenen Spänen, auf denen das Feuer wachsen konnte.

»Such im Zelt nach Papier«, wies ihn Goethe an.

Karl durchsuchte ihr Zelt, schüttelte den Inhalt sämtlicher Ranzen auf den Boden, drehte alle Kleider um und hielt zum Schluss zwei Bücher in der Hand: Schillers Notizen und Kleists Lustspiel.

»Nichts anderes?«

Karl schüttelte den Kopf. Goethe griff nach der Komödie.

»Ins Feuer mit dem Quark«, lallte Schiller.

Goethe schlug die Mappe auf und riss die ersten acht Seiten heraus, Seite für Seite bei aller Eile mit Sorgfalt. Dann knüllte er die fünffüßigen Jamben zusammen und schob sie unter die Holzscheite. Sofort schlug Karl den Feuerstein, und wenig später gingen Kleists Dialoge in Flammen auf und mit ihnen das Holz. Es war ein schlechtes Papier, aber es brannte gut.

Bald schwand auch Schillers Frost. Er zitterte nicht mehr, und nachdem er den Schweiß auf seinem Antlitz mit einem Tuch getrocknet hatte, trat kein neuer hervor. Goethe brühte einen Tee und nötigte Schiller, viel davon zu trinken. Karl wich nur von Schillers Seite, um neues Holz aufzulegen, und hielt die ganze Zeit dessen Hand. Auch in sein bleiches Angesicht kehrte allmählich die Farbe zurück.

Erst als Schiller nach seiner Pfeife und Knaster verlangte, konnte auch Goethe wieder lachen. »Sie haben uns einen gehörigen Schrecken eingejagt, mein teurer Freund.«

»Ich gedenke, nicht früher und nicht anders zu sterben als mit achtzig Wintern auf dem Schlachtfelde, selbst dann noch kräftig genug, den Feldfrüchten bester Dünger zu sein. Ich möchte gern in dieser holprigen Welt noch einige Sprünge machen, von denen man erzählen soll.«

»Ihr Wort in Gottes Ohr«, sagte Goethe und nahm Schillers andere Hand in die seine.

Schiller drückte die Hände seiner Nachbarn und lächelte sanft. »Meine lieben Freunde. Sorgt euch nicht.«

Aus dem Wald kehrten nun Humboldt und Kleist zurück. Ein Kaninchen war in eine von Humboldts Fallen geraten, und dieser trug das tote Tier an den Löffeln. Mit Bestürzung hörten sie von Schillers kaltem Fieber, und Humboldt zog, nachdem er die Armbrust abgeladen hatte, sofort wieder los, um nach Kräutern zu suchen, die die Genesung des Kranken beschleunigen würden. Kleist setzte sich zu den anderen ans Feuer und begann, das Kaninchen auszuweiden, um, wie er sagte, Friedrichs Wohl mit einem saftigen Braten zu befördern. Eine Weile arbeitete er mit Messer und Fleisch still vor sich hin, doch dann fiel sein Blick auf die angebrannte Ecke einer Seite, die der heiße Aufwind von den Flammen fortgetragen hatte. Mit blutigen Fingern hob Kleist den Fetzen auf und erschrak, darauf seine eigenen halbverkohlten Wörter zu lesen. Er hatte die Mappe gegriffen und aufgeschlagen, ehe sich Goethe erklären konnte. Als er die Reste der herausgerissenen Seiten schaute, entglitt das Waidmesser seiner Hand, und er erstarrte, als wäre er einer Gorgone ansichtig geworden.

Goethe hob beschwichtigend die Hände. »Ich kann Ihnen diesen Umstand erläutern. Wir mussten eilig den Frost aus Herrn Schillers Gliedern treiben, und das Feuer war erloschen, und uns fehlten die Späne. Auf der dringlichen Suche fiel uns nun Ihr Buch in die Hand, und mit allergrößter Verlegenheit und schweren Herzens, bitte glauben Sie uns, haben wir uns entschlossen, einige Seiten davon Herrn Schillers Gesundheit zu opfern. Ich habe nichts als Worte, mich bei Ihnen zu entschuldigen, und hoffe, Sie nehmen meine Bitte um Entschuldigung an.«

»– – – Sie haben mein Werk verbrannt!«, schrie Kleist.

»Bewahre! nein, es sind nur die ersten acht Seiten – der erste Auftritt und ein Teil des zwoten –, die ich bereits gelesen habe.«

»Der Teufel hole Sie! Sie haben mein Lustspiel in Asche verwandelt, zum Henker!«

»So beruhigen Sie sich bitte, Herr von Kleist; Sie dramatisieren. Es handelt sich lediglich um die ersten acht Seiten einer *Kopie*.«

»Sie haben es verbrannt!«

»Ja doch, Kreuzdonner, weil wir nichts andres fanden!«

»Und das hier?«, rief Kleist, sprang auf und hob Schillers Notizbüchlein an einem Buchdeckel in die Luft, sodass eng beschriebene Seiten enthüllt wurden, aber auch kleine Skizzen von Menschen und Pferden. »Was ist hiermit? Was ist mit seinen Notizen? Es ist doch schließlich auch *sein* Feuer!«

»Ich bitte Sie: Sie werden doch wohl kaum die Notizen, Ideen für künftige Dichtungen, eines Friedrich Schiller mit dem Duplikat Ihrer Komödie vergleichen. Erfreuen Sie sich doch vielmehr an der Tatsache, dass Ihr Werk vielleicht Herrn Schillers Leben gerettet hat.«

»Wollen Sie damit sagen, dass Friedrichs Werk dem meinen überlegen ist?«

»Herr im Himmel, darum geht es doch gar nicht –«

»Ist es überlegen? Sagen Sie es!«

»Herr von Kleist, so beruhigen Sie sich doch, das kann man doch gar nicht vergleichen.«

»Dann frage ich Sie anders: Haben Sie meinen *Krug* genossen? Haben Sie ihn gerne gelesen?«

»Ja, nun, mitunter. Ich habe ihn noch nicht ganz durch.«

»Was?«

»Einige wenige Seiten fehlen mir noch.«

»Sie sind seit mehr als einem Monat im Besitz dieses Buches, wissen, wie wichtig es mir ist, und haben es nicht einmal hier –« Mitten im Satz brach Kleist ab, zog seine Pistole aus dem Gürtel und legte auf Goethe an. Die drei sitzenden Männer erschraken gleichermaßen. »So helf mir Gott – dafür erschieß ich Sie!«

»Heinrich!«, rief Goethe, »ich bitte dich, entreiße dich dir selbst!«

»Herr Geheimrat, wo andre Menschen ein Herz im Busen haben, haben Sie eine – – eine *Wurst*! Aber ich lasse mich nicht länger zum Gespött eines klug schwätzenden Greises machen. Ich bin zu alt, mich vor Götzen wie Ihnen zu neigen, und alt genug, Sie für Ihre fortdauernden Beleidigungen zu strafen!«

Schlichtend wollte Karl zwischen die beiden treten, aber sofort richtete Kleist die Mündung auf ihn und zischte: »Du naschst Blei, Capet, wenn du dich nicht augenblicklich niedersetzt.«

Karl gehorchte, und Schiller gebrach es an Kraft, aufzustehen: »Beim Barmherzigen, Heinrich«, sagte er, »unglücklich bist du schon, willst du es auch noch verdienen?«

»Ich werd's nicht lange bleiben, beim Jupiter«, sagte Kleist und zog auch sein zweites Terzerol. »Die andre Kugel ist für mich.«

»Wo schwärmt der Knabe hin?«, fragte Goethe seine Kameraden. »Ich versichere Sie, Herr von Kleist, niemand will Ihnen Böses. Wie Sie sonst anderen zur Freude dichten, dichten Sie in diesem Fall ein seltenes Gewebe, sich zu kränken. Es war mir wirklich nur um das Papier bestellt, beim himmlischen Vater und all seinen Heerscharen!«

»Wenn dem so ist, dann sagen Sie mir aufrichtig, was Sie von meinem Lustspiel denken!«

Goethe stöhnte auf. Er schaute zu Schiller, der ihm zunickte. »Nun, dieser *Krug* hat viel für sich; aber er ist eine Art unsichtbares Theater, ein Lesedrama geradezu, welches, meiner Meinung nach, auf die Bühne zu bringen nicht ohne Schwierigkeiten gelingen wird. Und die Geschichte eines Schurken, der ohne Unterstützung und ohne Hoffnung auf Erfolg gegen seine Offenbarung ankämpft, erscheint mir etwas, mit der Bitte um Verzeihung, vorhersehbar.«

»Dann wollen Sie ihn am Weimarer Theater nicht geben?«

»Eher nicht. Es tut mir leid, aber der erste Undank ist besser als der letzte, nicht wahr?«

»Nur wird dieser erste auch Ihr letzter sein«, sagte Kleist und spannte den Hahn.

»Du willst ihn doch nicht ermorden?«, fragte Schiller.

»In der Tat, das bin ich sehr gesonnen.«

Goethe schüttelte verständnislos den Kopf. »Heinrich, mir graut's vor dir.«

»Die Welt hat nicht Raum genug für mich und Sie«, sagte Kleist und warf die zweite Waffe Goethe in den Schoß. Der Griff war rot vom Blut des Kaninchens. »Da, nehmen Sie diese Pistole.«

»Weshalb?«

»Wir klären im Duell, wer von uns beiden nicht länger verdient, auf dieser Erde Rund zu wandeln.«

»Sie sind gefühlsverwirrt.«

»Nehmen Sie diese Pistole, sag ich!«

»Herrje, nun seien Sie doch nicht so tassohaft-sensibel, wenn man Ihre Argumente nicht gelten lässt.«

»Soll ich's Ihnen zehnmal und wieder zehnmal wiederkäuen? Nehmen Sie die Pistole, Sie Brandstifter!«

»Wenn ich ein Leid habe, mach ich ein Gedicht daraus. Sackerlot, wenn ich auf jeden schösse, der mich kritisiert, Weimar hätte bald keine Bürger mehr.«

Ein weiteres Mal hob Kleist die Pistole so, dass Goethe direkt in den Lauf sehen konnte. »Ziehen und folgen Sie, wenn ich Sie nicht auf ewig, wie ich Sie hasse, verachten soll!«

Goethe nahm die Waffe auf. Er spannte den Hahn und feuerte die Kugel kurzerhand in den Himmel. Der Knall hallte die Hänge des Berges hinab und scheuchte die Raben auf. Noch während es aus der Mündung schmauchte, warf Goethe die Pistole achtlos hinter sich ins Gras und verschränkte die Arme vor der Brust. Kleist war ratlos, ließ das Terzerol aber nicht sinken. Karl und Schiller blieben stumm.

Durch den Schuss alarmiert, kam schließlich Humboldt durch das Gehölz gerannt. Ein einziger wacher Blick, und er hatte die eigenwillige Szene erfasst. Mit einem Satz war er bei Kleist und wand ihm die Pistole aus der blutigen Hand.

»Es wäre Notwehr gewesen«, murmelte Kleist. Humboldt nickte und führte den gefügigen Kameraden an der Hand fort vom Lager.

Sie liefen eine Weile ziellos durch den Hain, bis sie schließlich eine kleine Lichtung erreicht hatten. Dort gab Humboldt Kleists Hand frei und drehte sich zu ihm um. Er blickte wütender drein, als Kleist ihn je gesehen hatte, und atmete schwer.

»Seit ich ihn kenne, habe ich Goethe gehasst«, greinte Kleist, »aber erst seit heute weiß ich, warum.«

Hierauf versetzte ihm Humboldt eine Maulschelle mit der rechten Hand, die so kräftig war, dass sie Kleist die Tränen in die Augen trieb. Entgeistert hielt sich Kleist die geschlagene Wange.

»– – Alexander! Was tust du?«, rief er.

»Was ich tu, fragst du? Was *ich* tu? Frag dich doch selbst, du dreifach dämlicher Erznarr! Wer denn außer dir wollte gerade dem Schöpfer des *Werther*, des *Meisters*, des *Egmont* Pulver und Blei in den Schädel blasen? Ich hätt dich mir besonnener gewünscht!«

»Du warst nicht zugegen – – er hat mein –«

»Und dankbar bin ich drum, dass ich nicht zugegen war! Mir ist ganz gleich, was er getan hat; viel braucht's freilich nicht, dich in Raserei zu versetzen! Ich hab geschwiegen, als ich dich nicht kannte, aber als dein Freund kann ich nicht länger schweigen.«

Zahllose Tränen rollten nun Kleists Wangen hinunter. »Du nimmst ihn in Schutz.«

»Nicht *ihn*, *dich* nehme ich in Schutz, dich, Heinrich, dich vor dir selbst! Schau dich nur an, du blutumtriefte Graungestalt.«

Kleist sah an sich selbst hinab. Noch immer klebte das trockene Hasenblut an seinen Händen und nun auch in seinem Antlitz, dort, wo er es berührt hatte. Jetzt dämmerte ihm das Ausmaß seiner ungeheuren Tat, und er fiel zu Boden wie ein Sack Mehl.

»Du sprichst wahr«, klagte er, der Körper bebend unter Schluchzern, und als er das Gesicht ganz in den Händen verborgen hatte, sagte er: »Mein Antlitz speit ja Flammen! Mein Geist schwankt an des Wahnsinns grausem Hang umher. Ich bin der Ärmste noch der Menschen. Es ist – als ginge ein verqueres Glockenspiel mir im Gehirn. Allbarmherziger – – ich werde wahnsinnig.«

Nun setzte sich Humboldt zu ihm ins Gras, legte eine Hand auf Kleists Schulter und sagte sanft: »Ich helfe dir, wenn du mich lässt.«

Kleist schüttelte den Kopf. »Ich fürchte, die Wahrheit ist, dass mir auf Erden nicht zu helfen ist.«

Humboldt ließ seinen Freund weinen. Seine Hand ruhte tröstend auf dessen Schulter. Als Kleist keine Tränen mehr zu weinen hatte, strich ihm Humboldt die Haarsträhnen aus der Stirn. Kleist blickte auf und lächelte aus roten Augen. Mit dem Handrücken fuhr Humboldt über die geschlagene Wange. Kleist ließ seine Hände sinken. Dann beugte sich Humboldt nach vorn, um ihm einen brüderlichen Kuss zur Linderung der Schmerzen auf die Haut zu setzen. Kleist schloss die Augen. Aber als sich Humboldt wieder löste, folgte ihm Kleist in der Bewegung und setzte seine Lippen auf die des anderen. Humboldt tat nichts.

Erst als sich Kleists Hände an seinen Hals und um seinen Nacken legten, erwiderte er den Kuss. Küssend sanken die beiden ins Gras und klaubten mit den Händen nach Kleidern und Körper, um den anderen noch näher bei sich zu wissen. Kleist rang nach Atem, und er glaubte die Besinnung verlieren zu müssen, und als er unter Humboldt lag, dessen herrliches Antlitz gegen den Himmel über sich, den Blick noch immer durch Tränen verschleiert, flüsterte er: »Durch alle meine Sinne bin ich dir mit Liebe zugetan, unsäglich, ewig«, und er küsste ihm die Haare und den Hals und hätte ihn am liebsten gebissen, so sehr begehrte er ihn. »Mein jugendliches Herz ist vom giftigsten der Pfeile Amors getroffen, so liebe ich dich über alles, und ich bin gewillt, mein ganzes Leben in deiner Blicke Fesseln zu verflattern.«

Er wollte noch mehr Herzensergießungen von sich geben, aber sprechen und küssen zugleich, das ging nicht, und deshalb schwieg er und ließ seine Küsse sprechen.

Die Unstimmigkeiten in der Gruppe, die über die letzten Tage gewachsen und in der Morddrohung Kleists gegipfelt waren, veranlassten Goethe und Schiller, noch am selben Tag ein Plenum einzuberufen, in dem die künftigen Schritte besprochen werden sollten. Bis auf Kleist, der sich durch Humboldt entschuldigen ließ, waren alle Gefährten anwesend. Goethe fasste zusammen, dass seit ihrem Eintreffen im Kyffhäusergebirge zwei und eine halbe Woche vergangen waren und dass man wohl davon ausgehen konnte, dass weder Capitaine Santing noch der Herzog von Weimar sie hier finden würden. Er, Goethe, wolle keinen Tag länger als nötig an diesem Ort verbringen und schob höflich andere Gründe vor als die offensichtlichen wie etwa das entsetzliche Wetter und die allgemeine Unbehaglichkeit und natürlich Schillers zerrüttete Gesundheit. Da die Mehrheit sich aber noch immer gegen einen gemeinsamen, ungeschützten Aufbruch aussprach, kam man darin überein, am kommenden Tag einen aus der Gruppe mit der Bitte um einem Geleitschutz zu Herzog Carl August zu schicken, um in dessen Obhut den Kyffhäuser ohne Angst vor den Bonapartisten verlassen zu können. Wie so oft zuvor fiel die Wahl dabei auf Humboldt, der von allen als der Schnellste und Verlässlichste galt. Die Plötzlichkeit, mit der ihr Aufenthalt in den Bergen nach zahlreichen Tagen des Wartens beendet sein sollte, erschreckte die Gefährten.

Ein freudloses Abendmahl, zu dem sich auch Kleist wieder gesellte, schloss sich an die Zusammenkunft an. Vor aller Augen und Ohren tat Kleist Abbitte vor Goethe für seine Forderung zum Duell und entschuldigte sich damit, dass er zu oft handele, bevor er zu Ende gedacht habe, und dass die Wildnis, in der sie lebten, offensichtlich auch ihn verwildert habe. Diese artige, wenn auch etwas kühle Erklärung hörte Goethe nickend an und bat seinerseits um Verzeihung für das unbedachte Niederbrennen der Verse. Die anderen wussten nun, dass alles beigelegt war – und nichts.

In der Nacht benötigten Kleist und Humboldt kein Feuer mehr, sich zu wärmen, denn eng an den anderen geschmiegt wärmten sie einander. Im Schutz des Musentempels versprach Humboldt, Kleist auf seine nächste Reise mitzunehmen, und der gelobte, niemals zu heiraten, und dass Humboldt ihm Frau, Kinder und Enkel zugleich sein sollte, und beschwor das Bild ihres hervorragendsten Landsmannes, des großen Friedrich, in dessen Herz keine Frau je so viel Platz fand wie sein Busenfreund und Vertrauter, der Leutnant Katte. Kleist schnitt sich zum Andenken eine Locke von Humboldts Haupthaar. Mit einer Schleife verbunden verstaute er sie in seiner Westentasche über dem Herzen, und Humboldt musste versprechen, dass er sicher mit den Männern des Herzogs von Weimar zurückkehrte. »Denn wenn du das nicht tust, mein Augenstern, mein lieber, bester Herzens-Humboldt«, flüsterte

Kleist, »fühl ich, dass mich niemand auf der Welt liebt.« Humboldt gab sein Wort und besiegelte es mit vielen heißen Küssen. Am Morgen des nächsten Tages machte er sich mit den besten Wünschen aller auf den Weg nach Weimar.

9

UNTERWELT

Der Tag von Humboldts Abreise, der 27. März, war zugleich der zwanzigste Geburtstag Louis-Charles' de Bourbon, wiewohl er selbst ihn ganz vergessen hatte über die vielen Jahre, in denen sein Jubiläum nicht begangen worden war. Schiller musste ihn erst daran erinnern, und zur Feier des Tages unternahm er am Nachmittag mit dem Jubilar einen Ausflug zu dem von Humboldt und Kleist so gerühmten Wasserbecken. Sie hatten vorsorglich ein Stück Seife mitgenommen, und obwohl das Wasser kalt war und zudem ein garstiger Wind ging, wusch Karl sich ausgiebig. Hier also, während der Dauphin seinen nassen Leib trocknete, geschah es, dass Schillers Blick unwillkürlich auf dessen Schenkel fiel, dorthin, wo sich das von Madame de Rambaud beschriebene Muttermal in Form einer Taube befinden musste. Aber die Haut war weiß und rein, und auch der Rest des Schenkels und des anderen war frei von jeglichen Muttermalen. Schiller erschrak, unterdrückte aber den Impuls, Karl sogleich danach zu befragen. Stattdessen sagte er wenig später, als sie ihre schmutzige Wäsche mit Seife auf den Steinen sauber scheuerten: »Agathe von Rambaud erzählte mir von einer Mademoiselle Dunois, die dich als kleinen Bub zu waschen pflegte, und dass es dein liebstes Spiel war, das Seifenstück über die nassen Fliesen rutschen zu sehen.«

Karl lächelte und erwiderte: »Ja, ich erinnere mich gut. Das war drollig.«

Diese Antwort wühlte Schiller weiter auf, aber er nahm

alle Kraft zusammen, sich nichts anmerken zu lassen. Auf dem Weg zurück ins Lager zeigte er sich wortkarg. Daselbst las er seine Aufzeichnungen aus dem Hunsrück, und bei der ersten sich bietenden Gelegenheit bat er Goethe auf ein Wort unter vier Augen. Sie gingen einige Schritte bis zum dem Flecken, wo der Bach den Pfad zum Rabenfelsen kreuzte.

»Frei heraus«, sagte Goethe, »welche Laus lief Ihnen über die Leber?«

Schiller lehnte seinen Wanderstab gegen einen Baum, bevor er sprach. »Wie soll ich diese Widersprüche reimen? Ich kann es selbst nicht. – Hören Sie: Vor anderthalb Stunden sah ich Karl beim Bade, und das Muttermal, welches mir sein Kammermädchen so ausführlich beschrieben, war *nicht zu entdecken*. Fort, als ob nie dagewesen. Ich habe noch einmal in meine Notizen gesehen, aber Frau von Rambauds Schilderung war unmissverständlich: *ein Muttermal am Schenkel in Form einer Taube*. Und dies, nachdem *ich* es war, der Karl heut Morgen darauf hinwies, dass er Geburtstag hat. Der Knabe Karl fängt an, mir fürchterlich zu werden.«

»Er wird es vergessen haben. Fix! Ich wüsste nach all der Zeit in der Einsiedelei auch nicht mehr, welchen Wochentag wir heute schreiben.«

»Hören Sie weiter: Denn zuletzt sprach ich ihn auf ein Erlebnis seiner Kindheit an – beim Bade, mit einer Mademoiselle Dunois. Sagt er: *Ja, ich erinnere mich gut*.«

»Und?«

»Es existiert keine Mademoiselle Dunois!«, sagte Schiller eindringlich. »Ich habe sie frei erfunden, wie ich auch das Erlebnis beim Bade erfunden habe, an das er sich zu erinnern vorgab!«

Goethe blinzelte. »Und Sie wollen damit bedeuten –«

»– dass, sollte uns nicht die Rambaud belogen haben, Karl *nicht der Dauphin ist*!«

Lange Zeit darauf sprach nur das Bächlein neben ihnen.

Dann löste sich Goethes starrer Blick in einem schweren Seufzen auf.

»Was ist?«, fragte Schiller. »Sprechen Sie!«

»Je nun … Ich habe es die ganze Zeit geahnt.«

»Gift und Operment! Sie wussten –?«

»Ich *ahnte* es. Von Anfang an, gestehe ich.«

»Seit Mainz?«

Goethe schüttelte den Kopf. »Seit Weimar.«

»Seit *Weimar*? Aber wie –«

»Ich spüre es, wenn mir Carl August nicht die Wahrheit sagt. Es muss etwas in einer Freundschaft liegen, das alle Lügen entlarvt.«

»Beim neunten Kreis der Hölle, Mann! Sagen Sie mir um des Himmels willen nicht, dass wir diese waghalsige Irrfahrt hinter uns gebracht, derweil Sie längst ahnten, dass wir unser Leben für einen Betrüger aufs Spiel setzen! Dass Sie uns schon rekrutiert mit der Ahnung, für eine Lüge zu kämpfen!«

Die Szene wurde zum Tribunal, und wäre Goethe ein anderer Mann gewesen, Schiller hätte ohne Zweifel mit seinen wild gestikulierenden Händen Goethes Revers gepackt, um seinen Vorwürfen Nachdruck zu verleihen.

»Aber Karl ist ein guter Mensch«, wandte der Geheimrat ein. »Das müssten von allen doch gerade Sie erkannt haben.«

»Er ist zuvörderst ein guter *Schauspieler*! Was von seiner Menschlichkeit nun auch gespielt war, wer kann's sagen? Er ist der Kopf doch dieser Charade! Ist er es nicht?«

»Wie ich die verschleierte Madame de Botta einschätze, ist er nur ihr Instrument.«

»Dann stecken sie alle unter einer Decke? Karl, die Botta, der Holländer, der tote Brite? Und wer ist dieser Karl überhaupt, der mir plötzlich so fremd ist?«

»Wer er ist, woher er kommt, ich weiß es nicht, doch er ist zweifellos hier, weil er dem Dauphin so täuschend ähnlich sieht.«

»O Gott, der Dauphin«, stöhnte Schiller, an den wahrhaftigen Louis-Charles erinnert, und er lief auf dem schmalen Pfad auf und ab wie ein gefangenes Tier, derweil er sich mit beiden Händen durch den roten Bart fuhr. »Ist tot, ist längst Staub, ist doch gestorben, einsam im Turm an seinen Leiden zugrunde gegangen, die unglückliche, jammervolle junge Seele.«

»Doch Karl ist gerettet!«, sagte Goethe. »Und heiligt nicht der Zweck die Mittel? Ist nicht die Hauptsache, dass der Tyrann Napoleon gestürzt wird und der Flickenteppich des Deutschen Reiches nicht endgültig von ihm zerrissen? Und dass ein aufgeklärter, fortschrittlicher König Frankreichs Zepter ergreift?«

»Fortschrittlich, ja – fortschrittlich und falsch.«

»Sagen Sie nicht selbst, man solle auf den Gehalt, nicht auf den Stempel achten? Ist und wird Karl nicht alles, was wir uns gewünscht haben? Vielleicht liegt auch Fortschritt darin, dass ein Namenloser ohne blaues Blut König wird und die Gleichheit des Menschengeschlechts voranbringt!«

Hier blieb Schiller stehen. »Genug, genug Ihrer Sophisterei, es ist ein schlüpfrig glatter Grund, auf den Sie sich begeben, denn angenommen, Karl rettet Frankreich und Deutschland, dann tut er es dennoch um den Preis einer Lüge. Wie sollte das Zeitalter der Wahrheit mit einer Lüge beginnen können? *Wenn er auch kein Prinz ist, so verdient er einer zu sein?* Dieser Weg ist krumm, es ist der meine nicht. Und wüssten unsre Genossen davon, sie würden augenblicklich die Waffen niederlegen.« In Goethes Widerblick lag eine Frage, die Schiller sogleich beantwortete: »Oh, ich werde schweigen, denn Sie sind mein Freund. Was sollte es auch bringen, wenn wir einander noch mehr Köpfe einschlagen. Schweigen werde ich, ja, lügen freilich nicht; ich, der betrogene Betrüger.«

»Ich danke Ihnen. Sie können fürderhin alles von mir verlangen, mein teurer Freund. Aber was hätte es geändert, wenn ich Ihnen damals in meinem Studienzimmer –«

»Sprechen Sie nicht weiter, ich bitte Sie, denn je mehr Sie sprechen, je mehr offenbaren Sie, dass Ihre Ahnung um Karls wahres Wesen von Anbeginn keine *Ahnung*, sondern ein *Wissen* war. – Ich sonderbarer Schwärmer!«, sagte er und lachte hierbei seltsam bitter. »War ich denn wirklich eitel genug, zu denken, ich würde einen echten König erziehen?«

Schweigend sah Schiller in den Wald hinein, als sähe er einem fortfliegenden Traume nach, und schüttelte dabei immerfort den Kopf. Dann hustete er in seine Faust.

»Ist Ihnen wohl?«, fragte Goethe. »Wollen wir zurückkehren?«

»Ob mir wohl ist? Mir? Mir ganz und gar nicht – mir wahrhaftig nicht«, sagte Schiller, ohne sich zu Goethe umzuwenden. »Wenn gestern ein Engel des Herrn vom Himmel zu mir herabgestiegen wäre und mir kundgetan hätte, von diesen sieben Menschen gibt es zwei, denen du alles Glück der Erde, alle Gesundheit und ein langes Leben wünschen kannst, ich hätte nicht mich gewählt, sondern *Sie*, Sie und Karl, diese beiden Menschen, die mir am liebsten sind. Und nun erfahre ich, dass von allen nur diese beiden mich getäuscht haben. Nein. Nein, Herr von Goethe, mir ist nicht wohl.«

Noch einen Moment sah er Goethe in die Augen. Dann schlug er den Blick nieder und ging zurück, mit schleppenden, kleinen Schritten, wie ein alter Mann.

Goethe wagte nicht, ihm zu folgen, zumal er im Lager nun niemanden mehr wusste, der keinen Groll gegen ihn hegte. Seinen Knotenstock hatte Schiller vergessen. Goethe nahm ihn an sich, trat über den Bach und lenkte seine Schritte zum Rabenfelsen.

Dort, am Waldesrand auf der Höhe, stellte er sich auf den Fels, die rechte Hand auf den Stecken gestützt. Der Wind, Bote des heranrückenden Wetters, raste gewaltig und wühlte in seinen Haaren, in den Falten seines Mantels und in den Wipfeln der Tannen. Unten im Tal jagten die Wolken und Nebel vorüber, und die grünen Felder und roten Dächer der Dörfer waren von einem Wimpernschlag auf den nächsten von ihnen verborgen und dann wieder frei. Und wenn ein Sturm losbrechen würde oder Sturzbäche von Regen, dachte Goethe, er würde diesen Felsen so bald nicht verlassen.

So fand ihn Bettine, fest und ruhig wie eine Säule über dem Meer von Wolken, als sie nach einer halben Ewigkeit aus dem Wald kam, ungerufen, unerwartet. Bettine hielt inne, bis die klopfenden Schläfen und die erhitzten Wangen vorüber waren, und trat dann an seine Seite, wortlos, und starrte mit ihm ins wolkenverhangene Tal.

»Von diesem Hügel überseh ich die Welt«, sagte sie, als sie das Schweigen nicht länger ertrug.

Er löste seinen Blick nicht vom Tal. »Wie hast du mich gefunden?«

»Wie ein treuer Hund seinen Herrn findet«, gab sie lächelnd zur Antwort. »Und wie ein solches Hündchen möchte ich mich zu deinen Füßen zusammenrollen und wachen, um dir die Grillen zu verscheuchen oder um bei dir auszuharren, bis sie verflogen sind. Denn leiden mag ich dich nicht sehen. – Du hattest Streit mit Friedrich?«

Goethe nickte. Darauf legte Bettine ihre Hand auf seine Brust und die andere auf seinen Arm. Goethe sah endlich an ihr herab.

»Ein Hündchen? Nein, wie wilder Hopfen bist du eher. Wo ich auch stehe, fasst du Wurzel und rankst dich an mir hinauf und umschlingst mich, dass am Ende nichts von mir zu erkennen ist als nur der Hopfen.«

Bettine zog verlegen ihre Hände zurück, denn seine Worte klangen nicht nach Neckerei, sondern nach Rüge, aber Goethe hielt sie, nahm sie vor seine Brust und schlug den Mantel um sie. Es hatte leise zu regnen begonnen, und wieder schwiegen sie.

»Goethe«, seufzte sie, »es ist mir genügend, was dein Blick sagt, auch wenn er nicht auf mir weilt. Sprich mit den Augen, ich verstehe alles.«

»So, mein artiges Kind? Was sagt er denn, mein Blick?«

»Dass du mich auch liebst, weil ich besser bin und liebenswürdiger als die ganze weibliche Komitee deiner Romane. Für keinen anderen bin ich geboren als für dich.«

Aber mit diesen Worten vermochte sie seine Grillen nicht zu vertreiben, denn er legte die Stirn in immer tiefere Falten.

»Soll von Liebe nicht die Rede sein?«, fragte sie und fuhr fort, ohne auf seine Antwort zu warten: »Ich möchte deine liebe Hand mit meinen beiden an mein Herz drücken und dir sagen, wie ich dich immer lieben werde, wie Friede und Fülle über mich gekommen sind, seitdem ich dich weiß. Kein Baum kühlt so mit frischem Laub, kein Brunnen labt so den Durstigen, Sonn- und Mondlicht und tausend Sterne leuchten so nicht ins irdische Dunkel, wie du leuchtest in mein Herz!«

»Herz! Mein Herz!«, sprach Goethe beängstigt. »Was soll das geben? Ich bitte dich, bleib am Boden!«

»Allbegehrlichster!«, rief Bettine aus. »Denk ich an dich, so mag ich nicht am Boden weilen! Ich kann es nicht! – O Goethe, was denkst du von meiner Liebe? Willst du sie mir erwidern?«

»Erwidern? Eigentlich kann man dir nichts geben, weil du dir alles entweder schaffst oder nimmst.«

»Ganz recht, ich halt dich fest!«, flüsterte sie, umschlang seinen Körper nun ganz und sprach gegen das Gewebe seines Rocks, derweil sie seinen Duft ganz und gar in sich aufsog, »du müsstest recht stark zappeln, wenn du los wolltest!«

Er spürte ihre Wärme und ihren Busen an seiner Brust und schloss die Augen, und Schiller war mit einem Mal vergessen, denn er wollte ihn vergessen, und Karl und Napoleon und Kleist und Arnim ohnedies und der Regen auch, und er legte seine Hände ihr auf den Rücken. Bettine, als sie seine Berührung fühlte, schaute auf, und mit Tränen in den Augen begehrte sie: »Küss mich, denn bald schon müssen wir dies Paradies verlassen, und dann wird alles anders, und du gehst fort; küss mich und umarme mich; dann werd ich dich küssen, ganz gewiss, und vergehen vor Freude.«

Doch nicht ihre Lippen küsste er, sondern den Hals und die Ohren und seufzte dabei tief und hielt die Augen fest geschlossen, um aus diesem ganz und gar verbotenen Traum nicht zu erwachen – und aus gleichem Grunde hielt Bettine ihre Augen offen. Regentropfen rannen über seine Stirn, und sie küsste sie auf und bekam wahrhaftig Durst danach, und ihre Lippen tranken den Regen von seinen Brauen, von seinen Augen und seinem geschlossenen Mund. Hungrig ward sie, und ungestüm biss sie ihm ganz leise in die Lippen, und als er sie an seine Wange drückte, da liefen ihm ihre Tränen über das Antlitz und vermengten sich mit dem Regen. Nun warf er den Mantel ab und entkleidete sie, bemüht, die Lider nie von den Augen zu heben. Beinahe wütend zerrte er an ihrem Mieder, bis ihr Busen freilag, in diesen senkte er die traurige Stirn und drückte viele und heftige Küsse darauf, und sie hielt seinen Kopf in stummer Glückseligkeit, dass diese Gottheit sich vor ihr beugte, dass dieser Größte aller Menschen ihre Brust küsste wie ein Neugeborenes.

Für Achim von Arnim aber, der versehentlich Zeuge dieser Vereinigung wurde, war es, als wäre ein Blitz aus dem Himmel geradewegs in seinen Schädel herabgefahren und hätte seinen Leib mit einem Mal in schwarze Kohle verdorben. Er hatte, Goethes Beispiel von einst folgend, auf den Wiesen des Gebirgszuges einen Strauß der allerschönsten blauen Blumen gesammelt, der Goethes an Größe um ein Vielfaches übertraf, hatte dafür manche Meile wandern müssen, hatte seine Hände den Peinigungen von Dornen,

Nesseln und Insektenbissen ausgesetzt, und nun war er auf der Suche nach seiner Liebsten gewesen, ihr dies blaue Bouquet zu überreichen, um die kleinlichen Missstimmungen der vergangenen Tage damit aus der Welt zu schaffen. Was der Unglückselige aber fand, war zwar Bettine, jedoch nur halb bekleidet, den Kopf seines Nebenbuhlers zwischen ihren entblößten Brüsten, den nackten Rücken ihm zugewandt. Wie die beiden dort auf einer großen Steinplatte des Rabenfelsens standen, beinahe unbeweglich, erschienen sie Arnim wie ein obszönes antikes Standbild; eine verquere Variante der *Caritas Romana* auf den Felsen des deutschen Gebirges.

Erst schloss sich Arnims Hand zu einer steinernen Faust um die Blumen, die deren Stängel zerbrach und das Mark aus ihnen herausquetschte, dann öffnete sich die Hand wie im Schlaf, und eine nach der anderen regneten die blauen Blüten um seine Stiefel zu Boden, und zurück in der Handfläche blieb nur der grüne, klebrige Saft der Pflanzen. Keiner der beiden Liebenden nahm Notiz von ihm, und als er wieder gegangen war, erinnerten nur die geknickten Blumen im Dreck daran, dass er Zeuge dieser Szene gewesen war.

Mit dem festen Vorsatz, seinen Tränen nicht eher ihren freien Lauf zu lassen, als bis er der Gruppe und dem Kyffhäuser Lebewohl gesagt hatte, war Arnim in das Lager zurückgekehrt, wo Kleist, Karl und Schiller im Schutz des Musentempels bei einer Partie L'Hombre ums Feuer versammelt saßen. Arnim antwortete knapp, aber nicht unfreundlich auf ihre Anrede und begab sich danach sofort in sein Zelt, um dort seine Siebensachen für die Heimkehr zu packen. Gerieten ihm dabei Gegenstände aus Bettines Besitz in die Hände, so ließ er sie augenblicklich fallen, als wären sie von einer ätzenden Säure überzogen.

Seine Kameraden staunten nicht schlecht, als Arnim, Hut auf dem Kopf, Ranzen auf dem Rücken und Entschlossenheit im Antlitz, aus dem Zelt trat und unter dem Felsvorsprung von ihnen Abschied nahm. »Ade nun, meine Waffenbrüder«, sagte er mit zarter Melancholie. »Ich gehe fort.«

»Der Tausend! Achim!«, rief Kleist, »wohin willst du denn so spät am Tage? Wann kehrst du wieder?«

»Ich kehre nimmer wieder. Eher soll die Kugel in ihren Lauf zurückkehren als ich auf diesen verfluchten Berg. Ich gehe zurück nach Heidelberg und werde jedem von euch einen Platz in meinem Herzen bewahren; selbst dir, Freund Karl. Es war mir eine Ehre, mit euch zu streiten, aber ich kann menschenmöglich nicht verweilen. Fragt nicht nach meinen Gründen.«

Sofort waren alle drei auf den Beinen, Karl sogar noch mit den Spielkarten in der Hand, und bestürmten Arnim ungeachtet seiner Bitte mit Fragen und versuchten mit allem Nachdruck, ihn zum Bleiben zu bewegen, denn schließlich wäre Humboldt alsbald mit dem Herzog zurück und das triumphale Ende ihres Abenteuers in greifbarer Nähe. Doch Arnim war taub für ihre Einwände, und als er spürte, wie das Wasser in seinen Augen wallte, machte er sich von ihnen los und tat die ersten Schritte seiner Heimreise. Ihm entgegen aber kam, von allen Menschen, Goethe.

»Salve«, grüßte der Geheimrat so vollkommen aufgeräumt, als hätte das Ereignis auf dem Rabenfelsen nie stattgefunden. Und als er des Durcheinanders gewahr wurde, fragte er: »Was gibt es?«

Wiewohl nun alle Augen auf ihn gerichtet waren, antwortete ihm niemand; Arnim wollte, die anderen konnten es nicht. Arnims Hände krallten sich fester um die Riemen seines Ranzens.

»Wohin wollen Sie –«, begann Goethe zu fragen, aber er konnte den Satz nicht zu Ende bringen, denn nun fiel ein Schuss. Das L'Hombre-Blatt, das Karl bis eben noch in der Hand hielt, wurde ihm von unsichtbarer Hand entrissen und durch die Luft geschleudert. Karl blickte verblüfft auf seine leere Hand und dann auf die anderen, ganz so, als wäre er soeben Opfer eines Taschenspielertricks geworden. Eine der Spielkarten am Boden war durchlöchert, und nur knapp hatte den berittenen Buben darauf die Kugel verfehlt. Doch niemand reagierte – mit Ausnahme von Kleist.

»Deckung!«, rief er und sprang hinter einen der großen Felsbrocken, die vor dem Eingang zum Musentempel verteilt lagen.

Die anderen folgten nun seinem Beispiel, Schiller voran, und kaum dass Karl sich in eine Mulde hinter einen Stein geworfen hatte, schlug eine zweite Kugel in selbigen ein.

»Ha!«, rief Schiller. »Wem galt das?«

»Ich glaube – mir«, entgegnete Karl und machte sich noch flacher.

Kleist hatte inzwischen beide Pistolen von seinem Lager ergriffen. Er richtete sich auf, feuerte erst mit links, dann mit rechts in den gegenüberliegenden Wald auf ein verborgenes Ziel. Eine der Kugeln traf ihren unsichtbaren Angreifer. Holz splitterte, als ein Körper aus ein oder zwei Klaftern Höhe von einem Baum fiel. Erst dann ertönte ein Schrei.

»Werde Staub! Und über deiner Gruft schlage ewige Vergessenheit zusammen«, geiferte Kleist.

»Haben Sie ihn?«, fragte Goethe.

Kleist schüttelte den Kopf, während er in Windeseile seine Waffen nachlud. »Das sind etliche.«

»Der Ingolstädter?«

Wie zur Bestätigung fiel ein weiterer Schuss und zerschlug an der Felsdecke.

»Wie im Namen der Heiligen Dreifaltigkeit hat er uns nach all den Wochen –«

»Ganz gleich! Nicht ohne Blut räumt er das Feld«, knurrte Schiller. »Kinder! Nun gilt's! Wir sind verloren, oder wir müssen fechten wie angeschossene Eber!«

Salamandergleich kroch er über den Boden, wo ihre Pistolen und die französischen Musketen lagen, und verteilte die Feuerwaffen samt Patronen, Pulverhörnern und Bleisäckchen. Es waren insgesamt ausreichend Waffen, jedem Mann standen zwei zur Verfügung, ein unschätzbarer Vorteil, denn so würde jeweils ein Lauf auskühlen können, während der andere geladen wurde. Sich selbst nahm Schiller die Armbrust und eine Pistole. Schnell hatte jeder eine Patrone in der Hand, riss das Papierhütchen auf, gab Pulver ins Rohr und Papier und Blei hintendrein, und stopfte alles darin fest. Schiller zog derweil mit der Winde die Sehne seiner Armbrust stramm. Arnim nahm Ranzen und Hut ab. Karl löschte auf Kleists Anraten ihr Lagerfeuer, indem er Sand darauf häufte. Jeder suchte nach einer Schanze, die ihn vor den Kugeln der anderen verbarg, ohne das eigene Schussfeld zu behindern. Die sichere Deckung des Musentempels war ihr Trumpf in diesem Gefecht.

Es fielen keine weiteren Schüsse, aber den Geräuschen aus dem Unterholz nach zu urteilen, den geflüsterten Absprachen und dem Knacken toter Zweige, sammelten sich ihre Gegner auf der anderen Seite der Senke.

Arnim schlug mitten in einem stillen Stoßgebet die Augen auf: »Bettine!«, rief er. »Sie ist noch immer dort draußen!«

»Du kannst nichts daran ändern«, sagte Schiller. »Hier kannst du nicht fort.«

»Ich muss! Sie ist vollkommen ohne Schutz! Clemens wird mich –«

»Zum Henker mit deinem Clemens, Bettine weiß auf sich selbst aufzupassen!«

Schillers Worten ungeachtet, warf sich Arnim den Riemen einer Muskete um, nahm die andere in die Hand und stand auf. »Ich muss sie finden. Tod, komm her, ich fürchte dich nicht!«

»Dass dich der Schwefelregen von Sodom –! Runter!«

Nicht Schillers Befehl, sondern ein weiterer Schuss des Feindes zwang Arnim wieder hinter die Deckung. Darauf brach ein wahres Gewitter an Schüssen los, und ein mörderischer Eisenregen prasselte auf sie hernieder. Die meisten Kugeln trafen die Decke ihres Unterschlupfs, und der weiße Sandstein zerplatzte unter den Treffern und rieselte auf die Gefährten herab wie Schnee. Bald waren die Kleider aller von einer dünnen weißen Staubschicht überzogen. Aber nun erkannten sie die Mündungsfeuer ihrer Gegner und wussten, wo ihre Ziele hinter dem Laubwerk verborgen waren.

»Sein Geweih verrät den Hirsch«, sagte Kleist, nachdem er die unterschiedlichen Schüsse gezählt hatte: »Acht oder neun Mann.« In seinem Mundwinkel klebten vom Aufreißen der Patronen noch Papier und Schießpulver.

Schiller setzte seine Armbrust an. »Mars regiert die Stunde!«, rief er seinen Kameraden zu. »Wenn noch ein Tropfen deutschen Heldenbluts in euren Adern rinnt – feuert!«

Schiller sprang auf, löste seinen Bolzen, und die anderen folgten seinem Beispiel. Nun wurde das Feuergefecht zum tödlichen Zwiegespräch, und kreuz und quer über die Senke schwirrten die Kugeln, trafen hier den Stein, dort das Gehölz, aber selten ihr Ziel. Ohne Unterlass wurde abwechselnd geschossen und nachchargiert; Schwarzpulver, Bleikugeln und Ladestöcke waren wild über den Boden des Tempels verteilt, und unter der Felsendecke hing der Pulverdampf. Die Luft stank so nach Schwefel, als hätte man die ganze Garderobe des Molochs unter dem Firmament ausgelüftet.

Schiller hatte die gegnerischen Feuer beobachtet und kam zu dem Schluss, dass der Gegner in einem weiten Kordon um die Höhle aufgestellt war, von der Felswand auf der einen bis zum Rand der Senke auf der anderen Seite. »Mord und Tod! Wir sind gefangen«, tat er den anderen kund. »Ganze Haufen schwadronieren da im Holz herum.«

»Wir müssen von hier fort!«, rief Karl, dessen fahrigen Händen es kaum gelang, den Ladestock ins Rohr der Flinte zu führen.

»Allein, wir liegen tüchtig im Salz. Sie halten die Luftlöcher besetzt.«

»Wir sind umzingelt«, stimmte Kleist mit ein.

»Und wenn die Hölle uns neunfach umzingelte! Stoßen wir diese Teufel dorthin zurück, woher sie kamen!«

Pflichteifrig folgte Kleist diesem Aufruf, und mit einem Doppelschuss blies er einem weiteren ihrer Feinde das Lebenslicht aus.

Nach und nach ebbten die Schüsse ihrer Gegner aber ab, und schließlich schwiegen deren Waffen ganz. Auch die Gefährten stellten ihr Feuer ein, dankbar für die Pause, in der das überhitzte Eisen ihrer Rohre wieder abkühlen konnte. Karl reichte eine Flasche Wasser herum, aus der mit gierigen Schlucken getrunken wurde.

Mit einem Mal ertönte ein Ruf aus dem Gehölz. »Heda! Wir wünschen eine Ruhe der Waffen und die Verhandlung!«

»Lass dich in eine Pastete backen, du Afterbräutigam!«, entgegnete Kleist. »Kämpf oder verschwinde, doch suchst du Konversation, geh heim zu deinem Weibe!«

»Große Worte für einen, der in der Falle sitzt wie der Wolf im Brunnen. Aber keine Furcht; wir werden euch ohne Schaden ziehen lassen. Es ist allein der Sohn von Capet, den wir wollen.«

Karl zuckte zusammen. Er klammerte sich etwas fester an seine Muskete und sah hilfesuchend zu Schiller. Schiller schüttelte den Kopf.

»Wollen wir diesem klugschwätzenden Vaterlandsverräter die Antwort mit Blei übersenden?«, fragte Kleist, der seine Pistolen bereits wieder gespannt hatte. Aber Goethe hob die Hand.

»Liefert uns Capet aus«, wurde die Forderung wiederholt, »und ihr erhaltet freies Geleit. Euch wird nichts geschehen, beim Leben des Kaisers und meiner Ehre als Offizier.«

»Fahr in den Orkus, du welscher Saupelz!«

Goethe hob erneut die Hand, um Kleist die Rede zu unterbinden, und antwortete: »Wir werden weder ihn noch irgendein Mitglied unsrer Gemeinschaft ausliefern. Ich hingegen rate Ihnen: Machen Sie, dass Sie mit Ihren Spießgesellen von hier fortkommen, und zwar schleunigst, ehe wir Ihnen den Garaus machen.«

»Sieh an! Sie und welche Armee?«

»Die des Herzogs von Sachsen-Weimar-Eisenach.«

Hierauf war es einen Moment still, bis die Antwort kam: »Welche wiederum dieser Mann hierherbestellen sollte?«

Und nun traten zwei Männer vor den Waldessaum. Der hintere war Capitaine Santing, in einfachen Reisekleidern, das rechte Auge von einer schwarzen Augenklappe bedeckt – der vordere aber war Alexander von Humboldt, im Mund einen Knebel, die Hände hinter dem Rücken gefesselt, die Füße in Eisen und Santings Pistole an der Schläfe. Kleist blieb der gottlose Fluch in der Kehle stecken. Er wurde weiß wie der Kalkstein um ihn. Auch die anderen Gefährten erhoben sich hinter ihren Deckungen, um sich zu vergewissern, dass ihre Augen ihnen in dieser Dämmerstunde keinen bösen Streich spielten.

»Allbarmherziger«, murmelte Arnim.

Der Capitaine führte seinen Gefangen bis zur Mitte der Senke, vor die Zelte ihres Lagers, ein bösartiges Lächeln auf den Lippen. Was aus Humboldts Augen sprach, das konnte niemand entziffern.

»Niemand entkommt dem großen Napoleon«, sprach Santing, »weder in seinem Reich noch anderswo. Sie haben einen zwar eindrucksvollen, aber dennoch nutzlosen Fluchtversuch unternommen, der nun gescheitert ist. Ich räume ein, dass ich zwischendurch etwas Angst um meinen Rang hatte, denn ohne den Dauphin hätte ich mich sicherlich nicht wieder in Frankreich zeigen können. Genug dessen: Geben Sie mir Capet, und erhalten Sie im Gegenzug Ihren Freund. Und umso eher können wir alle heim.«

Der Hieb traf sein Ziel. Keiner der fünf fand mehr zur

Sprache. Goethe setzte mehrmals vergebens an, etwas zu sagen, und gab es dann auf. Kleist knirschte hörbar mit den Zähnen. Von Karls Stirn rann der Schweiß in breiten Bahnen und vermengte sich mit dem mehlgleichen Staub der Höhle. Er zitterte, und die Muskete in seiner Hand zitterte mit ihm. Schiller wich seinem Blick aus. Arnim betete nun für beide, Bettine und Humboldt.

»Was ist mit Ihnen?«, fragte der Capitaine. »Hat man Ihnen die Zungen geraubt?«

»Einen Moment der Geduld«, rief Goethe.

»Ich habe keine Geduld mehr. Ich jage Sie seit beinahe einem Monat, und bin dabei eines meiner Augen verlustig gegangen. In Mayence wartet man längst auf mich und Capet. Fünf Minuten, nicht mehr, dann setze ich Ihrem glücklosen Kurier eine Kugel in den Kopf.«

Kleist nahm den Blick von Humboldt und wandte sich Schiller und Karl zu. »Also nun, Karl«, sagte er nicht ohne Mühe, »ist es an dir, Alexanders Leben zu retten.«

»Nicht so hastig«, sagte Schiller, und gleichzeitig sagte Goethe: »Einen Augenblick!«

»Wir haben keinen Augenblick«, sagte Kleist und legte Karl eine Hand auf die Schulter. »Karl schwor an den Ufern des Mains, seinen letzten Blutstropfen für uns zu geben, sollten wir je in Gefahr geraten. Heute kannst du dein tapferes Versprechen einlösen.«

»Sie werden mich töten, wenn ich zu ihnen gehe«, klagte Karl.

»Das weißt du nicht. Aber du weißt, dass sie, solltest du nicht gehen, Alexander töten werden.«

»Und uns hintendrein«, fügte Arnim hinzu, und Kleist tat eine Geste der Zustimmung.

Goethe verließ seine Deckung. »Erlauben Sie, dass ich ein Wort *en privée* mit Herrn Schiller wechsele.«

Schiller folgte ihm, und gemeinsam krochen sie am gelöschten Feuer vorbei ins Hintere des Musentempels, um unbelauscht sprechen zu können.

»Verwünscht«, brummte Schiller, »dreimal verwünscht sei diese Reise!«

»Er *ist* nicht der Dauphin«, stellte Goethe fest.

»Das ist mir gleich. Dauphin oder nicht, selbst wenn er ein Betrüger ist, ich liebe ihn wie meinen eignen Sohn und will, dass er lebt.«

»Mein Herz wirft sich mir im Leib herum bei dem Gedanken! Aber ich habe zu Anfang dieser Reise beschlossen, das Leben der Retter über das des Geretteten zu stellen. Ich will nicht, dass Herrn von Humboldts Tod auf meinem Gewissen lastet. Auch nicht um den Preis von Frankreich. Nicht einmal um den Preis von ganz Europa. Der Herzog wird es, der Herzog *muss* es verstehen.«

Schiller nickte. »Karl wird gehen. Heinrich spricht wahr: Sie werden ihn nicht töten. Zumindest nicht hier. Aber ich möchte, dass Karl aus freien Stücken geht. Ich will nicht, dass er sich nur im Zwang für Alexander hergibt.«

»Wird er freiwillig gehen?«

»Er wird. So, wie ich ihn kennengelernt, und so, wie ich ihn erzogen habe, hat er die Größe für dieses schwerste aller Opfer.«

Goethe drückte beide Hände auf Schillers Arm und kehrte dann zurück zu den anderen. Karl schickte er zu Schiller. Vom Lager verkündete Santing, dass zwei der fünf Minuten verstrichen seien.

»Ihr wollt den Handel machen«, sagte Karl mit dünner Stimme. »Ich seh's in deinen Augen, Friedrich. Du wünschst, dass ich gehe.«

»Nein. Ich wünsche, dass *du* es wünschst. Aber die Entscheidung werden wir dir allein überlassen, sosehr Heinrich auch poltern mag. Wenn du zu bleiben wünschst, dann bleib, und wir werden mit dir kämpfen, mit dir sterben.«

Karl legte beide Hände auf sein Antlitz und rieb es. In den Handflächen klangen seine Seufzer hohl wider.

»Sie werden dich wohlbehalten nach Mainz bringen. Wir haben dich einmal befreit, es wird uns auch ein weiteres Mal gelingen. Dein Werdegang ist wahrlich ein Katalog von gelungenen Fluchten. Ich verspreche dir, dass ich dich nicht aufgeben werde.«

»Ich habe Angst.«

»Ich auch, Karl. Aber es wächst der Mensch mit seinen größeren Zwecken. Gedenke deiner Eltern, die ihren schwersten Gang mit hoch erhobenem Haupte antraten. Ein guter Gedanke stählt des Mannes Herz.«

Karl löste die Hände vom Gesicht und blickte Schiller an, als wollte er ihm widersprechen. Weißer Staub und schwarzes Pulver waren in wunderlichen Mustern auf seiner Haut verrieben.

»Wie ist dein Entschluss?«

Karl antwortete nicht, sondern nickte nur.

»Das ist mein König!«, rief Schiller aus und schloss ihn lächelnd in die Arme. »Ich bin stolz auf dich, mein Karl. An seinen Taten sollen sie Louis' Sohn erkennen!«

»Kann ich noch meine Habe zusammenraffen?«, fragte Karl mit Blick auf seinen Ranzen und einige seiner Habseligkeiten, die in Unordnung neben dem Feuer lagen.

»Sicherlich. Es ist keine Eile mehr.«

Schiller ließ seinen Zögling allein, im Wissen, dass dieser die kostbaren Minuten noch einmal nutzen würde, um in sich zu horchen und sich auf die Mühsal der kommenden Zeit vorzubereiten. In seiner Miene lasen die anderen drei, dass es Schiller gelungen war, Karl zu überzeugen. Kleist tat einen Seufzer der Erleichterung.

»Die letzte Minute ist angebrochen!«, rief der einäugige Capitaine.

»Ja doch, Sie kriegen Ihren Mann«, entgegnete Goethe. »Er kommt gleich zu Ihnen herunter.« Zu seinen Kameraden sagte Goethe: »Ladet alle Waffen, und habt sie griffbereit bei euch. Für den Fall, dass diese Schelme uns übertölpeln wollen, soll es sie teuer zu stehen kommen. – Herr von Kleist, Ihr Ziel sei –«

»– Hagen von Ingolstadt? Mit dem größten Vergnügen.

Ein Rohr zielt auf sein Herz, das andre auf sein gesundes Auge.«

Die vier richteten sich hinter ihrer Verschanzung für den kommenden Austausch ein, als plötzlich Arnim fragte: »Wo ist Karl?«

Alle wandten sich um. In der Tat war von Karl keine Spur, und auch der Ranzen, den er hatte packen wollen, war verschwunden. Schiller rief nach ihm.

»Hölle, Tod und Teufel!«, fluchte Kleist. »Wo steckt der Lumpenhund?«

Wie ein verfolgtes Raubtier suchte Kleist den Musentempel im Zwielicht mit den Augen ab und hernach den benachbarten Wald, aber es gab keine Möglichkeit, wie Karl von allen vieren ungesehen den Felsvorsprung hätte verlassen können, ganz abgesehen davon, dass die Franzosen zweifellos das Feuer auf jeden Flüchtigen eröffnet hätten. Es war schlicht, als hätte Karl nie existiert. Schiller rief abermals und ein drittes Mal und mit jedem Male lauter, aber vergebens.

»Heilige Mutter Gottes«, sagte Arnim. »Er hat sich in Luft aufgelöst.«

»Possen!«

»Die Zeit ist um!«, rief Santing.

»Hören Sie«, antwortete Goethe stockend, »der Dauphin ist – fort, wir können ihn nicht ausliefern ... obgleich wir es beschlossen hatten, er wird, wie es scheint, vorerst nicht kommen.«

Von dieser Antwort verblüfft, ließ Santing die Waffe kurz sinken. »Fort? Wie, *fort*? Wollen Sie mich zum Narren halten? Wohin fort?«

»Wir wissen es selbst nicht.«

»Nun, ich werde Ihnen schon auf die Sprünge helfen«, sagte er und spannte den Hahn seiner Pistole an Humboldts Schläfe.

Das konnte Kleist nicht länger sehen: Er stellte sich zu voller Größe auf, beide Pistolen auf Santing gerichtet, und sagte: »Wage es, Bluthund, und du tanzt eine Quadrille mit dem Tod!«

Humboldt versuchte zu sprechen, aber der Knebel verdarb die Worte in seinem Mund. Der Capitaine stellte sich sogleich hinter ihn, um Kleist kein Ziel zu bieten, und dergestalt zog er Humboldt mit sich zurück in den Wald.

Zum Entsetzen seiner Gefährten schickte sich Kleist nun an, ihm aus der Sicherheit des Musentempels heraus zu folgen. »Auf! Das Blut des besten Teutschen fällt in den Staub!«, wollte er die anderen antreiben, doch nun ertönte im Gehölz ein französischer Ruf Santings, und darauf entluden sich alle Gewehre seiner Schergen, so schien es, mit einem Mal. Kleist duckte sich unter der tödlichen Salve hinweg und kam schmerzhaft auf, aber sofort war er wieder hinter seiner Deckung, um die Schüsse der Franzosen drei- und vierfach zu vergelten. Jede seiner Kugeln wurde von den giftigsten Schmähungen begleitet, und bald rannen ihm Tränen der Wut und der Verzweiflung aus den Augen.

»Das wird ein blutiger Abend«, ächzte Schiller und schoss Bolzen auf Bolzen dorthin, wo er den Feuerstein über den Pfannen aufblitzen sah. Im Dämmerlicht waren Menschen nicht mehr wahrzunehmen.

Dieser zweite Angriff war deutlich heftiger als der erste, und im Schutz der Dunkelheit und des Feuers ihrer Kameraden avancierten die Franzosen und zogen den Kordon um den Musentempel von Minute zu Minute enger. Je näher der Feind kam, desto verwundbarer war er aber auch, und so traf einer von Schillers Bolzen das Bein eines Mannes, während Arnim und Kleist einen weiteren im Doppelfeuer austilgten.

Goethe, der am äußersten Rande der Höhle Stellung bezogen hatte, presste gerade das Pulver in seinem Terzerol fest, da erschien wenig vor ihm ein Franzose, die Muskete im Anschlag. Goethe schoss sofort, sodass kein Blei, sondern vielmehr der Ladestock herausgesprengt wurde und dem Angreifer geradewegs in die rechte Hand hinein, wo er den Daumen zerschlug. Die Kugel des entgeisterten Franzosen traf nur Felsen, und noch ehe der Verletzte die Flucht antreten konnte, hatte ihm Kleist vor den Kopf geschossen. Direkt vor ihrem Tempel blieb die Leiche des Angreifers liegen, und nicht wenige französische Kugeln verirrten sich im Laufe des Gefechts noch in das leblose Fleisch. Nach diesem missglückten Vorstoß ihres Kameraden getrauten sich die gegnerischen Soldaten nicht mehr aus der Deckung. Goethe aber hatte dieses Ereignis so aufgewühlt, dass er fortan nicht mehr selbst schoss, sondern stattdessen die Waffen der anderen in der zweiten Reihe nachlud.

Bald waren ihre Patronen verschossen, und sie mussten, eine ungleich langwierigere Aufgabe, die Rohre mit Pulver aus dem Pulverhorn füllen. Auch an Papier, mit dem sie das Pulver in den Läufen hielten, fehlte es. Nun opferte Kleist freien Willens die Reste seines Lustspiels: Die Gefährten rissen die Seiten entzwei, stopften seine Worte mit dem Ladestock in ihre Waffen und schossen sie mit Pulver und Blei auf ihre Gegner ab.

Als Nacht die Dämmerung abgelöst hatte, verstummten die Salven der Franzosen. Freund und Feind waren im Dunkel nicht mehr zu erkennen, und jede weitere Kugel war verschenkt. Kaum dass die Schüsse verhallt waren, richteten einige Raben ihre schwarzen Segel auf die Bäume am Lager, wo das heiße Felsgefecht ihnen ein reiches Abendmahl aufgetischt hatte. Die Gefährten tranken und rieben sich den Schweiß von der Stirn, derweil Kleist eine Inventur ihrer Rüstkammer machte. Niemand sprach von den drei Verschwundenen, von Bettine, Humboldt und von Karl, aber jeder fragte sich insgeheim, wer als Nächstes die Gruppe verlassen würde und durch welche Umstände.

»Wie ruhig es dort draußen ist«, sagte Arnim.

»Die Ruhe eines Kirchhofs«, erwiderte Schiller. »Sie planen einen weiteren Angriff.«

»Ein drittes Mal halten wir ihnen nicht stand«, sagte Kleist, nachdem er die Waffenschau abgehalten hatte. »Verwünscht das Los mir dieses Tages!«

»Wir haben doch Pulver genug?«

»Pulver genug, die Erde gegen den Mond zu sprengen. Es ist das Blei, das bald zur Neige geht. Zwo Dutzend Schuss *tout au plus*, dann müssen unsre Waffen Hungers leiden.«

Goethe tat einen Blick ins Dunkel. »Und draußen harren die Franzosen wie Wölfe um einen Baum, auf den ein Reisender sich rettete.«

Die Gefährten schwiegen. Arnim fand bei den Vorräten eine Wurst, an der er lustlos kaute. Kleist putzte den Staub von seinen Pistolen. »Von welschen Hunden in Germanien zerrissen: Das wird die Inschrift meines Grabmals sein.«

»Meine Herren«, sprach nun Goethe, »bitte hören Sie mich an, denn ich möchte Ihnen einen Vorschlag unterbreiten: Wir tun es Herrn von Arnim gleich und speisen zu Abend. Dann gürten wir uns die Säbel um, spannen die Hähne, pflanzen die Bajonette auf, sprechen ein Vaterunser und machen, frisch gewagt und frisch hinaus!, einen Ausfall im Schutz der Dunkelheit.«

Die anderen gaben nicht sogleich Antwort darauf. Dann sprach Schiller, wobei er seinen Säbel blankzog: »So mag sich's rasch und blutig denn entladen. Stoßen wir ihnen unsre Federn in den Leib und ziehen die rote Tinte aus dem Fass. Tod oder Freiheit! Wenigstens sollen sie keinen lebendig haben!«

»Tod oder Freiheit!«, wiederholte Arnim. »Kein seligerer Tod ist in der Welt, als wer vom Feind erschlagen. Auf, ihr meine deutschen Brüder!«

Unvermittelt purzelte ein Stein vom Felsvorsprung herab und fiel vor dem Musentempel zu Boden. Die Gefährten hielten den Atem an. Weitere kleine Steinchen und Kiesel folgten dem ersten, und Geräusche waren von über der Höhlendecke zu hören.

»Sie sind über dem Fels«, flüsterte Schiller.

Augenblicklich griffen die vier zu den Waffen, den Finger am Abzug, den Kolben an der Schulter, in der Erwartung, von der Felskante würden sogleich ihre Angreifer herabklettern. Aber der Eingang blieb leer. Wenig später tönten Hammerschläge durch das Gestein.

»Übt sich, zum Teufel!, diese Otternbrut jetzt als Dachdecker?«, zischte Kleist.

Untätig lauschten sie dem Klopfen und Knirschen und konnten sich keinen Reim darauf machen. Wenig später verstummte das rätselhafte Handwerk wieder, und Schritte entfernten sich.

»Was zur –«, hob Goethe an, aber Schiller hieß ihn mit einer Geste, still zu schweigen. Denn nun war ein neues Geräusch zu vernehmen: ein Zischen, das zunächst kaum vom Wind in den Bäumen zu unterscheiden war. Aber anders als das Geraschel des Laubes ging es gleichförmig, wie Dampf, der aus einem Wasserkessel entweicht.

Wieder einmal war es Kleist, der vor allen anderen begriff. »Zurück!«, schrie er aus voller Kehle, und ohne Rücksicht auf seine Deckung sprang er auf, um ins hintere Ende des Musentempels zu stürmen. »Beim lebendigen Gott, her zu mir!«

Mit einiger Trägheit, aus Unverständnis geboren, folgten ihm die drei zur Rückwand der Höhle, gegen welche sich Kleist mit aller Kraft presste, und kaum dort angekommen, tat es über ihnen eine so ohrenbetäubende Explosion, als hätte man einen Kienspan in des Kaisers Pulvermagazin geschleudert. Die Erde bebte so stark, dass Goethe sich nicht auf den Beinen halten konnte. Über ihnen schoss ein schwarzer Riss quer durch den Kalkstein, und mit einem Mal brach der gesamte Vorsprung vom Rest des Felsens ab, zersplitterte beim Fall, brüllte dabei wie ein wildes Tier und stürzte in einer Wolke aus Staub und Steinen nieder. Die hungrigen Raben stiegen wieder auf und suchten krächzend das Weite. Weitere Felsbrocken fielen herab und rollten über den gewesenen Vorsprung in die Senke, und Bäume, denen der Boden unter den Wurzeln weggerissen worden war, krachten gefällt nieder. Bis zuletzt hagelte Geröll auf die Überreste des Höhleneingangs herab. Dann war es wieder still, und während der Pulverdampf in einer Wolke aufwärts in den Nachthimmel stieg, senkte sich der Staub wie schwerer Nebel auf das verlassene Lager.

Eingangs getraute sich Schiller nicht einmal zu husten, in der Furcht, jede Erschütterung könnte einen weiteren Bergrutsch zur Folge haben. Aber lange konnte er den Reiz nicht niederkämpfen. Als er ihm endlich nachgab, hustete auch neben ihm ein Jemand, aber wer es war, das konnte er nicht hören und sehen noch minder, denn es war pechrabenschwarz. Er ging auf die Knie und kroch tastend über den Boden in die Richtung, in der er ihr ehemaliges Feuer vermutete. Unter Geröll und Staub bekam er schließlich ein verkohltes Stück Holz zu fassen, und damit stocherte er in der Brandstelle herum, bis ihm durch den Staub rote Glut am Endes eines trockenen Astes entgegenleuchtete. Schiller blies so lange darauf, bis sich das Holz wieder entzündete, und mit einigem weiteren unverbrauchten Brennholz hatte er bald ein kleines Feuer entfacht.

In den Trümmern des Musentempels, durch die Sprengung der Franzosen nun auf eine enge Kammer reduziert, waren die vier Gefährten, so nicht unbeschadet, zumindest aber lebendig versammelt. Arnim stand gegen die Wand gelehnt und prüfte mit einer Hand den Zustand seiner Nase, aus deren beiden Löchern das Blut tropfte. Kleist spuckte so viel vom pulverisierten Kalkstein aus, dass sein Speichel geronnener Milch glich. Goethe schließlich lag mehr, als dass er saß, und drückte ein Tuch auf sein Haupt, dort, wo ein fallendes Gestein ihm die ewig gleiche Wunde von neuem aufgerissen hatte. Kleist half ihm wieder auf die Beine.

Gemeinsam betrachteten sie den Schaden, aber es

brauchte weder viel Zeit noch großen Sachverstand, um zu begreifen, dass ihre Gegner sie zwar nicht hatten töten, aber doch lebendig begraben können. Der Felsvorsprung war so gründlich vom Rest des Berges abgetrennt worden, dass an ein Entkommen nicht zu denken war, und für jeden Felsbrocken, den sie entfernten, fielen zwei weitere nach, und ein vollkommener Einsturz der restlichen Kammer schien immer wahrscheinlicher.

Aber nicht nur vor, auch hinter der Höhle hatte die Detonation ihre Spuren hinterlassen, und so entdeckte Goethe bald, dass ein schmaler Spalt, den Humboldt schon vormals in der Rückwand der Höhle ausgemacht hatte, durch das Beben breiter geworden war, und ein kühler, kalkreicher Luftzug zog von dort in ihr dumpfes Verlies. Niemand konnte sagen, wohin dieser Spalt führte, und dennoch herrschte stilles Einvernehmen darüber, den Musentempel aufzugeben, und stattdessen tiefer im Berg nach einem Ausweg zu suchen.

Den Großteil ihrer Ausrüstung hatte das Geröll zertrümmert und begraben, aber sie fanden noch eine Wurst und etwas verstaubtes Wildbret, eine Zunderbüchse, einen zerbeulten Topf, die Decken von Humboldt und Kleist, eine Flasche Branntwein, die den Steinschlag glücklich überstanden hatte, eine französische Muskete und schließlich die Waffen, die sie am Körper getragen hatten. Wie manches Mal im Hagelschlag die Sonne scheint, so hatten die Kameraden nun in ihrem Unglück das große Glück, unter einigen Steinen auch den Beutel mit den Pechfackeln hervorziehen zu können, die unabdingbar waren für ihren Erkundungsgang. Schiller entzündete sogleich die erste von einem Dutzend und führte den Weg voran in die Felsspalte.

Die ersten Schritte waren mehr als mühsam, denn der Spalt war schmal, der Untergrund selten eben, und der schroffe Fels zerrte an ihren Kleidern. Goethe blieb zwischen zwei Felswänden so unglücklich stecken, dass er nur befreit werden konnte, indem Arnim ihn aus der Umklammerung des Berges zog, derweil Kleist von hinten schob. Abwärts und abwärts noch führte ihr schmaler Pfad, immer tiefer ins Massiv des Kyffhäusers, doch endlich weitete sich der Gang, und wie es sich die Gefährten erhofft hatten, tat sich dahinter ein Höhlenraum auf. Unter ihren Stiefeln brach der Boden wie trockenes Geäst, denn er war mit einer Fülle von grauen Scherben bedeckt, und mit einem Blick nach oben wurde deren Herkunft erkennbar: Aus allen Ritzen und Spalten in der Decke quollen Lappen aus Gips, manche winzig, andere so groß wie ein ausgebreitetes Schnupftuch. Der Raum wirkte wie eine Lederei, in der man zahllose frisch gegerbte Leder zum Trocknen aufgehängt hatte. Goethe legte Hand an einen dieser steinernen Lappen, die sich ähnlich Tropfsteinen über die Jahrhunderte gebildet hatten, und hatte sogleich das ganze spröde Gebilde in der Hand. Er wünschte stumm, Humboldt wäre bei ihm, um dieses Naturphänomen zu diskutieren. Die anderen drängten weiter.

Der Gang führte sie durch zwei weitere, kleinere Kavernen, bis sie hinter einer Kurve in einem Raum standen, der zwar recht niedrig war – und über und über mit Gips behangen –, aber so tief in den Berg hineinging, dass Schillers Fackel ihn nicht auszuleuchten vermochte. Am linken Rand der Höhle war ein Bassin mit Wasser, die Oberfläche glatt wie ein Spiegel, und große Felsbrocken und Schieferplatten durchsetzten den Boden. Und auf einem dieser Schieferbrocken saß – Karl, eine Kerze neben sich in den Stein gekeilt, den Ranzen zu seinen Füßen, kümmerlich in sich zusammengesunken wie ein Zwerg aus alten Märchen. *Sein* Anblick war es, nicht der der Höhle, der den Atem aller vier stocken ließ.

Schiller fand als Erster wieder zu Worten: »So sehen wir uns wieder.« Und er setzte hinzu: »Im Reich der Schatten.« Und tatsächlich betrachtete Karl die Eindringlinge, als kämen sie geradewegs aus dem Hades.

Kleist ließ die Muskete, die er getragen hatte, zu Boden fallen. »Dass dich der Erde finstrer Schoß verschlänge«, fauchte er Karl an. »Du Feigling! Du – Mensch – entsetzlicher, als mir der Atem reicht, es auszusprechen!«

Mit einem Satz war Kleist bei Karl, und hatte ihm einen so starken Backenstreich verpasst, dass Letzterer vom Fels zu Boden fiel. Kleist zerrte ihn am Kragen wieder auf die Beine, stieß ihn mit dem Rücken gegen den Fels, verpasste ihm einen Hieb ins Gesicht und einen weiteren durch Karls schützende Arme hindurch – aber nun waren Arnim und Goethe hinter Kleist, und indem jeder einen von seinen Armen umfing, entfernten sie den Rasenden von seinem Opfer. Kleist versuchte, sich aus der Umklammerung zu befreien, aber die anderen waren stärker, und als sie ihn fortzogen, gruben seine Hacken Furchen in Gips und Schiefer am Boden.

»Hör, Capet, dir zerschlag ich alle Knochen!«, brüllte er, dass es von den Wänden der Höhle widerhallte. »Und wenn du fünfmal der König wärst, dafür sollst du bluten! Dein Odem ist Pest und deine Nähe Verderben! Schlange, giftige! In deiner Nähe stinkt es wie bei Mördern!«

Unversehens wichen alle Wut und Kraft aus seinem Körper, und er sackte in den Armen der beiden anderen zusammen wie eine leblose Puppe. »Alexander!«, schluchzte er. Sacht setzten sie ihn nieder und blieben bei ihm, als er zu weinen begann. Bald hatte Kleist sein Gesicht in Arnims Rock verborgen und heulte wie ein Kind, und Arnim umfasste den zitternden Leib des Kameraden mit beiden Armen und wurde selbst von dessen Tränen zu eigenen Tränen gerührt.

Auch Karl weinte nun, doch ihn tröstete niemand. Schiller stand noch immer vor ihm, die tropfende Fackel in der Hand, unbeweglich, als hätte die kalte Höhlenluft ihm das Blut in den Adern gefrieren lassen.

»Ich bin so froh, dass ihr lebt«, sagte Karl und versuchte ein Lächeln, »dass *du* lebst! Ich hatte solche Angst um dich.«

Ungelenk stand Karl auf und umarmte Schiller. Der ließ es für einen Atemzug geschehen, drückte ihn dann aber mit der freien Hand von sich.

»Heinrich spricht wahr«, sagte er: »Dein Geruch ist Mord. Ich kann dich nicht umarmen.«

Karl ward von dieser Zurückweisung überrascht. »Vergib mir, Friedrich«, entgegnete er schließlich. »Vergib mir meine Flucht, vergib mir meine Furcht, doch ich –«

»Nichts mehr. Kein Wort mehr. Sprich nicht weiter, ich bin taub für deine hohlen Worte«, entgegnete Schiller. »Alexander hat sein Leben für dich aufs Spiel gesetzt, und deinen großen Worten zum Trotz lässt du die erste und beste Gelegenheit, es ihm zu vergelten, ihn und uns zu retten, verstreichen, um dich – ja, um dich, was?, zum Teufel, was?, in einen anderen, nutzlosen Tod zu flüchten, um dich in der Erde zu vergraben gleich einem – einem feigen Kaninchen, dem sechsten Schöpfungstag zum Schimpfe. Wie arm bist du, wie bettelarm geworden. Was ist in dich gefahren, dass dich dein königlicher Edelmut verlassen?«

»Nein, Friedrich, du irrst sehr«, jammerte Karl. »Ich dachte so edel nicht, bei weitem nicht, als du mich gerne glauben machen möchtest. Ich bin kein König.«

Schiller schwieg. Karl erwiderte seinen Blick, bis er ihm nicht länger standhielt. So warf er sich auf den Höhlenboden und umfasste die Fesseln seines Lehrmeisters. »Vergib mir! Ich beknie dich!«

»Steh auf.«

»Ich weiß, dass du mich nicht mehr achtest, aber ich ertrage nicht, dass du mich verstößt!«

»Steh auf, und reize mich nicht mehr!«

Aber Karl gehorchte nicht, und so befreite sich Schiller, indem er einen Schritt zurück tat. Der geächtete Jüngling blieb weinend liegen, zerschmettert wie die Scherben unter ihm.

Als aller Tränen versiegt waren, schritten sie voran, die Höhle auf der Suche nach einem Ausgang zu erkunden. Am Ende der langen Halle lag ein See von Wand zu Wand, den sie notgedrungen durchqueren mussten. Das grünschimmernde Wasser war so klar, dass man das Gestein am Grund gestochen scharf wie durch ein Brennglas sehen konnte. Arnim ging als Erster hindurch, und es überraschte, dass der Grottensee viel tiefer war, als er von Land aus erschien. Bis zum Gürtel stieg ihnen das Wasser, und Schiller schien es kälter selbst als seine unfreiwilligen Bäder in Ilm und Rhein.

Am anderen Ufer öffnete sich die Höhle zu beiden Seiten, und die Decke lag deutlich höher, wie der Saal eines unterirdischen Schlosses. Lappen von Gips hingen auch hier über ihren Köpfen, die größten davon gut einen Klafter lang, und dennoch flach, wie versteinertes Papier; alte Bücherkrusten eines Riesen, hinter die das tanzende Licht der Fackel immer absonderlichere Schattenbilder malte. Ein jeder tat gut daran, nicht unter den Gipsgebilden zu verweilen, denn wären diese abgebrochen, sie hätten den Unglücklichen zweifelsohne erschlagen.

Die Kaverne linker Hand war ein Halbkreis, deren hohe Wände keinen Durchschlupf erahnen ließen. Deswegen setzten die fünf ihre Suche in der rechten, größten Höhle fort. Von dieser wiederum gingen zwei weitere Höhlen ab: Die eine führte über einen Hang von grobem Geröll aufwärts, dessen Ende nicht abzusehen war, die andere hingegen war niedrig und von Wasser bedeckt, so weit man schauen konnte. Nach gut fünfundzwanzig Schritt krümmte sie sich nach rechts, und was sich hinter der Biegung verbarg, war nur zu spekulieren.

Im großen Saal in der Mitte türmten sich die Schieferplatten zu einem Buckel auf, und auf diesem richteten die Gefährten ihr Lager ein. Eine zweite Fackel wurde an der ersten entzündet, und man teilte sich in zwei Gruppen auf, um nach dem Ausgang dieser dunklen Kammer zu forschen. Dem unglücklichen Karl gegenüber verhielten sich die anderen so, als hätte er sich tatsächlich, wie es Arnim zuvor ausgerufen hatte, in Luft aufgelöst: Niemand sprach mehr mit ihm, und als die anderen ausschwärmten, blieb er allein im Schein seiner Kerze zurück.

Kleist und Arnim kam die verdrießliche Aufgabe zu, die Grotte mit dem See zu erkunden, und so mussten sie, nachdem sie sich einiger Kleider entledigt hatten, abermals ins Wasser steigen. Bald staksend, bald schwimmend, drangen sie immer tiefer in die Grotte vor, stets darauf bedacht, die unersetzbare Fackel vom Wasser fernzuhalten. Hinter der Biegung hatten sie wieder festen Boden unter den Füßen, und nun mündete die Grotte in einem Gang, der den beiden vielversprechend erschien, weil er aufwärtsführte – aber anders als bei ihrem Eingang wurde der Spalt, den sie nun zu passieren hatten, nach vielen Windungen und Aufstiegen immer enger und enger und schließlich unpassierbar, weshalb ihre Suche als gescheitert gelten musste. Auf dem Rückweg entdeckten sie das Skelett eines Tieres, das wie sie offensichtlich in die Höhle hinein-, aber nicht wieder hinausgefunden hatte. Arnim mutmaßte, dass es sich um ein Rehkitz handelte, und Kleist bedauerte, Humboldt nicht an seiner Seite zu haben, denn der hätte die Knochen ohne Zweifel klassifizieren können, wie er auch bei der Erkundung dieser Höhle ein unschätzbarer Kompagnon wäre. Der bloße Gedanke an den Verlorenen versetzte Kleist wieder in düstere Schwermut.

Weniger eisig, dafür aber umso knochenbrecherischer war die Exkursion von Goethe und Schiller, denn der Hang von Geröll, den sie aufwärtskletterten, war alles andere als sicher: Die Schiefertafeln waren durch die feuchte Luft rutschig geworden und wackelten auf dem Untergrund, und die herabgefallenen Gipsplatten waren ein trügerischer Tritt, auf dem man sich leicht, wenn man nicht aufpasste, die Beine hätte brechen können. Als sie endlich die Halde erklommen hatten, suchten sie die Decke ab, wobei das Schattenspiel der Blätterteigdecke ihnen oftmals Öffnungen vorgaukelte, wo keine waren. Sicher schien am Ende nur eines: Es hatte über ihnen, in Reichweite ihrer Arme, einstmals einen Durchbruch durch den Schiefer gegeben, aber dieser war nun durch Gesteinsbrocken verschlossen. Wie hoch die Schicht darüber war, konnte niemand sagen, aber wollte man sich einen Weg hindurchbahnen, würden einen die herunterstürzenden Felsen vorher begraben, als stünde man in der unteren Hälfte einer riesigen Sanduhr.

»Verfluchtes dumpfes Mauerloch!« Goethe schlug mit der Faust gegen die Decke. »Eingescharrt in der kalten Erde, so eng! so finster! Hier ist kein Ausweg, kein Rat und keine Flucht.«

»Kommen Sie, lassen Sie uns niedersitzen«, sagte Schiller. »Ich fühle mich erschöpft und matt.«

Sie nahmen auf den Felsen Platz und schwiegen, das Unaussprechliche zwischen sich. Unten, am Fuß der Halde, sah man das winzige Licht von Karls Kerze, ein Nadelloch im schwarzen Gewand der Höhle.

»Das Licht der Sonne schauen wir niemals wieder«, sagte Schiller nach einer ganzen Weile. »Wir sind dem Tode geweiht.«

»Sie sprechen ein großes Wort gelassen aus«, entgegnete Goethe. »In einer Höhle eingesperrt mit Heinrich von Kleist: So stell ich mir die Hölle vor.« Er lachte gallig. »Hatte er sich nicht seinerzeit am Frauenplan gewünscht, ich möge nimmer von meiner Reise heimkehren? Wie's scheint, wird sein Wunsch nun grausig in Erfüllung gehen.«

»Lassen Sie uns bis zuletzt an unsre Rettung glauben.«

»Haben wir eine Ursache dafür?«

»Keine. Aber wir sollten den jungen Kerls dort unten die Zeit erleichtern.«

Nun begannen sie den beschwerlichen Abstieg. Zurück im großen Saal, tranken sie beim Grottensee Wasser aus der hohlen Hand, und es war köstlich. Verdursten würden sie also nicht. Wenig nach ihnen kehrten auch Arnim und Kleist zurück, und jedermanns Hoffnung, die andere Partei möge ein Schlupfloch entdeckt haben, wurde nun zunichte gemacht. Die beiden Fackeln wurden wieder gelöscht, um Licht aufzusparen, und Goethe verfügte, dass man den Braten essen dürfe. Je zwei Mann warfen sich eine Decke über, und im Licht der Kerze verspeisten sie, was von dem Wild übrig war, und spülten es mit Wasser aus dem verbeulten Topf hinunter.

Das Schauspiel dauerte sehr lange. Wäre nicht das Feuer gewesen, das eine Fackel nach der anderen langsam und unaufhaltsam zerfraß, hätte man nicht sagen können, ob Tage verstrichen oder Stunden oder ob die Zeit stillstünde; ob Tag und Nacht nur dort wechselten, wo es auch Tag und Nacht gab. Der einzige Takt war der unaufhörliche, immer gleich klingende Husten Schillers. Viel wurde getrunken, um den Hunger zu betäuben, und bald murmelte das Wasser hörbar in den Gedärmen des Quintetts. Schließlich gab Goethe auch die Wurst zum Verzehr frei. Mit seinem Säbel zerteilte Arnim sie in fünf gleiche Stücke und klaubte danach gar den Speck von der Klinge, um keinen noch so kleinen Bissen verkommen zu lassen. Nach dem ersten Biss in seine Ration bot Karl demjenigen, der ihm sein Stück abgab, für den Fall, dass sie freikämen und er erst wieder König wäre, ein Fürstentum in Frankreich an, dazu einen Titel, und führte als Beispiel das Poitou an, aber Arnim herrschte ihn an, er möge sich sein Poitou in einen noch dunkleren Ort stecken, und Kleist bemerkte kauend, er wäre lieber Graf von der stinkenden Pfütze als von irgendetwas, das ihm von Karls Händen überreicht werde, und überhaupt wäre die Vorstellung unglaublich, dass er der Enkel einer Maria Theresia und eines Franz I. sei. Schiller und Goethe schwiegen hierzu.

Arnim unternahm eine zweite Expedition, nach einem Ausgang zu suchen, derweil die anderen die Zeit zum

Schlaf auf dem kalten Schiefer nutzten. Hin und wieder hörte man Geräusche, die von ihm kommen konnten oder auch nicht – fallendes Wasser, knisternden Gips, durch die Höhlenwände vervielfacht –, und als er zurückkehrte, weil seine Fackel auf den Stumpf niedergebrannt war, sah man an seinen Augen, dass er geweint hatte. Er warf Schiller vor, bei Rheinstein nicht den verfluchten Taler vergraben zu haben, wie es ihm der Schiffer aufgetragen hatte. Schiller enthielt sich der Antwort, und weil er nicht länger liegen wollte, setzte er sich auf einen Schieferblock, der wiederum vor einem größeren lag wie ein Schemel an einem Tische, und bettete den Kopf auf diesen.

Schließlich waren alle Kerzen und Fackeln aufgebraucht bis auf eine, und als sie diese entzündeten, blickte Goethe auf seine Taschenuhr. Es war um die zehnte Stunde, aber ob tags oder nachts, noch im Märzen oder schon im April, wusste man längst nicht mehr zu sagen. Sicher war nur, dass nach der Frist weniger Stunden diese letzte Fackel Kohle war und die Dunkelheit um sie herum vollkommen.

Kleist durchbrach die Stille einiger Stunden, indem er sprach: »Wir sterben.«

Schiller entgegnete nach einem ausgedehnten Seufzer: »Es ist leider bekannt, dass Dichter am frühesten verblühen. Schließt eure Rechnung mit dem Himmel ab.«

»Mal sehen, wer zuerst den bitteren Tropfen des Todesengels kosten muss«, sagte Arnim, blickte dabei aber unverhohlen auf Goethe.

»Ich«, antwortete Kleist und nahm seine zwei Pistolen hervor. »Sobald dies Licht erlischt, werde ich auch das meinige ausblasen. Denn ich werde nicht in grabesdunkler Nacht in diesem Totenkeller ausharren, bis der Wahnsinn mich umfängt.«

»Du willst dich doch nicht selbst morden?«

»Ich habe noch ein zwotes Terzerol für den, der mich hinüberbegleiten möchte. Wie wäre es, Euer Hochwohlgeboren? Das Leben ist viel wert, wenn man's verachtet!« Kleist bot Karl die Waffe an, aber der schreckte davor zurück.

»Tu's nicht, Heinrich, auf Knien bitt ich dich. 's ist Sünde.«

Aber Kleist war taub für Arnims Bitte, und mit großer Ruhe prüfte er noch einmal Abzug und Lauf, beinahe, als gelte es lediglich, damit auf Fasane Jagd zu machen. Da die Pulverfüllung in den Pistolen noch aus der Hitze des Gefechts stammte, feuerte Kleist beide ins Dunkel der Höhle ab, um danach für den letzten Schuss gewissenhaft nachzuladen.

Schiller nahm derweil Goethe zur Seite. »Auf Wiedersehen in einer anderen Welt«, sagte er leise und reichte ihm dazu die Hand. »Kurz ist der Abschied für die lange Freundschaft.«

»Vergeben Sie mir meine Fehler?«

»Alle, Freund meiner Seele. Alle.«

»Das sei mir Trost. Und dass wir in derselben Gruft begraben sein werden.«

Schiller nickte, zog die Decke enger um die Schultern und nahm wieder an der Steintafel Platz.

Von ihren Vorräten war nunmehr nur noch die Flasche Branntwein geblieben, die die Sprengung des Musentempels wie durch ein Wunder überstanden hatte. Arnim entkorkte die Flasche und bot sie im Kreise an, doch niemand sonst wollte sich diese starken Geister in den leeren Magen brennen, und so trank Arnim allein. Schon nach den ersten Schlucken war er trunken, und bald wüteten die Weingeister in seinem schwachen Blut, aber sie betäubten die Angst und den Hunger, und insgeheim wünschte Arnim, er würde, wenn er schon sterben müsse, im Rausch dahinscheiden. Der Branntwein trieb ihm die Tränen in die Augen, dazu brauchte es nicht mehr der Erinnerung an Bettines Treubruch.

Zu zwei Dritteln hatte sich Arnim durch die Flasche gekämpft, da fiel sein Blick auf Schiller, der, mehr schlafend als wach, den Kopf auf beide Hände gestützt, am steinernen Tisch saß. Beim roten Schein der Fackel wirkte die Decke um seine Schultern wie ein purpurner Mantel – und sein roter Bart, der zwischen den stützenden Fingern hervorquoll, leuchtete wie Feuersglut. Arnim stockte der Atem. Er sprach ein stummes Gebet. Er sah zu seinen Gefährten, aber alle hatten sie die Augen geschlossen und wurden der Chimäre nicht teilhaftig. »Der Kaiser Friederich«, flüsterte Arnim. »Nun, Rhabarberkaiser, nicht wahr, es sitzt sich gut auf dem Thron?« Ernst und mild war das Antlitz des Angesprochenen, und nun nickte er einmal kurz und kaum merklich. Arnim trank einen weiteren Schluck. »Sollst leben, Friederich!« Dann begann vor seinen Augen Friedrichs Bart zu wachsen, so schnell, dass man dabei zusehen konnte; zwischen den Fingern hindurch kräuselte sich das rote Haar wie leckende Flammen und hatte die Hände alsbald bedeckt, wuchs abwärts auf den Tisch, wie von Zauberkraft durch den Stein hindurch und immer weiter, auf den Boden und um den Fels herum, ohne dass Friedrich dabei auch nur die Augenwimpern hob. Der Säbel an seiner Seite war zum Schwert geworden, und auf seinem Haupte war eine Krone erschienen.

Beim Versuch, an den Schlafenden heranzutreten, um ihn zu wecken, fiel Arnim vornüber um, schlug dabei die Flasche entzwei und seine Stirn blutig und blieb besinnungslos liegen. Goethe breitete seine Decke über dem Geisterseher aus.

Die Flamme der Fackel wurde kleiner und kleiner und erstarb schließlich ganz. Schemen waren noch im Schein der Glut auszumachen, aber als auch diese zu Asche wurde, strich Kleist ein letztes Mal über Humboldts Locke in seiner Westentasche. Dann spannte er den Hahn seiner Pistole und sprach: »Nun, o Unsterblichkeit, bist du ganz mein.«

Goethe hielt sich mit beiden Händen die Ohren zu, aber der Lärm, der auf Kleists letzte Worte folgte, war viel dumpfer als ein Pistolenschuss und um einiges gestreckter, wie fernes Donnergrollen. Irgendwo in der Höhle musste es einen Einbruch gegeben haben. Goethe hörte, wie Kleist den Hahn seiner Pistole wieder entspannte. Arnim rief etwas Unverständliches im Schlaf.

Plötzlich ward Licht. Am oberen Ende der Halde, dort, wo Schiller und Goethe nach einem Ausgang gesucht hatten, lag eine brennende Fackel auf den herabgestürzten Felsen, ihr fernes Licht von Staubwolken verdunkelt und dennoch unendlich heller als die Schwärze zuvor. Mit klopfenden Schläfen beobachteten die Gefährten, wie droben aus einem Loch in der Decke, das durch den Einsturz entstanden war, das Ende eines Seils in die Höhle fiel und dicht neben der Fackel landete, und an diesem Seil herab kletterte –

»Bettine.«

»Darf ich meinen Augen trauen?«

Wie sie auf dem Gipfel der Halde stand – so hoch über ihnen allen auf einer Wolke von Staub, die schwarzen Locken wie vom Sturmwind zerzaust, den Hirschfänger im Gürtel und die brennende Fackel in der Hand –, erschien sie den Gefährten wie eine Halbgöttin, wie die erste der Parzen, am Schicksalsfaden zu ihnen herabgestiegen, wie die Allegorie der Freiheit, die Licht in des Kerkers feuchte Finsternis bringt.

Kleist war der Letzte, der am Seil aus dem Schacht geklettert kam. Die anderen halfen ihm aus dem Loch. Nach einer Weile konnten seine Augen die Mittagssonne verschmerzen, und er erkannte, dass er sich im Hof einer kleinen Burg befand, die vor langer Zeit verfallen war, und dass das Loch, durch das sie befreit worden waren, einstmals der Brunnen dieser Burg gewesen war. Es war die Ruine unweit ihres Lagers, von der Arnim erzählt hatte.

Am Boden lagen Bettines Ranzen und einige Fackeln. Das Seil, das gut fünf Klafter in die Tiefe reichte, hatte sie am Stamm einer wuchernden Birke vertäut.

»War je ein Traum so bunt, als was hier wahr ist?«, fragte Kleist, als er wieder bei Atem war.

Bettine, die nicht weniger erschöpft und ausgezehrt schien als die Männer, reichte diesen Brot und Käse, die sie noch aus dem Lager hatte retten können. Sie berichtete, dass sie am Abend des Angriffs bei ihrer Heimkehr vom Rabenfelsen rechtzeitig die Schüsse vernommen hatte. Anstatt sich aber sogleich auf die Flucht zu machen oder sich mindestens zu verbergen, schlich sie sich so nah als möglich an die Angreifer heran. Als sie ihrer neun zählte, darunter den ruchlosen Capitaine, entschied sie, dass sie, unbewaffnet und allein, ihren Gefährten im Musentempel nicht würde helfen können. In einem sicheren Versteck betete sie für das Wohlergehen ihrer Kameraden und war so lange guten Mutes, bis der Bombenschlag den Kyffhäuser erschütterte. Nach einer schlaflosen Nacht wagte sie sich am nächsten Morgen wieder ins Lager. Santing war fort, und nur die toten Franzosen waren geblieben. Mit dem ausgestattet, was sie beim verwüsteten Lager noch gefunden hatte, machte sich Bettine nun auf die Suche nach den Verschütteten, denn dass ein Durchkommen durch den abgesprengten Fels undenkbar war, erkannte auch der Blick eines Laien. Ohne Unterlass suchte sie den Berg ab und schlief nur dann, wenn die Dunkelheit ihr die Sicht versagte. Doch am dritten Tag nach dem Gefecht – denn dieser war es bereits –, als sie auf die Ruine stieß, von der Arnim so geschwärmt hatte, gab sie die Gefährten endlich verloren. Zwischen den geborstenen Mauern weinte sie bitterliche Tränen um die Gefallenen – da war plötzlich unter der Erde ein Schuss ertönt und wenig später ein zweiter, dessen Hall der Brunnenschacht zu ihr ans Tageslicht trug. Froh um dies Zeichen, aber zugleich angsterfüllt, sie könne zu spät kommen, ließ sie sich mit einem Seil und einer Fackel in den verfallenen Brunnen hinab und fand auf dessen Grund ineinander verkeilte Felsen. Dieser Barriere wusste sie sich nur auf eine Weise zu entledigen: indem sie, zurück an der Oberfläche, den schwersten der herumliegenden Mauersteine über den Rasen zum Brunnenloch wälzte und dann hinein, wo er fünf Klafter tiefer unter großem Getöse die querstehenden Felsen zerschlug und den Weg in die Grotte freigab.

Noch bevor jemand der Retterin danken konnte, erkundigte sich Kleist nach Humboldts Schicksal, aber hierzu konnte Bettine nichts sagen. Da sie bei ihrer Tage währenden Suche aber auf keine Spur von ihm stieß, weder lebend noch, Gott behüte, tot, nahm sie an, der Ingolstädter Capitaine habe seine Geisel mit sich genommen; eine Nachricht, von der Kleist nicht wusste, ob er Gott dafür danken oder verdammen sollte.

Arnim stand abseits der Gruppe, seit er aus dem Loch gekrochen war. Noch immer tropfte ihm Wasser von Bart und Schopf, denn die anderen hatten, um ihn aus seinem Rausch zu wecken, seinen Kopf in den eisigen Grottensee getaucht. Sein Magen lechzte nach einer Mahlzeit, aber für Brot aus Bettines Hand war er zu stolz. Auf einer der verwitterten Mauern saß ein Rabe und betrachtete ihn, der Beweis dafür, dass sein Erlebnis in der Höhle tatsächlich nur ein Hirngespinst gewesen war.

Als Goethe einmal mehr seine Arme um Bettine schlang, um ihr für die heldenhafte Errettung zu danken, verließ Arnim den alten Burghof, stieg eine überwachsene Treppe hinab in den Wald, auf einen Pfad ins Tal. Niemand schien seinen stummen Abschied bemerkt zu haben, aber als er eine Minute gelaufen war, hörte er es im Unterholz hinter sich knacken, und bald stand Bettine vor ihm.

»Wohin um alles in der Welt?«, rief sie und rang nach Atem, das Gesicht hochrot.

»Fort, nach Heidelberg. Lebe für immer wohl, Bettine, und Dank für deine Hilfe.«

»Bist du närrisch? Nein, trunken bist du!«

»Der Wein muss noch gekeltert werden, der meinen Schmerz betäubt«, sagte er mit solchem Nachdruck, dass Bettine beschämt die Augen niederschlug. »Dein Herz ist wie ein Taubenhaus: Fliegt einer rein, der andre raus.«

»Achim –«

»Dass ich nichts von dir erwarten, nichts von dir verlangen sollte, dass ich dir sei wie andre mehr und andres mehr, daran würgte ich so lange, wie ich mein Essen schluckte. Aber nun habe ich drei lange Tage fasten müssen und bin des Würgens leid.«

»Ich will nicht, dass du gehst! Ich bitte dich, bleib bei mir!«

»Eher will ich auf ewig in diese Höhle zurück, als auch nur einen Tag länger dein tumber Tanzbär sein. Die ganze Richtung unsrer Kräfte treibt entgegengesetzt. Dir wünsch ich Spaß mit deinem Greis.«

Er setzte einen Schritt nach vorn, aber sie griff mit beiden Händen nach seinem Arm. »Was ist mit deiner Liebe, Achim?«

»Meine Liebe? Meine Liebe ist mir heut gestorben, wo sie sich dem Feinde vermählt hat.«

Er wartete, bis sie seinen Arm freigab, und setzte seinen Weg nach Heidelberg dann fort, mit nichts dabei als den Kleidern, die er am Körper trug.

Sie fanden das Lager so vor, wie sich einige von ihnen im Innern fühlten. Die Zelte waren zerrissen, umgestürzt und ohnedies von zahlreichen Kugeln zerlöchert, und alles Brauchbare war entweder geraubt oder zerstört. Der hübsche Scherenschnitt der Wirtstochter aus dem Spessart war wie das meiste andere Papier verbrannt worden. Der gesprengte Musentempel wirkte wie eine klaffende weiße Wunde im Leib des Berges. Am Rand der Senke hatten die Franzosen ihre Toten begraben; vier einfache Holzkreuze wuchsen hinter ebenso vielen Erdhaufen aus dem Boden, und unerträglicher noch wurde ihr Anblick durch die darauf eingeritzten Vornamen der Getöteten. Die Gefährten fanden kaum Nahrung, die nicht in den Dreck getreten oder von den Raben geraubt worden war, und selbst den Tabak hatten ihre Gegner mitgenommen. »Vielleicht ist das ein guter Zeitpunkt, mit dem Rauchen aufzuhören«, sagte Schiller, als er seine zerbrochene Pfeife in den Trümmern fand. Und als er die Überreste seiner kostbaren Armbrust aus dem Geröll vor dem Musentempel zog, fügte er hinzu: »Vielleicht ist es auch ein guter Zeitpunkt, mit dem Schießen aufzuhören.«

Keine Viertelstunde später hatte Kleist beisammen, was noch zu benutzen war, und drängte die Gruppe zum Aufbruch. Goethe meinte, dass keine Eile bestehe, denn je weiter der Bluthund fort sei, desto sicherer waren sie auf dem Weg nach Weimar. Kleist entgegnete, ehrlich verblüfft, dass er mitnichten vorhabe, Karl nach Weimar zu bringen, sondern vielmehr Humboldt aus der Geiselnahme befreien wolle. Karl finde den Weg auch allein, Kleist aber wollte im Tal Pferde kaufen oder stehlen, einerlei, und damit Santing verfolgen, zurück bis nach Mainz oder, wenn es sein müsse, bis nach Paris. Goethe erinnerte ihn daran, dass Humboldt selbst die anderen gebeten hatte, sich nicht um ihn zu kümmern, sollte er in Gefangenschaft geraten, aber Kleist war für diese Belehrung taub. Als er begriff, dass niemand ihn auf der Jagd nach Capitaine Santing begleiten würde, wurde er wütend und beschimpfte die anderen als ebenso treu- und ehrlos wie den französischen Prinzen, wenn sie die Schwachherzigkeit besäßen, ausgerechnet Humboldt, der mehr als alle anderen für ihre Unternehmung getan hatte, seinem Geschick zu überlassen. Schließlich verlangte er von Goethe die versprochenen 150 Taler, doch hatten die Franzosen auch ihre Kriegskasse entdeckt und geplündert, und so konnte der Geheimrat lediglich versprechen, ihm die geforderte Summe in Weimar auszuzahlen. Kleist versprach, darauf zurückzukommen: »Und müsst ich Sie umkehren und den Betrag hellerweise aus Ihren Taschen herausschütteln!«

Herzlich verabschiedete sich Kleist nur von Bettine; Schiller und Karl würdigte er keines weiteren Blickes, Goethe aber bedachte er mit einer Verwünschung, die seine gängigen Flüche sogar noch übertraf. Dann brach er auf, seinen Freund und Kameraden den Klauen des Feindes zu entreißen.

»Mir wird ganz weh im Herzen«, sagte Bettine, als Kleist fort war. »Was wird nun aus Achim und Heinrich?«

»Unter uns, ich bin sehr froh, dass ich die Tollhäusler los bin«, erwiderte Goethe. »Und Heinrich« – er spuckte den Namen regelrecht aus und zertrat eine lädierte Weinflasche endgültig zu Scherben –, »Heinrich kann mich im Arsch lecken.«

10

WEIMAR

Von Krautheim bis Buttelstedt konnten die Wanderer ihre Füße schonen, denn ein artiger Landmann, der mit seinen Ochsen auf dem Weg nach Buttelstedt war, ließ sie auf seinem leeren Karren mitfahren. Auf der Lastfläche saßen sie einander gegenüber auf einer Kruste von altem Stroh und getrocknetem Mist und blickten aneinander vorbei auf die grünenden Felder. Durch ihre Köpfe geisterten Humboldt, den sie verraten, Arnim, den sie betrogen, und Kleist, den sie verlassen hatten, und es vermochte keinen der vier aufzumuntern, dass sie die Kampagne beinahe erfüllt hatten und Weimar keinen halben Tagesmarsch mehr entfernt war.

Hinter Buttelstedt gabelte sich die Straße, nach Weimar auf dieser, nach Oßmannstedt auf jener Seite, und ein Markstein wies ihr Ziel in anderthalb preußischen Meilen aus. »Denkt euch doch«, sagte Bettine, »Weimar schien mir immer so entfernt, als wenn es in einem anderen Weltteil läge – und nun ist's vor der Tür.«

Auf einen Blick von Goethe bat Schiller Karl, mit ihm einige Schritte vorauszugehen. Als die beiden außer Hörweite waren, sprach Goethe: »Bettine, ich möchte, dass du zu Onkel Wieland gehst. Sag ihm, ich schickte dich. In Oßmannstedt magst du zu Kräften kommen und dich ausruhen, solange du es begehrst, und sobald du heim nach Frankfurt möchtest, schick mir ein Billet, und ich werde meinerseits einen Kutscher anweisen, dich unverzüglich zurück zu deiner Großmama und deinem Bruder zu bringen.«

Es brauchte eine Weile, bis Bettine alle seine Worte verstanden hatte. Mit ihren braunen Augen sah sie ihn an wie ein sterbendes Tier.

»Es ist vernünftiger so«, versetzte Goethe.

»Die Vernunft ist grausam, das Herz ist besser. Gehst du nach Weimar, so nimm mich mit.«

»Ich kann dich nicht mitnehmen. Der Aufruhr wäre undenkbar und würde uns beiden argen Schaden zufügen. In den Wäldern waren wir allein, da waren nur die Fichten Zeuge, aber in Weimar ist es anders.«

»Nein!«, rief sie aus, und schon liefen ihr die Tränen in Rinnsalen übers Antlitz und säuberten die Haut dort, wo sie flossen, vom Schmutz der Berge und der Straßen, »du kannst doch nicht sein, was du jetzt bist: hart und kalt wie Stein! Stößt mich zurück mit der Hand, die ich küssen wollte!« Mit beiden Händen griff sie nach ihm und zerrte an seinen Ärmeln, als wolle sie ihn zu sich herabziehen.

»Du sagst, ich bin der Wilhelm Meister und du meine Mignon. Aber ich bin längst kein Wilhelm mehr. Hör doch, ich bin vielmehr der alte Harfner! Ich bin zu alt, um nur zu spielen.« Goethe stützte sie, damit sie nicht vollends vor ihm zusammensank. »Denk doch an Achim: Ist es nicht genug, dass er mich hasst? Soll er auch dich noch aus seinem Herzen verbannen? Nein, einer von uns dreien muss hinweg, und das will ich sein!«

»Kann ich nicht beide haben? Warum muss ich mich entscheiden, muss ich dem einen vor dem anderen den Vorzug geben? Ich will es nicht, ich kann es nicht; eine Hälfte meines Herzens ist bei dir, die andre bei ihm, und trennt man euch, zerreißt's mir das Herz. – Lass uns zurück auf den Kyffhäuser, Lieber, da hatte ich euch beide dicht bei mir und musste euch mit keinem teilen.«

»Es waren gute Zeiten, Bettine, die nun vorbei sind. Wir werden uns wiedersehen. Aber glaub mir, und hör auf eines Mannes Wort: besser nicht in Weimar.«

»Ich bin unersättlich nach so vielen tausend Küssen von dir –«

»– und musst am Ende mit *einem* scheiden«, sagte Goethe. Aber just, als er seine Lippen zum Abschied auf die ihrigen zu pressen gedachte, machte sie sich von ihm los und nahm einige Schritte Abstand.

»Nein«, sagte sie böse, und die Tränen waren nun versiegt, »fort von mir. Ich dulde nicht, dass du von mir Abschied nimmst. Ich bin es vielmehr, die sich von dir trennt. Ich bin nicht so demütig, wie du denken magst. Um von mir los zu wollen, musst du schon stärker zappeln. Und der Kuss, diesen Kuss bleibst du mir schuldig, bis ich ihn von dir einfordere!«

Bevor Goethe etwas erwidern konnte, hatte sie kehrtgemacht und mit strammen Schritten den Weg nach Oßmannstedt eingeschlagen, ohne sich umzublicken. In ihren weiten Hosen und der gelben Savoyardenweste sah sie aus wie ein Bub, der vom Spielen heimläuft.

Als Goethe wieder zu seinem Freund aufgeschlossen hatte – Karl lief voran –, sagte er: »Es war falsch von mir.«

»Was?«

»Alles. Insbesondere aber, Bettine auf diese Unternehmung mitzunehmen. Nun denn, das Alter muss doch einen Vorzug haben, dass, wenn es auch dem Irrtum nicht entgeht, es ihn doch irgendwann fassen kann. Welcher Teufel ritt mich? Was nur hat meine Sicht getrübt?«

»Das Ewig-Weibliche?«

Goethe lachte trüb auf. »Vielleicht. Herrje, ich fühle mich elegisch.«

»Seien Sie beruhigt, sie ist nicht das erste verlassene Mädchen.«

»Und nicht das erste, das sich getröstet hat. Sicherlich. Sie haben recht.«

Bei Obringen brachen die Wolken, und bald stand das Wasser so hoch auf der Straße, dass es keinen Nutzen mehr hatte, auf seine Schritte zu achten. Gleichgültig stiefelten die drei durch das Gewitter und hielten sich mit einem zügigen Marsch warm. Das Wasser zog an ihren Röcken, an den Haaren und Bärten, füllte die Säbelscheiden und stürzte wie ein Katarakt von Schillers Dreispitz, bis der Filz schließlich nachgab und umknickte. Er schleuderte den Hut in den Graben. Wenn es sie dürstete, waren sie sich nicht zu fein, mit der Hand das Regenwasser aus den Pfützen zu schöpfen. Andere Wanderer hätten sie für Landstreicher der übelsten Sorte missdeuten können, doch bei diesem niederträchtigen Wetter waren keine anderen Wanderer unterwegs. Als sie über den Ettersberg waren und nach Weimar hinabliefen, umspülte das Wasser ihre Fesseln und führte den Weg voran zur Ilm.

Ohne dass sie sich darüber verständigten – denn sie hatten in der Tat seit Buttelstedt gar nicht mehr gesprochen –, lenkten sie ihre Schritte weder zur Esplanade noch zum Frauenplan, sondern geradewegs zum Schloss. Sie wollten sich Karls ohne Verzug entledigen. Im Brühl erkannte ein Bürger Goethe wieder, dessen Bart von allen der kürzeste war, aber der Gruß blieb ihm im Halse stecken, so verwildert schaute der Geheimrat aus.

Die Wache am Tor der Residenz verweigerte den drei Männern den Einlass. Goethe ließ in seinem Namen nach Geheimrat Voigt schicken, der wenig später so eilig die Treppe heruntergestiegen kam, dass er beinahe stürzte. Bei seinem letzten Besuch im Schloss hatte Goethe lädiert ausgesehen, aber das war nichts im Vergleich zum jetzigen Anblick. Voigt blieb auf der letzten Treppenstufe stehen und schloss eine Hand über dem Mund.

»Herr im Himmel«, flüsterte er, »Goethe! Ich traue meinen alten Augen nicht. Wir hatten Sie schon für tot gehalten! Aber wie es den Anschein hat, waren Sie nicht weit davon entfernt. Und Herr von Schiller; verstecken Sie sich hinter diesem Räuberbart? Gott sei gepriesen, was für eine Freude! Sie sehen aus wie Eremiten, denen man nach Jahren den Stein vor der Höhle ... – Und dieser junge Mann ist – du meine Güte, Sie haben es vollbracht? Treten Sie näher, ich bitte Sie, Euer Hoheit, Euer Gnaden gehorsamster Diener, Voigt mit Namen, Serenissimi Geheimer Rat. – Lakai!«, und hier klatschte er einen Diener herbei, »bring Er frische Kleider, die Herren sind nass wie die Fische, und Decken, und mach Er hurtig, und lass Er Serenissimo Gnaden Bescheid geben, dass Goethe und der König eingetroffen sind, *vite, vite*!«

»Und etwas zu speisen«, fügte Goethe hinzu.

»Hört Er's? Einen Imbiss und Wein für unsre Helden, frisch auf! Was steht Er noch herum wie eine Ölgötze!«

Wenig später fanden sich die drei im Audienzsaal wieder, dort, wo vor nunmehr sechs Wochen das Abenteuer seinen Ausgang genommen hatte. Goethe hatte auf einem Diwan Platz genommen, Karl und Schiller auf Sesseln. Sie hatten sich ihrer Waffen und der nassen Mäntel entledigt und nahmen sich von den Speisen, die ihnen gebracht wurden, maßgeblich aber von einer heißen Brühe. Voigt konnte wenig später verkünden, dass nicht nur Carl August, sondern auch die werte Madame Botta, die zur Zeit in Weimar weile, samt Begleiter in Kürze zu ihnen stoßen würden, und ob man in der Zwischenzeit nicht doch nach einem Barbier –? Aber den anderen stand der Sinn nicht nach Körperpflege, noch nicht, und so berichtete Voigt, da die anderen nicht sprechen konnten, was sich in der Zwischenzeit im Herzogtum zugetragen, wie man von einem Unfall auf der Mainz-Kasteler Brücke gehört habe und ihn mit Goethes Bemühungen in Verbindung gebracht; wie Kunde von den scheußlichen Morden auf der Wartburg nach Weimar drang und der Herzog Mannschaften aussandte auf der Suche nach den Mördern und Goethes kleiner Gruppe; wie man vergebens den Thüringer Wald und den Hainich bis über die Grenzen Hessens, respektive Baierns, hinaus durchstöbert hatte; wie man zuletzt – als sie die Botschaft vom Tod des russischen Kutschers Boris aus dem hannoveranischen Kurfürstentum erreichte, den man erdolcht in seiner Berline am Straßenrand entdeckt hatte – die Suche hatte aufgeben müssen und welche Vorwürfe sich der Herzog gemacht hatte, weil sein Minister und Freund als verschollen, vielleicht sogar tot gelten musste. Als Schiller zwischen zwei Löffeln Bouillon nur das Wort *Kyffhäuser* sprach, schlug sich Voigt mit der flachen Hand an die Stirn, wiederholte das Wort und schalt sich den Rest des Nachmittages stumm einen Tölpel, dass sie im Thüringer Wald zwar keinen Stein auf dem anderen gelassen hatten, aber nicht einmal auf die Idee gekommen waren, weiter nördlich zu suchen.

In Begleitung der Französin und des Holländers trat nun Carl August hinzu, und allem Zeremoniell zum Trotz schloss er Goethe kraftvoll in die Arme und musste danach eine Träne mit dem Ärmel fortwischen. Madame Botta trug wie schon bei ihrer letzten Begegnung ein schwarzes Kleid und vor ihrem Angesicht den dunkelgrünen Schleier. Schiller bat die verschleierte Dame, auf seinen Handkuss zu verzichten, denn an seinen Händen hafte noch immer der Schmutz der Reise. Zuletzt war die Reihe an Karl, der während der Vorstellung schüchtern sitzen geblieben war.

»Der König ist in Ihren Händen«, verkündete Schiller.

Darauf erhob sich Karl. Baron de Versay verbeugte sich vor dem Jungen. »Louis«, sagte Madame Botta, und man konnte hören, dass sie dabei lächelte.

Sei es den Entbehrungen und Ängsten der vergangenen Tage anzulasten oder dem Gefühl, nach all diesen endlich außer Gefahr zu sein, oder schließlich dem Glase Wein, das Karl unvorsichtigerweise zu seiner Mahlzeit getrunken hatte – plötzlich wurde der junge Mann von einer Ohnmacht überwältigt. Er verdrehte die Augen, die Beine gaben unter ihm nach, und besinnungslos fiel er geradewegs zurück in den Sessel, von dem er eben aufgestanden war. Zwei Lakaien trugen Karl in ein nahes Schlafgemach und betteten ihn dort. Schiller untersuchte den Kranken und erklärte danach, die heilsamste Medizin gegen diesen Schwächeanfall sei ein langer Schlaf. Erleichtert begaben sich alle mit Ausnahme von Geheimrat Voigt, der auf den Thronfolger achtgeben sollte, zurück ins Audienzzimmer.

Auf Wunsch des holländischen Grafen musste Goethe nun sogleich einen Rapport der Begebnisse der letzten sechs Wochen erstatten. Der Dichter nahm seine Zuhörer also mit auf die Reise von Frankfurt über den Rhein bis tief in den Hunsrück, vom befestigten Mayence durch Hessen bis auf und schließlich sogar *in* den Kyffhäuserberg, wo die Unternehmung so tragisch endete. Goethe berichtete von der erbarmungslosen Verfolgung durch Capitaine Santing, der, wie es schien, nicht nur für den Tod Stanleys, sondern auch für jenen Boris', des Kutschers, verantwortlich zeichnete, und dass es Santing vermutlich gelungen sei, Alexander von Humboldt, dem Standhaftesten ihrer Gruppe, ihren geheimen Aufenthaltsort im Gebirge abzupressen. An den mannigfaltigen Ausrufen und Verrenkungen des Herzogs war zu erkennen, wie dieser bei der Erzählung seines Freundes mitfieberte. Baron de Versay und die Madame hingegen blieben ebenso regungslos wie Schiller. Goethe schloss mit der dringlichen Bitte, der Herzog möge Humboldt, sollte dieser noch immer Geisel sein, aus den Fängen Santings retten. Carl August versprach, Himmel und Hölle auf der Suche nach Humboldt und notfalls auch nach Kleist in Bewegung zu setzen, und bekräftigte sein Versprechen mit einem Händedruck auf den Schenkel des Freundes.

Endlich rührte sich auch Sophie Botta. »Sie haben das Vertrauen Ihres Herzogs gerechtfertigt, Monsieur Goethe. Wenn es auch ein schwacher Trost ist, versichere ich Ihnen, dass die Toten im Namen der Gerechtigkeit gestorben sind. Und dass der Blutzoll weit unter jenem liegt, der zu erwarten wäre, bliebe Bonaparte an der Macht. Ich danke Ihnen und natürlich auch Ihnen, Herr von Schiller, für die Rettung des Königs.«

Schiller, der die Arme vor der Brust verschränkt hatte, erwiderte mit einem Lächeln auf den Lippen: »Den Dank, Dame, begehre ich nicht.«

Sein unerwartet galliger Tonfall irritierte die Verschleierte. »Sie sind zu bescheiden.«

»Ich bin überhaupt nicht bescheiden. Aber Sie müssen mir nicht für die Rettung des Königs danken, weil ich den König nicht rettete. Weder ich noch irgendeiner hätte den König retten können. *Louis Dix-sept* ist seit zehn Jahren tot.«

Schillers Lächeln blieb unbeirrt. Goethes Hand aber verkrampfte sich um das Polster des Diwans, und Carl August blickte zu Boden. De Versay atmete tief ein.

»Pardon?«, fragte Madame Botta.

»Der junge Mann im Nebenzimmer, den wir behelfsweise *Karl* getauft, ist nicht Louis-Charles de Bourbon, sondern ein Mensch, der Louis-Charles de Bourbon gleicht wie ein Wassertropfen dem anderen und der mit beeindruckender, wenn auch nicht lückenloser Akribie darauf abgerichtet wurde, denselben zu mimen. Wie aktiv die Rolle Karls in dieser Scharade ist, ob er selbst einer der Urheber ist oder nur ihr Instrument, habe ich ihn aus Angst vor der Antwort nicht zu fragen gewagt. Aber Sie, Madame, wissen es sicherlich.«

Madame Botta schüttelte den Kopf. »Ein Doppelgänger des Königs? Das ist eine ungeheuerliche Geschichte, die Sie da erdichten. Und unglaublich obendrein.«

»Unglaublicher als die märchenhafte Befreiung des todkranken Dauphin aus dem Temple durch die Kaiserin Joséphine und unglaublicher als seine zehn Jahre währende Flucht durch Frankreich, Europa und Amerika? – In den vergangenen Tagen haben wir dem Tod in hundert wechselnden Gestalten ins Auge geblickt, um ihren *Dauphin* zu retten. Haben Sie also in Anerkennung unsrer Leistungen die Größe, uns wahrhaft zu antworten.«

Sophie Botta schwieg. Alle schwiegen. Schiller löste

die verschränkten Arme und schenkte sich aus der Flasche einen Schluck Wein ein.

Die Tür öffnete sich, und Voigts Kopf erschien. »Euer Gnaden, der König ist erwacht. Befehlen Euer Gnaden –« Mit einer Handbewegung hatte Carl August seinen Minister zum Schweigen gebracht, und nach einer weiteren Geste schloss Voigt die Tür wieder.

»Wenn er erst in Notre-Dame zum König gesalbt wird«, sprach Madame Botta, »wird niemand mehr nach seiner Identität fragen.«

»Und wer es doch tut, wird mundtot gemacht?«

Auf diesen Affront erhob sich Vavel de Versay von seinem Sessel, aber Sophie Botta hielt ihn zurück.

»Ich verstehe Sie nicht«, sagte sie. »Wollen Sie mit uns einen neuen Regenten auf Frankreichs Thron wissen, einen umsichtigen, weisen und friedliebenden Herrscher, gleich welcher Abstammung – oder wünschen Sie tatsächlich den Tyrannen Bonaparte, der sich anschickt, Europens Länder, darunter Ihres, in Blut zu tränken?«

»Tun Sie nicht, als würde Ihnen das Wohlergehen der Franzosen am Herzen liegen oder der Frieden in Europa. Ihnen geht es darum, die Macht zu erlangen. Wäre Ihr neuer König mit den gleichen Eigenschaften und Zielen ausgestattet, wie es Napoleon jetzt ist, Sie würden nicht zögern, seine Kriege zu befürworten.«

»Aber das ist er nicht! Er wäre ein guter König!«

»Und wäre er der beste König, er wäre noch immer ein falscher König. Solch Gaukelspiel betrüge nicht die Welt!«

Sophie Botta tat den Seufzer einer, die unfähig ist, ihr Gegenüber vom Irrtum abzubringen. »Ihre Moral ist Ihnen im Wege, Herr von Schiller.«

Statt einer Entgegnung trank Schiller den Wein, den er sich eingegossen hatte. Die Französin blickte auf Goethe, als käme diesem die Pflicht zu, seinem Freund ins Gewissen zu reden. Aber da auch er nicht sprach, richtete sie sich auf und sagte mit plötzlicher Kälte: »Wir danken Ihnen für Ihre Hilfe, Herr von Schiller, selbst wenn Sie diesen Dank abermals von sich weisen. Aber wenn Sie nach diesen Diensten für das Haus der Bourbonen zum Feind der Bourbonen werden, müssen Sie damit rechnen, als ein ebensolcher behandelt zu werden. Ich hoffe, ich habe mich unmissverständlich genug ausgedrückt.«

Schiller ließ den letzten Tropfen Weines in seine Kehle rinnen, stellte das Glas ab und erhob sich ebenfalls. »Geradezu peinlich unmissverständlich, Madame Botta. Aber ich war in der Unterwelt und bin zurückgekehrt. Ich fürchte keines Menschen Zürnen mehr.«

»Zum Henker mit den Räubern und Seeräubern«, verkündete Schiller frohgemut, als sie vom Schlosse heimwärts liefen, »mein nächstes Stück soll von einem falschen König handeln!«

»Das kann Ihr Ernst nicht sein«, entgegnete Goethe.

»Ich spreche freilich nicht von unserm falschen Louis. Es gab jedoch, wenn mich meine Erinnerung nicht trügt, in der Geschichte Russlands einen Mann, der sich als Sohn Iwans ausgab und als solcher Zar wurde. Ein faszinierendes Magazin für meine Phantasie, meinen Sie nicht auch? Auch in England geschah vor einigen Säkula dergleichen –«

»Und sei es auch noch so faszinierend, ich flehe Sie an, mein Freund: Legen Sie sich unter keinen Umständen mit Madame Botta und den Royalisten an.«

»Ich kann nicht Fürstendiener sein. Ich war es früher nie, und hat es mir geschadet? Ich lasse mir von diesem schlangenhaarigen Scheusal keine Angst einjagen. Erstaunlich, dass so viel Hölle in einer Frauenzimmerseele Platz hat!« Schiller schüttelte den Kopf. »Ich will ein Drama machen, das diese Schinder absolut hassen müssen, und ihre verkommene Politik auf die Schaubühne bringen. Wenn sie glauben, ich werde eine Rolle in ihrem Spiel spielen, haben sie sich in mir verrechnet. – Gedenken Sie denn schweigend über die Begebenheiten der letzten Wochen hinwegzugehen, als hätten Sie nimmer stattgefunden?«

»In der Tat. Ich ziehe mich zurück in mein Haus wie Diogenes in die Tonne und halte mich künftig heraus aus dem Großen und Ganzen. Unser Abenteuer bewies nur einmal mehr, dass Poeten in der Politik nichts verloren haben. Fremde Länder lasst für sich selbst sorgen, und den politischen Himmel betrachtet allenfalls einmal Sonn- und Festtags.«

»Interessant. Denn ich habe die vollkommen gegenteilige Ansicht daraus gewonnen.«

Dieser Dissens ließ die Freunde den Rest des Weges schweigen. Am Markt kaufte Schiller mit den wenigen Münzen, die er noch bei sich trug, einen Strauß Blumen für Charlotte, um ihren Zorn über seine späte und verwahrloste Wiederkehr zu mildern. An der Ecke von Frauentorstraße und Esplanade nahmen die beiden Abschied voneinander. Schiller drückte sein Bedauern darüber aus, dass er keinem ihrer Kameraden hatte Lebewohl sagen können, weder Humboldt, der ihnen entrissen worden war, noch Arnim, Kleist oder Bettine, die grußlos gegangen waren – und nicht einmal Karl, denn obgleich er sie belogen hatte und desertiert war, gelang es Schiller noch immer nicht, ihn zu hassen. Für einen Moment erinnerte er sich der Hoffnung, Ziehvater eines aufgeklärten Königs von Frankreich zu werden, und sagte dann: »Der Traum war göttlich. Doch er ist verflogen.«

»Verachten Sie mich nun, weil ich, wie Sie es sagen, ein Fürstendiener bin?«

Schiller schüttelte den Kopf. »Ich weiß den Mann von seinem Amt zu unterscheiden.«

Lächelnd reichte ihm Goethe die Hand. »Leben Sie wohl.«

»Wie oft haben wir das nicht schon gesagt.«

»Und wie oft werden wir es noch sagen. – Und nun entschuldigen Sie mich, denn die Tonne, oder vielmehr: der Waschbottich, ruft. Ich stinke wie eine Iltishaut.«

»Ich hingegen denke einen langen Schlaf zu tun«, sagte Schiller. »Dieser letzten Tage Qual war groß. Ich werde sorgen, dass Lolo mich nicht zu zeitig weckt.«

Goethe blickte dem bärtigen Schiller mit seinem Blumenstrauß in der Hand nach, bis dieser in seinem Haus verschwunden war, und kehrte dann ebenfalls heim. Als ihm Christiane die Tür öffnete und unter dem Bart und den Lumpen ihren Mann erkannte, brach sie in Tränen aus. Eine Stunde später war sein heißes Bad bereitet.

II

ESPLANADE

Noch bevor Goethe, wie es seine eigentliche Absicht war, nach Bad Tennstedt aufbrechen konnte, um sich daselbst bei einer Schwefelwasserkur von den zurückliegenden Strapazen zu erholen, befiel ihn ein schweres Nierenleiden, und er musste das Bett hüten. Doktor Stark zeigte sich überaus besorgt um ihn, und wenn ihn der Schmerz schüttelte, wünschte er sich so manches Mal, eine Kugel der Bonapartisten hätte ihn damals getroffen, und er wäre einen schmerzlosen schnellen Tod der Art gestorben, wie ihn sich Kleist und Arnim immer erträumt hatten, und nicht diesen elenden Hausvatertod. Das Leben in Weimar und der Welt zog draußen an ihm vorbei. Von Geheimrat Voigt, der ihm eine Visite abstattete, erfuhr er lediglich, dass die Frau, die sich Sophie Botta genannt hatte, mit dem Mann, den sie Karl Wilhelm Naundorff genannt hatten, Weimar verlassen hatte – in Begleitung des Barons de Versay, dessen wahrer Name zweifelsohne auch ein anderer war. Von Bettine hörte Goethe nichts, also musste er annehmen, dass sie sich entweder mit Wielands Erlaubnis in Oßmannstedt eingerichtet oder aber sich ohne seine Hilfe auf den Heimweg nach Frankfurt gemacht hatte. Dafür traf bald ein Schreiben ein, das zu seiner Genesung ungemein beitrug, denn Alexander von Humboldt meldete in einigen knappen Zeilen, dass er sicher und wohlauf und den Franzosen um Santing entkommen sei und dass er seinerseits mit großer Erleichterung von der Wiederkehr seiner Genossen gehört habe. Ein Datum fehlte auf dem Schreiben ebenso wie eine Adresse. Goethe war überglücklich, und er ließ Schiller ein Billet mit dieser erfreulichen Kunde zukommen.

Gegen Ende des Monats verringerten sich die Koliken, und als der Mai kam, fühlte sich Goethe wieder ausreichend bei Kräften, um mit Christiane, die täglich für seine Genesung gebetet hatte, einen Spaziergang durch die Stadt zu machen. Sie promenierten durch den Ilmpark bis zum Römischen Haus, überquerten den Fluss auf der nächsten Brücke und liefen auf der anderen Uferseite zurück. Im Gartenhaus hatten die Diener Kaffee und Gebäck vorbereitet, und Goethe ließ sich einen Lehnsessel in den Garten stellen, in dem er ein Schläfchen hielt. Die Decke, die ihm sein Diener über dem Schoß ausbreitete, schob der Dichter bald von sich, denn längst war der Frühling dem jungen Sommer gewichen, und Zephyrs balsamischer Hauch umschmeichelte die Sinne. Als er erwachte, hätte er am liebsten nach einem Ross geschickt, um mit ihm in die Berge zu reiten – aber noch war er durch sein Leiden so geschwächt, dass Christiane ihn, als sie sich abends auf dem Heimweg machten, auf den Treppen am Felsentor stützen musste.

Als sie über die Esplanade gingen, trat soeben Schiller mit seiner Charlotte aus dem Haus, in der Absicht, ein Lustspiel auf der Schaubühne zu besehen. Die Wiedersehensfreude war groß und beruhigend für Schillers die Nachricht, dass Goethe auf dem Wege der Besserung war. Und auch die leidige Wunde auf Goethes Haupt war, wie Schiller bemerkte, endlich und endgültig verheilt. Zurückgeblieben war nur eine weiße Narbe. Während die Frauen über eigene Dinge sprachen, nahm Schiller seinen Freund einen Schritt zur Seite, um von ihren Mainzer Gefährten zu hören, die er ebenso vermisste wie die goldene Zeit in Kyffhäuser-Arkadien. Doch bedauerlicherweise wusste Goethe selbst nichts von ihren ehemaligen Wahlverwandten zu berichten und auch nicht davon, was aus dem Vorhaben der verschleierten Madame und ihrer Emigrés geworden war, Karl auf den Thron von Frankreich zu heben. Als sich Goethe nach Schillers tollkühnem Entschluss erkundigte, ein Schauspiel um den falschen Zaren zu verfassen, erzählte dieser, er komme gut mit der Arbeit voran, und sein ganzes Bureau sei nun tapeziert mit Karten von Krakau bis zum Ural und mit Bildern grauer Bischöfe und grimmiger Tataren, die ihn bei der Arbeit durch buschige Augenbrauen beobachteten. Sein falscher Zarensohn unterscheide sich aber von ihrem Karl dadurch, dass er selbst nicht wisse, dass er *nicht* der Zarensohn sei und ebendeshalb ein moralischer Held. Mitten in seiner Erzählung übermannte Schiller ein unschöner Husten. Charlotte sah streng auf.

»Eines der beiden Souvenirs von unsrer Reise«, erklärte er. »So viele kalte Bäder, wie ich unterwegs genommen habe, werde ich diesen Katarrh in meinem Leben nicht los. Aber große Seelen dulden still.«

»Was ist das andere Souvenir?«

»Noch immer die schwachsinnige Angst, ich würde verfolgt.«

Goethe lachte, und Schiller stimmte ein. »Begleiten Sie uns doch ins Schauspielhaus! Danach trinken wir noch eine Bouteille Malaga, und ich zeige Ihnen meine Arbeit und entführe Sie ins Russland von vor zweihundert Jahren.«

Goethe winkte ab. »Sie überschätzen meine schwache Gesundheit, junger Mann. Die Schlafmütze ruft; ich muss zu Bett. Ein andermal gern.«

Die beiden Paare nahmen Abschied voneinander und gingen ihrer Wege. Noch bevor im Theater der Vorhang fiel, war Goethe eingeschlafen.

In der Nacht auf den 10. Mai wurde Goethe erneut von Koliken heimgesucht, und in einem fiebrigen Albdruck sah er seinen eigenen Tod voraus, in Klosterruinen, wie sie die neudeutsch-melancholischen Maler nicht schauerlicher hätten darstellen können, inmitten einer verschneiten Waldlandschaft im Dämmerlicht. Beim Erwachen spät am Morgen war er noch erschöpfter, als er es den Abend davor beim Zubettgehen gewesen war. Christiane brachte ihm einen Tee von Kräutern und ein Tuch, das sie zuvor in heißem Wasser getränkt hatte, damit er sich den getrockneten Schweiß vom Antlitz wische. Dann schilderte er ihr seine romantischen Nachtgesichter, so gut es eben ging, und als er von seinem Tod sprach, liefen ihr mit einem Mal Tränen über die Wangen, die sie schwerlich verbergen konnte.

»Nicht doch, mein Bettschatz«, sprach Goethe gütig lächelnd und zog sie zu sich, »es war doch nur ein alberner Traum.«

Wiewohl er ihr über das Haar strich, begann sie nun heftig zu schluchzen, und als sie endlich wieder zu Worten fand, sagte sie: »Es ist Schiller.«

Mehr brauchte sie nicht zu sagen. Goethe begriff augenblicklich.

»Er ist tot.«

Christiane nickte, und ihre Tränen flossen immer unbändiger. Goethes Blick wurde starr. Im gleichen Moment wichen alle Schmerzen aus seinem Leib und kehrten sich um, und wie bis eben sein Körper gelitten hatte, litt nun seine Seele. Doch hätte man diese unvergleichlichen Schmerzen miteinander verglichen, die letzteren wären hundertfach qualvoller. Weinen konnte er nicht. Christiane berichtete, was sie von dem plötzlichen Todesfall erfahren hatte, aber Goethe hörte ihre Stimme nur von Ferne, als befände sie sich drei Zimmer weiter.

Eine Stunde später hatte er sich rasiert und angekleidet und begab sich in die Esplanade. Der Großteil von Weimar wusste offensichtlich noch nicht, dass es einen seiner größten Bürger verloren hatte, und der Anblick der spielenden Kinder und der schwatzenden Marktfrauen unter der Maiensonne war Goethe regelrecht zuwider. Er wünschte sich den Bart und die Lumpen zurück, um unerkannt durch die Gassen zu Schillers zu kommen.

Er fand die Bewohner des Hauses wie betäubt vor. Die drei Kinder saßen eng beieinander in der Stube, zum Spiele unfähig, und betrachteten die Erwachsenen um sie herum stumm und mit großen Augen, als trügen sie die Schuld an der Trauerstimmung. Selbst der Säugling schwieg. Die Diener suchten ihr Heil in nutzlosen Aufgaben. Charlotte von Schiller nahm Goethes Kondolenz geradezu teilnahmslos entgegen, und ihre Schwester Karoline fühlte sich sogar noch verpflichtet, das wortkarge Betragen ihrer Schwester zu entschuldigen, während sie zitternd seine Hand hielt. Einzig Voß, der Lehrer der Kinder, hatte seine Sinne beisammen. Im Flur zur Küche berichtete er Goethe in gedämpftem Ton von den letzten Tagen Schillers, von der plötzlichen und heftigen Schwindsucht, die sich in Atemnot, Fieber und zeitweisen Absencen manifestierte, von der niederschmetternden Diagnose Doktor Huschkes und von Schillers letzten Stunden, in denen er zuletzt verlangt habe, man möge ihn mit romantischen Geschichten unterhalten – bis am frühen Abend starb, was an Friedrich von Schiller sterblich gewesen. Voß bot Goethe an, ihn ins Sterbezimmer zu führen, und zögernd nahm dieser an. In Begleitung Georgs des Dieners gingen sie ins oberste Geschoss in Schillers Studierzimmer.

Da man den Leichnam bereits fortgebracht hatte, war der Raum leer. Voß und Georg bewegten sich leise durch das Zimmer, als liefen sie Gefahr, jemanden zu wecken. Nur einer der Fensterläden war geöffnet, und das Halbdunkel und der Geruch von Krankheit, Angst und Tod schwächten Goethe so sehr, dass er sich am Türrahmen festhalten musste, um nicht niederzusinken.

»Macht doch den zweiten Fensterladen auf, damit mehr Licht hereinkommt«, bat Goethe.

Erst als der Laden geöffnet war und die Mittagssonne die Schatten vertrieben hatte, trat auch er in den Raum. Seine Blicke mieden das Bett, in dem Schiller seine Seele ausgehaucht hatte. Stattdessen musterte er die Karten des

Ostens, die rund um den Schreibtisch an den grünen Tapeten hingen, die Kupferstiche von Zaren, Bischöfen und Patriarchen, von Offizieren und Soldaten des alten Russland, dazu eine Zeichnung des Kreml und ein Plan von Moskau.

»Sie haben alle Zeit«, sprach Voß und bedeutete dem Diener, mit ihm den Raum zu verlassen. Die Tür schlossen sie hinter sich.

Ein Schauer befiel Goethe, denn er wollte nicht mit dem Geist seines Freundes allein gelassen sein, doch seine Umgebung war alles andere als gespenstisch, und so wurde er wieder ruhig. Er zog den Stuhl heran und nahm am Schreibtisch Platz, selbst wenn das bedeutete, das Sterbebett in seinem Rücken zu wissen. Links vom ihm stand ein kleiner Globus; auch dieser hatte dem Betrachter Russland zugewandt. Einige Geschichtsbücher lehnten an der Weltkugel. Zwischen zwei Leuchtern tickte eine Uhr heiter vor sich hin, bis Goethe sie anhielt. Nebst einigen Federkielen, einer Streusandbüchse, einem Löscher und einem Fässchen Tinte war der Tisch von eng beschriebenen Papieren bedeckt. Goethes Augen wanderten über die Aufzeichnungen zu Schillers neuestem Drama, blieben hier an einer fremdartigen Formulierung hängen, erfreuten sich dort an einer geglückten Sentenz. Mit Vorliebe las er jene Passagen, die Schiller durchstrichen, geschwärzt und kommentiert hatte. Zwischendurch ertappte er sich bei dem Wunsch, sein Freund möge ins Zimmer treten und unter dem Gelächter seiner Familie den Todesfall als gelungenen Streich bezeichnen.

Die Hälfte einer Stunde verging derart, bis sich Goethe erstmals fragte, wo sich das Zarendrama selbst befand. Denn aus den verstreuten Aufzeichnungen war deutlich zu ersehen, dass Schiller längst mit der Niederschrift begonnen hatte, ja, vielleicht kurz davor gewesen war, das Manuskript abzuschließen – und dennoch waren nirgends Verse zu sehen. Ohne Erlaubnis durchsah Goethe erst die Schublade des Schreibtisches – fand darin aber nur einen fauligen Apfel –, dann die des zweiten Tisches im Raum und schließlich das Bücherregal. Er entschied, Voß danach zu fragen. Bevor er das Bureau verließ, wollte er den Fensterladen wieder verriegeln, doch das Schloss war schadhaft, und einer der beiden Läden fiel immer wieder zur Seite.

Auf Schillers letztes Werk angesprochen, versicherte Voß, beim Aufräumen der Unterlagen des Verstorbenen nach den Versen Ausschau zu halten und sie Goethe, das Einverständnis der Witwe vorausgesetzt, zukommen zu lassen. Goethe im Gegenzug diente der Familie seines Freundes jede menschenmögliche Unterstützung an.

Als Goethe wieder auf die Esplanade trat, war es dunkler geworden. Zeus hatte seinen Himmel bedeckt. Goethe war es, als wäre der Himmel mit einem schwarzen Flor überzogen und hinge so tief herunter, dass man sich bücken müsse, um nicht dran zu stoßen. Auf dem Weg heim hielt er den Kopf gebeugt und den Blick auf seine Füße gerichtet, die wie die eines alten Mannes mit kleinen Schritten über das Pflaster schlurften. Die Hälfte seines Körpers fühlte sich an wie gelähmt. Er wünschte, er hätte einen Stock mitgenommen, um sich darauf zu stützen, aber noch mehr wünschte er, er hätte sich an Ort und Stelle fallen lassen können; einfach zu Boden gleiten und dort liegen bleiben, den Kopf auf einen Arm gelegt, von den Passanten unbeachtet, in dieser wundervollen Luft.

Erst am Frauenplan hob er den Kopf wieder, und so sah er, dass vor der Tür seines Hauses vier Herren in einfachen Röcken standen. Als Goethe zu ihnen trat, erkannte er die Männer: Es waren die Bauern aus der Oßmannstedter Schenke, mit denen sich Schiller und er bis aufs Blut geprügelt hatten und deren Vergeltung sie mittels Flucht über den zugefrorenen Ilmfluss entkommen waren.

»Sie erinnern sich unsrer, Herr Geheimrat?«, fragte der Kräftigste der vier, der zugleich der Wortführer war.

Goethe nickte müde. »Das tue ich wohl, meine Herren. Nur haben Sie für Ihre Rache die ungünstigste aller Stunden gewählt. Aber bitte sehr: Gerben Sie mir das Fell, ich werde mich nicht zur Wehr setzen. Ich bezweifle aber, dass Sie meinen Schmerz noch steigern werden.«

Der Mann beeilte sich nun, seine Mütze abzunehmen, und die anderen folgten seinem Beispiel. »Wir haben davon erfahren, Herr Geheimrat«, sagte er mit zerknirschter Miene und walkte dabei die Kappe in den Händen. »Deshalb sind wir hier. Nun, ehrlich gesprochen, waren wir schon vorgestern in der Stadt, mehrerlei Saatgut erwerben, und wollten bei dieser Gelegenheit tatsächlich Ihnen und Ihrem Freund, nun, die Münzen heimzahlen, die Sie uns damals ausgeteilt haben, aber der, nun, der *Unglücksfall* hat dieses Vorhaben letztendlich zunichtegemacht. Sie haben also vor uns nichts mehr zu befürchten.«

»Ich staune. Dann sind Sie hier, um mir Ihr Beileid auszusprechen?«

»Nun, vielleicht auch, aber nicht maßgeblich. Es hat sich in der Nacht vor dem Tode des Herrn von Schiller etwas, nun, *zugetragen*, das jemand erfahren sollte, und deshalb sind wir abermals in die Stadt gekommen, denn außer Ihnen, Herr Geheimrat, fiele uns niemand ein, dem wir dieses sich Zugetragenhabende berichten könnten.«

»Wie meinen?«

Die Oßmannstedter referierten nun, wie sie am Abend des 8. Mai, nachdem sie im *Schwarzen Bären* etliche Schoppen Bier getrunken hatten, sich des Händels mit den Weimarern erinnert und kurzerhand beschlossen hatten, vor ihrer Rückfahrt der leichtfertigen Einladung Goethes zu folgen, um sich an den beiden zu rächen. Schiller sollte, da sein Haus näher lag, der erste Adressat ihrer Prügel sein, aber vor seinem Haus waren die Bauern uneins darüber, wie man vorgehen sollte: Denn wenn nicht Schiller die Tür öffnete, sondern ein Diener, sollte man nach dem Hausherrn schicken lassen? Und was, wenn er bereits zu Bett gegangen war – denn es ging schon gegen Mitternacht, und die ganze Stadt schlief –, würde man ihm die Abreibung dann im Nachthemde verpassen? Noch während die vier Trunkenen im Dunkel einer Seitengasse flüsternd darüber diskutierten, erspähte der Jüngste einen Schatten, der an der nackten Fassade des Schiller'schen Wohnhauses emporkletterte. Die Oßmannstedter betrachteten mit angehaltenem Atem, wie der Kletterer mit großem Geschick den Laden des Mansardenfensters aufbrach und wenig später im Innern verschwunden war. Nun wurde es dem Quartett aber doch zu bunt: Ein herzhafter Faustschlag in Schillers Visage war eine Sache, der Einbruch ins Haus seiner Familie eine andere. Daher nahmen sie unter dem Fenster Aufstellung, um den Delinquenten bei seiner Rückkehr dingfest zu machen. Als dieser aber wieder am Fenster erschien, ein ledernes Portefeuille unter dem Arm, wurde er des Empfangskomitees in der Straße gewahr, und anstatt abwärts zu klettern, stieg er vom Fenster aufs Dach und entfloh mit seiner Beute über die Dächer der benachbarten Häuser. So leicht wollten sich die Bauern jedoch nicht geschlagen geben: Sie folgten dem Dieb durch die Gassen und suchten ihre Überzahl zu nutzen, um ihm den Weg abzuschneiden. Beim Graben kam er von den Dächern herab, aber auf der Straße nach Berka konnte er seine Verfolger endgültig abschütteln, denn hier wartete, an einen Baum gebunden, sein Pferd und trug ihn davon. Die Bauern waren durch diese Ertüchtigung und die frische Nachtluft so ernüchtert, dass sie von ihrem ursprünglichen Plan Abstand nahmen und stattdessen in ihr Dorf heimkehrten. Erst diesen Mittag hatten sie von einem Durchreisenden erfahren, dass Schiller am Tag darauf verstorben war, und dieses Wissen warf ein anderes Licht auf ihre rätselhafte nächtliche Begegnung.

Goethes Mattigkeit war im Laufe der Erzählung vergangen, und die Frage, die ihm am brennendsten auf dem Herzen lag, war die nach dem Aussehen des nächtlichen Besuchers. Die Oßmannstedter trugen nun zusammen, was sich ihnen von dem Mann ins Gedächtnis eingeprägt hatte, und einander unterbrechend und ergänzend, vertrauten sie Goethe ihr Wissen an – aber Goethe hatte bereits beim ersten Satz begriffen, wer der Gesuchte war: »Er trug eine Klappe über dem rechten Auge.«

»Meine hochverehrten Herren«, sagte Goethe, als sie geendet hatten, »Sie taten gut daran, zu mir zu kommen, und ich schulde Ihnen mehr Dank, als Sie ermessen können. Meine besten Wünsche begleiten Sie auf Ihrem Heimweg, und seien Sie versichert, dass ich, wenn ich gewisse Aufgaben erledigt weiß, einmal mehr nach Oßmannstedt kommen werde, um mich freiwillig vor Ihnen aufzustellen, damit Sie mir so viele Maulschellen verpassen, wie Sie als Vergeltung für angemessen halten, zumindest aber, um Sie einen Abend lang auf meine Kosten zu bewirten.« Dieses Angebot wurde von den Landmännern angenommen, und per Handschlag verabschiedete sich Goethe von jedem Einzelnen.

Wieder im eigenen Hause, wies er Carl an, ihm ein Pferd zu besorgen und zu satteln und den Proviant nicht zu vergessen. Er musste die Anweisung erst wiederholen, ehe Carl, der seinem kranken Herrn noch am Vortag die Bouillon ans Bett gebracht hatte, auch spurte. In seinem Arbeitszimmer holte Goethe alle Pistolen hervor, die er noch besaß, und legte sie auf den Tisch. Eine nach der anderen prüfte er auf ihren Mechanismus und sortierte die schadhaften aus, bis drei einwandfrei funktionierende übrigblieben. Eigentlich hätte eine Pistole gereicht, denn es war nur *eine* Kugel, die er auf das Herz *eines* Mannes abfeuern musste, aber die Mainzer Episode hatte ihm bewiesen, dass das Schießen nun wirklich nicht zu seinen Stärken zählte. Dazu nahm er den französischen Säbel, der das letzte Abenteuer bis auf einige Scharten heil überstanden hatte.

Dann suchte er seinen Sohn auf und bat ihn in einer Rede von Mann zu Mann, er möge auf seine Mutter achtgeben, sollte Goethe irgendetwas zustoßen. Den Jungen verwirrte diese Bitte, und er wusste nicht, wie er sie in Verbindung zum plötzlichen Tode Schillers bringen sollte.

Goethes schwerster Gang war aber der zu Christiane, die er in ihrer Stube beim Verfassen eines Briefes antraf.

»Ich muss noch einmal fort, noch in dieser Stunde«, sagte er. »Aber diesmal wird es nur eine kurze Reise.«

Christiane sah ihn entgeistert an. »Undenkbar. Sie können nicht reiten. Sie sind krank.«

»Es ist eine andere Krankheit als die, unter der ich gestern noch litt. Die alte fiel von mir ab, als ich von Schillers Ende hörte. Und gegen die neue gibt es ein Mittel.«

»Und seine Beerdigung?«

»Ich ehre sein Andenken mehr, wenn ich herausfinde, was man Schillern angetan hat, als wenn ich eine Handvoll Erde auf seinen Sarg werfe. Er hatte in der Nacht vor seinem Tode unerwünschten Besuch. Und diesen werde ich finden und zur Rede stellen.«

Von dieser Kunde verblüfft, brauchte Christiane einen Moment, wieder zu Worten zu finden. »Bitten Sie Carl August, er möge Männer schicken.«

»Lass mich allein und unbegleitet gehen. Der Starke ist am mächtigsten allein.«

»Ich lasse Sie gehen«, sagte sie, »aber nur, wenn Sie mir versprechen, dass Sie wohlbehalten heimkehren.«

»Das kann ich nicht versprechen.«

»Sie haben es bei Ihrem letzten Abschied auch getan und Ihr Versprechen gehalten.«

Darauf wusste Goethe nichts zu erwidern. Er schwieg und blickte hinaus in den Garten.

»Wohin geht es?«, fragte sie schließlich, um sein Schweigen zu brechen.

»Südwärts. Nach Baiern, vermute ich.«

»So gehen Sie – in Gottes Namen gehen Sie, und mit Gottes Hilfe kehren Sie zu mir zurück.«

Goethe nahm ihre Hand in beide Hände und küsste sie dankbar. »Eines noch, mein holdes Angesicht«, sagte er,

»eines noch, bevor ich gehe, denn ich möchte diese Last nicht mit auf die Reise nehmen. Seit du die Mutter meines Kindes bist, Christiane ... ist mein Herz mitunter abtrünnig gewesen.«

»Wovon sprechen Sie?«

»Dass ich dir, so leid es mir später tat, nicht immer ganz ergeben war. Dass ich anderen Frauen erlaubt habe, sich in meine Brust zu drängen. Dass ich immer einen starken Kopf, aber manchmal ein schwaches Herz hatte.«

Sie legte ihre zweite Hand auf die seine und lächelte. »Bagatellen. Sie sind zu groß für mich allein, und Ihr Herz ist es vielleicht auch. Solange darin immer ein Eckchen für mich frei bleibt, soll mir das andere gleich sein.«

Als sie ihn ansah, war es Goethe, als stünde er in der warmen Frühlingssonne. »Du bist die Große von uns beiden«, flüsterte er bewegt. »Küss mich! Sonst küss ich dich!« Hierauf führte er seine Lippen auf die ihren, und sie erwiderte den Kuss mit solcher Hingabe, als gälte es, Goethe durch diesen einen Kuss für immer an sich zu binden; ein Pfand für seine sichere Rückkehr. So eilig er es mit seinem Aufbruch gehabt hatte, vermochte er nicht, sich aus dieser Umarmung zu lösen, und er küsste ihr ganzes Antlitz und ihren Hals, und ehe er sich versah, hatte sie ihm aus dem Überrock geholfen, das Tuch um ihre Schultern zu Boden gleiten lassen und mit vielen Küssen und wenigen Worten den Weg voran ins Schlafgemach geführt. Als die Tür geschlossen war, schlüpfte sie aus ihren Schuhen, setzte sich aufs Bett nieder und bedeutete ihm, sich zu ihr zu gesellen. Halb zog sie ihn, halb sank er hin, und derart wurde sein Abschied noch um die inniglichste aller halben Stunden hinausgezögert.

12

EISHAUSEN

Goethe sprengte gen Berka, als würde der Boden unter seinen Füßen glühen. Jeden Wanderer, der ihm entgegenkam, jeden Landmann am Wegesrand und jeden Herbergsvater befragte er nach Capitaine Santing. Oft bekam er nur ein Schulterzucken zur Antwort, doch hinreichend vielen Menschen war am Tag zuvor der Reiter mit der Augenklappe auf seinem Ritt nach Süden aufgefallen. In der Annahme, der Ingolstädter wäre auf dem Weg nach Baiern, wählte Goethe in Berka die Rudolstädter Chaussee und musste, als auch der fünfte Angesprochene von keinem Einäugigen wusste, umkehren und den Abzweig nach Ilmenau wählen. In Kranichfeld nahm er Quartier, der Dunkelheit und seinem geschwächten Körper geschuldet, und stieg am Morgen noch vor Auroras erstem Sonnenstrahl müde wieder in den Sattel.

Je tiefer Goethe in die Hänge des Thüringer Waldes vorstieß, desto frischer wurde Santings Spur. Goethe war blind für das Schauspiel der grünenden Wälder und dankbar um jedes unbesetzte Zollhäuschen und um jeden Schlagbaum, der offenstand, denn auf seinem Parforceritt wechselte er unzählige Male die Territorien, von einem Thüringer Zwergfürstentum ins nächste; von Sachsen-Weimar-Eisenach nach Sachsen-Gotha-Altenburg, zurück durch Sachsen-Weimar-Eisenach, erneut durch Sachsen-Gotha-Altenburg nach Schwarzburg-Rudolstadt, ein drittes Mal über Sachsen-Weimar-Eisenacher Erde weiter nach Sachsen und schließlich nach Sachsen-Hildburghausen.

Als er im Licht der Abendsonne ins Werratal hinabritt, kam ihm zum ersten Mal der Gedanke, Santing wisse, dass man ihn verfolgte, und halte seinen Verfolger mit diesem Ritt kreuz und quer durch Thüringen zum Narren. In Hildburghausen geschah es, dass Goethe die Spur verlor. Es schien, als hätte der Capitaine die Stadt nie betreten, und selbst wenn – Hildburghausen war die Kreuzung großer Chausseen, und wer konnte sagen, ob er von hier nach Meiningen, nach Römhild, nach Coburg oder nach Eisfeld weitergeritten war? Goethe zerrann der Mut. Er begriff erst jetzt, wie bemerkenswert es war, dass er die Fährte des Capitaines nicht schon viel früher verloren hatte.

Im *Englischen Hof* am Markt nahm Goethe eine Mahlzeit zu sich, derweil sein Ross versorgt wurde. Auch die Wirtin wusste nichts von einem Einäugigen zu berichten. Während Goethe eine Gänsekeule samt Klößen in brauner Sauce verzehrte, überkam ihn das Verlangen, sich zu betrinken, wie er sich das letzte Mal im Spessart betrunken hatte. Nur würde dieser Rausch nicht in Frohmut, sondern in Schwermut enden. In dieser Nacht sollte in Weimar sein Freund beerdigt werden. Als die Wirtin Goethe den zweiten Schoppen brachte, bestellte er bereits den dritten. Er hob das Glas und prostete seinem Spiegelbild im Fenster zu, vor dem er saß: »Auf dein Wohl, Friedrich. Was dir das Leben nur halb erteilt hat, soll dir die Nachwelt ganz erteilen.«

Nun war kein Halten mehr: Noch bevor der Becher auf Schillers Wohl ganz geleert war, schossen Goethe die Tränen in die Augen, und er begann stumm zu weinen. Schamhaft bedeckte er sein Antlitz mit beiden Händen, in der Hoffnung, die anderen Gäste des Wirtshauses würden nicht auf den weinenden einsamen Mann aufmerksam. Die Tränen rannen ihm an seinen Händen in die Ärmel. Einige fielen auf den Teller vor ihm, zerplatzten auf dem Gänseknochen und malten Muster in die Reste der Sauce. Erstmals fühlte er sich so alt, wie er war, ein Greis von fünfundfünfzig Jahren. Die Freundschaft mit Schiller hatte ihm eine zweite Jugend verschafft, eine Jugend, die zwangsläufig mit Schillers Tod enden musste. Der Jungbrunnen war versiegt. Bald konnte Goethe nicht einmal mehr ermessen, ob es Schiller war, den er beweinte – oder seine eigene verlorene Jugend.

Die diskrete Gastwirtin wartete, bis Goethes Tränen versiegt waren und mittels der Serviette getrocknet, und sprach ihn dann an. Sie störe Monsieur nur ungern, aber eine ihrer Mägde habe heute in einem Dorf unweit von Hildburghausen einen Mann gesehen, der wie der von Goethe beschriebene eine schwarze Klappe über dem rechten Auge trug, und eventuell wünsche Monsieur, ein Wort mit dem Mädchen zu wechseln.

Goethe war augenblicklich in der Küche, wo die Jungfer einige Kohlhäupter zerschnitt, und fragte sie aus. Das Mädchen war gerade vom Eierkauf in einem Weiler im Süden der Stadt gekommen, als der einäugige Reiter mit dem grimmigen Antlitz an ihr vorübergeritten war. Sie hatte ihm nachgesehen, bis er die Straße verlassen hatte und auf einem kleinen Weg im Wald verschwunden war. Mehr wusste sie nicht zu berichten, aber sie beschrieb Goethe den Weg in das Dorf und den Abzweig in den Wald. Goethe wies die Wirtin an, man möge sein Pferd, das bereits abgerieben und zugedeckt worden war, abermals satteln, und drückte sowohl ihr als auch der Magd zum Dank einige Groschen in die Hand.

Es dunkelte bereits, als Goethes Ross ihn im Trab bergan in die Hügel hinter Hildburghausen trug. Nach einer halben Stunde war der Bergrücken erreicht, und die Landstraße führte steil ab ins Tal der Rodach. Unten sah er bereits die Lichter von Eishausen, denn so hieß das Dorf – eine lange Reihe niedriger schiefergedeckter Häuser zwischen Straße und Bach. Goethe fand den beschriebenen Pfad in den Wald hinein, saß ab und folgte ihm, das

Pferd an den Zügeln führend. Da die Sonne zwar längst unter-, der Mond aber noch nicht aufgegangen war, hatte er seine Mühe, sicheren Fußes durch den Wald zu kommen, und sein Ross, das diese Unsicherheit spürte, begann zu schnauben und zu wiehern. Goethe fühlte sich schließlich gemüßigt, die Zügel an einen Lindenbaum zu binden und allein weiterzugehen, um sein Kommen nicht zu verraten. Von seiner Habe nahm er nur den Säbel, die Pistolen und einige Patronen mit, denn er spürte, dass er sein Ziel bald erreicht hatte.

Als sich der Wald wieder öffnete, fand er sich vis-à-vis eines Schlosses wieder oder vielmehr eines herrschaftlichen Hauses, das hier, fernab der Stadt am Waldessaum, seltsam deplatziert wirkte, als hätte es die Hand eines Riesen aus einer Residenz herausgerissen und auf dem Lande wieder abgesetzt. Dieser Herrensitz nun war ein massiver Kasten von drei Stockwerken mit neun Fenstern in jedem Geschoss, von frappierender Schmucklosigkeit, denn sein Zierwerk beschränkte sich in der Tat auf kunstvoll geschmiedete Wasserspeier an den Traufen, ein Spalier mit Weinlaub an den Mauern und eine doppelte Freitreppe, die hinauf zum Entree führte. Ein Gutshaus und ein Stall lagen nahe dem Gebäude, und auf seiner Rückseite schloss eine hohe Mauer an, die zweifellos einen Garten eingrenzte. Der Pfad, dem Goethe gefolgt war, mündete in eine Allee von Kastanien, die hier zum Herrenhaus führte und dort durch ein eisernes Tor und über einen Graben zurück zur Poststraße nach Coburg. Das Tor war verschlossen. In der oberen und unteren Etage des Hauses brannte kein Licht, und die Fensterläden waren geschlossen, dazwischen aber waren vier Fenster hell, drei im linken und eines im rechten Flügel.

Goethe zog sich zurück in den Schutz der Bäume, legte dort seinen Mantel ab und lud die drei Pistolen. Zwei steckte er, den Lauf voran, in seinen Gürtel, die dritte nahm er in die Hand. Dann brach er auf. Im Schatten des

Gutshauses näherte er sich dem Schloss und umrundete es halb, bis er auf der schmalen Ostseite die Tür zu den Wirtschaftsräumen fand. Sie war verschlossen. Durch das Schlüsselloch beschaute er den Raum dahinter, offensichtlich eine Speisekammer, und die benachbarte Küche, in der ein einziges Wachslicht brannte. Die Tür war nicht zugeschlossen, sondern vielmehr mit einem Querbalken von innen verriegelt. Sie war aus massiven Eichenbrettern gezimmert, die sich im Laufe der Jahre aber so verzogen hatten, dass dazwischen kleine Spalten offenlagen. In eine dieser Spalten führte Goethe die Klinge seines Säbels, und mit großer Anstrengung zwängte er die Waffe tief in die Tür hinein. Als dies getan war, drückte er den Säbel am Griff aufwärts, sodass die Klinge bald auf der anderen Seite der Tür den Balken aus der Fassung hob und er schließlich dumpf auf die Fliesen polterte. Nun musste Goethe den Säbel schnell wieder aus der Umklammerung befreien. Es gelang, indem er beide Füße gegen die Tür stemmte, und kostete ihn, geschwächt wie er war, viel Schweiß. Erneut äugte er durch das Schlüsselloch, doch das Geräusch des herabfallenden Balkens, das ihm so laut erschienen war, hatte im zweiten Geschoss offensichtlich niemand vernommen. Goethe trat ein und verriegelte die Tür wieder.

Noch während er die Speisekammer und die große Küche erkundete, hörte er Schritte auf der Wendeltreppe, die herab zur Küche führte, und sah einen nahenden Lichtschein. Goethe griff zum ersten Gegenstand, der ihm im Schein der Kerze ins Auge fiel – ein Teigholz –, und versteckte sich damit hinter einem Schrank. Aus dem Dienstbotenaufgang trat nun ein Lakai. Er trug ein Tablett mit einem benutzten Teeservice und einem Kerzenleuchter. Der Mann hatte volles weißes Haar und bewegte sich geradezu mit französischer Eleganz. Goethe wartete, bis er das Tablett mit dem kostbaren Porzellan sicher abgestellt hatte, und zog ihm dann die Holzrolle über den Hinterkopf. Der Körper sank so langsam nieder, dass Goethe seinen Fall sogar noch bremsen konnte.

Über die Wendeltreppe gelangte Goethe ins zweite Stockwerk. Vor der Tapetentür, die zweifelsohne auf den Flur führte, setzte er den mitgenommenen Kerzenleuchter ab und nahm in jede Hand ein Terzerol. Kalter Schweiß lag in seinen Handflächen. Er atmete einmal tief durch und drückte die Tür mit dem Rücken auf. Mit einem Satz war er im Raum dahinter – einem mit zahlreichen Spiegeln geschmückten leeren Flur, von dem auf jeder Seite zwei Türen abgingen. Hinter der Tür linker Hand sprach ein Mann. Über den Teppich schlich sich Goethe heran und legte ein Ohr an die Tür. Er versuchte die Stimme Santings auszumachen, aber es gelang ihm nicht. Ihm blieb keine andere Wahl, als die Tür zu öffnen. Er drückte die Klinke, schlug den Türflügel auf, trat ein und zielte mit beiden Läufen in den Raum.

Es war ein Salon; einfach, aber durchaus stilvoll eingerichtet, mit einem Klavier und einer Gruppe von Möbeln um einen Kamin. An einem Tisch auf der gegenüberliegenden Seite des Raumes saßen Sophie Botta und Graf Vavel de Versay, jeder einige Spielkarten in der Hand, und wie es den Anschein hatte, legten sie gerade Patiencen. De Versay trug wie immer seine Perücke und einen kastanienbraunen Rock mit großen Metallknöpfen. Madame Botta trug erstmals kein schwarzes, sondern ein weißes Kleid mit eingestickten Lilien, und der Schleier, der immer ihr Gesicht bedeckt hatte, war abgesetzt und hing lose um ihren Hals. Goethe war darüber, ausgerechnet diese beiden hier anzutreffen, so verblüfft, dass er nicht einmal daran dachte, die Pistolen zu senken. Auch den anderen beiden hatte es die Sprache verschlagen, und so starrten sich die drei unbewegt an wie Schauspieler, denen das Stichwort entfallen ist und die vergebens auf die Hilfe eines Souffleurs warten.

»Sie hier?«, fragte schließlich der Holländer.

»Seltsam«, entgegnete Goethe, »das hätte ich Sie auch sogleich gefragt.« Jetzt erst nahm er die Waffen herunter.

Madame Botta hielt inzwischen ihre Spielkarten wie einen Fächer vor den Mund, und hinter diesem Schutz zog sie den Schleier wieder über ihr Angesicht.

»Wo ist Santing?«, fragte Goethe. Seine Frage blieb unbeantwortet. »Sie können es nicht wissen, aber der Capitaine, der den Dauphin finden sollte, ist auf dem Weg hierher.« De Versay und Sophie Botta sahen einander ratlos an. »Nun stehen Sie schon auf!«, insistierte Goethe. »Es ist mein bitterer Ernst; Sie müssen um Ihr liebes Leben fürchten!«

Aber statt de Versay oder Madame Botta antwortete ihm der leibhaftige Santing: »Das müssen sie nicht.« Goethe spürte den kalten Stahl einer Pistole im Nacken. Der Ingolstädter hatte sich in seinem Rücken unbemerkt an ihn herangeschlichen.

Ohne dass ihn Santing darum bat, entspannte Goethe beide Pistolen und ließ sie auf den Teppich fallen, und auf ein Räuspern des Capitaines hin legte er auch die dritte Pistole und den Säbel dazu. Dann erst durfte er sich umdrehen, um in die Visage zu starren, die er zuletzt hinter Kimme und Korn hatte sehen wollen. In der einen Hand hielt Santing die Pistole und in der anderen, höhnische Trophäe, den elfenbeinernen Gehstock des gemordeten Sir William.

»Sie sollten immer jemanden dabei haben, der Ihnen den Rücken freihält, Lieutenant Bassompierre.«

Endlich rührte sich auch Sophie Botta. Sie wies auf die Sessel am Kamin und sagte mit müder Stimme: »Setzen wir uns.«

Goethe sah von einem Akteur zum anderen, und als er endlich begriffen hatte, dass er der Einzige im Raum war, den Santing bedrohte, und dass es wiederum die Französin war, die Santing Befehle erteilte, überkam ihn eine ohnmächtige Wut.

»Das ist nicht wahr«, sagte er. »Sagen Sie mir in Gottes Namen, dass ich träume.«

»Setzen Sie sich, Herr von Goethe«, sagte Madame Botta.

»Erst sagen Sie mir, ob Sie mit den Bonapartisten unter einer Decke stecken. Und wenn die Antwort mir den Schädel sprengt.«

»Es ist umgekehrt. Wir sind nach wie vor treue Royalisten. Es ist Herr Santing, der seine Zugehörigkeit gewechselt hat. Er arbeitet jetzt für uns.«

»Das will mir schier –! Seit wann?«

»Seit mein Kommando, den Dauphin lebend oder tot nach Frankreich zurückzubringen, gescheitert ist«, antwortete Santing. »Napoleon zeigt bekanntlich wenig Gnade für die, die ihn enttäuschen. Fraglos wären ein Sandhaufen und zwölf Kugeln mein Lohn gewesen. Ich wäre nicht der Erste. Ich hatte also keinen Grund, wieder nach Mainz und in die französische Armee zurückzukehren.«

»Aber Sie sind Bonapartist!«

»Ich bin Soldat, Herr Hofrat, kein Parteigänger. Wes Brot ich ess, des Lied ich sing.«

»Herr Santing war vorausschauend genug, uns aufzuspüren und seine Dienste anzubieten – und wir so vorausschauend, dieses Angebot anzunehmen«, erklärte Sophie Botta. »Wer könnte uns eine größere Hilfe beim Kampf gegen Napoleon sein als ein Capitaine Napoleons? – Und nun, zum dritten Male, bitte setzen Sie sich. Sie sehen hundemüde aus, wenn mir diese Bemerkung erlaubt sei.«

Goethe setzte sich nun endlich zu Madame Botta und Graf de Versay, und hätte ihm gegenüber nicht Santing gesessen, das geladene Terzerol auf ihn gerichtet, man hätte die Szene für ein Kamingespräch unter Freunden missverstehen können. De Versay klingelte sogar noch nach einem zweiten Diener, um zur späten Stunde Kaffee zu servieren. Bei der Gelegenheit wurde auch der Niedergeschlagene in der Küche aufgefunden und erweckt.

Goethe wollte wissen, ob sich auch Karl im selben Gebäude aufhalte, aber der, so vertraute ihm Madame Botta an, sei längst unterwegs nach Mitau, wo er vor den Nachstellungen Bonapartes noch sicherer sei als hier, in ihrem Versteck in der thüringischen Provinz.

»Und Friedrich von Schillers Drama?«

»Befindet sich bei uns, ja, in der Obhut des Grafen de Versay.«

»Haben Sie es gelesen?«

»Ja.«

»Und hat sich der Diebstahl gelohnt?«

»In der Tat. Missverstehen wir uns nicht: Ich spreche nicht von ästhetischen Dingen. Darauf verstehe ich mich nicht. Aber meine Befürchtung, Ihr Freund würde die ... Angelegenheit damit an die Öffentlichkeit bringen wollen, hat sich bestätigt. Deswegen wird außer mir niemand dieses Werk zu Gesicht bekommen.«

»Sie übertreiben zweifellos. Es ist ein Drama, keine Enthüllung. Ich bin mir sicher, Friedrich hat Dichtung und Wahrheit nicht vermischt.«

»Nicht? Und das sagt ausgerechnet der Schöpfer der *Natürlichen Tochter* und des *Groß-Cophta*? Der leibhaftige *Werther*?«

»Herrgott, ich beschwöre Sie: Sie bringen die Nachwelt um das letzte Werk des größten deutschen Dramatikers.«

»Ich bin mir sicher, die Nachwelt hat mehr Nutzen davon, wenn es unveröffentlicht bleibt. Ich bedaure, aber Sie werden mich von meiner Haltung nicht abbringen können.«

»Und sein Tod?«

Santing lachte unvermittelt auf und erklärte dann: »Sie täuschen sich immens, wenn Sie denken, das wäre mein Werk gewesen. Das war der Herrgott allein. – Obwohl ich gestehe, dass es mich in den Fingern juckte, es zu tun, wie er so wehrlos-arglos vor mir lag.« Hierbei berührte er seine Augenklappe.

»Monsieur Santing hatte ausdrückliche Order, nur das Werk zu entwenden«, sagte die Französin.

Santing berichtete, dass Schiller in der Nacht vor seinem Todestag tief und fest schlief – das letzte Mal vor dem tiefsten aller Schlafe – und nicht einmal durch den Einbrecher geweckt wurde, der das Fenster aufbrach, die Papiere auf dem Schreibtisch durchsuchte und das Drama entwendete. Dann gratulierte Santing Goethe zu der Leistung, ihn durch den gesamten Thüringer Wald bis hierher verfolgt zu haben. »Aber seien Sie über den Tod Ihres Kollegen getröstet: Jetzt, da er tot ist, wird er Ihren Ruhm nicht mehr übertreffen. Denn das hätte er zweifellos getan.«

Goethe sprang auf, um dem feixenden Soldaten für dieses Lästerwort an den Kragen zu gehen, aber Santings Pistole zwang ihn zurück in den Sessel. Er trank einen Schluck Kaffee, um sich zu beruhigen.

»Wie soll es nun weitergehen, Herr von Goethe?«, fragte Madame Botta.

»Sie händigen mir das Manuskript aus und lassen mich ziehen.«

»Ausgeschlossen.«

»Dann wird es Sie teuer zu stehen kommen. Carl August weiß, wo ich bin. Und schon morgen sind seine Männer hier.«

»Wenn Sie selbst nicht wussten, wohin Sie ritten«, konterte de Versay, »wie sollte es dann Ihr Herzog wissen?«

Als ihm Goethe die Antwort darauf schuldig blieb, sagte Santing: »Diese Ihre dürftige Finte wollte schon damals nicht funktionieren.«

»Es ist spät geworden«, meinte die Französin und erhob sich. »Ziehen wir uns zurück, und entscheiden wir morgen über die Zukunft. Nur dieses eine noch: Es ist nicht gut für Sie, dass Sie nun mein Gesicht kennen.«

»Ich kenne Ihr Gesicht, aber was soll es mir sagen? Es ist das Antlitz einer Frau, die offensichtlich nur hinter der Larve eines Schleiers zu Schandtaten fähig ist.«

Santing und der zweite Diener brachten Goethe in ein kleines Schlafgemach im obersten Stockwerk, dessen Fenster vergittert war. Die Tür wurde hinter ihm abgeschlossen, und der bewaffnete Diener setzte sich zur Bewachung auf einen Stuhl in den Flur. Goethe vergeudete keine Zeit, eine Fluchtmöglichkeit zu ersinnen. Er entledigte sich seines Überrocks und ließ sich ins Bett fallen, und noch vor allen anderen Bewohnern des Eishausener Schlosses war er in einen tiefen, traumlosen Schlaf gefallen.

Das Hoffnungslose kündigt sich schnell an. Am nächsten Morgen wurde Goethe in einen Speisesaal gebracht, um in der Gesellschaft der Madame, des Grafen und des gewesenen Capitaines zu frühstücken. Als die Köchin die Speisen abgeräumt hatte, eröffnete ihm Sophie Botta, dass ihr über Nacht getroffenes Urteil vorsah, Goethe müsse aus dem Leben scheiden. Zu groß war die Gefahr, dass er sie verraten würde, dass er ihr Versteck in Eishausen verraten würde, dass er vor allem aber den Dauphin verraten würde. Sie bedaure diesen harten Bescheid zutiefst, sagte Madame Botta, sehe aber im Interesse der Royalisten und Ludwigs XVII. keine andere Möglichkeit.

»Und das sei der Dank dafür«, erwiderte Goethe, »dass ich mein Leben und das meiner Kameraden mehrfach aufs Spiel gesetzt habe, um einen Betrüger den Fängen Europas größter Armee zu entreißen? Da wäre kein anderer Weg, kein Mittel, als Tod – oder vielmehr Mord, abscheulicher Mord? Das ist ungeheuerlich. Es ist gottlos, und es kann nicht Ihr Ernst sein. Sie können das unmöglich fordern und zur gleichen Zeit Napoleon oder die Jakobiner Bestien schimpfen.«

De Versay gab betreten Zucker in seinen Kaffee und schwieg. »Niemand hat Sie gebeten, hierherzukommen«, antwortete Sophie Botta. »Meine Warnungen in der Weimarer Residenz waren deutlich genug. Aber dessen ungeachtet sind wir Ihnen fürwahr dankbar für Ihre Dienste.«

»Und was nützt mir Ihr Dank?«

»Aus Dankbarkeit kommen wir Ihnen insofern entgegen, als wir Ihnen den athenischen Tod zubilligen.«

Goethe lachte bitter auf. »Ich soll mich selbst morden? Ich soll den Schierlingsbecher selbst stürzen, damit Ihre feinen Hände nicht von der Sünde befleckt werden? Pfui über Sie! Pfui über Sie alle, Sie erzinfamen Buben!« Angewidert spuckte Goethe auf den weißen Damast.

»Wenn Sie nicht freiwillig von uns gehen«, fiel Santing ein und zog ein Stilett aus dem Gürtel, »werde ich Ihnen gerne hinüberhelfen. *Auge um Auge.*«

»Du Spottgeburt!«, tobte Goethe und warf die Zuckerdose nach Santing, dass sie an der Tapete über ihm zerschlug und der Zucker auf ihn herabfiel, »ich schlage dir die Zähne in den Hals, wenn du noch ein Wort sagst!«

Madame Botta machte eine Geste, den Dichter zu besänftigen. »Kommen Sie zu sich. Bedenken Sie: Wir hätten Ihnen das Gift auch in den Kaffee geben können, den Sie soeben getrunken haben. Dass Sie uns verachten, verstehe ich, aber würdigen Sie zumindest unsre Aufrichtigkeit, Sie nicht heimtückisch zu morden.«

»Ich stehe tief in Ihrer Schuld. In der Tat, ich werde Sie fürs Kreuz der Ehrenlegion vorschlagen. – Und wann soll diese Farce vonstatten gehen?«

»Sobald Sie sich dafür gewappnet fühlen.«

»Das wäre dann 1849.«

Sophie Botta seufzte. »Ihr Verhalten ist noch unerquicklicher als das Ihres seligen Kollegen. Sie wissen, dass Sie gehen werden, also gehen Sie mit der Würde, die Ihrem Titel und Ihrem Alter geziemt. Heute Abend, Herr von Goethe. Nutzen Sie den Tag für Ihre Gebete, und wenn Sie noch Wünsche haben, lassen Sie es uns wissen.«

»Nur den einen: dass Sie allesamt ärschlings in die Hölle stürzen.«

Dieselben Begleiter wie in der vorigen Nacht brachten Goethe auch jetzt zurück in das Schlafgemach, das zu seiner Kerkerzelle geworden war, und nun begann der Tragödie zweiter Teil: Kaum war die Tür hinter ihm verriegelt, loderten in seinem Leib die Koliken wieder auf, als hätte er keine anderen Sorgen im Leben. Seine Niere brannte so sehr, dass er sich aufs Bett setzen musste, den Körper über den Bauch gekrümmt, bis der schärfste Schmerz vorüber war. Er trank einen Schluck Wasser aus einer Karaffe, die man ihm mitgegeben hatte. Seine Phantasie gaukelte ihm vor, es schmecke anders als gewöhnliches Wasser. Seine Finger zitterten wie dürre Blätter im Wind. Er ertappte sich bei dem Wunsch, die Französin hätte ihn tatsächlich heimtückisch vergiften mögen, und alles wäre längst vorbei.

Nun ist die Angst eines Menschen, der weiß, dass er sterben *muss*, vollkommen andersartig als die Angst dessen, der weiß, dass er sterben *könnte*. Ein Soldat in der Schlacht, ein Wanderer unter Wölfen, ein Matrose auf hoher See klammert sich mit aller Kraft am Leben fest und lässt keine Aussicht auf Rettung unversucht – und nimmt den Tod dennoch an, wenn er kommt. Dem Todgeweihten aber bleibt keine andere Tätigkeit, als sich auf den Tod vorzubereiten, und er ist dennoch bis zuletzt unfähig, sich mit ihm zu arrangieren. »Seit wann begegnet der Tod dir fürchterlich?«, fragte sich Goethe selbst. »Du hast genug gelebt. Eines jeden Tages hast du dich gefreut. Nun endet das Leben, wie es schon viel früher hätte enden können. Ich höre auf zu leben, aber ich *habe* gelebt. Sieh dein fernes Leben als reines Geschenk an, und scheue den Tod nicht!« Und er fügte hinzu: »Nur Feige fürchten den Tod!« Aber entweder war er feige oder der Spruch unwahr.

Rastlos lief er in seiner Stube auf und ab, und weil ihm die Luft abgestanden und staubig erschien, wollte er das Fenster öffnen. Doch zusätzlich zu den Gitterstäben davor waren auch die Fenster verschlossen. Unwillig, seine Kerkermeister um einen Gefallen zu bitten, nahm er kurzerhand einen Stuhl und schlug damit eine der beiden Scheiben ein. Endlich strömte frische Luft in den Raum – freilich aber auch warme Luft, denn der Tag versprach ein außergewöhnlich heißer zu werden –, und bald schon bereute Goethe, das Fenster, das er jetzt nicht mehr schließen konnte, zertrümmert zu haben. Ihm blieb nur, die Gardinen zu schließen, doch schien ihm die Dunkelheit eine noch größere Qual als die Hitze.

Er trat ans Fenster und blickte hinunter in den umfriedeten Garten des Schlosses; herrlich, frisch und grün. Gab es denn unter allen zwölf Monaten *einen*, der zum Sterben ungeeigneter war als der Mai? Die Pracht der Blumen und das fröhliche Gezwitscher der Vögel muteten ihm wie Hohn an, und er musste an seinen eigenen Garten an der Ilm denken und an Weimar und an Christiane und August. Zwischen den Büschen und Beeten schritt eine trächtige schwarze Katze umher. In der Ferne stach der Kirchturm von Eishausen aus den Baumkronen hervor, aber es war zu weit, um nach Hilfe zu rufen. Madame Botta und ihr holländischer Schatten hatten ihre Residenz im Exil weise gewählt. Als die Sonne um das Haus gewandert war und direkt in seine Zelle schien und ihm den Schweiß auf die Stirne trieb, trat er vom Fenster zurück und warf sich mutlos auf sein Lager. Selbst in der Grotte tief im Schoße des Kyffhäusers, in der seine Lage kaum rosiger gewesen war als jetzt, hatte er sich nicht so gefürchtet.

Schließlich äußerte Goethe doch noch einen Wunsch, den man ihm vor seiner Hinrichtung gewähren sollte: Er bat um eine Henkersmahlzeit. Dabei wünschte er keineswegs, gut gesättigt in den Tod zu gehen, nein, er wollte nur keine Möglichkeit des Aufschubs unversucht lassen. Seiner Bitte wurde stattgegeben, und die Köchin des Hauses tischte ein exquisites Souper mit vier Gängen auf, wovon Goethe das meiste aber unberührt auf dem Teller ließ. Denn Hunger hatte er keinen. Und auch die beiden anderen am Tisch, de Versay und Sophie Botta, aßen kaum. Der ehemalige Capitaine saß abseits auf einem Sessel beim Kamin, wie immer mit einer Pistole im Anschlag und dem englischen Spazierstock neben sich. In der Feuerstelle brannten einige Scheite, obwohl es draußen trotz Einbruch der Dunkelheit noch immer drückend heiß war. Hinter den hohen Fenstern lag die mondlose Nacht wie ein Vorhang von schwarzem Samt. Goethe schwitzte so sehr, dass ihm zweimal das Messer aus der Hand glitt.

Vom Dessert schließlich nahm sich Goethe reichlich nach, aber die Stunde seines Todes war nicht weiter hinauszuzögern.

»Bringen wir es hinter uns«, sagte Madame Botta. Darauf verschwand Graf de Versay in einem Nebenzimmer und kehrte mit einem kleinen Holzköfferchen zurück. Er öffnete und entnahm ihm eine Phiole mit einer bräunlichen Flüssigkeit. Auch Madame Botta und Goethe erhoben sich. Nur Santing blieb sitzen.

»Wenn es Ihnen Trost ist«, sagte der Holländer, dem anzusehen war, wie unwohl ihm bei dieser strengen Maßnahme war, »wir werden Sie selbstverständlich christlich beerdigen.«

»Mir ist es kein Trost, und Ihnen wird es vor Gottes Gericht auch nicht helfen.«

»Ihr Nachruhm zumindest wird ins Unermessliche gesteigert«, sagte Madame Botta. »Der große Goethe, der am Tage von Schillers Tod und auf der Höhe seines Schaffens ohne eine Spur verschwindet. Sie werden unsterblich sein.«

»Ich zöge es vor, die Unsterblichkeit nicht durch mein spurloses Verschwinden zu erlangen, sondern dadurch, dass ich nicht sterbe.«

»In welches Getränk wünschen Sie die Tropfen? Wir haben Wein oder aber Limonade.«

»Gott allbarmherziger!«, höhnte Goethe. »Gift in der Limonade und sterben! Das ist zu abgeschmackt. Gebt mir einen Trunk Wasser.«

Madame Botta überließ es nun dem Holländer, Goethe

in ein Glas Wasser das Gift zu mischen. Goethe fixierte sie. »Wenn ich den Trank gestürzt habe, erzählen Sie mir dann, wer sich hinter dem Schleier verbirgt?«

»Nein.«

»Gut. Es intcressiert mich eh nicht.«

Santing rührte sich. »*Ich* kann Ihnen ein pikantes Geheimnis anvertrauen, an dem Sie den Weg hinüber kauen können.«

»Sie? Was sollte das sein?«

»Ihren feinen Kameraden Humboldt betreffs.«

Tatsächlich gelang es dem Ingolstädter, Goethe mit der Erwähnung Humboldts noch einmal zu verwirren. »Was ist mit ihm?«

Santing nickte dem Becher zu, den de Versay jetzt Goethe reichte. »Sie erfahren es, sobald Sie geschluckt haben. Und bestellen Sie auf der anderen Seite Ihrem Freund Schiller beste Grüße.«

Goethe besah den Becher. Das Gift hatte sich ohne eine Spur im Wasser aufgelöst. Er dachte an Schiller. Würde er ihn tatsächlich wiedersehen? Er hob den tödlichen Trank und sprach: »So soll mich der Tod ihm vereinen.« Dann kippte er den Becher über dem Teppich aus, der Wasser und Gift schnell aufsog. Das Glas stellte er auf dem Tisch ab. »Sie denken doch nicht allen Ernstes, dass ich mich zum Handlanger Ihrer feigen Meuchelmorde machen lasse, Sie bourbonische Hexe.«

»Sie wissen natürlich«, sagte Madame Botta, »dass wir noch einige Ampullen vorrätig haben. Wir werden damit fortfahren.«

»Wie ich damit fortfahren werde, Ihren Teppich zu vergiften.«

Die Französin nickte. Allmählich schien ihre Geduld zur Neige zu gehen. Santing hob seine Pistole: »Darf ich?«

»Kein Blut und keinen Lärm«, erwiderte sie, und zu Goethe sagte sie: »Gedenken Sie den nächsten Becher zu trinken?«

»Mitnichten. Ich gedenke mich zu wehren wie ein wildes Schwein.«

Madame Botta klingelte nach ihren Dienern und erteilte ihnen Anweisungen. Darauf packten Santing und der jüngere Diener Goethe. Goethe schlug, trat und biss um sich wie ein tollwütiger Hund, aber die anderen waren ihm überlegen, und fester und immer fester wurde ihr Griff, und mehr und immer mehr gaben seine Glieder nach. Schließlich hielten sie ihn am Boden, dass er sich nicht mehr rühren konnte. De Versay nahm eine zweite Phiole aus dem Koffer, brach den versiegelten Korken auf und reichte sie weiter an den weißhaarigen Diener. Diesmal sollte Goethe das Gift unverdünnt verabreicht bekommen. Goethe presste die Lippen so fest wie möglich zusammen. Der Diener beugte sich über ihn, die Phiole in der rechten Hand, und hielt mit der linken Goethes Kinn. Doch Goethes Lippen waren nicht zu öffnen. Vom fernen Turm der Eishausener Kirche schlug es Glock eins. Der junge Diener versuchte, die Kiefer mit Gewalt voneinander zu trennen, aber da auch das nicht glückte, verschloss Santing Goethes Nase, sodass dieser, wollte er nicht ersticken, früher oder später den Mund öffnen musste. Goethe spürte, wie sich seine Lungen schmerzhaft zusammenkrampften. Er ließ die Augen nicht von der tödlichen Ampulle und dachte an ihren missglückten Überfall auf die Kutsche im Hunsrück. Diesmal aber würde ihm Kleist nicht aus der Bredouille helfen. Die Luft wurde knapp.

Jählings zerbarst eines der hohen Fenster, und hindurch kam, wie ein Kugelblitz aus finstren Wetterwolken, Heinrich von Kleist, am ganzen Körper schwarz gekleidet. Im Flug ließ er die Peitsche frei, an der er sich in den Salon gestürzt hatte, und rollte über den Teppich aus, eine Spur von Scherben hinter sich. Kaum ausgerollt, sprang er auf die Beine, zog die Pistolen mit dem Familienwappen aus dem Gürtel und rief: »*Haut les mains!*« – aber der ungestüme Purzelbaum drehte in seinen Sinnen fort – ein schneller

Walzer hätte ihn nicht übler wirbeln können –, dass er wie ein fehlgeleiteter Kreisel einen trunkenen Schritt zur Seite machte, strauchelte und stürzte. Zu allem Unglück löste sich dabei eine der beiden Kugeln und zerschlug ein heil gebliebenes Fenster.

Die Aufmerksamkeit war aber vollends von Goethe abgelenkt, sodass sich dieser aus der Umklammerung seiner Feinde befreien und dem Diener die Ampulle aus der Hand schlagen konnte. Das Gift kullerte übers Parkett und unter eine Kommode. Kleist hatte sich wieder erhoben, gerade noch rechtzeitig, um einen Warnschuss auf Santing abzugeben, der nach seiner Pistole greifen wollte, die noch immer im Sessel lag. Nun warf Kleist die Pistole von sich und zog den Säbel blank. »*Haut les mains* sag ich, ihr Kanaillen!«

Goethe wollte aufstehen, aber Santing stieß ihn wieder zu Boden. Dann folgte Santing Madame Botta und Graf de Versay, die den Salon verließen. »Das Manuskript!«, rief die Botta ihrem holländischen Begleiter zu. Santing deckte die beiden, bis sie im Flur waren, und schlug dann die Tür hinter sich zu. Kleist wollte den dreien nach, aber der junge Diener stellte sich ihm in den Weg, statt eines Säbels einen Schürhaken in der Hand, den er vom Kamin aufgenommen hatte. Damit hieb er nach Kleist, dass es in der Luft surrte. Kleist wich vor dem schwarzen Eisen zurück.

Aus dem Augenwinkel sah Goethe, dass der weißhaarige Diener Santings Pistole im Sessel erblickt hatte und aufzunehmen gedachte, und gerade noch rechtzeitig konnte Goethe dessen Ferse packen und ihn zu Fall bringen. Der Lakai trat nach ihm und traf ihm mit dem Hacken ins Gesicht und gegen die Schulter, aber bald kniete Goethe über ihm, ballte die Rechte zur Faust und ließ sie entschlossen auf das Antlitz des Mannes niedersausen. »Faust eins«, sagte er und mit dem Schlag der Linken: »Faust zwei!« Faust zwei hatte dem Alten den Rest gegeben: Seine Lider fielen zu und der Kopf schlaff zur Seite.

Kleists Gegner hatte indes bei einem Schlag ins Leere derart die Balance verloren, dass Kleist den Griff seines Säbels mit aller Kraft in dessen Genick hatte dreschen können. Der Diener war halb auf dem Tisch zusammengebrochen und hatte einiges Porzellan und Tafelsilber mit sich zu Boden gerissen. Goethe nahm Santings Pistole.

»Wetter!«, pries Kleist. »Sie schlagen mir eine gute Faust!«

»Geben Sie mir Ihren Säbel.«

Kleist gehorchte und erhielt im Gegenzug die Pistole. »Alexander ist noch auf dem Dach. Bettine wartet vor dem Haus, gesetzt den Fall, die Mordbrut tritt den Rückzug an.«

»Bettine? Humboldt? Ich bin sprachlos.«

»Ja, die Welt ist eine wunderliche Einrichtung.«

»Sie humpeln?«

»Mein Flug durchs Fenster«, bestätigte Kleist, der in der Tat mit dem linken Fuß nicht auftreten konnte. »Zum Straucheln braucht's doch nichts als Füße.«

»Finden Sie den Holländer. Es ist von weltbewegend-poetischer Wichtigkeit, hören Sie, dass Sie ihm eine lederne Dokumentenmappe abjagen mit dichtbeschriebenen Papieren darin.«

»Und der Ingolstädter –«

»– ist gerichtet. Überlassen Sie ihn mir.« Goethe lief voran in den Flur und das Treppenhaus hinab.

Er kam noch zeitig in die Eingangshalle vor der großen Freitreppe: Santing öffnete gerade die Türen, um mit Madame Botta in die Nacht zu entschwinden. Sie hatte es so eilig, dass sie sich nicht einmal einen Mantel über das Kleid gezogen hatte.

»Nicht weiter!«, rief Goethe, dass es wie die Stimme eines Rachegottes durch die Halle gellte.

Santing drehte sich zu Goethe um. Die Narbe auf seinem Hals leuchtete wie frisch versengte Haut. »Gehen Sie nur zur Kutsche«, raunte er Madame Botta zu, »ich folge

Ihnen sogleich.« Er trug keinen Säbel am Gürtel, aber nun hob er Stanleys Spazierstock an und sagte: »Sir William hat mir ein nützliches Erbe hinterlassen: ein Stock wie die Engländer – außen hölzern, innen eisern.« Mit diesen Worten drehte er den Knauf mit dem Löwenkopf und zog ihn vom hölzernen Schaft. Aus dem hohlen Holz kam ein Florett zum Vorschein. Santing warf das Holz grinsend von sich.

»Mach deine Rechnung mit dem Himmel«, sagte Goethe und schritt die restlichen Stufen hinab. »Deine Uhr ist abgelaufen.«

»Schwätze nicht, alter Mann. Nur zugestoßen! Ich pariere.«

»Pariere den!«, rief Goethe und schlug zu, aber seine Klinge glitt von der Santings ab.

Während Schwertgeklirr die Halle füllte und von den Spiegeln und marmornen Wänden zurückgeworfen wurde, lief Sophie Botta die Freitreppe hinab. Sie nahm eine brennende Fackel aus ihrer Halterung in der Wand, und mit dieser überquerte sie den Vorplatz zu den Stallungen. Sie stieß die Tür auf, setzte die Fackel ab und suchte nach einem Sattel und Zaumzeug, um eines der vier Pferde, die ihr plötzlicher Eintritt aus dem Halbschlaf geweckt hatte, einzuspannen.

»Sophie Botta?«

Die Angesprochene wirbelte herum. Im Tor der Scheune stand Bettine. Sie trug ein schwarzes Trauerkleid und war daher schwer in der Dunkelheit zu erkennen. »Ich muss Sie bitten, nicht zu fliehen«, sagte sie, »und hoffe, dass Sie sich mir freiwillig ergeben.«

Madame Botta antwortete nicht. Sie legte den Sattel, den sie gerade vom Bock gehoben hatte, auf einen Strohballen nieder, raffte ihr schwarzes Kleid und zog zwischen Stiefel und Schenkel ein Stilett hervor.

Bettine hob eine Augenbraue in die Stirn, als sie die

schmale Klinge im flackernden Licht glänzen sah. »Was ist das?«

»Das ist ein Messer.«

Auf diese Replik zog Bettine ihrerseits den Hirschfänger aus einem Futteral am Kleid, dessen Klinge um ein Vielfaches größer war, und sprach: »*Das* ist ein Messer.«

Madame Botta begriff, dass sie im Nachteil war. Sie ließ ihre Waffe sinken und schleuderte sie dann, Spitze voran, auf Bettine. Diese duckte sich unter dem Geschoss hinweg. Das Stilett grub sich auf dem Vorplatz in die Erde ein. Nun waffenlos, trat die Französin die Flucht durch die dunklen Stallungen an, und Bettine, das Jagdmesser in der Hand, folgte ihr.

Nachdem Kleist Humboldt durch das zerbrochene Fenster zugerufen hatte, er könne vom Dach herabsteigen, machte er sich, durch seinen wehen Fuß behindert, auf die Suche nach dem Holländer. Da er ihn zusammen mit den anderen die Treppe hinablaufen gehört hatte, humpelte auch er jetzt in das untere Geschoss und öffnete dort eine Tür nach der anderen. Eine Klinke schließlich gab seinem Griff nicht nach, und hinter der verriegelten Tür waren Geräusche zu hören.

»Aufmachen!«, rief Kleist, »aufmachen, sag ich, oder ich sprenge die Tür!«

Da niemand seinem Befehl Folge leistete, warf sich Kleist mit der Schulter und seinem ganzen Gewicht gegen die Tür und hielt dabei die Klinke in der Hand, wieder und immer wieder, bis das Schloss endlich aus dem Holz splitterte. Ein letzter Anlauf, dann flog die Tür auf. Im Gemach dahinter, von wenigen Kerzen erleuchtet, war Vavel de Versay soeben durch das offene Fenster geflohen. Kleist sah nur noch seine Rockschöße wehen, und ein prächtiger Krug von Delfter Blau, der auf dem Sims gestanden hatte, stürzte durch de Versays Unachtsamkeit auf den Boden und zerschlug. Kleist eilte zum Fenster. De Versay war nicht gesprungen: Er kletterte am Weinlaubspalier abwärts, und Kleist, mangels eines Säbels, nahm die pfundschwere Klinke, die er beim Aufbrechen aus der Tür gerissen und nicht losgelassen hatte, und zog dem Grafen das umgekehrte Ende des Stahls über das Gesicht. Ein Klumpen Blei hätte den Holländer nicht übler treffen können. Mit einer klaffenden Wunde quer über Nase und Wange fiel de Versay zu Boden – und blieb gleichwohl nicht liegen: Verletzung und Sturz zum Trotz rappelte er sich im Dunkeln auf.

»Lebst du noch!«, fluchte Kleist. »Dass dich der –«

Doch gerade, als er auf den Sims stieg, um dem anderen nachzuspringen, warf ihm de Versay eine Handvoll grobgekörnten Sandes, die er eilig aufgelesen hatte, ins Gesicht, der Kleist so blendete, dass er kaum die Hand vor Augen ausmachen konnte, geschweige denn den Holländer im Dunkel der Nacht.

»Halunke!«, rief Kleist, und während er mit einer Hand die brennenden Augen bedeckte, feuerte er mit der anderen die Pistole blind ins Dunkel ab. »Pest, Tod und Rache!«

Doch de Versays konnte er nicht mehr habhaft werden, und das Einzige, was dieser zurückgelassen hatte, war seine Perücke, die beim Sturz am Kreuzgeflecht des Weinstocks unter dem Fenster hängengeblieben war.

Nun aber, da Kleists Sehsinn betäubt war, bemerkte sein Geruchssinn etwas, das ihm vorher nicht aufgefallen war: Es roch nach Brand. In der Tat, Rauch zog durch den Raum. Er zwang sich, die verhagelten Augen zu öffnen, auch wenn der Schmerz ihn schier in den Wahnsinn trieb, und durch die Tränen und den Sand sah er, dass de Versay eine Rolle von Papieren achtlos in den Ofen gesteckt, wo sich diese an der Glut entzündet hatte und nun lichterloh in Flammen stand. Mit einem Satz war Kleist beim Feuer, zog das Manuskript aus dem Ofen und trat so lange darauf herum, bis jede Flamme, jede rotglühende Kante, die das Papier aufzehrte, erloschen war und kein Rauch mehr von den kostbaren Seiten aufstieg. Als Kleist jedoch das Manuskript anhob, fiel der untere Teil in verkohlten Schnipseln zu Boden, die man noch weniger als den Delfter Krug wieder zu einem Ganzen hätte zusammenflicken können. Kleist hatte nicht einmal die Hälfte retten können. Umrahmt vom Ruß und den Abdrücken seiner Sohlen, leuchtete ihm der Titel des ruinierten Werks in Schillers geschwungener Schrift entgegen, DEMETRIUS, und verschwamm dann wieder hinter Tränen.

Kleist verstaute die Handschrift in seinem Rock und ging dem Lärm des Säbelkampfes nach in die Eingangshalle. Er traf dort zur gleichen Zeit ein wie Bettine, die über die Freitreppe gestiegen war und nun im offenen Eingang stand. Beide wurden sie Zeuge der letzten Züge des Duells zwischen Goethe und Santing. Der Weimarer war dem Ingolstädter in Können und Ausdauer unterlegen, ihm floss der Schweiß in Strömen über das Gesicht, und ein Schnitt hatte sein Hemd an der Seite rot gefärbt – aber seine Waffe war die kräftigere, und allein durch seine Beharrlichkeit hatte er den Capitaine so zur Weißglut getrieben, dass dieser wiederum begonnen hatte, Fehler zu machen. Mit dem schmalen Florett drosch er auf Goethe ein, dem nichts blieb, als zu parieren und zurückzuweichen, und bei einem dieser Schläge geschah es, dass die schmale Klinge des Floretts entzweibrach. Ungläubig starrte Santing auf den Löwenknauf mit dem kürzeren Ende, der ihm geblieben war. Goethe aber legte seine Schneide an Santings Kehle, bereit, bei der geringsten Bewegung die Adern am Hals zu durchtrennen. Der Einäugige grinste selbst jetzt. Langsam ging er vor Goethe auf die Knie.

Bettine und Kleist, die die beiden Kämpfer bis dahin wie Salzsäulen so regungslos angestarrt hatten, traten nun an Goethe heran. Dieser aber nahm den Blick nicht von seinem Gefangenen. »Wo ist die Botta?«, fragte er.

»Bei der Scheune«, meldete Bettine, »und wird so bald nicht erwachen, die tolle Blutwurst. Ich schlug ihren verschleierten Kopf vor einen Holzbalken, dass ihn nun der Schlaf umschleiert.«

»Und de Versay? – Weinen Sie etwa, Herr von Kleist?«

»Es ist mir etwas ins Auge gekommen«, erklärte Kleist. »Der Graf zog mit blutigem Schädel heim. Die Papiere aber blieben hier.« Und mit Blick auf den Ingolstädter, der als Einziger noch nicht seine Strafe erhalten hatte, fügte er hinzu: »So nimm denn, Gerechtigkeit, deinen Lauf. Hund, jetzo stirbst du.«

»Oh, er wird mich nicht töten«, erwiderte Santing seelenruhig. »Mir den Prozess machen, ja, aber einem wehrlosen Mann zu seinen Füßen die Gurgel durchtrennen – nein.«

Goethe schwieg. Auf den Treppen über ihnen waren schnelle Schritte zu hören, denn endlich hatte auch Humboldt vom Dach gefunden, und mit der Pistole im Anschlag kam er zu ihnen herab. Er verlangsamte seine Schritte, als er auf dem letzten Treppenabsatz angekommen war und seine drei Gefährten sah, den knienden Santing in ihrer Mitte. Auch Humboldt trug Schwarz, aber etwas noch Dunkleres umwölkte seine Züge.

»Ich freue mich«, sagte Goethe, der seinen Gefährten zuletzt gefesselt und geknebelt in den Händen des Feindes gesehen hatte.

Santing drehte sich feixend zu Humboldt und sagte: »Auch ich freue mich« – worauf Humboldt die letzten Stufen hinabstieg, seine Pistole hob, abdrückte und Santing aus nächster Nähe in den Kopf schoss. Die Kugel durchschlug Santings Stirn und blieb im Hirn stecken. Goethe war so perplex, dass er nicht einmal den Säbel entfernte, sodass der Tote an diesem seitwärts niederglitt und sich an der Klinge blutig ritzte. Rücklings blieb er auf den Fliesen liegen; das eine Auge, aus dem noch immer das Erstaunen sprach, weit geöffnet. Hier wandte sich Goethe mit Grausen. Den blutigen Säbel ließ er zu Boden fallen. Bettine hielt sich mit den Fingern die Ohren zu, obwohl der

Schuss längst verhallt war. Kleist schnappte nach Worten wie ein gestrandeter Fisch nach Wasser.

»Blitzverflucht! Alexander!«, wetterte er schließlich, »was hast du getan?«

»Tat ich nicht, was wir uns alle lange wünschten?«, antwortete dieser befremdlich laut. »Eine Laus, nachdem sie uns wieder und wieder stach, endlich zu zerdrücken!«

Goethe war neben dem Toten in die Knie gegangen. »Seht, wie ein Wüterich verscheidet«, murmelte er und schloss nun auch das zweite Auge des Ingolstädters zum letzten Mal.

Bettine nahm endlich die Hände von den Ohren. »Was nun?«

»Wir haben alles, brauchen nichts. Brechen wir auf.«

»Sollen wir nicht zum Lebewohl das Schloss an allen Ecken anzünden?«

»Nein, Herr von Kleist. Bitte kein Feuer, kein Blut mehr. Ich bin des Treibens müde.«

Als sie auf die Freitreppe vor dem Herrensitz kamen, hörten sie Hufgeklapper. Graf de Versay war zurückgekehrt und hatte ein ungesatteltes Pferd bestiegen, auf dem er nun über die Allee davonritt. Vor seinem Schoß lag, quer über den Rücken des Pferdes wie eine geraubte Braut, die ohnmächtige Madame Botta. Keiner der vier machte Anstalten, den beiden Royalisten zu folgen. Stattdessen verließen auch sie den Hof. Kleist, der weder vernünftig laufen noch schauen konnte, wurde von Humboldt gestützt. Bettine und Goethe hatten Fackeln genommen, um den Weg zu weisen.

Als die vier im Wald verschwunden waren und sich wieder Stille über das Eishausener Schloss senkte, kam die trächtige Katze des Hauses aus einem Gebüsch hervorgekrochen und pflückte de Versays Perücke aus dem Spalier, um sie in ein behagliches Nest für ihre Jungen umzuwandeln.

Auf dem Weg zu den Pferden erklärte Bettine die Umstände der unerwarteten und zeitigen Rettung Goethes. Bettine hatte den April, wie es Goethe vorgeschlagen hatte, bei Wieland in Oßmannstedt verbracht und sich, als der Mai kam, bereits mit dem Gedanken getragen, nach Frankfurt heimzukehren – als sie und Wieland die Kunde vom Tod Schillers erreicht hatte, am Tage der Beerdigung. Sie waren also in Trauerkleidern nach Weimar aufgebrochen, um bei der Beisetzung zugegen zu sein. In der Nacht waren sie am Mausoleum des Jakobskirchhofes auf Humboldt und Kleist getroffen, die gemeinsam nach Weimar gekommen – dieser, um mit Goethe zu sprechen; jener, um von ihm die versprochenen 150 Taler einzufordern – und ebenfalls von der tragischen Nachricht überrascht worden waren. Doch Wiedersehensfreude hatte sich nicht einstellen wollen am Grabe Schillers, des Großherzigsten unter ihnen. Die Gefährten waren von der Abwesenheit Goethes nicht wenig überrascht gewesen: Pollux bleibt der Beisetzung Castors fern? Wieland hatte vermutet, der Grund läge in dessen Nierenleiden oder in dessen Abneigung gegenüber Friedhöfen und allem, was mit dem Tod zu tun hatte. Kleist aber war es später gelungen, an die Vulpius heranzukommen, und diese wiederum hatte mit großer Sorge berichtet, wie Goethe am vorangegangenen Abend eilig südwärts geritten war. Darauf hatten sie sich keinen Reim zu machen gewusst, aber alle hatten auf unerklärliche Weise gespürt, dass sich der Dichter in größter Gefahr befand. In diesem Moment war ihnen keine andere Wahl geblieben, als den anwesenden Herzog selbst zu befragen. Nachdem sie sich dem Herzog als drei der Königsräuber vorgestellt hatten und dieser ihnen seinen persönlichen Dank ausgesprochen hatte, hatten sie die Sprache auf Goethe gebracht. Doch auch Carl August hatte ihnen keine Antworten geben können, denn das einzige Ziel, das Goethe im Süden hätte erreichen können, war zum Ersten kein Lager der Bonapartisten, sondern vielmehr das Gegenteil, und zum Zweiten hatte er einen Eid darauf geleistet, es nie zu offenbaren. Sosehr die Gefährten ihn auch bestürmt hatten, diesen einzigen Anhaltspunkt preiszugeben, war der Herzog stumm geblieben, bis Bettine gefragt hatte: »Wollen Sie binnen Tagen auch den zweiten großen Dichter des Herzogtums verlieren und einen Freund dazu?« Die Angst um Goethe hatte Carl Augusts Widerstand schließlich gebrochen, und er wiederum brach seinen Eid und berichtete vom Versteck der Madame Botta und des Grafen de Versay im Sachsen-Hildburghausener Fürstentum. Von einem plötzlichen Feuer beseelt und ohne sich für den Ritt ins Ungewisse auszurüsten, ja, ohne auch nur die Trauerkleider gegen Reisegewänder zu wechseln, waren die drei in selbiger Nacht auf ihre Pferde gestiegen und auf Stürmen nach Eishausen geritten, wo sie vierundzwanzig atemlose Stunden später und keine Minute zu früh eingetroffen waren. Das herrenlose Pferd, das sie kurz vor dem Schloss im Wald entdeckt hatten, war untrüglicher Beweis für ihr Gespür und gleichzeitig Mahnung, sich zu eilen.

Da ihm alle Worte des Dankes für diese aufopferungsvolle Rettung vom Tode unzureichend erschienen, sagte Goethe nach dem Abschluss von Bettines Bericht nur: »Es lief mir so warm übers Herz wie ein Glas Branntwein, euch wiederzusehen.«

Schweigend gingen sie die letzten Schritte, bis sie bei den Rössern waren. Humboldt, Kleist und Bettine hatten ihre Pferde in der Gesellschaft von Goethes Gaul angebunden. Bettine steckte ihre Fackel in das Astloch einer Linde, und gemeinsam banden sie die erschöpften Pferde los. Nur Goethe rührte sich nicht.

»Warum haben Sie Santing getötet?«, fragte er Humboldt.

Humboldt sah vom Zaumzeug auf. »Was meinen Sie? Wäre es Ihnen lieber gewesen, ich hätte den Schuft am Leben gelassen?«

»Ich denke nicht. Aber Rache war nicht der Grund,

weshalb Sie ihn töteten. Dieser Santing starb Ihnen sehr gelegen.«

»Worauf wollen Sie hinaus?«

»Ich konnte mir bislang nicht erklären, weshalb Santing, dieser mit allen Wassern gewaschene Offizier – dem es immerhin gelungen war, Sie auf dem Weg nach Weimar zu fassen –, Sie nach der Schlacht am Kyffhäuser am Leben ließ, obwohl er doch sonst keinen seiner Gegner schonte, und mehr noch: wie Sie aus seinem Gewahrsam entkommen konnten. Heute Nacht, glaube ich, habe ich die Lösung gefunden.« Alle Augen waren nun auf Goethe gerichtet. Kleist und Bettine starrten ihn mit offenen Mündern an. »Sie hatten eine Abmachung mit dem Ingolstädter. Ist es nicht so?«

Humboldt antwortete nicht. Goethe nickte.

»Ihre Waffen bitte, Herr von Humboldt.«

Unter den ungläubigen Blicken der anderen zog Humboldt seine Pistole aus dem Futteral und den Säbel aus der Scheide und überreichte beides Goethe. Der legte die Waffen bei seinem Pferd ab.

»Allmächtiger«, sagte Kleist, »das ist ungeheuerlich! Alexander, so schimpf sein Irrgeschwätz schon Lügen, in Henkers Namen!«

»Er spricht wahr«, erwiderte Humboldt. »Auf meinem Ritt nach Weimar, unweit vom Kyffhäuser, hatte ich das Pech, Mittag zu machen in einer Herberge, in die wenig später auch die Franzosen kamen, und sowohl Flucht als auch Kampf waren unmöglich. Santing verlangte, dass ich ihn zu Louis-Charles führe, und im Gegenzug wollte er mich unbeschadet ziehen lassen. Ich willigte ein, jedoch unter dem Beding, dass nicht nur ich, sondern auch ihr freies Geleit bekommen solltet. Als ihm, in unserm Lager, Karl nicht ausgeliefert wurde, glaubte er sich auch nicht mehr verpflichtet, euer Leben zu schonen. Mich allerdings ließ er nach dem Einsturz des Musentempels, da er den Dauphin unter den Trümmern begraben glaubte, und nachdem wir den Kyffhäuser gemeinsam verlassen hatten, wie versprochen gehen. Das ist die ganze Geschichte.«

Bettine schüttelte den Kopf. »Aber warum? Doch nicht aus … Angst?«

»Nicht doch. Ich tat es, weil ich letzten Endes die gleichen Ziele verfolgte wie Santing. Unsre Auftraggeber, Bettine, sind Königstreue und Fürsten, die das Rad der Zeit zurückdrehen wollen in eine Zeit vor der Revolution in Frankreich. Das darf nicht sein. Von dem Moment an, da Herr von Goethe uns offenbarte, dass wir nicht aufgebrochen waren, um Karl zu retten, sondern um ihn zurück auf den Thron zu setzen, um das Volk von Frankreich von Neuem zu versklaven, da wurde mir unsre Kampagne zuwider. Sie achten Napoleon, Herr von Goethe, und hassen die Revolution. Bei mir ist es umgekehrt. Ich hasse Napoleon, aber ich schätze ihn doch höher als jeden andren Fürsten Europas. Und wenn es eben nicht anders geht, werde ich lieber von den Franzosen befreit als von den Deutschen unterdrückt. Wer mich regiert, das soll mir gleich sein, nur *wie* er mich regiert, das wird es nimmer.«

»Sie überraschen mich«, sagte Goethe.

»Unmöglich. Was dachten Sie denn, als Sie mich baten, Sie und Herrn von Schiller zu begleiten? Dass aus einem Freund Forsters, einem Freund Bonplands, einem Weggefährten ausgewiesener Revolutionäre ein glühender Kämpfer wird gegen Napoleon, der wie kein Zweiter die Revolution verkörpert, und das nur, weil ich ein *Deutscher* bin? Entscheidend ist nicht die Grenze zwischen Frankreich und Deutschland, sondern die zwischen oben und unten. Ich habe die Revolution in Paris erlebt, und es wird für mich immer die lehrreichste und unvergesslichste Spanne meines Lebens bleiben. Es hat nichts gemein mit den blutrünstigen Schauergeschichten, die Sie damals im fernen Weimar in den Journalen lasen. Es gab eine Zeit vor den Guillotinen. Der Anblick der Pariser, ihrer Nationalversammlung, ihres noch unvollendeten Freiheitstempels auf dem Marsfeld, zu dem ich selbst den Sand gekarrt habe, schwebt mir wie ein Traumgesicht vor der Seele. Das war die Morgenröte der Französischen Revolution, ein Aufbruch in ein neues goldenes Zeitalter, und ich täte den Teufel, die Franzosen in ihrem Fortschritt zu hemmen. Deswegen war ich willens, Karl zu opfern, und deswegen hatte Santing keine große Mühe, mich zu überzeugen. – Unnötig zu sagen, dass ich nie wollte, dass euch ein Schaden zustößt, und dass ich nach dem Einsturz der Höhle die allergrößten Vorwürfe und Qualen litt. Allein den Dauphin wollte ich verraten, nie aber euch.«

Nun nahm Humboldt auch seine Peitsche, die er abzugeben vergessen hatte, vom Gürtel und händigte sie Goethe aus. »Richtet über mich. Ich akzeptiere euer Urteil, und wenn es der Tod sein sollte.«

»Was erwarten Sie?«, fragte Goethe. »Gnade, nachdem Sie soeben den Ingolstädter in kaltem Blute richteten?«

»Sie wollen uns sicherlich nicht vergleichen.«

Kleist, der sich bis eben in einer seltsamen Starre befunden hatte, unfähig zu sprechen oder zu handeln, unfähig gar, auch nur die Zügel seines Pferdes aus der Hand zu legen, erwachte nun endlich zum Leben, und er tat es mit der Heftigkeit eines Vulkans, der nach Jahrhunderten der Ruhe plötzlich explodiert. Noch bevor er sprach, entblößte er den Eisenring um seine linke Hand. »Verräter! Du elendiger Verräter!«

»Heinrich –«

»Sprich meinen Namen nicht aus, er wird zu Unflat in deinem Mund! Wir wären um ein Haar verreckt im Kyffhäuser, und du bist schuld daran!«

»Santing gab mir sein Wort, dass euch nichts zustößt.«

»Und was?«, schrie Kleist. »Wenn dir der Wolf sein Wort gibt, die Lämmer nicht zu reißen, öffnest du ihm dann die Koppel? Hat dir ein böser Dämon den Verstand geraubt, Alexander? Was du getan hast, ist nicht mehr leichtsinnig zu nennen: Du hast die Kugeln gelenkt, die auf uns abgefeuert wurden. Dass du dafür zu Asche würdest!«

»Verstehst du denn wenigstens meine Gründe? Die Revolution –«

Kleist, der bis auf wenige Fuß an Humboldt herangekommen war, trat nun einen Schritt zurück. Den Kopf hielt er mit beiden Händen. »Mir ist mittlerweile alles gleich: die Revolution, die Republik, die Monarchie; Napoleon, Louis, Karl; Deutschland, Frankreich und Europa – – nur *du*, du warst mir am Ende wichtig. Ich habe einen *Judas* geliebt! Wie Judas hast du uns verraten« – und hier brach seine Stimme – »und wie Judas hast du es unter Küssen getan.«

Kleist räusperte sich, wischte mit dem Ärmel den Sand aus den roten Augen und wandte sich Goethe zu. »Herr Geheimrat, wenn Sie mir tatsächlich für Ihre Rettung danken wollen, habe ich zwei Bitten an Sie: Für den Verrat an unsrer Gruppe soll Alexander gerichtet werden. Und für den Verrat an meinem Herzen will ich es tun.«

»Nein!«, rief Bettine, der die Tränen über die Wangen rollten. Aber Goethe sah von Kleist zu Humboldt und zurück und nickte dann. Bettine vergrub ihr Antlitz in der Flanke ihres Rosses, um das heftige Tribunal nicht weiter ansehen zu müssen.

Humboldt machte keine Anstalten zu fliehen, als Kleist seine Patronentasche hervorholte, um die Pistolen zu laden. Immer wieder fuhr sich Kleist dabei mit dem Ärmel über die Augen.

»Dein Herz habe ich nicht verraten«, sprach Humboldt. »Ich habe dich aufrichtig geliebt und liebe dich noch immer.«

Kleist antwortete darauf nicht. Der Ladestock fiel ihm ins Gras, und im Flackerlicht der Fackel konnten seine wunden Augen ihn nicht wiederfinden. Humboldt hob ihn auf. Kleist schnappte ihm das angebotene Eisen unwirsch aus der Hand und drückte damit die todbringenden Kugeln in den Lauf. Dann spannte er beide Pistolen.

»Auf«, sagte er zu Humboldt. »Nimm du die Fackel.«

Humboldt nahm die Fackel aus Goethes Hand und nickte ihm und Bettine zu. »Lebt wohl.«

Bettine wollte dazwischentreten, aber Goethe hielt sie sanft zurück. Nun ging Humboldt in den Wald hinein, und Kleist humpelte ihm nach, in jeder Hand eine Pistole. Im Schein der Fackel sahen sie aus wie die Figuren in einem Scherenschnitttheater. Bettine und Goethe sahen dem Irrlicht ihrer Fackel nach, bis es ganz von den Bäumen verschluckt war.

In ihrem Trauerkleid setzte sich Bettine ins Gras. »Ich hasse euch. Was müsst ihr zwei Liebende, die sich gefunden haben, auf diese Weise entzweien?«

Goethe starrte auf den Punkt in der Dunkelheit, wo er die Fackel der anderen zuletzt gesehen hatte. Ein Lichtpunkt tanzte vor seinen Augen. So warteten sie auf den unvermeidlichen Schuss.

»Was ist mit dem Dauphin?«, fragte Bettine mit einem Mal.

Goethe wandte sich zu ihr. »Der Dauphin ist tot.«

»Was?«

»Sei nur beruhigt, Karl ist wohlauf.«

»Ich verstehe nicht –«

»Karl geht es gut. Mehr musst du nicht verstehen«, sagte Goethe. »Kehrst du zurück nach Oßmannstedt?«

»Ich gehe nach Frankfurt. Ich werde Achims Frau werden.«

Goethe nickte. »Er ist ein guter Mensch.«

»Das ist er, wenn er mich nach alledem noch liebt. Gott möge auch mir die Kraft geben, ihn ewig lieb zu haben.«

Goethe griff sich in die Seite, weil seine Niere sich erneut schmerzhaft bemerkbar machte, und fasste versehentlich in die offene Wunde, die Santing ihm geschlagen hatte. »Ich hoffe, du vergisst mich nicht.«

»Was ich mit dir erlebt habe, ist mir ein Thron seliger Erinnerung.«

Er tat einen Seufzer. »Wie wir einst so glücklich waren –«

Im Wald zerbrach ein trockener Ast, und Goethe verstummte augenblicklich. Und nun sahen sie, wie Kleist allein und ohne Fackel aus dem Schatten der Bäume trat und zu ihnen zurückkehrte. Die beiden Pistolen pendelten wie bleischwere Glockenklöppel an seinen ausgestreckten Armen. Bettine erhob sich und trat an Goethes Seite, und schweigend warteten sie, bis Kleist, der bis zuletzt den Blick auf den Boden geheftet hatte, bei ihnen war. Dann sah er auf.

»Ich konnte nicht«, sagte er. »Mein Leben und seines sind wie zwei Spinnen in der Schachtel. Entweder hätte ich ihn erschossen und danach mich oder keinen.« Die unbenutzten Pistolen ließ er achtlos ins Gras fallen.

»Du bist der bessere Mensch«, sprach Goethe ehrlich beeindruckt. Er räusperte sich. »Höher vermag sich niemand zu heben, als wenn er vergibt.«

Und nun breitete Goethe die Arme aus, ging auf Kleist zu und umarmte ihn mit geradezu väterlicher Herzlichkeit. Kleist ließ es geschehen. Er legte seinen Kopf matt an Goethes Schulter und schloss die Augen. Lange Zeit standen sie so unbeweglich wie die Linden um sie herum. Bettine fuhr ein Schauer über die Arme. Sie lehnte sich an den warmen Rücken ihres Pferdes und konnte die Augen nicht von diesem Anblick nehmen.

Als sich die beiden endlich voneinander trennten, lud Kleist Humboldts Waffen auf dessen Pferd, band es los und schickte es mit einem Schlag auf den Hintern hinaus in die Nacht, um seinen Reiter zu finden. Dann löste er die Zügel seines eigenen Rosses und stieg in den Sattel. Die anderen folgten seinem Beispiel. Die Fackel zog Bettine aus dem Astloch und grub sie in die Erde ein, bis sie erlosch. Erst jetzt sahen sie, dass der Himmel jenseits des Laubdaches bereits frei von Sternen war. Es war nicht mehr Nacht und noch nicht Morgen. Goethe führte den Weg voran zur

Poststraße zurück, und hier nahm Bettine von ihnen Abschied. Kleist versprach sie, ihm für immer eine Schwester zu sein, und Goethe, ihm zu schreiben, sobald sie zurück in der Sandgasse war. Als Goethe »Adieu, Mignon« sagte, erwiderte sie nur: »Bettine.« Dies war ihr letztes Wort. Sie kehrte ihr Pferd gen Westen und ritt davon.

»Warum sind Sie eigentlich gekommen, um mir zu helfen?«, fragte Goethe, als der Hufschlag von Bettines Ross verklungen war. »Ich dachte, ich hätte eine Wurst zum Herzen und Sie hassten mich? Zumindest war das Letzte, was ich von Ihnen hörte, Flüche, die manch einem Kesselflicker die Schamesröte ins Antlitz getrieben hätten.«

Kleist schmunzelte freudlos. »Ich ändere meine Ansichten mitunter«, erklärte er. »Wissen Sie, in mir ist eigentlich nichts beständig – als die Unbeständigkeit.« Er griff in seine Weste und zog das halbverbrannte Manuskript Schillers hervor, um es Goethe zu übergeben: »Was ich davon retten konnte. Ich bedauere sehr, nicht schneller gewesen zu sein.«

Goethe nahm die Blätter an sich und verstaute sie mit großer Sorgfalt in seiner Satteltasche. Als er sich die Asche von den Händen strich, war ihm, als wäre es die Asche seines Freundes. Dann brachen auch sie im langsamen Schritt auf.

»Wohin führt Sie der Weg, Herr von Kleist?«

»Von Weimar weiter nach Berlin und an die Oder und von dort schließlich nach Königsberg.«

»Traun! Was erwartet Sie dort?«

»Ich gehe zurück zur preußischen Armee. Man hat mir eine Stelle als Diätarius an der Domänenkammer angeboten.«

»Aber Sie sind Dichter.«

»Ich sagte doch: In mir ist nichts beständig. Vielleicht ist meine Zeit als Dichter noch nicht gekommen.«

»Wissen Sie, wie einem, wenn man reitet oder auf Wanderschaft ist, Gedanken anhängen, auf denen man über

Stunden herumkaut wie auf einem Stück Tobaks und die man nicht loszuwerden vermag?«

»Natürlich.«

»So dachte ich auf dem Ritt hierher über ihre Gerichtskomödie nach.«

»Ach?«

»Aber ja. Ihr *Krug* hat ein Tempo, einen Witz und ein wunderbares Gemisch von grillenhaften Figuren, außerordentliche Verdienste, die mir beim zweiten Blick sehr gefallen haben. Es mag Sie überraschen, aber ich trage mich mit dem Gedanken, ihn am Weimarer Theater zu geben; in der Tat, ihn höchstselbst in Szene zu setzen.«

»Sie scherzen.«

»Mitnichten. Und ich wünsche es nicht etwa, weil ich Ihnen Geld schulde oder mehrfach mein Leben verdanke, sondern weil ich denke, dass es ein hübscher kleiner Erfolg werden könnte.«

»Sie wollen allen Ernstes diese heruntergehustete Komödie inszenieren?«

»Ei, wer wird denn plötzlich so bescheiden sein? Was sagte noch Wieland, den Sie immer so fleißig zitieren?«

Kleist erwiderte leise: »Dass von mir in der dramatischen Kunst Größeres zu erwarten sei, als je zuvor in Deutschland gesehen wurde.«

»*Et voilà.*«

Dieweil nun Kleist das Angebot Goethes überdachte, wandte dieser seinen Blick nach Osten, wo sich hinter den Hügeln der Morgen näherte. Eine einsame Wolke hoch über ihnen wurde bereits von den ersten Sonnenstrahlen erfasst und hing wie das Goldene Vlies am Himmel. Vor ihnen lag Hildburghausen. Goethes Nieren schmerzten und der offene Schnitt an der Seite und sein Kiefer und das ganze Gesicht, aber vornehmlich galt es, seinem leeren Magen Linderung zu verschaffen.

»Könnte ich Sie vielleicht für ein Frühstück interessieren?«, fragte er seinen jungen Gefährten. »Bis wir in der

Stadt angekommen sind, müsste eines der Gasthäuser geöffnet haben, und ich für meinen Teil verspüre einen rechtschaffenen Appetit.«

»Hol's der Teufel«, erwiderte Heinrich von Kleist, den er somit aus seinen Gedanken gerissen hatte, »ich ließe mich sogar sehr dafür interessieren.« Der Preuße schnalzte mit der Zunge und trieb sein Pferd in den Galopp, und voller Übermut rief er über seine Schulter: »Der letzte am Tisch zahlt die Zeche!«

Auch Goethe packte nun die Zügel und stieß seinem Ross in die Flanken, dass es sich wiehernd aufbäumte, und lachend folgte er dem anderen auf einem atemlosen Ritt hinab ins Werratal: »Heinrich, Heinrich!«

Robert Löhr
Der Schachautomat
Roman um den brillantesten Betrug des 18. Jahrhunderts. 416 Seiten. Serie Piper

Als Hofrat Wolfgang von Kempelen 1770 am Habsburgischen Hof seinen Schach spielenden Automaten präsentiert, gilt der Maschinenmensch als großartigste Errungenschaft des Jahrhunderts. Doch tatsächlich verbirgt sich im Innern der Maschine ein Zwerg – und dieses menschliche Gehirn erweist sich als tödlich und sterblich zugleich. Von den Bleikammern Venedigs zum kaiserlichen Hof in Wien, von den Palästen des Preßburger Adels in die Gassen des Judenviertels – ein spannender historischer Roman um ein legendäres Täuschungsmanöver.

»Ein Überraschungserfolg, wie es ihn in dieser Form lange nicht gegeben hat.«
Der Spiegel

Sabrina Capitani
Das Buch der Gifte
Historischer Roman. 400 Seiten. Serie Piper

Die Schriftstellerin Christine de Pizan setzt sich nach dem Tod ihres geliebten Mannes gegen alle Widerstände durch: gegen die Frauenfeindlichkeit der Kirche, gegen betrügerische Anwälte und gewalttätige Verehrer. Doch als sie den jungen Franziskanermönch Thomas kennen lernt, steht die Liebe zu ihrem verstorbenen Ehemann, dem sie Treue bis über den Tod hinaus geschworen hat, auf dem Prüfstand. Gemeinsam mit Thomas gelingt es ihr, einen rätselhaften Todesfall aufzuklären, der auf verschlungenen Wegen die wahre Vergangenheit des Mönchs offenbart ...
Lebendig und mit Einfühlungsvermögen erzählt Sabrina Capitani aus dem Leben der Christine de Pizan (1364–1430), einer der bekanntesten und frühesten Schriftstellerinnen Europas.

Martina Kempff
Die Rebellin von Mykonos
Historischer Roman. 496 Seiten. Serie Piper

Griechenland in den zwanziger Jahren des 19. Jahrhunderts: Die Bevölkerung rebelliert gegen die Herrschaft der Osmanen. In den Wirren des beginnenden Freiheitskampfes wird die junge Mando zur mutigen Kämpferin und stellt sich an die Spitze der Rebellen auf ihrer Heimatinsel Mykonos. Doch was sie in tiefster Seele bewegt, ist der leidenschaftliche Hass auf den unbekannten Mörder ihres Vaters und die unglückliche Liebe zu ihrem Cousin Marcus ...

Die Geschichte einer ungewöhnlichen Frau, die für Freiheit und Liebe kämpfte.

»Eine tolle, taffe Heldin.«
Gala

Catharina Sundberg
Gebrandmarkt
Roman aus der Hansezeit. Aus dem Schwedischen von Wibke Kuhn. 368 Seiten. Serie Piper

Die Zeiten sind unruhig, als die junge Bürgersfrau Anne im Jahr 1391 aus Lübeck nach Stockholm reist. Mit ihrem Mann und dem Kind, das sie erwartet, will sie einen Neuanfang wagen. Doch Claus kommt bei einem Schiffbruch ums Leben, während Anne sich nach Stockholm retten kann, wo sie sich allein durchschlagen muss. Dabei sind ihr offenbar gefährliche Verfolger auf der Spur ... Vor dem Hintergrund der Hansezeit in Schweden erzählt Catharina Sundberg die spannende und atmosphärisch dichte Geschichte einer jungen Frau, die im mittelalterlichen Stockholm ums Überleben kämpft.

»Liebe und Abenteuer im mittelalterlichen Stockholm, temporeich und süffig erzählt. Alle Leser, die gut lesbare Mittelalterromane mögen, werden Blut lecken!«
Svenska Dagbladet

Hört, hört!

Sechs glorreiche Halunken – ein Kabinettstück erster Güte

Robert Löhr
Das Erlkönig-Manöver
Historischer Roman

Autorisierte Hörfassung
Gelesen von **Helge Heynold**
6 CD, ca. 450 Min.
Preis*: € 29,99 / sFr 49,90
ISBN 978-3-88698-935-5

Eine Produktion des

**steinbach
sprechende
bücher**